丰子恺
译文集

第五卷

丰陈宝　丰一吟
杨朝婴
杨子耘
丰睿

编

ZHEJIANG UNIVERSITY PRESS
浙江大学出版社

本卷说明

　　本卷收录丰子恺先生翻译的日本小说两种(德富芦花的《不如归》、夏目漱石的《旅宿》),以及蒙古作家达姆定苏连的短篇小说四种(《在荒僻的游牧地上》《没耳朵》《幸福山的马》《失去的牧马》)。《不如归》根据上海译文出版社二〇一〇年四月第一版刊出,《旅宿》根据江苏凤凰文艺出版社二〇一八年二月第一版刊出。达姆定苏连的短篇小说四种选自文化生活出版社出版的《蒙古短篇小说选》(一九五三年十一月初版),现有名称"蒙古短篇小说四种"为编者所拟。

本卷目录

不如归

[日]德富芦花 著

丰子恺 译

上　篇

（一）之一

上州伊香保[1]的千明旅馆三楼的纸拉窗开着,有一个少妇站在窗前眺望日暮的景色。她的年纪大约十八九岁,头上梳着典雅的螺髻[2],身上穿着小花纹绉绸外衣,缀着草绿色带子。

白皙的长脸儿,眉头略微有点颦蹙,双颊稍稍瘦削。如果要说缺点,也许这就是缺点吧。然而亭亭玉立,确是一位窈窕淑女。这不是在北风中凌寒夸劲的一朵梅花,也不是在暖醺的春霞中化作蝴蝶而飞舞的樱花;品评起来,这少妇可说是在夏天的薄暮中发散幽香的夜来香。

春天的夕阳西斜了;远处的日光山、足尾山和越后地方的山,近处的小野子山、子持山和赤城山的峰峦,都浴着夕阳,变得辉煌灿烂;离开下面的朴树飞去的乌鸦哑哑的叫声,听起来也是金色的。两片蓬松的云从赤城山的背脊上浮出。三楼上的少妇心不在焉地注视着云的移行。

这两片丰柔可爱、大可盈抱的云,慢慢地离开了赤城山顶,在万里无遮的太空中像双飞的金蝶一般发出光辉,悠悠然地向足尾山方面移行。不久夕阳西沉,寒风乍起,这两片云就褪成蔷薇色,向上下分飞,在夕暮的天空中越离越远地飘泊了一会儿;下面的一片渐渐地小起来,不知不觉之间消失得形迹全无;残存的一片又变成了灰色,茫茫然地在空中彷徨。

---

〔1〕 上州是对群马县的称呼,群马古称"上野国",位于日本关东地区西北。伊香保以温泉著称,伊香保温泉是日本恋爱男女喜爱之地,曾出现在古代诗集《万叶集》中,德富卢花在此创作了小说《不如归》。——编者注

〔2〕 原文作丸髻,是日本已婚女子的发式。

结果山和天空融合成一片暮色,只有三楼上的少妇的脸在幽暗中显出白色。

(一)之二

"小姐! ——啊呀,怎么好,我说得顺口,又叫错了,呵呵呵呵。——少奶奶! 我回来了。啊呀,暗得很。少奶奶! 您到哪里去了?"

"我在这里呢!"那少妇笑着说。

"啊呀,您在这里! 赶快进来,可别着凉! 少爷还没有回来吗?"

"不知道他在做什么?"少妇说着拉开纸门,走进里面来,一面又说,"恐怕要……去对账房说,派个人去接他呢。"

"是的。"这个五十多岁的老婆婆边说边摸黑划着了火柴,点上了油灯。

这时候楼梯响了,旅馆里的女仆上来了。

"呀,打扰了。少爷回来得真迟啊。……是的,刚才派一个伙计去迎接了。大概就要回来了。这里有一封信。"

"咦,是爸爸写来的信……他早点儿回来才好!"梳螺髻的少妇亲热地反复察看信封上的字。

"是老爷写来的信吗? 赶快读给听听才好。呵呵呵呵,一定又写着许多有趣的话呢。"

女仆把门关好,在火钵里添上些炭,就出去了。老婆婆把一个包袱拿去放在壁橱里了,然后走回来。

"天气真冷! 和东京完全不同啊!"

"要五月里才开樱花呢。阿妈,坐过来些!"

"多谢了。"老婆婆说着,盯着少妇的面孔看,"真像是假的一样呢。我看到少奶奶梳着螺髻端端正正地坐着的样子,不相信这就是我带大的那个小宝宝! 太太去世的时候,您呜呜咽咽地伏在阿妈背上叫着:'妈妈! 妈妈!'好像不过是昨天的事呢!"她说到这里,簌簌地掉下眼泪来。"您出嫁的时候,少奶奶! 阿妈心里想:要是太太在这里,看到了那漂亮的样子,不知多么欢喜啊!"她拉出衬衫袖子来擦眼泪。

听的人好像被感染了的样子,低下了头;只有搁在火钵上的左手上的戒指发出灿烂的光辉。

过了一会儿,阿妈抬起头来,说:"对不起,我又说这种话了。呵呵呵,年纪一大就呆头呆脑了,呵呵呵呵,小姐! 不,少奶奶! 您到现在也吃了不少苦头! 您真好耐性啊! 从今以后,从今以后,永远享福了! 少爷是那么多情的人。……"

"少爷回来了。"从楼梯口传来了女仆的声音。

(一)之三

"唉,好累,好累!"

一个年约二十三四岁、穿西装的男子,把布袜和草鞋脱掉,对迎接他的两个人打个招呼,跨上走廊来,回过头去对一个手持提灯的小伙子说:"啊,劳驾了。这些花,麻烦你给我浸在温水里。"

"呀,真漂亮啊!"

"真的,好漂亮的杜鹃花啊! 少爷哪里采来的?"

"漂亮吧! 喏,黄的也有。叶子倒像石楠花。我采它来,想明天叫浪妹插在花瓶里。……怎么,让我先去洗个澡吧。"

＊　　　　　＊　　　　　＊

"少爷真是生龙活虎似的！军人到底不同，少奶奶！"

少奶奶把外衣仔细地叠好，偷偷地吻它一下，挂在衣架上了。她只是含笑，默不做声。

楼梯上脚步声山响，到了纸拉门边停下了。刚才那个青年走进屋子里来，嘴里叫着："啊，好爽快！"

"呀，少爷这么快就洗好了？"

"男人家当然快的。哈哈哈哈。"他愉快地笑着。他的妻子羞答答地把一件粗条纹棉袍披在他身上，他说了声"谢谢你"，就盘腿坐在坐垫上，用两手抚摸着面孔。毛茸茸的五分长的头发底下一张太阳晒过的脸，真像烂熟的桃子，眉毛浓黑，眼睛灵活，鼻子底下蓄着毛虫一般的髭须，面貌上不知什么地方还保留着一些孩童相，这是一个可爱的青年。

"武男哥，有一封信呢。"

"啊，是岳父寄来的。"

这青年把身体坐一坐端正，打开信封，抽出信纸来，里面还附着另一封信。

"这是给浪妹的。嗯，都很平安……哈哈哈哈，说得真滑稽……好像当面听他谈话。"他含笑读完了信，把信纸卷好了，放在一旁。

"老爷还向你问好呢。他说换了地方，要随时当心，看旧病复发。"那个"浪妹"对正端晚饭来的老婆婆说。

"唉，多谢他老人家了。"

"啊，吃饭。今天走了一天，只吃了两个饭团，肚子饿得很了。……哈哈哈，这是什么鱼？不像鲇鱼……"

"这叫作真鳟鱼吧，阿妈，是不是？"

"是真鳟鱼？好吃，很好吃。再给我添一碗饭。"

"呵呵呵,少爷吃得真快。"

"当然喽。今天从棒名山爬到相马岳,再爬上二岳,走到屏风岩底下才碰见来接的人。"

"走了这许多路?"

"相马岳的风景可真好! 我想叫浪妹看看才好。一面是茫无际涯的平原,远远望见利根川的流水;另一面是所谓山外青山,上面隐隐约约地望见富士山,真妙极了。要是我会作和歌,一定要和人麻吕〔1〕比一比高下呢。哈哈哈哈。再给添一碗饭。"

"风景这样好? 我也想去看看!"

"嘿嘿嘿嘿,浪妹如果爬得上,我一定送你一枚金鸢勋章〔2〕。这些都是悬崖绝壁,垂下十几条铁索,是抓住铁索爬上去的啊!

我是在江田岛〔3〕受过锻炼的,桅樯也罢,钢索也罢,现在都能爬上爬下,所以不觉得什么。浪妹恐怕连东京的土地也没有踏过吧!"

"呀,哪有这种事!"浪子说着,嫣然一笑,两颊红晕了,"别看我这样,在学校里也学过体操的。……"

"嘿嘿嘿嘿,华族女学校〔4〕的体操是没有用的。喏,有一次我去参

〔1〕 柿本人麻吕是日本有名的歌人,生于7世纪末。

〔2〕 金鸢勋章是日本军人最高的勋章。

〔3〕 江田岛是位于广岛县吴市西边的岛屿,海军兵学校(第二次世界大战后取消)所在地。

〔4〕 华族女学校成立于1885年,是供皇族和华族女子读书的学校。1906年并入学习院,1918年独立,改称女子学习院。第二次世界大战后重新并入学习院。华族是明治维新后对旧公卿、诸侯功臣及其家属的族称,分别授予公侯伯子男等爵位,第二次世界大战后取消。

观,看见有人叮叮咚咚地弹着不知是古筝还是什么乐器,女学生们唱着'地球上所有的国家'之类的歌,手里拿着扇子,站起来,蹲下去,转圈圈什么的。我以为是在练习舞蹈,原来这就是体操! 哈哈哈哈。"

"呀,说得好刻薄!"

"对啦对啦,那时候我看见有个梳辫子的和山木家的女儿并排着,穿着一条——叫什么来着?——葡萄色的裙裤,一本正经地跳着,记得那就是浪妹。"

"呵呵呵呵,说这种话! 你认识那个山木姑娘吗?"

"山木,我爸爸在世的时候曾经照顾她,现在也常常来的。哈哈哈哈,浪妹说不过我,只得不开口了。"

"哪有这事!"

"呵呵呵呵,夫妻不要拌嘴,喝杯和顺茶吧! 呵呵呵呵。"

(二)

上回所说的青年,是一个海军少尉男爵,姓川岛,名武男。他由良媒撮合,和名震海内的陆军中将片冈毅的长女浪子举行了婚礼,只不过是上个月的事。现在他有短暂的休假,就在四五天之前偕同新娘和陪嫁的老保姆阿几到伊香保来游玩。

浪子八岁上就死了母亲。那时候她才八岁,连母亲的相貌都记不大清楚了,只记得母亲常常面带笑容,又记得母亲临终时叫她到床前去,伸出那只消瘦的手来握住了她的小手,说:"浪儿,妈妈要到远地方去了。你要乖乖地孝顺爸爸,疼爱驹儿。再过五六年……"母亲说到这里簌簌地淌下眼泪来,"妈妈不在了,你还记得妈妈吗?"母亲伸过手来摸摸她那而今已经垂肩、而当时刚刚覆额的黑发。这情景深深地铭刻在她的记忆里,永远不会忘记。

一年之后,现在的母亲来了。从此一切都改变了。从前的母亲出身于有名的仕宦人家,万事循规蹈矩,而且据婢仆们说,这样和睦的夫妻是少有的。现在的母亲也是有名的仕宦人家出身,然而早年留学英国,不肯对男子让步,又染上了西洋风习,因此情形和从前大不相同了,凡是留有前妻痕迹的地方,都彻底改掉,仿佛要把它们全部打消。对父亲也件件事情都毫不客气地评长道短,父亲总是笑着由她谈论,末了说:"好好,我输了,我输了。"有一次,他和一个最要好的叫作难波的副官相对晚酌,母亲也在座。父亲向母亲注视一下,吃吃地笑着说:"喂,难波兄,有学问的老婆是讨不得的,讨了要大吃其苦。哈哈哈哈。"难波碍于母亲在座,无辞可答,只得手足无措地把酒杯拿上拿下。后来他再三叮嘱他的妻子,不要让女儿们多读书,高等小学毕业就够了。

浪子从小对人很亲昵,而且聪明伶俐,虽然不是神童,然而三岁的时候奶妈抱了她到门厅去送父亲出门,就会拿着父亲的帽子给他戴在头上。伸展不息的小小的心,好比春天嫩菜,即使一朝被雪压住了,只要不受蹂躏,雪融化之后自会青青地生长。诀别了慈母的浪子的悲哀,其深切虽非寻常孩子可比,但只要后来有阳光照临,她一定也会欣欣向荣。浪子最初看见梳西式发髻、走到旁边衣香扑鼻、眼睛略微吊起而嘴巴很大的后母,也不免有些畏缩。然而从小对人亲昵的浪子,觉得这母亲也很可爱慕;后母却怀着成见,排斥这可爱的孩子。这后母不通世故,刚愎自用,炫耀学问,再加上猜疑和嫉妒,竟把仅只八九岁的可爱的孩子当作有心的大人来对付。因此使得孩子没有着落,心中充满了孤寂冷落之情。唉,不被爱是不幸的,不能爱更加不幸。浪子有母亲,然而爱不得;

有妹妹,然而也爱不得。此外只有父亲、保姆阿几和姨母——即生母的姐姐,然而姨母毕竟是另一家的人,阿几是女仆,况且后母的眼睛常常注视着,你如果略微亲近她们些,或者得到她们的照顾,这相互的庇护非但无益,反而引起恶果。只有父亲,惟独父亲全心全意地爱她。然而这个身为中将的父亲,在母亲面前也有所顾忌。仔细想来,这顾忌也是一种慈爱。为此他在母亲面前不得不叱骂她,到了背后就深情地默默抚爱她。伶俐的浪子深深地懂得父亲这片无人知道的苦心,满怀欢喜感激,即是粉身碎骨,也极愿报答父亲之恩。然而这心情倘使显露形迹,母亲就认为是侵犯了她的领域而生气,你就得受苦;倘使韬晦寡言,谦恭自守,则又被认为阴险、愚钝。这真是太残忍了。有时她犯了一点小小的错误,母亲就用流水一般的长州土白和从英国舶来的理论滔滔不绝地谩骂,不但骂她本人,又毫不隐晦地中伤她那已故的母亲。她那悲愤地咬紧着的嘴唇忍不住想张开来,忽然在廊沿上瞥见了父亲的侧影,立刻又紧闭了。有时过分无理地遭受了猜疑,也只是躲在窗帏背后暗泣:"妈妈你也太过分了!"她有父亲吗?父亲是有的,她有一个很慈爱的父亲。然而对以家庭为世界的女孩儿们来说,五个父亲也抵不得一个母亲。而她的母亲,她的母亲是这样的一个人,因此在十年之间,使得她性情也改变了,光艳也消失了。夫人常常骂道:"这个女孩子一点也不爽快,真是一个异常顽固的人!"唉,无论种在土钵里,或者种在高丽、交趾出产的珍贵花盆里,花总是花,哪有不盼望阳光的呢?而浪子是一朵生在阴暗地方的花。

所以这一次与川岛家的亲事成功了,出嫁的时候,浪子透了一口大气,父亲中将、后母、姨母,大家各自透了一口大气。

"太太(浪子的后母)自己那么爱漂亮,买给小姐的却都是素淡、不起眼的东西。"阿几看见嫁妆微薄,常常这样咕哝着,并哭泣着说,"倘使从前的太太在这里的话……"然而浪子匆匆地走出了家门。一想到以前从来未尝过的自由和欢乐正在前面等待自己,就觉得这也能够聊以排遣和父亲离别的悲哀,她就匆匆地走了。

(三)之一

从伊香保到水泽的观音堂,约有一里[1]之遥。一条路沿着秃山的中腹像蛇一般蜿蜒地横着,只有两个地方形成了山谷,低下去又高起来。除此以外,其余的路闭着眼睛也可以走。望下去是从赤城到上毛的一片平原。附近一带都是草原。现在正是春天,那火烧过的焦土里长出各种各样的草、芭茅、胡枝子、桔梗、女萝等的嫩芽来,好像平铺着的毛毯,其间又散乱地开着美丽的草花,到处点缀着带棉帽子的薇和摇摇摆摆的蕨。一度走进这里面去,竟可以使人忘记悠长的春日。

今天天气晴朗,武男夫妻要出门去采蕨。吃过午饭之后,带着保姆阿几和旅馆里的一个女仆,来到这地方。走来走去采了一会儿,觉得有些疲倦,就叫女仆把带来的毛毯铺在柔软的嫩草上。武男皮鞋也不脱,就躺在毯子上了;浪子脱去了她那双麻里草屐,拿出一块桃红色手帕,在膝盖上掸了两三下,轻轻地坐了下去。

"啊唷,软得很! 坐下去有点怪可惜的。"

"呵呵呵,小……啊呀,对不起,又要叫错了——少奶奶的气色真好看啊! 这样快活地歌唱,真是长久没有听见过了。"阿几欢喜地看看浪子

---

〔1〕 一日里约合 3.9 公里。

的侧脸。

"唱得太长久了，有点口干。"

"没有带茶来。"女仆说着，打开包袱皮，拿出些酸橙、袋装的干点心、木片盒装的寿司卷[1]之类的东西来。

"啊，有了这个就不要茶了。"武男说着，从衣袋里摸出一把小刀来，削酸橙的皮，又说："怎么样，浪妹？我的手段高明吧！"

"这算得什么呢！"

"少爷采的蕨，里面夹着许多杪椤呢！"女仆插嘴说。

"胡说！你自己不会采，却来说人家。哈哈哈。今天真开心。这么好的天气！"

"天空的颜色真好看，碧澄澄的，真想拿来做件小袖衫子才好。"

"做海军制服更好。"

"呀，好香！是草花的香气吗？啊，云雀叫了。"

"吃了寿司，肚子又饱了。大姐，咱们再去采一会儿吧。"保姆阿几催着旅馆的女仆，又去采蕨了。

"留一点给我们采吧！——阿妈硬朗得很呢，浪妹！"

"她真硬朗！"

"浪妹，你累不累？"

"不，今天一点也不累。我这辈子还没这样快乐过呢！"

"航行到远方的大洋里，可以看到很好的风景，然而这样的高山景色却别有风味。真畅快！喏！那面左边有一道白晃晃的墙壁。这就是那

---

〔1〕　寿司是在用醋和糖、盐调味的米饭上，加鱼肉、鸡蛋、青菜等做成的食品；外面卷上蛋皮或紫幕的，叫作寿司卷。

天来的时候和浪妹一同吃午饭的涩川地方。还有,略微靠这边一点,有一条好像蓝色的飘带似的,就是利根川。望去不像坂东太郎[1]了。还有,那赤城仿佛是挂着的。喏喏,烟气也看得见,下面有些东西攒动着,这就是前桥。……什么? 老远的地方像银针一般的东西吗? 啊啊,这还是那条利根川呀! 唉,再前面就模模糊糊看不清楚了。咱们应该带副望远镜来,浪妹! 不过模模糊糊看不清楚,也许反而有趣。"

浪子悄悄地把手搭在武男的膝上,叹了一口气。

"但愿永远这样!"

两只黄蝴蝶掠过浪子的衣袖,翩然地飞去了。这时候后面草地上发出沙沙的脚步声,突然一个戴帽子的人的影子落在夫妻两人眼前的地上了。

"武男弟!"

"啊,千千岩兄吗? 你怎么也到这里来了?"

(三)之二

新来的客人大约二十六七岁,身穿陆军中尉制服,肤色白皙,在军人之中是一个难得的美男子。可惜嘴巴那儿带一点卑鄙之相,黑水晶一般的眼睛发出锐利的光,使被注视的人感到不快,这可说是他的缺陷。他是武男的表兄,姓千千岩,名安彦,当时在参谋本部当下僚,是个以干练出名的人。

"我突然地来,使你们吃惊吧。是这样的:我昨天有事到高崎去,在

---

〔1〕 坂东太郎是利根川的别名。

那里过的夜。今天早上来到涩川,听说伊香保就在附近,就来玩玩。我跑到旅馆里,听说你们采蕨去了,他们把路线告诉我,我就寻到这里来了。我明天就要回去。现在来打扰你们了,哈哈。"

"哪里!你后来到我家里去过吗?"

"昨天去过一趟。姑妈精神很好,不过只管咕哝着说你们该回去了。——赤坂方面也平安无事。"说到这里,那双黑水晶眼睛炯炯地注视浪子的脸。

浪子本来已经红晕了的脸,现在更加红了,她低下了头。

"好,救兵到了,我不会再输了。我们海陆军团结一致,即使有百万娘子军也不足怕了。——你知道吗?刚才这些女人欺负我,说我采的蕨子太少了,采的不是蕨,种种坏话,真气人呢。"武男说着,用下巴指点正在走来的保姆和女仆。

"咦,千千岩先生,您怎么到这里来了?"老保姆的鼻子略微一皱,好像吃了一惊。

"我刚才打电报去叫来帮忙的啊!"

"呵呵呵呵,少爷说这种话。……嗳,是的;嗳,明天要回去了。嗳,说起回去,少奶奶,让我们先回去吧,要准备烧夜饭了。"

"嗯,好的,好的。千千岩先生来了,多烧些好小菜吧。那么,我们等肚子饿一点再回来。哈哈哈哈。怎么,浪妹也回去吗?再玩一会吧!没有了伙伴就逃走吗?放心,决不会欺负你的!哈哈哈哈。"

浪子被留住了。阿几和女仆把毯子和蕨菜什么的收拾一下,拿着先回去了。

三个人又采了一会儿蕨。看看太阳还高,就到水泽的观音堂里去参拜一下,然后回到刚才采蕨的地方,休息片刻,慢慢地走回去。

夕阳从物闻山的肩上辉煌地照射过来,道路两边的草原被映成鲜明的淡绿色,屹立在各处的孤松把长长的影子投射在草原上。举目眺望,但见远山静静地浴着夕阳,山麓炊烟四起。远远的地方有一只牛驮着草走路,被人赶着,哞哞的叫声充满了天空。

武男和千千岩谈着话并肩走在前面,浪子跟在后面,三个人慢慢地走,一会儿跨过了山谷,爬上坡,来到了夕阳耀目的路上。

武男忽然停了步。

“啊哟,糟糕,把手杖忘记了。对啦,是在刚才休息的地方。你们等一等,我跑去拿回来。——怎么样,浪妹,等一等好吗?就在那儿。我尽快地跑去跑来。”武男硬把浪子阻住了,把装着蕨的手巾包放在草地上,快步走下坡去,一下子就看不见了。

(三)之三

武男去了之后,浪子在离开千千岩五六尺的地方默默地站着。不久,武男走过了山谷,爬上了那边的坡,现出很小的身体,忽然又在那边消失了。

“浪子小姐!”

正在向那边眺望的浪子,听见耳朵边有叫她的声音,不禁哆嗦一下。

“浪子小姐!”

他走近了一步。

浪子倒退了两三步,不得已抬起头来。但是那双黑水晶眼睛正紧紧盯住她,她就掉过脸去。

“恭喜你!”

这方面默默无言，一下子连耳朵都通红了。

"恭喜你，恭喜你！但是还有恭喜不得的人在这里呢，嘿嘿嘿嘿。"

浪子低着头，用当作手杖的暗红色阳伞的尖端刨着草根。

"浪子小姐！"

好比被蛇缠住的松鼠，现在不得不抬起头来了。

"什么？"

"是男爵而又有钱，到底是好的。嘿嘿嘿嘿，恭喜你！"

"你说什么？"

"嘿嘿嘿嘿，只要是贵族而又有钱，哪怕是个傻瓜，也嫁给他；倘使没有钱，无论怎样爱你，连唾沫也不向他吐一口，这就是现今的千金小姐。嘿嘿嘿嘿，不过浪子小姐不是那样的人。"

浪子忍不住变色了，向千千岩怒目而视。

"你说什么？无礼的东西！你敢在武男面前再说一遍吗？无礼的东西！不敢堂堂皇皇和我父亲商谈，而肆无忌惮地写情书给我……从此我决不再宽恕你了。"

"你说什么？"千千岩脸色晦暗了，咬紧嘴唇，一步两步地向她走过去。

突然脚底下发出马嘶声，坡上出现了一个骑马者的上半身。

"喂，喂，喂，对不起啊！喂，喂，喂。"骑在马上的一个六十多岁的老头儿一面摘下头巾，一面回过头来阴阳怪气地向两人看了看，走过去了。

千千岩站着不动，额上的青筋稍稍平伏了些，紧闭着的嘴唇旁边只是浮现出冷笑。

"嘿嘿嘿嘿，如果你讨厌，还了我吧。"

"什么东西还了你？"

"什么东西？你所讨厌的东西呀！"

"没有了。"

"为什么没有了？"

"这种肮脏东西,已给烧掉了。"

"真的吗？绝没有外人看见吗？"

"没有。"

"真的吗?"

"无礼的东西！"

浪子的怒目而视的眼光,被他那墨黑的眼睛凄厉地回击一下,她觉得非常不快,全身发抖,就把眼光移向远处去了。正好这时候,隔着一个山谷那边的坡口上出现了武男的身姿。面孔正对着夕阳红得像一颗枣子。

浪子透了一口大气。

"浪子小姐！"千千岩毫无忌惮地追踪浪子的东躲西避的眼光,接着说,"浪子小姐！告诉你一句话:这件事要守秘密,绝对守秘密,别告诉武男弟,别告诉你父母。要不然——你会后悔的！"

闪电一般的眼光向浪子脸上扫射一下,千千岩就转向一旁,弯下身子去采集草花了。

皮鞋声音响起来了。武男挥着手杖,走上坡来,嘴里说着:"对不起,对不起！唉,跑来跑去好吃力。可是手杖找到了。——咦,浪妹怎么了？脸色很不好看呢。"

千千岩把刚刚采得的一朵紫罗兰插在胸前的饰带上了。

"喏,因为你去得太长久了,浪子小姐怕你迷了路,所以非常担心呢。哈哈哈哈。"

"哈哈哈哈,这样的吗? 好,慢慢地回去吧。"

三人并排的影子在路旁的草上摇曳着,向伊香保方面走去。

(四)之一

下午三点钟从高崎开出的上行列车的二等车厢的一角里有一个人,幸喜别无乘客,就把穿着皮鞋的脚搁在座位上,一面抽香烟,一面看报纸。这就是千千岩安彦。

他忽然粗暴地丢开了报纸,骂道:"混蛋!"

这句话从牙齿缝里说出的时候,香烟落在地上了,他怒气冲冲地把它踏熄,向窗外吐一口唾沫,站了一会儿,忽然呸起嘴来,在车厢里从头到尾,来来回回走了两三遍,仍旧回到原来的座位上,交抱着胳膊,闭上眼睛。

那双墨黑的眉毛皱拢来,变成了一字形。

      *   *   *

千千岩是个孤儿。他父亲是鹿儿岛的一个藩士,在明治维新的战争中阵亡了。母亲在安彦六岁上的夏天患了当时称为霍乱的虎列拉而死去了。这个六岁的孤儿就归姑母——父亲的妹妹——领养。这姑母就是川岛武男的母亲。

姑母虽然可怜安彦,姑父却认为他是个讨厌的东西。每逢举行仪式,武男穿着仙台平[1]裙裤坐在上座的时候,千千岩只穿一条粗陋的小

---

[1]　仙台平是宫城县仙台地方出产的一种高级丝织品。

仓布〔1〕裙裤忝列末座。他早就明白自己不像武男那样有双亲、财产和地位，全靠自己的拳脚和头脑来处身涉世。他嫌恶武男，怨恨姑父。

他看到世路有表里两条，他立誓在无论何种情况之下都必须取捷径前进。因此他靠姑父照拂而进了陆军士官学校之后，同学们都为了考试和分数而忙乱着，他却用心结交乡党先辈，选择对他自身有益的人物去巴结。别人拿到了毕业文凭刚松了一口气，他却早已靠提拔而钻进陆军首脑的参谋本部的圈子里。别的同学到各处去当中队副，忙于练兵和行军演习，千千岩却闲坐在参谋本部楼下抽香烟，说笑话，有时还能从中听到军国大事的消息，他已经爬上使人艳羡的地位了。

此外还有婚姻问题。他早已知道：猴子所以能够下水，是由于能相互牵着手之故；人之所以能够立身，是由于有好亲戚的缘故。他虽然不是户籍警，然而常在暗中掐指计算：某男爵是某侯爵的女婿，某学士兼高等官员是某伯爵的女婿，某富豪是某伯爵的儿子的干爹，某伯爵的儿子的老婆也是某富豪的女儿。他的东找西寻的眼光，早已盯上了片冈陆军中将的家。说起片冈中将，当时虽然是一位预备将领，然而威名满天下，颇得皇上恩宠，而且度量宽大，真是一位可称为国家干城的将军。千千岩早已看出这位将军拥有名重天下的势力，就刻意找机会，逐渐希图亲近，巧妙结识内府眷属。他的眼光射中在大小姐浪子身上。一则他早已看出父亲中将最疼爱浪子；二则他又看到现在的夫人疏远浪子，无论哪里只要有姻缘，只想把她早点嫁出去；三则还有着一种念头：他喜欢浪子态度恭谨，气品高尚。——因此他看中了这个人。于是他观察形势：中

---

〔1〕 小仓布是一种做制服等用的粗布，本来是丰前国小仓县出产的，故名。日本古代行政区划分为七道、七十余国。

将是个所谓喜怒不形于色的豁达大度的人，对他的看法如何，有些难于猜测；但夫人的确是喜欢他的；二小姐名叫驹子，是个活泼可爱的笄年的少女，同他最要好；再下面，还有现在的夫人所生的两个孩子，然而这是问题之外的话了。老婆子阿几在从前的夫人的时代就来佣工，现在的夫人进门之后，内部人员大更动的时候，全靠中将说情，只把她留下来，一向在浪子身边。这个人对他不大有好感。然而这有什么呢，只要攻得下浪子本人就好了。千千岩等候机会，转眼已经一年，后来等得不耐烦了。有一天他赴宴会，喝醉了回来，就大胆地写了一封情书，用两重封套，信封上模仿女人的笔迹，邮寄给浪子。

当天他奉到上司命令，突然被派赴远方，过了三个月才回来。岂料在他出门的期间，浪子已经由贵族院议员加藤民做媒，谁都不嫁，偏偏嫁给了他的表弟川岛武男，婚礼早已举行过了！千千岩碰到了这意外的事，气得发昏；他一心期待着好音而在京都买一匹友禅绸〔1〕，预备回来时当作礼品送给浪子，这时候就把它撕得粉碎，丢在字纸篓里了。

然而千千岩是在无论何种情形之下都不忘记自己的一个人，他立刻收拾残兵。所担心的只有那封情书，如果浪子把它给中将或武男看了，对他的前途将大为不利，这倒是可怕的。浪子一向说话谨慎，想来大概不至于这样，然而还是可疑。幸而有事到高崎去，他就装作无意地去访问逗留在伊香保的武男夫妇，就此探听消息。

可恨的是武男……

---

〔1〕　友禅绸是染有花鸟景物的一种精美的绸，据说是江户时代中期的京都画工富崎友禅于元禄年间（1688—1704）所创始，故名。

"武男！武男！"千千岩觉得耳边有人这样喊着,吃惊地睁开眼睛,向窗外一望,车子正停靠在上尾车站上,车站的杂役喊着:"上尾！上尾！"走过去了〔1〕。

"混蛋！"

千千岩独自骂着,站起身来在车厢里来来去去走了两三遍。他把身体抖擞一下,然后回到座位上,眼睛和嘴唇上都浮现出一丝冷笑。

列车又从上尾开出,狂风一般向前奔驰,经过几个车站,来到了王子。这时候有五六个人踏着月台上的石砂,喧哗嘈杂地走进二等车厢来。其中有一个五十多岁的男子,身穿一套一乐绸〔2〕日本装,白绉纱腰带上挂着一根很粗的金链条闪闪地发光,右手的手指上戴着一只很厚的金戒指,脸色赭红,眼梢显著地耷拉下来,左眼下面有一颗很大的红痣。这个人正要坐下去的时候,忽然和千千岩打个照面。

"呀！千千岩！"

"呀,这是……"

"你到哪里去了？"那红痣说过之后就站起身来,走到千千岩旁边来坐下了。

"嗳,我到高崎去了一趟。"

"从高崎回来吗？"他看看千千岩的脸,把声音略微放低些,又说,"你很忙吧？ 如果不忙,咱们今天一起吃晚饭,怎么样？"

千千岩点点头。

---

〔1〕 日语中,武男(Takeo)和上尾(Ageo)的发音相近似。

〔2〕 乐绸是一种厚实的精美绸缎。

（四）之二

桥场的渡头附近有一所房子，倘使不看门上"山木兵造别墅"的牌子，一定会疑心是一所供召妓游乐的酒馆。楼上一个房间，正适宜于幽雅的音乐和袅娜的岛田髻[1]，或者往红毡毯上抛撒花纸牌[2]。现在这房间里故意避免庸俗的电灯，而点着古雅的座灯。在杯盘狼藉之间，盘腿坐着的是千千岩和那红痣——不言自知，就是这别墅的主人山木兵造。

旁边一个侍女也没有，大概是故意遣开的。红痣面前摊着一本小册子，放着一支铅笔。册子上记录着许多人的姓名，每个姓名旁边都详细地注有官衔和住址等，又加着各种各样的铅笔符号：圆圈、方形、三角形、"甲"字或"丙"字。也有五六七等数字或罗马数字。还有加个点的，或划掉一次又复原的。

"那么千千兄，这件事就这样决定吧。将来办妥了，请你立刻通知我。——放心，不会失败的。"

"当然放心！早就送到大臣手里了。但是那些竞争者始终在那里活动，所以那玩意儿非下个决心多撒出些不可。这个家伙最难对付，非紧紧地抓住他不可！"千千岩指点册子上一个人的姓名。

"这家伙怎么样？"

"这家伙最难讲话。我不大熟悉，但听说是个非常顽固的家伙。一

〔1〕　岛田髻是日本未婚女子的发式。
〔2〕　花纸牌上画有松、梅、樱、藤、牡丹等十二种花样，每种四张，共四十八张。

见面就得低声下气地请求。搞得不好,事情就会弄糟了。"

"唉,陆军里也有懂事的人,但也有难讲话的人。就像去年吧,我包揽师团里的一批军服,照例使用那种手法,大都平安无事地通过。可是有一个家伙,他叫什么? 就是那个红胡子的上校,这家伙嫌这样不好,那样不好,非常讨厌。我就派掌柜的照例送一匣点心去。哪里知道这混蛋大摆其架子,说什么'混蛋,我才不受贿赂呢!',又是什么'有关军人体面'等等的话,终于把那匣点心一脚踢翻,真糟糕! 这匣子里照例上面是点心,下面是银洋,这真是难受极了! 房间里撒得红叶满地,白雪纷飞! 于是这家伙更加愤怒了,破口大骂,说污辱了他的清白,要去告发。后来总算弄停当了,但是费了很大的力气。世间有这样的先生,所以难免闹出笑话来,真是讨厌。说起讨厌,那位武男先生也正是这一类的人,实在很难说话,真没办法。前几天也……"

"但是武男这种人,有父亲替他创着万贯家财,所以不妨装顽固,装正直,随心所欲地做去。像我们这种人,赤手空拳……"

"呀,我完全忘了。"红痣说着看看千千岩的脸,从衣袋里摸出五张十元钞票,继续说,"别的后来再奉上,先送这点车马费。"

"我就老实不客气地叨光了。"千千岩说着,敏捷地收起钞票,藏在里面的衣袋里了,接着说,"不过,山木兄!"

"……?"

"我说,不播种是不会收获啊!"

山木苦笑一下,拍拍千千岩的肩膀说:"好机警的人! 真可惜,至少该给你个经理局长当!"

"哈哈哈哈,山木兄,英雄的短刀比小儿的三尺三寸大刀更锋利呢!"

"说得好！不过老兄,蛎壳町[1]的事千万要当心,要是外行,一定会失败。"

"没有关系,只是一点小款子……"接着又说,"那么,过几天,等情况分明了再……怎么？车子我出门去叫吧,放心！"

"那么……内人本来要出来向你问好的,只因离不开我那女儿。"

"丰小姐吗？身体不舒服吗？"

"是啊,不知怎的,这一个月以来一直生病。内人就陪她到这里来了。唉,千千岩兄,妻子女儿还是没有的好。要赚钱,只有独身最好。哈哈哈。"

千千岩由主人和女仆送到门厅,走出山木别墅。

(四)之三

山木送走了千千岩,回到里面来的时候,那一边纸隔扇拉开了,走出一个四十多岁的女人来,她肤色白皙,但是头发稀薄,两个门牙突出,非常难看。她在山木旁边落座了。

"千千岩先生已经回去了吗？"

"刚才把他打发走了。丰儿怎么样？"

牙齿突出的女人面孔拉得更长了,说:"我对你说,这个姑娘真是麻烦透了。"她转向那女仆说,"阿兼,你到那边去！"然后继续说,"今天,不知道有什么不高兴,把饭碗丢掉,把衣服撕破,真是没有办法！今年足足十八岁了呢……"

---

〔1〕　蛎壳町在东京都中央区,系东京交易所所在地。

"只有送巢鸭[1]了。这讨厌的东西。"

"啊呀,现在不是说笑话的时候! ……她很可怜,真可怜!今天她对阿竹说:'武男真可恨!他是一个最无情、最无情、最无情的人!去年正月里我织了一双毛线袜子送他,替他缝手帕边,还送他毛线手套和袖套,今年年初又织了一件红毛衣送他,都是我自己出钱的。可是他呢,连个招呼也不打一声,竟娶了那个丑陋、恶毒而又骄傲的浪子。真是一个最无情的人,最无情,最无情,最无情!我是山木家的女儿,什么地方比不上浪子呢?真是最无情,最无情,最无情!'这样说着就哭。啊呀,她这样痴心,真要想个办法才好呢!"

"这些都是蠢话!勇将之下无弱卒,你真不愧为丰儿的母亲!那川岛家,是新贵族,又有大笔财产。武男也不是一个愚笨的人。所以,我不是曾经费了许多力气想把丰儿嫁给他吗?可是不成功,他们早就举行过婚礼,我的一切心计都白费了。除非浪子死了或者离了婚,简直毫无办法。这些愚蠢的念头就适可而止,另找婆家倒是要紧的事。你真是个蠢材!"

"什么叫蠢材?我没有你那么乖巧。活了一把年纪,还要像换袜子一样地这个女人,那个女人……"

"你这么能言善辩,我倒说不过你了。你这个人的确是蠢……一下子就认起真来。告诉你,丰儿是我的女儿,我怎么会不疼爱她呢?所以我想与其翻来覆去地说这种废话,还不如另外替她找一个好地方,让她快乐一辈子。阿隅,来,咱们两个人去劝劝她吧。"

于是夫妇两个双双地穿过回廊,到闺女丰儿所住的厢房里去了。

---

[1] 巢鸭是东京精神病医院所在地。

　　闹不清山木兵造这个人是什么地方出生的,然而如今他是有名的绅商之一。刚发迹的时候,曾经受过现已去世的武男的父亲不少照顾,因此至今还在川岛家进进出出。也有人说这是为了川岛家是新贵族中的大财主的缘故,但这话也未免太苛刻了。他的住宅筑在芝樱川町,在桥场的渡头旁边有一所别墅。他从前放过高利贷,现在专门替陆军部及其他各部搞承包为业。他把长子送到美国波士顿去念商业学校,女儿阿丰不久以前还在华族女学校读书。他的老婆是什么时候讨来的,谁都不晓得,只知道是一个京都人,生得很丑陋。也有人说:"山木真好耐性。"其实,他在好几个地方分别养着可以冠用妖娆、婀娜等形容词的女人,在等候他轮流宿夜。这种情形他的老婆多少有所觉察。

(四)之四

　　房间里陈设着一张筝、一把月琴[1]和一个装在玻璃匣里的大娃娃等东西。一边放着一张精美的女用桌子,另一边放着一架梳妆镜。一望而知是一位很高贵的千金小姐的住处。这八铺席[2]的房间中央铺着绸缎被子,上面躺着一个十七八岁的姑娘,头上梳的岛田髻弄得凌乱蓬松,好像一束玉蜀黍须。她的肤色白皙,下巴丰满。照此说来,应该是很可爱的,然而下巴过分丰满了些,两颊上的肉生怕就要掉下来似的。嘴巴稍张着,好像懒得闭上似的,始终在脸上形成一个洞门。一双淡得若有若无的眉毛底下,好容易把过多的肉向上下推开了两三分,睁

---

〔1〕　月琴是自中国传入日本的四弦琴。
〔2〕　在日本一个房间能放几张榻榻米,就称几铺席。

着一双眼睛,上面仿佛蒙着一层春霞,好像刚刚从前世的长眠中醒过来的样子。

她向方才受了吩咐而忍着笑走开去的女仆背后像放箭似的骂一声"蠢材",就焦躁地推开了盖在身上的薄棉睡衣,从壁龛里取出一张摄着许多穿裙裤的女学生的大照片来,那双线一般细的眼睛一眨也不眨地盯住了看。忽然找出了其中一个人的脸,就用指甲不绝地弹;看来还不解恨,又用指甲一纵一横地划着这人的面孔。

纸隔扇嘶的一声拉开了。

"谁?阿竹吗?"

"嗯,阿竹,秃了头的阿竹。"

笑着在她枕头边坐下来的,是她的父亲和母亲。女儿毕竟狼狈起来,把照片藏过了,起来也不好,躺下又不好似的把身体横着。

"丰儿,觉得怎么样?好些了吧?刚才藏起来的是什么东西?让我看看;来,让我看。唉,原来是这个!——怎么,这不是浪子的面孔吗?划了这么多指甲印?你这样做,还不如去烧丑时香〔1〕好得多呢!"

"你又说这种话了!"

"听我说,丰儿,你是山木兵造的女儿,气度放大一点,拿出些勇气来,拿出些勇气来!你替那样的无名小子守节,况且是单相思,喏,丰儿,还不如想法子去找个三井或者三菱〔2〕家的儿子;要不然,大将或总理大臣的儿子;再不然,外国的皇族也容易。你胆量这么小怎么行呢?对不

---

〔1〕　烧丑时香,是日本的一种旧习。女人想要咒死她所嫉妒的女人,就于夜半丑时(即凌晨两点钟)到寺庙里去拜菩萨。咒时在头上戴一个铁架子,上面插三支蜡烛,手持钉子和铁锤,胸前挂一面镜子。

〔2〕　三井和三菱都是日本的大财团。

对,丰儿?"

这位丰小姐在母亲面前惯会撒娇撒痴,在父亲面前到底有些忌惮,低着头不作声。

"怎么样,丰儿? 还是舍不得武男吗？ 唉,小浪〔1〕这个千金小姐真讨厌。提起小浪,喂,丰儿,到京都去散散心吧。很好玩呢！ 祇园、清水、知恩院,如果不愿意去瞻仰金阁寺,就到西阵去买些腰带或三层礼服〔2〕。怎么样? 这比送进嘴里来的豆沙年糕〔3〕味道更好呢!"接着转向妻子说,"阿隅,你也很久没出门了,带着丰儿一道去吧。"

"你也一道去吗?"

"我? 胡说,这么忙的时候怎么去!"

"那我也不去。"

"为什么? 这有什么客气的,为什么不去?"

"呵呵。"

"为什么呀?"

"呵呵呵呵呵。"

"你笑得阴阳怪气的,为什么呢?"

"你一个人在家,我不放心。"

"胡说八道! 你在丰儿面前怎么讲这些话? 丰儿,妈妈的话都是瞎

---

〔1〕　小浪是《假名手本忠臣藏》(参见《黑潮》第 198 页注①)中的人物。她与大星力弥订婚,但大星家没落后,决定解除婚约。由于她痛不欲生,感动了婆家的人,终于完婚。

〔2〕　原文作三枚袭。古时指将三件和服套在一起穿。现在则指和服下面套两件白衬衣的冬季妇女礼服。

〔3〕　原文作牡丹饼,也叫萩饼,即表皮上裹上一层小豆馅的年糕团,"送进嘴里来的牡丹饼"或"从架子上掉下来的牡丹饼"都是日本成语,是福自天降的意思,相当于我国的天上掉下来的馅饼。

说,不要相信她!"

"呵呵呵,你嘴上怎么说都没有用!"

"胡说八道!讲正经话吧。丰儿,气度大一点,大一点。等着吧,自会有甜蜜的日子。有趣的事就要发生了。"

(五)之一

赤坂冰川町片冈中将的邸宅里栗花盛开的六月中旬,星期六下午,主人子爵片冈中将穿着一件法兰绒单衣,系着一条深灰色绉纱腰带,泰然地坐在书斋里的椅子上。

年纪将近五十,额顶的头发稍微有些秃,两鬓上的霜渐渐地多起来了。体重八十二公斤半,据说阿拉伯产的骏马在这将军座下也要出汗。两肩高耸,把脖子淹没;双重的下巴一直耷拉到胸口;安禄山式的大腹便便;两条大腿好像牛腿,走起路来恐怕会摩擦。肤色极度红黑;鼻子阔大,嘴唇很厚,髭须微薄,眉毛很淡。只有两只眼睛和这身体不相称,形状纤细而发光柔和,酷似大象的眼睛;嘴边常常像是要笑出来的样子;这眼睛和嘴巴显著地描出了一种不可名状的亲爱相和滑稽相。

这是某年秋天的事:中将微服进山打猎,走进山中一间小屋子去向一个独居的老婆婆讨一杯酽茶。老婆婆把中将打量一下说:"好强壮的身体啊!打到了只把兔子吗?"

中将微笑着回答:"一点也没有打到。"

"这种杀生的勾当,怎么可以当作生意呢?照你这样好的身体,可以去做长工,包管你赚到五十两。"

"一个月吗?"

"哪里！一年！我不骗你,还是去做长工吧。你什么时候去做,我这老婆子可以帮你点忙。"

"啊,那就多谢你了。我也许再来拜托你。"

"好的,好的。这样好的身体,杀生是可惜的。"

这件事中将在知己朋友之间常常谈起,到现在也还时常拿来当作佳话。在不相识的人看来,也许真以为如此;但在相识的人看来,这位魁梧奇伟、不可动摇的巍峨的将军,是存亡危急之秋的铜墙铁壁,这八十二公斤半的小山一般的体格和始终怡然的神色,可以镇定汹涌的三军之心呢!

他肘边的桌子上,一只交趾出产的青地花盆里种着几枝挺秀的细竹。头上高高地挂着天皇和皇后的照片。在下面的一旁,挂着个匾额,上面写着"成仁"两个字,落款是南洲[1]。架子上放着些书。壁炉台上和屋角里的三脚架上,放着国内外人士的照片七八张,有穿军服的,有穿便衣的。

草绿色的窗帏拉开着,东面和南面各有六个窗子,豁亮地敞着。东面可以俯瞰屋宇连绵、行人扰攘的谷町,青葱的灵南台上露出爱宕塔的尖顶,约有一尺长,一只鹞鹰正在上面盘旋。南面是开满栗花的庭院。栗花的缝隙间露出冰川神社的银杏树梢来,好像矗立着的青色的戈矛。

窗里望见的初夏的天空,碧油油的,好像浅黄缎子一般发光。到处都是悦目的绿叶,每一株上都累累地开满淡黄色的栗花,像画一般映在碧空中。靠近窗前的一枝,不像别的枝条那么凡俗,日光照射着的叶子

---

〔1〕 南洲是明治维新的功臣西乡隆盛(1827—1877)的号。

映出绿玉、碧玉、琥珀似的种种色彩,其间开着肩章一般的花,摇摇摆摆地压弯了树枝。虽然没有风,但每当大气动荡的时候,香气偷偷地飘进书斋来。淡紫色的影子从窗槛上射到主人左手拿着的《西伯利亚铁道现况》的书页上,纷纷地跳动。

主人暂时阖上他那双细眼睛,叹了口气,又慢慢地睁开眼睛,注视着书本。

不知什么地方传来辘轳的声音,骨碌骨碌地好像许多珠子在滚动着。忽然又停止了。

下午的静寂充满了邸宅。

忽然两个小家伙来窥探虚实了。从一尺来宽的门缝里偷偷地探进头来,又缩回去。忍不住的笑声在门外一阵一阵地响起来。一个小家伙是八岁光景的男孩子,穿着齐膝的水兵服和高统皮靴。另一个小家伙大约五六岁,穿着紫色箭纹花布单衫,束着红腰带,左右分开的头发轻轻地覆在眼睛上。

两个小家伙在门外踌躇了一会儿,而今憋不住了似的一齐伸出四只手把门推开,冲将进来,毫无困难地越过横在房间中央的一堆合订报纸的堡垒,成横队向中将的椅子进攻,穿水兵服的在右,头发从中间分开的在左,生擒了小山一般的中将的两膝。

"爸爸!"

(五)之二

"呃,你们回来了?"

中将极度徐缓地发出男低音,仿佛是从他那便便大腹的深处挤出来的,同时莞尔一笑,伸出沉甸甸的右手拍拍水兵的肩膀,又用左手摸摸梳分头的额发。

"小考怎么样……考得好吗?"

"我,我,爸爸,我算术得了甲。"

"我啊,爸爸,今天老师夸我花样绣得好。"

梳分头的从和服的怀里摸出幼儿园的手工来,放在中将的膝上。

"好,这个做得好!"

"还有,习字和读书是乙,别的都是丙。到底落在水上后面了,我窝心得不知道怎么办才好。"

"用功就好了。——今天的修身课讲了些什么?"

水兵笑容满面,兴致勃勃地说:

"今天,爸爸,讲的是楠木正行[1]的故事。我很喜欢正行。正行和拿破仑哪一个伟大?"

"都伟大。"

"我啊,爸爸,我很喜欢正行,但是我更喜欢海军。爸爸是陆军,我要当海军。"

"哈哈哈哈,你做川岛家姐夫的学生吗?"

"不过,川岛家的姐夫是少尉,我要做中将。"

"为什么不做大将呢?"

"因为爸爸也是中将。中将比少尉伟大吧,爸爸?"

"不管少尉或者中将,用功的就伟大。"

"我啊,爸爸,爸爸,听我说,爸爸,"梳分头的把她抱着的中将的膝当

---

〔1〕　楠木正行(? —1348),日本南北朝时代的武将。

作跳台，边一上一下地跳，边说，"今天我听到一个有趣的故事，是兔子和乌龟的故事，我讲给你听好吗？有一个地方有一只兔子和一只乌龟……啊，妈妈来了。"

柱上的自鸣钟敲两点的时候，一个三十八九岁的高个子妇人进来了。她梳着西式头，刘海儿剪得短短的，烫弯，在高高的额头上左右分开。眼睛稍大，眼角略微吊起，不知什么地方有些险恶的神色。黝黑的皮肤，薄薄地搽着一层粉，偶尔露出一口刷得雪白的牙齿，令人炫目。身穿笔挺的特等绉绸单衣，系着一条黑缎子筒形腰带，双手戴着显然是价值昂贵的镶宝石的金戒指。

"又在爸爸这里撒娇了。"

"不，我正问他们学校里的成绩呢。好，现在爸爸要上课了，你们到外边去玩吧。待一会儿爸爸去锻炼身体。"

"啊，我真高兴！"

"万岁！"

两个孩子高兴地相互缠扭在一起，争先恐后地走出房间去。不多时，远远地听见了"万岁！""哥哥，我也要！"的叫声。

"无论我怎么说，你总是宠着他们。"

中将含笑说："哪里，并不是宠他们，小孩子总是疼爱的好。"

"不过我告诉你，俗语说：严父慈母。你一味疼爱他们，就真个变成相反了。我总是要骂他们，恶事都让我一个人做了。"

"唉，你不必这样短刀直入，宽容些吧。老师，在这里坐下再说。哈哈哈哈。"

中将笑着站起身来，从桌子上拿了一册翻旧了的皇家读本第三册，吞一口唾液，开始读他那夹着许多杂音的奇怪的英语了。那妇人静静地听着,常常纠正他发音的错误。

这是中将每日的功课。这位在维新的战乱中以一介武夫立身的子爵,一向奔波忙碌,没有学外国语的余暇。去年开始当了预备将校,方才有些空闲,就趁此机会学习英语。教师就是近在身边的夫人繁子。这位夫人是长州有名的武士家的女儿,曾经长年留学伦敦,精通英语,为一般男子所不及。由于伦敦风气感染之故,万事注重洋风,凡家政的处理,儿童的教育,都依照在外洋所见所闻的模样实行。然而事情大都办得不称心,婢仆们常常在背后嘲笑她不谙世故。孩子们一味亲近秉性宽大的父亲。中将万事采取落落大方的东洋风度,这正是使夫人感到不满的原因。

中将千辛万苦地读完了一页,正想做翻译练习的时候,门推开了,走进一个束红缎带的十五岁光景的垂髫少女来。她看见中将的大手里捧着一册小读本正在诵读,觉得滑稽,吃吃地笑起来。

"妈妈,饭田町的姨妈来了。"

"噢。"夫人答应着,眉头隐隐约约皱了一皱,同时看看中将的脸。

中将慢慢地站起身来,把椅子移开些,说:"请她到这里来。"

(五)之三

"打扰你们了。"

走进来的是一个年约四十五六岁的很有风度的妇人,大概是患眼病的缘故,戴着一副淡蓝色眼镜。她的容貌有点像伊香保三层楼上的那个人。这是片冈中将前妻的姐姐,名叫清子,是贵族院议员子爵加藤俊明氏的夫人。替浪子做媒人,让她嫁到川岛家的,就是这对夫妇。

中将微笑站起身来，拉一把椅子请她坐，又把对着椅子的窗子上的窗帏拉严些。

"请坐。长久不见了。你家先生还是很忙吧，哈哈哈哈。"

"他竟像一个花匠师父，剪刀不离手。呵呵呵呵。现在菖蒲还早，但是他自鸣得意的朝鲜石榴正在盛开，蔷薇也还没有谢光，所以他几次三番地说，想请你们去欣赏欣赏。"淡蓝色眼镜笑着，转向片冈夫人说，"带着毅一和道儿一起来吧！"

说实在的，子爵夫人是不大喜欢这个淡蓝色眼镜的。所受的教育不同，气质又相异，这是不必说的；还有一点：这是前妻的姐姐这一念头始终盘踞在她心里，成了不快的种子。她思忖：我正想独占主人中将的心，在家里独享女主人的威风，而前妻的姐姐这么一个人时常在我家进进出出，不但使亡妻的面影浮现在主人眼前，还要——嘴上虽然不说——对我所认为也是前妻遗迹而疏远的浪子和保姆阿几寄予同情；前妻虽然不是个死孔明，然而唤起已故的人的面影来和自己相争，总是一件很不快的事。现在浪子和保姆阿几好容易离去了，治外法权已经撤销，可以稍稍安心了，然而每逢看到这淡蓝色眼睛的脸，就觉得仿佛墓中人出来和自己争夺丈夫，争夺主妇的权力，争夺自己所辛辛苦苦建立起来的教育方法和家政经纶，自然而然地感到一种不安。

淡蓝色眼镜从她那只虾夷锦[1]手提袋里拿出一瓶糖果来："这是人家送我的东西，给毅一和道儿吧。他们还在学校里吗？没有看见呢……啊，原来这样。……还有，这个给驹儿吧。"

她又拿出一支绣球花发簪来，给了端红茶来的束红缎带的少女。

---

〔1〕　虾夷锦是虾夷（北海道的古称）地方出产的一种织锦。

"总是承蒙您破费，真不好意思。他们指不定多么高兴呢！"子爵夫人说着，把瓶子放在桌子上了。

这时候一个女仆进来报告，说红十字会有一个人来访问太太。子爵夫人就向客人告辞，走出房间去。出了房间，她向后面跟出来的少女轻轻招招手，低声地对她说了几句话。少女就略微倒退几步，躲在窗帏遮住的地方，偷听房间里的谈话；夫人也就离开她，沿着回廊走向会客室里去了。这个红缎带少女叫驹子，今年十五岁，也是前妻所生的。夫人虽然疏远她的姐姐浪子，却疼爱她。因为浪子沉默寡言，万事怕羞，夫人认为她心术不良而乖戾。这妹妹比姐姐轻佻些，夫人认为气质同自己相像，所以疼爱她。夫人还别有用心：一则是要对浪子表示讥讽；二则是要让世人看看，前房的女儿她也会疼爱的。所以父亲的爱集中在姐姐身上，母亲却向妹妹身上找知己。

凡是个性很强的人，都有这样的脾气：一方面不顾别人怎么想，一味地为所欲为；另一方面又意外地脆弱，最怕别人批评。名利双收，行吾所好之外，又想博得别人的好感，这是任意妄为者的常态。只有这种人才喜欢吹吹捧捧。子爵夫人是一位女中丈夫，加之染上了西洋习气，跟威名震天下的丈夫中将一样能言善辩。然而中将到处有朋友，到处受人仰慕，夫人不懂得爱人，所以没有知己，心中寂寞，就自自然然地喜欢拍马屁的人。即使是雇用的婢仆，凡是沉默寡言的都被辞退，巧言令色的却获得信任。幼小的驹子并非一定讨厌她的姐姐，然而她发现讥笑姐姐可以博得后母的欢心，结果就养成了告密的恶癖，不止一二次地使得保姆阿几皱眉头。现在姐姐虽然已经出嫁，她还在替后母当间谍。

她躲在东边廊沿上第二个窗子的窗帏后面偷听。父亲那好像从肚子里挤出来的笑声和姨母的清脆笑声轮流传来,后来话声渐渐降低了,断断续续地听见"婆婆""浪儿"等字眼。红缎带少女更加用心地倾听着。

(五)之四

　　四百余州齐起,敌兵十余万骑。

　　我们镰仓男儿,对此有何恐惧。

　　刚才那个穿水兵服的孩子这么唱着,用脚踏着拍子走来,一眼瞥见了站在廊沿上的红缎带。红缎带几次用手捂住嘴巴给他看,又对他摇头摆手,但他完全不顾,只管叫着:"姐姐,姐姐!"跑过来问道:"你在这里做什么?"姐姐一个劲儿地摇头,他又问:"什么? 什么?"红缎带蹙紧了眉头,不觉高声嚷道:"这个人真讨厌!"脸上露出"糟糕"的神色,耸一耸肩膀,急急忙忙地走开去了。

　　"呀,逃走了,呀!"

　　穿水兵服的孩子叫着,走进父亲的书斋里去。他看看客人的脸,微笑着低下了头,赶过去抱住父亲的膝盖。

　　"呀,毅一,这些日子没见着你,似乎又长大了。天天上学校去吗? 噢,算术得了甲? 真用功呢。过几天跟爸爸妈妈到姨妈家来玩吧。"

　　"道儿哪里去了? 噢,是吗? 喏! 姨妈给你们好东西了,高兴吗? 哈哈哈哈。"父亲把那瓶糖果给他看看,又说,"妈妈怎么样了? 还在招待客人吗? 你去告诉她:姨妈就要回去了。"

　　主人中将目送着孩子的后影,注视着淡蓝色眼镜的面孔,说:"那么,阿几的事就这样决定吧。请你不要把事情闹大……好，就这样拜托了。唉，其实我也防到这种事情，原来不想派她去，然而浪儿几次地提起，她自己也希望去，所以就……好，对啊，好，好，拜托拜托！"

讲了半截，子爵夫人繁子进来了。她向淡蓝色眼镜看了一眼，说："就要回去了？真不巧，来了一个客人。……不，现在已经走了。他是来商量慈善会的事情的，怕不会有什么结果。今天真是怠慢得很。请您替我向千鹤子姑娘问好。……浪儿去了之后，她一次也没有来玩过呢。"

"近来她身体不大好，所以什么地方也没有去。……那么再会了。"她说着，拿起手提袋慢慢地站起身来。

中将也慢慢地站起身来，一面说："顺便到那边去散散步。哪里！没有几步路。喂，毅一！道儿！散步去！"

夫人繁子送客人出去之后，回到起居室里，坐在安乐椅上，看看慈善会的章程，然后向驹子招招手。

"驹儿，他们讲了些什么？"

"喏，妈妈，听不大清楚，不过我听见他们讲阿几的事情。"

"噢！阿几怎么啦？"

"喏，姨妈说，川岛家的老太太生了风湿病，肩膀上疼，所以近来脾气很不好。还有，阿几对姐姐说，是在姐姐的房间里说的，她说：'少奶奶，这里的老太太脾气这么暴躁，少奶奶真吃苦了，不过她年纪老了，横竖不会长久了。——'她是这么说的，阿几真是笨死了，妈妈。"

"到随便什么地方都做不出好事情来的，这个讨厌的老婆子！"

"还有，妈妈，听说这时候正好老太太从廊沿上走过，这些话统统被她听见了。她气得不得了！"

"活该!"

"她气得不得了,姐姐很担心,就去同饭田町的姨妈商量。"

"同姨妈商量?"

"嗯,随便什么事情姐姐都只是同姨妈商量。"

夫人苦笑了一下。

"还有什么?"

"还有,爸爸说要派阿几去看别墅。"

"噢。"夫人的眉头越发皱紧了。"另外没有了吗?"

"另外,我正想再听下去,但是毅一跑过来了……"

(六)之一

武男的母亲名叫阿庆,今年五十三岁,除了风湿病常常发作,并无别的毛病。据说从麴町上二番町的邸宅到她的亡夫长眠着的品川东海寺,她常常徒步往来,毫无困难。体重七十一公斤多,在所有的公侯伯子男爵家的女眷之中,她的体格有二等力士的定评。但是听说她的肥胖,实在是五六年前她丈夫通武病故之后的事,在这以前,身体瘦削脸色苍白,像病人一样。所以也有人说:这好比被压紧的皮球,手一放开,就蓬勃地膨胀起来。

她的亡夫本来是麓藩的一个地位低微的封邑武士。他娶庆子的时候,举行了比太阁[1]稍强一些的婚礼。然而后来乘着明治维新的风云

---

〔1〕 太阁是摄政及太政大臣的敬称,此处指丰臣秀吉(1537—1598)。他从穷武士做到太政大臣,逊位后称作太阁。

开始发迹，受到大久保甲东[1]的赏识，在各地当了多年县令，探题[2]的名望一时著称于世。然而他性格刚愎自用，成了一生之累。他在明治政府中没有什么朋友，替浪子做媒的加藤子爵，是他的少数朋友之一。甲东死后，他总是不得志，直到逝世。也有人说：他之获得男爵的爵位，实在是侥幸托庇于他出生的地方好。所以这个刚愎自用、性情暴躁的通武一向郁郁不乐，常常借酒浇愁。容量三合[3]的大杯，他可以连喝五杯。喝得像赤鬼一般，挺胸凸肚地闯进县议会去的时候，据说议员中很少有不变色的人。这也许是事实。

因此川岛家经常处在戒严令之下，家属仿佛都在未装避雷针的大树底下过夏天，战战兢兢地打发光阴。除了以父亲的两膝为舞场、而从小确信世间没有比父亲更好的游伴的武男之外，夫人庆子自不必说，所有婢仆和出入的人，甚至连屋子里的柱子，没有一个不曾尝过主人的铁拳滋味。即使现今以绅商闻名于世的那个山木，也常常受到赏赐而感激涕零。但他总是说："这一点点赏赐算得了什么呢！只要想一想他让我赚钱，这一点点真是极低廉的所得税！"他就屡次来伺候并受赏。主人的脾气如此，所以一说起老爷生气，连厨房里的老鼠也肃静无声；里面响出迅雷一声，连耳朵有点背的女仆手里的菜刀也会跌落。有事情到他私邸里来请示的属吏，必先弯到后门口去探听一下今天的天气预报。

跟他一道生活了三十年的夫人庆子，其苦痛实非寻常可比。当初嫁过来的时候，到底还有翁姑在堂，没有觉察到丈夫有这样的脾气，倒也安

---

〔1〕 甲东是明治维新的功臣大久保利通（1830—1878）的号。
〔2〕 探题是镰仓、室町时代驻重要地方统辖政务的官职，如六波罗探题、九州探题等。
〔3〕 合是日本的容积单位，一合等于0.18公升。

稳度日,但是不久翁姑相继去世,丈夫的本性就显著地暴露出来,夫人也悲愤填胸。她起初曾经反抗过五六次,后来意识到无济于事,就不再争执,模仿韩信的作风:屈身忍辱;不然,采取三十六策中的上策:溜之大吉。在这期间,她万事忍气吞声,多一事不如少一事,然而丈夫的性情并未随着年月而改变。最后的三四年特别暴烈起来,炽盛的怒火加上了过量之酒的煽动,使得经过二十多年锻炼的夫人也招架不住。她忘记了已有儿子武男和自己的两鬓新霜,她把知事太太、男爵夫人的光荣称号看得不值一文,有时胸中竟涌起这样的念头:情愿脱离这苦海,去当坟墓看守人的老婆,平安地度送一生。但是不知不觉之间,也稀里糊涂地过了三十年,有一天这个狠心的丈夫通武终于闭上眼睛,仰卧在棺材里了。她看到这光景,透了一口大气,同时真心的眼泪也扑簌簌地掉下来。

眼泪掉过了,气透过了,同时气焰也长出来了。丈夫通武在世的期间,夫人被他的巨大的身体和震耳的声音所抹杀,不知容身在什么地方;现在却从内室里神气活现地走出来,转眼之间越来越大,涨满了整个屋子。见惯那个缩头缩颈、又瘦又小地躲在主人旁边的夫人的人,无不哑然吃惊。西洋某学者说:夫妇同居长久了,容貌气质都会相像起来,这句话确有道理。所以也有人说:怪不得近来夫人的举止态度,例如一双浓眉攒动的样子、一只手拿着烟管而注视对方的脸的样子,以及起居动作的粗暴,尤其是脾气的焦躁,非但和丈夫相像,竟就是已故的男爵本人。

俗话说:"江户的仇在长崎报。"世间的事情都是在意外的地方进行报复的。在野党的议员今天在议院里慷慨激昂地演说,大肆攻击政府,使你感佩之至;然而倘使你知道了他这气焰一半是昨夜在家里吃了高利贷的大亏而发泄出来的愤懑,你的感佩也就减少了一半。南中国海里的低气压,会使岐阜、爱知两县发生洪水;塔斯卡洛拉海沟[1]的陷落,会在三陆[2]引起海啸;师直[3]曾经把失恋的牢骚发泄在"无用的书法"中。宇宙只要求平均,凡物皆求其平。而在求平均的时候,倘使像吝啬者督促按日付还债款那样,焦灼地今天催他还,明天催他还,那便是小人的行径;所谓大人,则一切账目听凭天道的银行去处理。正如一位人情博士所说的:"我只要专心地行吾分内之事。"

　　然而凡夫俗子,眼下都在求平均。求的时候依照物体运动的法则,犹如水总流向低处,只拣障碍少的方向走。所以川岛家的寡妇忍耐了三十年苦痛的水闸,等到丈夫的棺材一盖上之后立刻开放,水一下子都流出来了。世界上她最害怕的那个人,已经到远方去了,他的拳头无论如何也伸不到她头上来了。她脸上仿佛表示:我并非由于没有出息才一直保持沉默的;现在丈夫死了,而我还活着。她就开始向周围的人肆意地催索不知不觉之中累积起来的利上滚利的借款。讲到脾气暴躁,已故的男爵毕竟是个有大丈夫气概的人物,虽然使人难受,总还有一点儿爽快之处,如今出之于这位没有那么大的气魄、不懂道理、气度狭小、乖僻而极其任性的夫人,那就叫人只感到无比痛苦。婢仆们比在已故的男爵的时代更加受罪了。

　　浪子的婆婆是这样的一个人。

────────────

　　〔1〕　塔斯卡洛拉是位于日本列岛以东、西太平洋的海沟。系 1874 年美国探险船塔斯卡洛拉号所发现,因而得名。

　　〔2〕　三陆是三陆地方的简称,指日本东北地方的东北部以及北上高地的东侧一带。

　　〔3〕　师直姓高,是 14 世纪吉野时代的一个武将。他爱上了盐谷判官高贞的妻子颜世御前,就努力学习书法,借以排遣苦闷。

(六)之二

　　新嫁娘有时不梳螺髻而梳旧时的总角辫子,人力车夫还以为是处女,会对她说:"小姐,便宜一点儿我拉你去吧。"但婢仆们叫她少奶奶,她已经能够毫不踌躇地答应了。——到了这时候,新嫁娘的心已经稍稍安定,而被稚嫩和娇羞的薄雾所遮起的四周情况,也渐渐地看得清楚了。

　　"每个人家的家风不同,这本来用不着对你说,但切不可带着娘家的习惯到那边去。片冈浪子只到今天为止,从现在起就是川岛浪子了。"浪子穿好新娘礼服将要上马车之前,父亲叫她到书斋里去,恳切地对她说的这几句话,她自然不会忘记。但到了夫家一看,家风的差异实非寻常可比。

　　夫家的财产也许赛过娘家:武男的父亲在新贵族中首屈一指,长年在各地当县令,这期间攒下了万贯家财。然而在娘家,父亲中将名扬海内,现在虽然是预备将校,但交际极广,有旭日东升时的蓬勃气象。反之,这里自从武男的父亲通武故世之后,生前往来的一些人大都裹足不前。加上亲戚甚少,知己不多,这寡妇性不好客;今后可以重振家声的小主人年纪尚轻,官职还低,又不大在家,因此家运自然像静止的水一样。在娘家,后母喜欢奢华的西洋派头,虽然自有一套经济理论而实行奇妙的节俭,惹得婢仆们在背后议论"太太连送礼的规矩都不懂",但是军人们的交际一般都是阔绰的。这里却大不相同:一概都是旧式的,而且竟是乡下气的。说得好听些,是一种不忘本的美德,然而实际上,趣味和理论都同自己春米的时代没有两样。不论什么事情,倘不是自己动手,这位寡妇就感到头痛。有一个姓田崎的老实透顶的男子,男爵在世时把他当作仆人使用。现在夫人请他当了管家,竟和他一起计算每月用几担柴、几篓炭。武男偶然回家,就对她说:"妈妈,不要做这种事了,点心嘛,就到风月堂去买些来吃吧。"然而她只管满嘴巴嚼着自制的乡下羊羹。所以关于保姆阿几跟着浪子同来这一点也常常要讥讽:"大户人家到底不同,不要弄得武男去讨饭才好。"可知阿几被排斥,未必完全是由于夫人在廊沿上偷听了她的话的缘故。

虽然聪明,十八岁的新嫁娘突然走进完全不同的家风中,也难怪会处处感到困惑了。然而浪子知道父亲的训诫正在于此,所以打定主意,决心抑制自己,万事依照家风。考验这决心的机会立刻就到了。

从伊香保回来不久,武男就航海到远方去了。既做了军人的妻子,多别离是意中事。然而新婚不久的别离,分外使人肠断,当时好像失去了掌中的宝玉,空落落地几乎手足无措。

在说婚的当初,父亲看了女婿,对人说非常中意。后来浪子跟他在一起了,觉得这句话一点也不错。武男为人落落大方,有男子气概,爽快而又多情,毫无鄙吝之气,跟他在一起,真好像住在父亲身边一样。说到像父亲,竟连走路时摆着肩膀稳步前进的样子和孩子一般的笑声也都同父亲一模一样。浪子心里想:"啊,我真高兴!"就全心全意地爱他。而武男呢,初次有妻子,对她无限怜爱,这个独生子仿佛忽然有了个妹妹,只管"浪妹,浪妹"地疼爱她。相处还不满三个月,亲热得就像前世早已相识了一般。所以虽然是暂时的别离,彼此都感到无限伤心。然而浪子没有长久惜别伤离的余暇,因为武男出发后不久,婆婆的宿病风湿病剧烈地发作起来,照例脾气非常暴躁。将阿几送回娘家去之后,考验她的忍耐的机会就更多了。

　　曾经有人写道:当初新生受尽高班生的虐待,后来自己做了高班生,就把虐待新入学的学生引为无上的快乐。没有忘记脱下新娘礼服时的胆怯和困惑的婆婆,照理不会虐待媳妇。然而这里就显出庸人的卑鄙相来:等到新娘的新气已经过去,冠上了婆婆的头衔,而眼前来了一个媳妇的时候,她就放肆起来,不知不觉之间变成了和当年自己所深恶痛绝的婆婆一样的人。"喂,喂,这衣襟要四寸宽,这么折过来。不对,不是这样的!拿过来吧!活了二十岁,这一点也不会做,亏你还来做媳妇哪!嘿嘿嘿嘿。"冷笑的声音再加上轻蔑的眼色。自己二十岁上做媳妇的时候,正是像这样挨骂的。哎呀,连自己都觉得可怕。能够猛地想起这一点而改变作风的婆婆,还算是上中之上者。然而世上的人大都是不知不觉间想在自己生前取得补偿,以眼还眼,以牙还牙,即所谓吃了江户的婆婆的亏,在长崎的媳妇身上进行报复。浪子的婆婆也正是这样的一个人。

　　浪子受过西洋派头的后母的折磨,现在又受老脑筋的婆婆的折磨。这个患病的老太太不绝地要长要短,常常呼喊婢女,浪子只得说:"我来了。"就代她们做;有时因为没有做惯而不能使她满意,她就一方面表示道谢,而一方面故意大声叱骂婢女。浪子在十年间听饱了后母的冷嘲热骂,现在再听这声音,觉得更加难受。而且这还是起初暂时的情况,到了后来,暴怒的锋刃就直对着浪子了。自从阿几离开后,再也没有人来安慰她了。有时她感觉到:怎么我又回到从前的阴暗世界里去了!但她回到房间里去,看到桌子上那装在银质镜框里的雄赳赳的海军士官的面影,欢喜、恋慕、怜爱之情就油然而生,偷偷地拿在手里,凝神地注视,吻它,把它贴在颊上,低声说:"早点回来吧!"仿佛这个人就在面前的样子。为了丈夫,她觉得无论怎样艰辛都是快乐的,她就牺牲了自己来服侍婆婆。

（七）之一

浪妹妆次：

今于华氏九十九度之香港挥汗作书。佐世保拔锚前之情况，前信早已奉告，谅蒙鉴察。由佐世保启程后，连日快晴，暑气如焚。虽神州海国男儿，亦稍稍为之辟易。同僚士官及兵士中确有八九名患日射病，但仆十分健康，毫不烦劳医疗室。惟仆肤色本黑，乃浪妹所素知，今受赤道近旁烈日烤灼，其黑愈甚，竟成一黑人。今日随同僚上陆赴理发店，对镜自觉吃惊。同僚中狡狯者戏为予言："君胡不摄一彩色照相，呈新夫人？"堪发一笑。途中一向快晴（惟有一度季节风来袭），同僚共呼万岁，即于昨晨在此湾内抛锚。

前日来信，于佐世保收到，曾一读再读。母亲之风湿病，乃年来宿疾，诚为可虑。但今年有浪妹侍奉左右，仆大为欣慰。务请代仆操心是所至祷。母亲病中未免性情暴躁，遥想浪妹定多劳顿。赤坂岳家想必阖第康泰。加藤姨丈依旧剪刀不离手乎？

阿几已归去，不知何故，甚为可惜。浪妹有便请代为问好，并告以仆归家时当多买礼物奉赠。此人性情愉快，为仆所深喜，今归赤坂，实一憾事。想浪妹亦为此而颇感不便与寂寞。加藤姨母及千鹤子表妹想必时时来访？

千千岩时来访问，甚善。我家亲戚极少，千千岩乃其中之一，母亲常想依赖之。善意待彼，亦对母亲孝道之一。此人富有才气与胆量，紧急时当可借助也。（下略）此请
居安

仆　武男顿首
七月×日于香港

附别纸请口诵与母亲听之。又及

在此停泊四五日，购备食粮等物后出发，经马尼拉向澳洲悉尼，再经新喀里多尼亚[1]、斐济诸岛，赴旧金山。再从旧金山经夏威夷归国。相见约在秋天。又及

来信请寄旧金山日本领事馆留交。又及

＊　　　　　＊　　　　　＊

浪妹妆次：

（上略）去年五月，正偕浪妹赴伊香保采蕨行乐，今则远居南半球澳洲之悉尼，惟仰望南十字座而回想往事耳。人世之事，实甚奇妙。往年乘练习舰赴远洋航海之时，屡患晕船之疾；今则无病息灾，百体康强，自觉惊异。惟此次另有往年所未知之感情，缠绵心头。每当航海之夜，独立舰桥，仰望南天，但见漆黑之空中撒布无数金刚宝石，此时胸中必起难言之感，浪妹之芳姿时时闪现眼前（请勿笑我儿女之态）。在同僚前，闲吟"遮莫家乡思远征"之句，佯为漠然无动于衷之状（请勿笑我），实则浪妹之玉照，始终深藏于仆之内衣怀中。即今写此信之时，家中六席室中芭蕉窗下一手支颐而读此信之人之面影，历历在目也。（中略）

悉尼港中，游艇甚多，或夫妇二人，或家属数人，不杂外客。仆将来功成名遂，与浪妹成白头夫妇之时，岂但乘游艇而已哉，当造五千吨汽船一艘，仆为船长，儿孙为船员，而周游全世界。此时当再来此悉尼港，为

---

〔1〕　新喀里多尼亚是南太平洋上的法属群岛。

白发之浪妹闲话数十年前血气方刚之海军少尉之梦也。（下略）此请
文安

愚夫　武男顿首

八月×日于悉尼

（七）之二

武男夫君爱鉴：

拜读七月十五日香港所发华翰，再三再四，不忍释手。在此盛暑之中，而玉体康泰无恙，不胜欣慰之至。母亲大人贵恙近已大快，务请勿劳远念。妾比来常在孤寂中度日。文驾远征以来，日惟小心翼翼，以博母亲大人之欢娱，但才力薄弱，效劳每多不周；经验缺乏，诸事皆不当意，诚属大憾。每日惟一之乐趣，但望文驾早日旋归，得拜仰健康之尊颜耳。

赤坂诸人皆安好，前日全家赴逗子别墅；加藤家亦全家赴兴津，东京顿感寂寞矣。阿几随赴逗子，近亦安好，转达尊意后，彼感激涕零，再三属笔请安。

妾至今始感过去操练太少，深以为憾。家父平日教诫：家政乃女子本分，务须用心，故家居时亦曾留意。然女子识见浅陋，以为此等事随时能为，常等闲视之。至今始觉某事悔未学习，某事虽曾学习，而已忘却，诸多困窘。承叮嘱学习英语，于心终不忘，然常坐案前，深恐母亲大人不以为然。故目前必须以练习家务为先。万望曲谅为幸。

言之实甚惭赧：迩来对无论何事，必感寂寞悲伤，无法自遣，但望尽早得仰尊颜。有时恨不得身添双翼，飞傍左右。每日每夜，必取玉照及军

舰摄影凝神注视。昔年在学校时,对世界地理毫不注意,近日始将早已忘却之地图取出,用铅笔在上面画线,记明左右。明知荒诞,然犹日日耽耽于梦想。报载天气预报,过去视若无睹;今则每见飓风警报等,虽明知文驾不在其地,亦必异常警惕。万望多多保重玉体。……(下略)敬请

客安

妾　浪子敛衽

武男夫君爱鉴:

(上略)近来夜夜梦见尊容,真有一日千秋之思。昨夜梦见共乘战舰赴伊香保采蕨。不断有人插入吾等之间,以致君影远离,妾则自舰下坠。正当惊骇之际,适为母亲大人唤醒,始得抚胸定神。此虽愚痴之谈,然终不能忘怀。亦足证盼待驾归之心切也。近惟日日遥望东天,一切且待归来细说。此信或不能及时递达左右,但留置夏威夷檀香山转交。(下略)敬请

客安

妾　浪子敛衽

十月×日

中　　篇

（一）之一

　　川岛家的老寡妇在被炉[1]里烤着火，回过头来，向壁龛上看看正在敲下午八点钟的座钟，咕哝道："八点钟了，应该回来了。"

　　说着，慢慢地伸起她那只肥胖的手来，把烟灰缸拉近些，接连吸了两三袋烟，倾耳静听。虽然是郊区地方，但新年的夜里，也常有车马往来。邻家大概正在作摸彩游戏，青年男女喧噪之声不绝，有时哄然大笑，声音仿佛就在近旁。寡妇呷了呷嘴，又说："在那里做什么呢？咄！到赤坂去，每次总是这样的。……武男也这样，浪子也这样，娘家的人也不管，现在的人都不成样子。"

　　她想把两膝放好些，不料触碰了闹老毛病风湿痛的地方。叫了声："啊唷，好疼啊！"蹙着眉头，火气直冒，粗暴地敲打烟灰缸的边缘，厉色呼唤女仆："阿松！阿松！阿松！"这时候车夫精神抖擞地叫着："回来啦！"同时两辆人力车辘辘地响着进了大门。

　　穿着新年服装的女仆衣裾飘飘地跨着急步走进来，双手扶席，跪着问道："吩咐什么？"寡妇骂道："为什么慢吞吞的，赶快到门厅去！"女仆周章狼狈地退了出去。

　　同时武男精神勃勃地叫着："妈妈，我们回来了！"一面脱手套，一面首先走进房间来。浪子边把丈夫的外套和自己的日本式大衣递给女仆，边跟进来，在丈夫旁边斯文地跪下，双手扶席，说："妈妈，回来得太迟了。"

---

　　〔1〕　被炉是日本人的取暖设备。火盆上放个木架，罩以棉被，把腿伸进去烤火。

"噢,回来了吗! 迟得很哪!"

"是的,"武男说,"今天我们先到加藤家去弯了一弯。他们说,他们正好也要到赤坂去,大家一同去吧。于是加藤姨夫、姨母,还有千鹤子妹妹,一共五个人一同去了。赤坂方面非常高兴,幸而没有外客,大家谈得很起劲,因此回来得迟了。唉,我喝醉了。"他用手摸摸熟桃子一般的面颊,把女仆端来的一杯茶一口气喝干了。

"噢,热闹得很,真开心。赤坂那面大家都好吗,浪子?"

"嗳,都好,他们叫我向妈妈请安。他们说,还没有来拜年……就受到这许多礼物,真是感谢得很。"

"说起礼物,浪妹,那个呢? ……噢,是这个,是这个。"他接了浪子端过来的盘子,放在母亲面前了。盘子里堆积着一对山鸡,以及鹬、鹌鹑等野味。

"这是打猎打来的东西吗? 这么许多! 可以办酒席了。"

"是的,妈妈,据说岳丈这回打猎收获不小,除夕才回来的。今天正想把野味送过来,恰好我们去了,就带了来。听说明天还要送野猪来呢。"

"野猪? 野猪也是打来的吗? 我比亲家翁只大三岁呢! 浪儿。他却一向身体这么强壮。"

"是的,妈妈,他非常强壮。这回听说一连两三天在山里点着篝火露宿呢。他常常自夸着,说对青年人还决不肯让步哩。"

"那是一定的。像妈妈这样,风湿病发作起来,就毫无办法。一个人生病是最不好的事。——噢,已经九点钟了。你们去换了衣服,早点休息吧。……嗳,还有,武儿,今天安彦来过了。"

正要站起身来的武男脸上略微显出不安之色。浪子也不禁倾耳静听。

"千千岩吗?"

"他说有点事情,要找你。"

武男略微想了一想,说:"是的。我也必须……找他谈谈,有点事情。喂,妈妈,我出门的期间他有没有来借过钱?"

"为什么借钱?没有这种事。为什么呢?"

"没有什么。我略微听到一些消息,所以……这几天之内总会碰到他的。……"

"噢,还有,还有那个山木也来过了。"

"啊,山木这混账东西吗?"

"他来过了,说是这样的:初十那天摆酒席,说一定要你去。"

"这个讨厌家伙!"

"你去一趟吧。他不忘记你爸爸的恩德,多讨人喜欢呀。"

"不过……"

"不要这么说,去一趟吧。好,妈妈也要睡了。"

"好,妈妈,早点休息吧。"

"那么妈妈,我去换衣服了。"

这对小夫妻一同回房间去了。浪子由侍女帮助着,给丈夫脱了西装,把琉球绸面的两件棉和服〔1〕轻轻地披在他身上。武男把一条白绉纱兵儿带〔2〕随随便便地系在腰间,然后慢慢地坐到安乐椅上。浪子掸了掸西装上的灰尘,把它挂在隔壁房间的衣架上了。她吩咐女仆泡一壶

---

〔1〕 原文作二枚重,指套在一起穿的和服盛装。

〔2〕 兵儿带是男人或小孩系的一种用整幅布捋成的腰带。

红茶来,然后走进丈夫的房间里去。

"你疲倦了吧?"

武男正在喷着雪茄的青烟,翻着今天送来的贺年片等,抬起头来,说:"浪妹才累着了吧。……嗄,好漂亮!"

"……?"

"我是说好美丽的新娘子!"

"呀,讨厌! 说这种话。"

她说着,脸上泛出一阵红晕,好像觉得洋灯光耀目,把视线移开,平常白到近于苍白的面庞,现在隐隐地蒙上了一层樱花色,艳丽的螺髻宛如镜子一般发光。下摆上是波浪和白鸽的花纹,成套的黑和服上束着淡茶色素花缎的宽幅筒状腰带,衣领上别着雕成勿忘草模样的碧玉饰针(是这次武男从美国带来的),含着四分羞和六分笑,嫣然地亭亭玉立在灯光中。——武男看了这姿态,心里想道:我的妻子真标致啊!

"浪妹穿了这套衣服,真像昨天刚来的新娘子呢!"

"又说这种话……你再说我就走了。"

"哈哈哈哈,不再说了,不再说了。用不着逃走嘛!"

"呵呵呵。我去换衣服就来。"

(一)之二

去年夏初新婚不久,武男就航海赴远方。本来秋天可以回来,但是到了旧金山的时候,需要修理机器,因此延误了归期,到了阴历腊月底才返国。今天是正月初三,他陪着浪子到加藤家和浪子的娘家去访问并且拜年。

武男的母亲是老古板的人,生性不喜欢西式的东西,睡在床上[1]和用调羹吃饭,是谈不到的。然而只有小主人,到底还能享受几分治外法权,他的十铺席房间的布置可说是和洋合璧:席子上铺着绿色地毯,有一张高桌和两三把椅子;壁龛里挂着一幅中国山水画,楣间挂着亡父通武的肖像;锁起来的书箱和摆着洋装书的架子被推到屋角,正面的摆在壁龛里的那把备前国兼光[2]锻造的刀是亡父的遗物;错花隔子上放着一顶士官帽和一架望远镜,壁龛柱上挂着一把短剑。壁上挂着许多镜框,其中有他所乘的军航,又有许多穿制服的青年,大概是他在江田岛海军学院里的时候所摄的。桌子上也供着两三张照片:有一张是全家福,父母并肩而坐,五六岁的男孩靠在父亲膝上,那是武男幼时的留影;还有一张穿军服者的六英寸单人照片,那是他的岳父片冈中将。这房间里有一点和主人的年轻粗毫不相称:几案整然,纤尘不染,并且在一个古铜瓶里饶有风趣地插着一两枝早梅。这表明有一颗温暖的心、一种绵密的注意力和一双熟练的手常常在这房间里活动着。这心和注意力以及手的主人,正在铜瓶下面的心形相片架里浴着梅花的香气而微笑着。洋灯的光照遍了房间的四隅,火钵里的炭火在绿色的地毯上吐出紫红色火焰。

世界上虽然有种种愉快,然而,长途旅行平安无事地归来,把旅行服装换上舒适的家常衣衫,把脚伸向房间里的暖炉,静听窗外怒吼的寒夜风声和室内的自鸣钟那听惯了的滴答声,可说是十分愉快的事情之一。而况老母依然硬朗,新妻十分可爱呢! 尝着雪茄的香味而陶然地靠在安乐椅里的武男,此刻正在享受这种乐趣。只有一点阴影,那就是刚才从

---

〔1〕 过去日本人都睡在铺席上。

〔2〕 日本古代行政区划分为七道、七十余国。兼光是备前国长船的刀工世家,第二代兼光是镰仓末期嘉元(1303—1307)、建武(1334—1338)年间的人。

母亲口中听到而在今天的来客名片中看到的千千岩的姓名。今天武男听到了关于千千岩的坏话:去年腊月某日,有一张明信片寄到千千岩所服务的参谋本部,恰巧千千岩不在场。有一个同事无意中拿来一看,原来是一个有名的高利贷催促借款的通知书,并且金额数字是特地用红笔写的。而且还不止这一桩:参谋本部的机密消息,常常泄露到意想不到的方面去,使得投机商人借此谋利。并且还有人在军人所不应该到的买空卖空市场上看见过千千岩的身影。总之,种种嫌疑笼罩在千千岩头上。武男的丈人中将是参谋本部首长某将军的知心朋友,因此得知这个消息,他劝武男对千千岩要当心,并且叫他忠告千千岩本人要谨慎一些。

"真是叫人为难的家伙。"

武男这样自言自语着,又望望千千岩的名片。然而现在的武男不能长久被不快所束缚。他打定主意:一切要等直接见到这人并盘问清楚了再说。于是他的心又翻然地回到目前的快乐中来。这时候浪子换好了衣服,亲自泡了一壶红茶,含笑走进来了。

"噢,红茶,多谢了。"他说着,就离开椅子,盘腿坐在火钵旁边了。

"妈妈呢?"

"刚刚睡了。"浪子递过一杯热红茶来,看看丈夫那还在发红的面孔,说:"你头疼吗? 你本来不会喝酒,妈妈却那么硬劝你喝。"

"没有什么。今天实在愉快,浪妹! 岳父讲的话真有趣,因此我连不爱喝的酒也多喝了。哈哈哈哈。浪妹真幸福,有这么好的一个父亲,浪妹!"

"还有一个……"

"嗳? 什么?"武男故意睁大了眼睛,表示吃惊的样子。

"我不知道。呵呵呵呵呵。"她脸上一阵红晕,低下头去抚弄她的戒指了。

"这可不得了！浪妹几时学会了这么漂亮的辞令？我那区区的一支饰针所换得的上算了。哈哈哈哈。"

浪子把烘在火钵上的手掌托住了微泛蔷薇色的面颊,轻轻地叹了一口气,说:"真是……很久以来,妈妈也……多么冷清！想起了不久又要去当差,觉得日子过得真快,怎么办呢!"

"要是一直呆在家里,到了第三天恐怕又会说:你到外面去活动活动吧!"

"哎,怎么说这样的话！……再喝一杯吗?"

武男喝了一日浪子倒给他的红茶,在火钵边上磕磕雪茄的灰,愉快地四下里看看,说:"躺在吊床里摇晃了半年多,一旦回到家里,觉得十铺席的房间太宽敞了,什么东西都很好,仿佛到了极乐世界,浪妹!……啊,真好比第二次的蜜月旅行。"

新婚不久就分别,过了半年再相逢——现在这几天真是把新婚的当时重温一遍,欢乐的心情和正月一同来到了。

说话暂时停止了。两人只是恍恍惚惚地相视而笑。梅花的香气隐隐地萦绕在拥炉相对的两人周围。

浪子似乎忽然想起了的样子,抬起头来问:"你去吗?山木家里?"

"山木吗?妈妈既然这样说了,恐怕非去不可。"

"呵呵,我也想去呢。"

"好,你也去,咱们一道去!"

"呵呵呵,算了吧。"

"为什么?"

"我怕。"

"怕？怕什么？"

"因为有人恨我，呵呵呵。"

"有人恨你？恨？恨浪妹？"

"呵呵呵。有人在恨我呢。就是那位丰小姐……"

"哈哈哈。什么东西……这蠢货！这蠢姑娘也真是个宝贝，浪妹！那样的姑娘也有人肯娶吗？哈哈哈。"

"妈妈曾经说过：千千岩和那个山木很要好，倘使他娶了丰子，倒是很好的。"

"千千岩？……千千岩？……这家伙实在让人没办法。我一向知道他是个狡猾的家伙，岂知还有那样的嫌疑，真没想到。唉，现在的军人——虽然我自己也是军人——实在太不成样子。丝毫也没有从前的武士风度，大家拼命赚钱。我并不是说军人必须贫穷。节省冗费，积蓄恒产，省得万一发生意外的时候有内顾之忧，这当然是应该的。喏，浪妹，你看对不对？然而身为国家干城的人，却把放高利贷作为副业，剥削可怜的兵士的衣食，勾结御用商人，贪图不义之财，实在令人不能容忍！最讨厌的是赌博。我的同行中也有偷偷地干这勾当的人，实在可恶之极！现在的人只知道对上拍马，对下贪污。"

这个涉世不深的海军少尉愤慨地大肆攻击，仿佛敌人就在眼前的样子。浪子迷恋地专心致志地听着，心里夸耀他的勇气，希望他早些当上海军大臣或者军令部部长，把海军部里的风气刷新一下。

"的确是这样的，"浪子说，"从前，怎么一回事我记不清楚了，爸爸当大臣的时候，也有人来拜托种种事情，送各种各样的东西来。爸爸最痛恨这种事情，对他们说：做得到的事不拜托也做得到；做不到的事，拜托了也是做不到的，三番五次予以拒绝，他们还是用种种名义把东西送过来。爸爸就说笑话:'因为这样,所以大家都想做官了。'说过之后哈哈大笑。"

"正是这样,陆军,海军,都是一码事。现在是金钱的世界,浪妹!……呀,已经十点钟了吗?"他回过头去看看正在当当地敲响的挂钟。

"时候过得真快啊!"

(二)之一

芝樱川町的山木兵造的宅第,虽说不上优雅和宽广,却将位于郊区的西久保山岗的一部分圈到院墙里。庭院中有池塘,有假山,高处修了路,低处架了桥,饶有风趣地东一棵西一棵地种着枫、樱、松、竹等树木,这里有石灯笼,那里有五谷神祠,曲径深处还有意想不到的亭子。总之,人们料不到这门里会有这样的庭院,为之吃惊。这是山木用不义之财不义地建造的万金蜃楼。

已经过了下午四点钟,远近各处发出晚鸦的叫声时,有一个穿着和服外挂和裙裤的男子,避开了客厅里的骚扰,趿拉着一双庭院用的木屐,沿着日影淡薄的假山路往上爬。这就是武男。他因为难以违背母亲的意思,今天到山木家来赴宴。但是和一般素不相识的客人同坐,对付素不喜欢的酒杯,觉得很乏味。而且在各种各样的余兴之后,又由妓女表演猥亵的手舞[1]。满座都不讲礼貌,开怀畅饮,可厌之极。他本想早点辞去,无奈山木一个劲儿地挽留,加之非见面不可的千千岩到了宴会将

---

〔1〕 原文作白拍子的手舞。白拍子是平安朝末期至镰仓时代时兴过的歌舞。多由妓女表演,故成为妓女的别称。手舞是坐在那里摆弄双手的简单舞蹈。

散的时候还不来，因此不得已而暂留。现在他偷偷地离开座位，让清凉的晚风吹着发热的耳朵，向无人的地方信步走去。

岳父中将曾嘱咐武男要防备千千岩，从岳父家里回来后两三天，有一个拎着鳄鱼皮手提包的陌生男子突然到川岛家来访问，拿出一张借券来，催索一笔出人意外的三千元债款。借券上债主的姓名正是千千岩安彦，笔迹也是他本人的；保证人的姓名，明明签着川岛武男，并且赫然地盖着图章。据这个人说，契约期限已过，本人还不履行义务，并且突然搬了家，到衙门去找他，据说这两三天出差了，见不着面，因此只得找到这里来。借券手续正确而完备，看看这个人拿出来的往返信件，也确实是千千岩的笔迹。武男因为事出意外，十分惊愕，仔细查询，母亲当然不知道，账房田崎也说不曾参与这件事，更没有借图章给他。武男把那种风闻和这事实结合起来一想，就猜到了七分。正好这一天千千岩来信，说明天想在山木家的宴会上和武男会面。

武男希望看到千千岩后，把要问的话问了，要说的话也说了，然后早点回家；但是千千岩偏偏不来。他用雪茄的烟来发泄胸中不断地涌起的不平，登上崖道，绕过一片闽竹[1]林，看见常春藤底下有个亭子，就在那里坐了一会儿。这时从旁边的小路上传来低齿木屐[2]的声音，抽冷子和丰子打了个照面。只见她梳着高岛田髻[3]，穿着裙上有下摆松竹梅花样的淡紫色绉绸三层礼服。辉煌灿烂的服装使得她的缺陷越发显著了。然而她对自己有多么可笑竟浑然不觉，把那双眯缝眼儿眯得更细些，说："你在这里啊！"

---

〔1〕　闽竹是原产于我国福建省的一种小竹子。

〔2〕　原文作驹下驮，系用整块木头剜成。

〔3〕　高岛田髻是日本妇女的一种发髻高耸的发型。

武男不怕面对直径三十厘米的大炮口，但是这个意想不到的敌人的来袭，却使他打了个寒噤。他蹙紧眉头匆匆收兵，正想逃走，后面慌张地追上来："哥哥！"

"什么？"

"爸爸叫我来引导你在花园里逛逛。"

"引导？不需要引导。"

"那么……"

"我一个人走走，更自在一些。"

他以为这么猛烈地打击一下，无论怎样的强敌也会退却了。岂知她肆无忌惮地追上来："何必这样地逃去呢！"

武男困窘得很，紧紧地蹙住了眉头。原来武男和阿丰从小相识：武男的父亲在某县当知事的时候，阿丰的父亲山木是他的属下，常常在他家出入，两个小孩也常常见面。那时武男才十一二岁，常常把阿丰打哭了来寻开心，阿丰虽然哭泣，还是缠着武男。时过境迁，两个人都长大了。到了武男已经娶了新夫人的今天，阿丰对这个当年那个粗暴的少爷、而现今承继了川岛男爵称号的青年，还是怀着渺茫的恋情。武男虽然是个豪放的海军士官，关于这一点未始不略有所知。所以他以前偶尔到山木家串门的时候，也抱着竭力避免危险的方针。可是今天却糊里糊涂地中了伏兵之计，有什么办法呢！

"逃走？我完全没有逃走的必要。我只是到我想要到的地方去。"

"哥哥，你太那个了！"

武男觉得既可笑，又无聊，既尴尬，又愤怒。他想要走，却被留住了；想要逃，却被缠住了。可惜没有人看见，这庭院角落里表演着一出新的

《日高川》[1]中的一幕。

他灵机一动,说道:"千千岩还没来吗? 阿丰,替我跑去看看吧!"

"千千岩先生要到傍晚才来。"

"千千岩常常来吗?"

"千千岩先生昨天还来了呢,在里面的小客厅里和爸爸谈到深夜。"

"噢,是吗? 可是现在说不定已经来了,你替我跑去看看,好不好?"

"我不愿意。"

"为什么?"

"你想逃脱吧。无论你怎样讨厌我,浪子姐再漂亮,也不必这样地把人赶走呀!"

这仿佛是一不小心就会下雨的天气了。武男百计俱尽,惟一的办法是大踏步逃走。正在这当儿,忽然听见一个女仆叫着:"小姐! 小姐!!"走过来,把阿丰叫住了。武男趁此机会,猛然绕过竹林,飞速地逃了二三十步,方才舒了口气。

"这丫头真叫人没办法。"

他边咕哝着边走向不用怕她再度来袭的安全地带——客厅——那边去了。

(二)之二

太阳落了山,客人散去了,只有厨房里还残留着一些白天的骚扰。

---

〔1〕《日高川》是根据安珍、清姬的传说改编成的净琉璃,歌舞伎的剧目。女主人公清姬爱上了一个游方僧安珍。安珍渡过日高川,躲在道成寺内的钟里。清姬变成了一条蛇,游过日高川,将他烧死。这里把阿丰比作清姬。

这时候主人山木手里拿着一个烟盘,蹒蹒跚跚地跨着步,沿着回廊走到里面的小客厅里。光秃秃的前额上仿佛冒着蒸气,在洋灯光底下越发油亮了。他好像坍塌似的坐了下去。

"少爷,千千岩兄,要你们等候,失礼了。哈哈哈哈。今天托你们的福,才有这不同寻常的盛会。……啊,少爷酒量太浅——这句话失礼了——不像一个军人。尊大人才是真正的大酒量呢!我山木兵造年纪虽然大了,喝一升什么的……哈哈哈哈,毫无问题。"

千千岩将那双黑水晶般的眼睛盯住山木。

"精神真好! 山木君,赚了钱吧?"

"当然赚了,哈哈哈哈……嗳,说起赚钱,"山木好容易把积满灰烬的烟斗吸着了,抽了一口,继续说,"我告诉你:这回听说那个××××公司要出盘了。我暗中探听情况,知道对方确有种种困难,因此可以特别便宜地成交。事业是大有希望的。将来内地五方杂处了,生意就更好做。少爷,你看怎么样? 用田崎兄的名义出面也行,拿出两三万块钱来吧。我包您赚钱。"

他那不离本性的半醉的嘴舌,比酒还要滑溜。千千岩斜着眼睛看了看默默地坐着的武男,接着说:"对啦,就是青物町的那个××××公司。听说他们一度赚过钱呢!"

"对啊,的确赚了钱;但是手段不高明,就弄糟了。要是搞得好,真是一个出色的金矿呢!"

"那真可惜了。我一向贫寒,没有办法。武男君,你怎么样? 来一份吧!"

武男自从就坐以来,始终默默不语,不快之色显露在眉宇之间,现在已经达到了不可遮掩的地步。这时候厌恶之色越发明显起来,把含怒的眼梢等分地向千千岩和山木一瞥，回答道："多谢你们的厚意。但是像我这样的人，不知道哪一天身膏鱼腹，或者做炮弹、榴弹的标的，全没有赚钱的必要。请恕我老实说：我与其拿三万块钱来投到某公司去，宁愿捐献作培养海员的经费。"

千千岩迅速地看一看冷峻地而侃侃而谈的武男的脸，又朝山木使个眼色。

"山木先生，我不免要做利己主义者了：您的话以后再谈，让我先把我那件事说一说吧。武男弟也已经答应了，就请您照我的请求……您的图章在这里吗？"

他拿出一张票据之类的纸来，放在山木面前。

也难怪千千岩要蒙受嫌疑了，打从去年以来，他就利用职位上的便利，替山木当参谋，当间谍，分享利益。不但如此，又大胆地盗用公款，企图在蛎壳町的交易所里捞到巨款，然而一下子就亏损了五千元。向山木敲诈，将其的储蓄抖搂光了，才到手两千元，还缺三千元。千千岩的惟一的亲戚川岛家很富，而且那寡妇对他也并非没有好感。然而千千岩知道姑母的性情爱钱如命，他清楚地看出：如果明白地请求，一定不会有好结果。为了一时弥缝之计，他就犯了伪造私章之罪，假造了武男的图章，向一个高利贷借到了三千元，先把盗用公款的痕迹消灭了。前些时候，期限快到了，终于连他所在的衙门里也接到了催索借款的明信片。现在正好武男从国外回来了，他迫不得已，就想说服武男，借这三千元来还那三千元，也就是拿武男的钱来赎武男的名。前几天他曾经去访武男，时候不巧，没有碰到。后来他又因公出差两三天，所以还不知道那个高利贷已经到武男家去过了。

山木点点头，按一下铃，叫人把印泥盒拿来。然后把票据过一过目，从怀里摸出私章来，在当保证人的自己名下盖了章。千千岩拿起票据来，把它放在武男面前了。

"那么，武男弟，票据在这里了……款子什么时候交付？"

"款子我带来了。"

"带来了？……别开玩笑了。"

"带来了。……喏，三千元，如数交给你！"

他从怀里摸出一个纸包来，丢在千千岩面前了。

千千岩吃了一惊，拾起纸包，打开来一看，脸色忽然涨得通红，又变成苍白了。他咬紧了牙齿。他满以为这借据还在高利贷手中，现在却在眼前了。原来武男叫田崎去把情由调查清楚之后，终于把这奇怪名义之下的三千元付还了。

"啊，这个……"

"你想推脱说，记不起了吗？做个男子汉，认错吧！"

千千岩一直把武男当成小孩子，没把他放在眼里，现在被他狠狠地揭穿了底细，一腔怨愤就像火焰一般涌起。他咬紧嘴唇，几乎把它咬穿了。山木吓呆了，使烟袋油子往下淌，眼睛只管盯住两人的脸。

"千千岩！我不再说什么了。看亲戚情谊面上，我绝不控诉你伪造私章。三千元已经付还了，高利贷不会再寄明信片到参谋本部去了，请你放心吧。"

极度地被侮辱了一顿的千千岩，抚摸着沸腾的胸怀。他气得很想向武男猛扑过去，但他心里明白：现在已经不是辩白的时候了。他突然改变了态度。

"唉，老弟，被你这样一说，我真是没有面目见人了。不过，我实在是不得已的……"

"有什么不得已？难道你必须不顾道德，触犯法律，而向高利贷借钱吗？"

"喏，你听我说：实在是急迫的事情，需要款子，但是没有地方好借。如果你在这里，我马上同你商量，但是对姨妈是不好意思开口的，对不对？因此，急不暇择了，明知是对人不起的。说实在的，上个月本来有希望拿到一笔款子，我满心想把它付清了，然后爽爽快快地向你告白……"

"胡说八道！你想爽爽快快地向我告白，为什么一声不响地向我另借三千块？"

山木看见武男两膝向前一突，气势凶猛起来，就慌张了："喂喂，少爷，慢慢地来，慢慢地来。详细情况我不知道，但是数目不过两三千块钱，况且大家是亲戚。我看，少爷……请你宽容些吧。千千岩兄的确不应该，的确不应该。但是，少爷，这种事情如果公开出去，千千岩兄的前程就被断送了。求求你啦，少爷。"

"就因为如此，所以我付了三千元，并且，我不是说过不打官司吗？……山木，这不关你事，你不要多嘴。……我不打官司，但是从今天起和他绝交了。"

千千岩看见事情闹到这地步，已经没有什么可怕的了，就胆大起来，又改用嘲讽的态度："绝交？……我倒并没有什么悲伤，不过……"

武男的眼睛像火焰一般闪耀。

"你的意思是说：绝交不要紧，钱可得要我替你拿出来，是不是？不要脸的东西！"

"什么？"

双方激昂的气势，使得山木的酒醒了几分，他忍不住了，便插进两人中间去说话："少爷，千千岩兄，好了，好了，好了，静一点儿，静一点儿，这样是什么也弄不清楚的。……慢慢儿来,好,好,好,慢慢儿来。"他不断地弥缝那边,又弥缝这边。

武男被他劝住了,暂时默默不语,后来两眼盯住了千千岩的脸,说:"千千岩,我不想多说了。我从小就和你像亲兄弟一般长大起来。的确,在才力方面,在年龄方面,我都一直认为你是兄长。我一直希望今后互相帮助,并且尽我的力量替你效劳。说实在的,直到最近我还在相信你。但是我完全被你出卖了。你出卖我,还只是一个人的事,可是你还要……唉,我不想说了,我不想问你这三千元的用途了。不过为了过去的情谊,再对你说一句话:世人的耳目是很灵敏的,你已经受人注目了!我劝你不要做有伤军人体面的事情!但你们的心目中没有比金钱更贵重的东西,所以我说这话恐怕是没有用的,不过我总希望你有点廉耻。我不想和你再见面了,这三千元就重新送给你吧。"

武男理直气壮地说了这番话之后,拿起他面前那张借据来,把它撕得粉碎,丢掉了。他猛然地站起身来,走到外面的房间里去。阿丰早就躲在那儿,大概是在偷听呢,一下子被武男撞倒了。武男只听见后面叫了一声"啊唷唷",并不回顾,大踏步向门厅那边走去了。

山木吓得目瞪口呆,和千千岩面面相觑。最后他说:"还是少爷脾气。不过,千千岩兄,绝交费三千元,倒是一笔好生意啊!"

千千岩凝眸看着散落在地上的借据碎片,默默地咬着嘴唇。

(三)之一

浪子在二月初旬偶感风寒,一度痊愈,但是有一次熬夜为婆婆赶缝一件小袄,旧病复发。今天是二月十五日,她还不舒服,卧床不起。

　　每年说惯了"今年真冷,今年真冷",可是今年的冷,才真是前所未闻。北风一天比一天紧,即使不是夹雪带雨的日子,也竟侵入骨髓。健康的人也生病,生病的人就死亡。报纸上的广告栏里只看见黑框子越来越多。这寒气使得本来就柔弱的浪子的小病加重起来。虽然不能分明指出将特殊的病状,但是头重,胃口不好,一天挨过一天。

　　自鸣钟敲了两点。这蝉鸣一般的威风凛凛的声音响过之后,暂时肃静无声,秒针的声音反而增加了静寂之感。早春的天空显示着异常鲜丽的浅碧色,虽然四扇纸拉门都关着,但是悠闲的日光照在糊门纸上,余光又透过纸射进来,在仰卧着织黑绒线袜子的浪子的手上,以及披散在比雪还白的枕边的黑发上闪闪地跳动。左边的纸拉门上映着摇摇摆摆的南天竹的影子,好像罩在洗手盆上。右边的纸拉门上鲜明地映着老梅的纵横的桠枝,上面疏朗地点缀着含苞未放的花蕾,历历可数,可知春还很浅。一只猫大概正在朝南的廊沿上晒太阳,猫头映出在腰板上面;它照准了今天的暖气所引出来的一只飞虫而跳将起来,捉它不住,又咚的一声蹲下身子;然而满不在乎,悠悠然地舔着自己的脚;只看见影子里的猫不断地点头。浪子含着微笑看这光景,由于太阳光晃眼,她攒紧眉头,闭上眼睛,发了一会儿呆。不久翻个身,向着那面,抚弄一下正在织着的袜子,两只针又一纵一横地动起来。

　　廊沿上发出沉重的脚步声,一个门神一般矮胖的影子,映在纸拉门上走了过来。

　　"今天觉得怎么样?"

　　婆婆在她枕畔坐下了。

　　"今天好得多了。可以起来了……"她放下了织着的袜子,想坐起来。婆婆阻住了她:"不,不要起来,不要起来。我不是别人,不必客气。

唉,唉,唉,你又在打袜子了,不行! 病人要专心静养,浪儿! 你一碰到武男的事情,就什么都忘记了。这是不可以的。赶快静养吧!"

"真不好意思,一直躺在床上……"

"这,这不是对自己人说的话,我最不喜欢这一套。"

不要撒谎吧! 你不是常常埋怨现今的媳妇对公婆缺乏礼貌,而窃喜自家的媳妇与众不同,认为是意外的幸运吗? 浪子在娘家的时候,嘴上虽然不说,但是对后母万事依照西洋派头直截痛快地处理的做法,暗自感到不满。所以她到了夫家之后,生活作风自然而然地有了一种古老的趣向。

婆婆仿佛突然想起了的样子说:"噢,听说武男有信来了,怎么说?"

浪子拿起枕旁的一封信,抽出信纸递给婆婆,同时说:"他说这星期天一定回来。"

"嗯。"她从头至尾看了一遍,把信纸折好了,说,"转地疗养是没有意思的。这么冷的天气,你走动走动看就知道了,没有病的人也会生病呢! 伤风只要静静地躺几天,就会好的。武儿年纪轻,一下子就嚷着请医生啦,转地疗养啦。我们年轻时候,肚子疼也不躺下来,做产躺不到十天。世界开通了,人都变得柔弱了,哈哈哈哈。你这样写信告诉武男吧,说妈妈在这里,叫他不要担心。哈哈哈哈,好吗?"

她嘴上虽然笑,眼睛里略微露出不快的神色来。浪子看着起身回去的婆婆的背影说:"劳妈妈的驾,真不敢当!"

浪子坐起身来,将婆婆送走以后,轻轻地叹了口气。

浪子认为做父母的是不可能对小辈吃醋的,然而她却觉察出:丈夫一回家来,她同婆婆之间就发生一种异样的关系。武男远洋航海归来,看见浪子消瘦了,他虽然是个粗犷的男子,也能体谅自己出门期间她曾何等操心,因而更加怜爱她。这时候婆婆隐隐地露出的不快之色,逃不过伶俐的浪子的眼睛。有时她悄悄地感到烦恼:婆婆的所谓孝道和他们夫妻间的爱道,不知应该走哪一条,一时难于起步。

"少奶奶,加藤小姐来了。"

使女叫着。浪子睁大了眼睛。她看见了走进来的客人,忽然笑逐颜开:"呀,千鹤妹,来得正好!"

(三)之二

"今天怎么样?"

把一个淡紫色绉绸的防寒头巾和一只手提袋一起放在一旁,走到浪子枕头旁边来的,是个梳岛田髻的十七八岁的姑娘。她的苗条的身体上裹着一件藏青地斜纹布长外衣,新月形的眉毛秀美可爱,一对乌黑的大眼睛炯炯有神,使人一见就发生鲜妍之感。这是浪子的姨母加藤子爵夫人的长女,名叫千鹤子。浪子和千鹤子是相差一岁的姨表姐妹。两人从幼儿园时代起就比同胞姐妹更亲昵,使得浪子的妹妹驹子愤愤不平地说:"姐姐专门同千鹤姐好,我真不高兴!"因此浪子嫁到川岛家之后,别的同学自然疏远了,而千鹤子却喜两家靠得近,常常来探望她。武男出门赴远洋航海期间,安慰寂寞多愁的浪子的,除了武男的热情如火的来信以外,最重要的是千鹤子的来访。

"今天好很多了,不过还是头重,常常咳嗽,真讨厌。"浪子含笑说。

"噢!……天气真冷。"千鹤子说着,回过头去向恭恭敬敬地送过一个坐垫来的使女看了一眼,就在浪子身边坐下了。她把戴着闪闪发光的宝石戒指的手伸到桐木火盆上,又按在樱花一般鲜丽的面颊上。

"姨妈和姨父都好吗？"

"好的。他们叫我问你好。他们都说天气太冷，不知道你怎么样了，非常担心呢。昨天晚上也和妈妈谈起：这季节真不好，等到气候好些，你还是到逗子转地疗养的好。"

"是吗？横须贺来的信上也这么说……"

"表哥的来信吗？啊？那么还是早点转地的好。"

"不过大概不久就会好的，所以……"

"但是这时候的感冒，的确是要当心的。"

这时候使女送上红茶来，端到千鹤子面前。

"阿兼，老太太在哪里？有客人吗？噢，是谁？是家乡来的？……千鹤妹，今天你多坐一会儿吧。阿兼拿些东西请千鹤小姐吃！"

"呵呵呵呵，我是常常来的，每次都吃东西，你们可吃不消啊。等一等，"说着，拿出个用方绸巾包着的小套盒来，"我知道你婆母喜欢吃豆沙年糕。这里只有一点点……现在有客人，等一会儿送给她吧。"

"啊哟，多谢了。真是……多谢了。"

千鹤子又拿出些红蜜柑来。"颜色漂亮吗？这是我的礼物。但是很酸，不好吃。"

"啊，真漂亮，请你替我剥一只吧。"

千鹤子剥了一个递给她。浪子津津有味地吃着，一面一个劲儿地往上撩披到额前的头发。

"讨厌吧。把它扎起来好不好？喏，我替你扎吧。就这样躺着好了。"

千鹤子走到她所熟悉的隔壁房间里，从镜台里拿来一把梳子，就小心翼翼地替浪子梳起头发来了。

"我告诉你,昨天的同窗会——你也收到通知书吧——真有趣呢。大家叫我向你问好。呵呵呵呵,离开学校才一年,已经有三分之一的人结婚了。真好笑:大久保姐、本多姐、北小路姐,都梳了螺髻,十足少奶奶的派头,真好笑呢!……不疼吗?……呵呵呵呵,你知道她们谈些什么?都是宣传自己的事。后来,又谈到和公婆分居论。北小路姐自己一点也不懂得家政,而她的婆婆性情非常温和,因此主张同居;大久保姐呢,因为婆婆脾气古怪,所以是分居论的勇将,真是好笑。我插嘴批驳她们,她们却说:千鹤姐还是门外汉——这个'汉'字真滑稽——没有资格说话。……扎得太紧吗?"

"不,不紧。……这个会真有趣。呵呵呵呵,都是根据自己的情况说话的。毕竟个人情况不同,不好一概而论。喏,千鹤妹,我记得姨妈有一次也说过:光是青年人在一起,往往容易放肆。这话真不错。咱们对老年人是不可怠慢的。"

浪子受过父亲中将的教导,加之自己对家政有兴趣。她在娘家的时候就旁观后母怎样当家,私下怀抱着自己的见解,希望将来有一天自己当了一家的女主人,要好好地管理家务,用心已非一日了。然而后来嫁到了川岛家,看见摄政太后独揽万机,而她所处的是无权的太子妃地位,就暂时收敛自己,而处在婆婆的支配之下了。有时她在婆婆和丈夫之间茫然无所适从,而私下怨恨自己不能随心所欲地服侍丈夫,这时候她也不免怀疑:她以前曾经认为后母所得意的父母和成了家的儿女分居论不适于我国风习,现在想想,这也许是合理的吧?然而浪子并不因此而改变初衷,她私下约束自己的心。

千鹤子不能完全体会在后母之下过了十年,现在又在婆婆身边积了一年经验的表姐的衷曲。她把刚编好的辫梢用白缎带扎住,看看浪子的脸,放低了声音问:"近来脾气还是不好吗?"

"嗯,不过我生病之后,对我好一点了。只是……我替武男做些什么,婆婆心里总是不高兴,这一点很为难!武男也常常对我说:无论什么时候,母亲是这一家的女皇,对母亲应该比对我、对任何人都尊重。……唉,这种话不要说了。啊,真舒服!谢谢你!头觉得轻快了。"

浪子说着,摸了摸辫子。她毕竟感到疲倦了,闭上了眼睛。

千鹤子收拾了梳子,用纸擦着手,站在镜台面前。她把一只小匣子的盖打开了,用手掌托着匣子,走过来对浪子说:"我看了好几次,觉得这饰针真好看。武男哥哥对你真好!我们的……俊次(这是千鹤子的未婚的赘婿,现在在外交部供职),只懂得埋怨我,说做外交官的妻子,非精通外语不可,说我应该用功读法文,又说德文非常重要,真讨厌!"

"呵呵呵呵,我想早点看见千鹤妹梳螺髻呢。……不过,不梳岛田髻也是可惜的。"

"我不要!"她蹙紧了那双秀美的眉毛,然而透露她的真实心情的微笑在蔷薇花苞一般的嘴唇上流露着。"唉,我告诉你。那个萩原姐,就是比咱们早一年毕业的……"

"嫁给松平君的那个吧?"

"是的,听说她昨天离婚了。"

"离婚了?为什么呢?"

"听说是:公公婆婆都喜欢她,但是松平君讨厌她。"

"有了小孩子没有?"

"有了一个。但是松平君总是讨厌她,近来又是讨小老婆,又是养姘妇,一味胡闹。萩原姐的爸爸非常生气,说这样薄情的东西,不能让女儿继续做他的妻子,终于把她接了回来。"

"唉,真可怜!……为什么讨厌她呢? 真狠心啊!"

"叫人好气啊!……如果是相反的,到还可说。现在公婆喜欢她而丈夫讨厌,落这么个下场,多么痛苦啊!"

浪子叹了口气。

"进同一个学校,在同一个教室里读同样的书,但是后来大家东分西散,不知怎么个结果。……千鹤妹,咱们永远要好,处处互相帮助,好吗?"

"我真高兴!"

两人的手自然而然地握紧了。过了一会,浪子含笑说:"我这样躺着,就想出各种各样的事情来。呵呵呵呵,你不要笑我! 几年之后,日本和某一个外国打起仗来,日本打胜了。于是千鹤妹家的俊次哥哥当外务大臣,到那边去议和;武男当舰队司令长官,把几十艘军舰排列在对方港口上……"

"还有,赤坂的姨父当陆军司令官,我家的爸爸在贵族院里主持会议,议决几亿万元的军事费……"

"那么,我和千鹤妹就拿了红十字旗帜,到战地去。"

"不过,身体不好是不行的。呵呵呵呵。"

"呵呵呵呵。"

浪子笑了一阵,咳嗽起来,用手按住了右胸。

"话说得太多不好吧? 胸口疼吗?"

"咳嗽的时候,这地方常常刺疼,真讨厌。"

浪子说着,眼睛望着纸拉门上突然暗淡了的日影。

(四)之一

那天晚上千千岩在山木家里面的小客厅里被武男骂得体无完肤,积了一肚子烈火似的愤怒而回寓,此后只隔五天,突然从参谋本部被调到了第一师团的某联队。

人的一生之中,至少也要经历一次所谓"祸不单行"的时候:做事到处碰壁,仿佛觉得皇天特别选定了自己一个人,不断地加以折磨和压迫。从去年以来,千千岩这只孤舟就搁浅,至今还不容易找到摆脱这浅滩的希望。浪子已经被武男夺去了。做做投机生意,屡遭失败。向高利贷借借钱,弄得名誉扫地。他一向看作小孩而轻视的武男,把他当贱仆一般痛骂;惟一的亲戚川岛家和他断绝往来了。最后,连他视为惟一的立身捷径而抵死不肯离去的参谋本部的位置,也并无一言半语的通知而被夺了,结果沦落成以前认为形同牛马的师团士官!怀着隐痛的千千岩,现在无法提出抗议,只得忍着遍地马粪的臭气,老着面皮从事练兵和行军。这一打击给千千岩以莫大的刺激。他从来临事不慌不忙,冷静地拿定主意,但现在一想起这件事,不觉一肚子愤恨比火更猛烈地升腾起来。

千千岩现在的情况,就好比已经踏上了立身的梯子,只要攀登上去,一定可以拿到辉煌灿烂的名利之冠,而在已经攀登了一两步的时候突然被人踢了下来。是谁踢他下来的呢?千千岩根据武男的话,根据当参谋部长的将军是片冈中将的独一无二的知己朋友的事实,疑心中将至少有几分关系。还有,向来对金钱淡然的武男,现在为了三千块钱——即使还有伪造私章的事——而分外激烈地动怒,他觉得奇怪,因此又疑心,莫非是浪子把旧事说了出来,在武男面前谗害他?越想越像,疑心就变成了事实,事实在怒火上加了油,于是失恋的怨恨,功名路上蹉跌的悲愤、失望、不平、嫉妒,种种恶感一齐围绕了中将、浪子和武男而像火焰一般燃烧起来。千千岩常常自夸头脑冷静,而讥笑因热情而忘记数字的笨人;然而到了屡次失败之余,终于心慌意乱。他心里想:这一腔怨恨如果找不到可以尽情发泄的门路,宁愿把千千岩安彦自己这五尺之躯毁灭了事。

报仇! 报仇! 世界上最快适的,莫如喝我所痛恨的人的血而嚼他面颊上的一块肉时的感觉。

报仇! 报仇! 唉,怎样才能报仇呢? 怎样才能发现可以使片冈、川岛两家化作微尘的地雷火坑,而自己务须站在没有危险的距离上拉动火线,欣赏着那些可恨的人心伤、肠断、骨碎、脑裂、活活死去的光景,而痛快地喝一杯酒呢? ——这是正月以来日日夜夜萦绕在千千岩头脑中的问题。

梅花像雪一般纷飞的三月中旬,有一天,千千岩的一个亲密交往的旧同学某某,从第三师团调到东京来,千千岩到新桥火车站去迎接他。走出候车室的时候,突然碰到一个妇人——贵妇人,带着个大约十五六岁的少女,从妇女候车室里走出来。

“真巧极了!”

片冈子爵夫人繁子带着驹子,站定了说。一瞬间变了脸色的千千岩,望了望对方的神色,忽然又变了脸色。他立即打定主意:中将和浪子是可恨的,但至少对这个人没有敌视的必要。千千岩就恭恭敬敬地行了一个礼,含着微笑说:“好久没有去拜望了。”

“真的,好久不见大驾光临呢!”

“唉,常常想去拜望,可是职务上有种种事情,繁忙得很,这就……今天到哪里去?”

"要到逗子去一趟……你呢?"

"唉,我是来迎接一个朋友的。……是到逗子去休养吗?"

"哦,你还不知道呢。……家里有了一个病人。"

"病人?是谁?"

"是浪子。"

这时候铃声响了,旅客像潮水一般向检票口涌过去。那少女拉着母亲的衣袖说:"妈妈,别耽误了。"

千千岩立刻拿了子爵夫人手里的手提包,跟着她一同走去。

"喏,是什么病,厉害吗?"

"是的,终于变成了肺的毛病。"

"肺?……结核?"

"是的,吐了很多血,所以前些时到逗子去了。我今天去看看她。"说着,从千千岩手里接了手提包,"那么,再见了。我马上就回来的,有空请过来玩。"

千千岩目送这华美的开士米披肩和扎红缎带的辫发在那边的头等车厢门口消失了,走回来的时候嘴唇上露出可怕的微笑。

(四)之二

医生每次来看病的时候,嘴上虽然不说,可是实在已经看出这病渐次明显,用尽种种方法来防止,终于没有效用。眼睛虽然看不见,浪子的病实在一天一天地重起来,到了三月初旬,已经无疑地进入了肺结核初期。

婆婆一向自夸硬朗,嘲笑现在的年轻人羸弱,她不相信转地疗养。但是现在看到眼前的浪子几次吐血,也不免吃惊,听说会传染的,又恐怖起来，就依照医生的劝告，找一个可靠的护士陪伴着，把浪子送到相州逗子的老家——片冈家的别墅里。

肺结核！浪子将信将疑地等待着这病时的心情，正好比孤独的旅客站在茫茫的原野上眺望向头上迫近来的乌黑的积雨云时的心情。现在，可怕的沉默已经打破了，站在雷鸣、电闪、黑风吹、白雨进的中心的浪子，只希望豁出命去早些冲出这风雨的重围。然而第一次的打击多么可怕！记得是三月初二，她觉得今天比往日舒服些，想起了久已荒疏了的插花的乐趣，要找些材料来插在婆婆屋的花瓶里，就央求正好回来的丈夫，替她折取一枝香气浓一点的红梅。她坐在庭前的廊沿上，正在这一枝那一枝选择的时候，忽然胸中难过起来，头部昏迷，眼前红霞乱转，不觉呀的一声就从肺中绞出一般地吐了许多鲜红的血！这时候她想："唉，终于来了！"同时远远地隐约瞥见了自己的坟墓的影子。

唉，死！浪子以前认为人世多苦的时候，也常常觉得生何足乐，死何足惜。然而现在体会了人的生命的可爱，就非常爱惜自己的生命，希望活到千年万岁。她一心想制胜这病，常常自己鼓励消沉下去的精神，自动地催促医生，小心谨慎地养病，令人看了觉得伤心。

武男的服务地点横须贺，正好近在咫尺，他常常偷空到这里来望她。父亲的信、姨母和千鹤子的探访，络绎不绝。别墅里还有去年夏天被川岛家赶走以来久不见面了的保姆阿几。她因为获得了重新见面的机缘，竟把可悲的疾病当作可喜的事，十分亲近浪子，凡属可能的，她都比以前加倍热心地服侍。另有一个忠诚的老仆人，也用心伺候。浪子离开了春寒料峭的都门，投身在和暖的湘南空气中，天天吸收天地惠赐的阳光，享受周围温暖的人情，心情自然舒畅起来。转地已经二旬，吐血停止了，咳嗽也减少了。每星期两次从东京来诊视的医生，虽然没说已经痊愈，然而庆喜病势不曾增加而医药见了效,说只要继续静心疗养,一定有恢复健康的希望。

(四)之三

首都的花还没有开,然而逗子一带嫩绿的山上,山樱已经及早开花了。今天是四月初的一个星期六,到处山上不时蒙上白云。从早晨起,就下绵绵的春雨,山和海都模糊地变成了一色。悠长的春日好像过不尽的样子。到了傍晚,下起大雨来,风也很猛烈,门窗震响的声音凄厉可怕。相模滩上怒涛的咆哮声,好像万马奔腾。海边渔村里的人家门户紧闭,一点灯火的光也不泄露出来。

今天武男原计划很早就到别墅来,因为有紧要的公事脱不开身,到了晚上,才摸黑冒着风雨前来,现在已经换好衣服,吃罢晚餐,正靠在桌子上看信。浪子坐在对面,正在缝一只漂亮的荷包,常常停下针线向丈夫注视,对他笑;有时倾听风雨声,默默地陷入沉思。她那梳成总角的黑发上插着一朵带叶的山樱花。两人中间的桌子上点着一盏有桃色灯罩的洋灯,发出轻微的吱吱声和淡红色的光。旁边的白瓷瓶里插着一枝山樱花,像云一般默默不语,大概正在梦见今天早上告辞的故山之春吧。

风雨声在屋子四周骚扰着。

武男把信折好了说:"岳父也很担心着。我明天要回京去,顺便到赤坂去弯一弯吧。"

"明天就要去吗?这样的天气!……可是妈妈一定也在那里挂念。我也想去呢!"

"浪妹也想去!这怎么可以!这真是万难遵命了。你就当它是暂时遭流放吧。哈哈哈哈。"

"呵呵呵,这样的流放,一辈子我也高兴。……你抽支烟吧。"

"看起来我像是想抽的样子吗?我不抽。我还是在要来之前的一天和回去之后的一天加倍抽吧。哈哈哈哈。"

"呵呵呵,那么这就给你端好点心来,作为奖赏。"

"那可多谢了。大概是千鹤妹送来的礼物吧。……这是什么?做得很漂亮啊。"

"这几天日子很长,没有法子消遣,就做这么个东西,想送给妈妈。……不,不要紧的,我是做着玩的。啊,今天精神真爽快!让我再坐一会儿吧。这样坐着,一点也不像生病的样子吧?"

"这是因为有川岛医生护理你的缘故,哈哈哈哈。近来浪妹的气色的确很好。这下子就有把握啦。"

这时候保姆阿几一只手拿着一钵点心,一只手托着一个茶盘,从隔壁房间走过来了。

"风雨真厉害啊!要是少爷不在这里,少奶奶今天夜里真个睡不着了。饭田町的小姐又回京去了,连护士小姐也暂时回京去了,今天真冷清啊,少奶奶!只有茂平(老男仆)在这里,不过……"

"在这样的晚上乘船的人,不知道心情怎么样。不过挂念乘船的人的人,心情更加忧愁吧。"

"这算得了什么!"武男喝完茶,一下子吃掉了两三个风月堂的中国豆沙包说,"这算什么!这样的风雨还算好的呢。在南中国海一带一连两三天碰到大暴风雨的时候,才真难受呢!四千几百吨的战舰倾斜到三四十度,山一般的浪头哗啦哗啦地冲过甲板,船身轧轧地响,这时候心情才不好过呢。"

风越来越大了。一阵暴雨像石子一般撒在防雨板上。浪子闭上了眼睛。阿几浑身发抖。三个人暂时无语,只听见凄惨可怕的风雨声。

"好,别再讲阴森森的话了。这样的夜里,应该把洋灯捻亮些,讲些愉快的话。这里比横须贺还暖和呢,山樱已经开得这样了。"

浪子轻轻地摸摸插在瓷瓶里的山樱的花瓣,说:"今天早上老爷爷到山里去折来的。真好看啊! ……这样大的风雨,山里的恐怕有很多给吹落了。怎么会这样爽朗呢! 我想起了,刚才我看到莲月[1]的和歌里有这样一首:

> 樱花开又落,使我心艳羡;
> 花卉何迅速,花落无留恋。"

"什么,花落无留恋? 我倒有这样一种想法:日本人对花或者无论什么东西,太喜欢赏玩它的凋零的情景了。毫无留恋的凋零,态度爽朗,固然是好的,可过分了就不好。譬如打仗,先战死的岂不是输了吗? 所以我认为应该奖励一下顽强、固执和持久。所以我就作了这样一首和歌。念给你听,反正是初学的,出出丑吧:

> 莫笑重瓣樱,顽强而固执!
> 长生在枝头,使我心欢悦。

哈哈哈哈,比莲月怎么样?"

---

〔1〕 莲月(1791—1875),江户末期的女歌人,著有《莲月歌集》。

“呀,这首和歌真有趣。对吧,少奶奶?”

“哈哈哈哈,阿妈说好,那一定是优秀作品了。”

在谈话停止的瞬间,又是一阵更激烈的风雨声,夹着波涛声,房子就好像是浮在大海中的孤舟。阿几说铁壶里要加开水了,就走到隔壁房间去。浪子把衔在嘴里的体温表拿出来,在灯火上一照,得意地给丈夫看,今夜的体温没比往日增高。她把体温表收藏在筒子里,漫不经心地看看圆桌子上的樱花,忽然含笑说:“已经过了一年,我还很清楚地记得呢:那时候我坐了马车出门,家里的人都来送我,我想对他们说几句话,可是无论如何也说不出口。呵呵呵呵。马车走过溜池桥,太阳已经落山了。那正是十五夜里,浑圆的月亮上来了。经过山王那个坡上,正好樱花盛开,花瓣像下雪一般飘呀飘地从马车窗子里吹进来,呵呵呵,发髻上都是花瓣,直到下车之后,姨母看到了,才给我摘下来。”

武男靠在圆桌子上,手托着面颊,说:“一年了,时候过得真快!转瞬之间就该举行银婚式了!哈哈哈哈,我记得那时候浪妹的样子装得好正经,哈哈哈哈,想起了也好笑,真好笑。怎么会装得那样正经?”

“可是,呵呵呵呵,你也是摆起少爷架子,装得挺正经的。呵呵呵呵,两只手发抖,怎样也拿不住酒盅。”

“好热闹啊!”阿几含着微笑,拿着铁壶回来了,“我很久没有这样高兴了。现在跟您们呆在一起,就好像去年在伊香保时候那样。”

“伊香保那时候真快乐!”

“采蕨的时候怎么样?不知哪一个说两只脚走不动了。”

“都是你走得太快了的缘故。”浪子含笑说。

“又快到采蕨的时候了。浪妹,快点好起来,咱们再去比赛采蕨吧。”

“呵呵呵,那时候一定好了。”

（四）之四

第二天和昨夜的暴风雨相反，想不到是上好的晴朗天气。

武男决定下午回东京去。上午温暖无风的时候，想出去走走，就带着浪子从别墅的后门出去，经过处处长着松树的沙丘，来到海边上。

"天气真好，想不到今天会变得这样好！"

"的确是好天气。望过去伊豆好像很近，说话也听得见似的。"

两人踏着已经干燥了的沙地，经过那些趁今天风平浪静，吵吵嚷嚷地拉着渔网的渔夫和拾贝壳的孩子，沿着新月形的海滨，渐渐走到了人影稀少的地方。

浪子好像突然想起似的说："武男哥，那个千千岩君怎么样了？"

"千千岩吗？真是个可恶透了的东西。从那一次之后，我再也没见过他。……你为什么问起他？"

浪子略微想了一想，说："没有什么，真好笑，我昨天晚上梦见了千千岩君。"

"梦见了千千岩？"

"是的，我梦见千千岩君正在和妈妈谈话。"

"哈哈哈哈，你自寻烦恼。他们谈些什么话呢？"

"不知道谈些什么话，只看见妈妈点了好几次头。……大概是因为听见千鹤妹说有一次她看见他和山木君一块儿走着，所以才做了这个梦。武男哥，千千岩君并不常到咱们家里来吧？"

"不会有这种事，不会有的。妈妈也为了千千岩的事情生气呢。"

浪子不知不觉地叹一口气。

"唉,我这样地生病,妈妈的心里也一定不高兴的。"

武男心里怦的一跳。他对生病的妻子没有说过,实则自从浪子生病转地疗养之后,武男每次回东京,只觉得母亲的脾气越来越坏了。甚至告诫他,说恐怕传染,叫他不要到逗子去,发了许多牢骚之后,竟痛骂浪子的娘家。他稍微辩解几句,她就骂他是庇护老婆反抗母亲的逆子。这已经不止一二次了。

"哈哈哈哈,浪妹太多心了。哪里有这种事情呢?你只要专心养病,明年春天我抽点空出来,咱们同妈妈三个人到吉野去看樱花。……啊,已经走到了这地方了。你吃累了吗?要不要慢慢地走回去?"

两个人在海滨尽头隆起的地方站定了。

"到不动祠[1]去,好吗?……不,一点也不累。即使到西洋也走得动。"

"走得动?那么,把披肩交给我拿着吧。岩石上滑得很,你紧紧地挽住我的胳膊。"

武男搀扶浪子,沿着山脚上岩石旁边的一条小路走走歇歇,走了一百多米路,来到了一个哗啦哗啦响着的瀑布底下。瀑布旁边有个小小的不动祠,五六株细长的松树从岩石中间长出来,斜斜地俯瞰着海水。

武男把一块岩石拂拭干净,把披肩铺上,叫浪子坐着休息,自己也坐下,抱住膝盖说:"真是风平浪静啊!"

海上的确风平浪静。将近午时的天空,连天心也蔚蓝而明朗,没有一点云雾。一碧无际的海,到处都像磨光的一样,眼睛望得见的范围内,

---

〔1〕不动祠是供奉不动明王的祠堂。不动明王是佛教密宗所尊重的菩萨,日本到处都是这样的祠堂。

没有一条皱痕。海和山都沐浴在春日的阳光下,悠然沉睡着。

"武男哥!"

"什么?"

"会好吗?"

"嗯?"

"我的病。"

"哪儿的话!怎么不会好呢!会好的,一定会好的。"

浪子靠在丈夫肩上了:"不过我常常想,万一不会好,也说不定。我自己的妈妈也是生这病死的……"

"浪妹,为什么今天讲这种话?一定会好的。医生不是也说会好的吗?浪妹,对不对?岳母或许是生这病……但是浪妹不是还不到二十岁吗?况且是初期的,无论怎样都会好的。你看:我们的亲戚大河原,右肺完全没有了,医生已经宣告绝望了,可是他不是又活了十五年吗?只要相信一定会好,那就一定会好。说不会好,就是浪妹不爱我。如果爱我,一定会好的。怎么可以让它不好呢!"

武男握住了浪子的左手,把它贴在自己的嘴唇上了。手上戴的那只结婚前武男送给她的钻石戒指发出灿烂的光辉。

两人暂时默默不语。从江之岛那边出现的一片白帆,沿着海面滑行。

浪子那含泪的眼睛含着微笑,说:"会好的,一定会好的。……唉,人为什么要死呢!我要活,要千年万年地活下去!如果要死,两个人一起死!好不好,两个人一起死!"

"如果浪妹死了,我也活不下去了!"

"真的?我真高兴啊!好,两个人一起死!……不过,你有妈妈,还有职务,你虽然这么想,怕不能自由吧。那么我只得一个人先去等你。
……我死了,你还常常想起我吗?嗯?嗯?武男哥!"

武男挥着泪,摸摸浪子的乌黑的头发,说:"唉,不要再说这种话了。
快点把病养好,浪妹!我们两人都长寿,咱们还要举行金婚式哩!"

浪子紧紧地握住丈夫的手,投在他怀中,热泪像雨一般落在武男的
膝上,她呜咽地说:"我即使死了,还是你的妻子!无论什么人来破坏,无
论生病,还是死亡,直到未来的未来之后,我还是你的妻子!"

(五)之一

在新桥火车站听见浪子生病时千千岩嘴唇上露出的微笑,悬而未决
的难题忽然有了头绪时狂喜的心中所唱出的凯歌。他所痛恨的川岛、片
冈两家的关键,实在是在浪子身上,浪子这肺病,简直是皇天特地赐给我
千千岩安彦的报仇机会。这病会传染,是一种绝症。武男常常不在家,
只要在婆媳之间轻轻地放出片言只语,就不须劳动一根手指,包管她们
破裂,还有什么困难呢?事成之后,我就可高飞远飏,以后只需欣赏她们
互相残杀、求生觅死的痛苦的话剧。千千岩确是这样地打算着,因而略
略展开了他的愁眉。

他对姑母的脾气知道得很清楚,又清清楚楚地知道姑母不像武男那
么痛恨他,还清清楚楚地知道姑母常常把武男看作小孩子,而认为
他——千千岩年纪虽轻而长于世故,较为可靠。对这一点他也知道得很
清楚:姑母家亲戚好友都不多,姑母虽然常常破口骂人,其实外强中干,
她不满意这对年轻夫妇,常常希望有人做她的帮手。所以千千岩虽然还
没有进过一兵一卒,已经预料这作战计划必定成功。

胸有成竹的千千岩,又跑去同山木商谈一下。他托山木常常到川岛家去串门,探听情况,并且向姑母暗示千千岩已经痛改前非,决心从善。到了四月底,他听说浪子的病已经拖延了两个月,还没有顺利地好转,姑母的心境越来越坏了。他就趁武男不在家,管家田崎也到外地去办事的时候,一个晚上突然跨进久已断绝来往的川岛家的门槛。他看见姑母面前摆着武男的来信,满腹心事地独自沉吟着。

(五)之二

"没有,一直没有好转。钱用了不少,过了两个月,三个月,总还是不好,真没办法,安儿! ……这种时候最好有个可靠的亲戚,商量商量。武儿还是一团孩子气……"

"可不是嘛,姑妈! 做侄儿的实在不好意思上门来……不过想起了恩人——已故的姑丈和您姑妈,又想起了武男弟,总不能袖手旁观,只得老着面皮跑来了。说实在的,这是川岛家的一桩大事啊。……唉,姑妈!肺病这东西真是可怕的病啊! 姑妈大概也听说过:妻子生肺病,传染给丈夫,弄得全家都死光,是常有的事。做侄儿的也实在替武男弟担心,姑妈要是不提醒他一下,生怕会惹出大乱子来呢!"

"就是说呀! 我也知道是可怕的,所以常常对武儿说,不要到逗子去,不要到逗子去。可是他不听,你看!"

她把信递给千千岩看,又说:"老是说医生怎么样,护士怎么样……傻头傻脑的,只认得老婆。"

千千岩称心地一笑,说:"不过,姑妈,这也是难怪的。夫妻越相爱越好。武男弟看见她生了病,当然越发疼她了。"

"可是,因为老婆生了病,就不孝顺父母,哪有这道理呢?"

千千岩慨然地叹了口气,说:"唉,实在是一件麻烦的事!好容易给武男弟讨了个好媳妇,姑妈也可以安心了,想不到立刻就发生这样的事。……不过川岛家的存亡,现在实在是个关头呢!……那么浪子小姐的娘家来探望吗?"

"探望,哼,探望!那个架子十足的晚娘,哼,送来了一点点东西来,面子上算是来探望过了。加藤家里呢,来是来过两三次了……"

千千岩又深深地叹了口气:"这样的时候,娘家应该懂得一点道理。把生病的女儿推给人家了,倒亏他们好意思。不过世上的人们本来都是自私自利的,姑妈!"

"一点儿也不错。"

"这就随它去吧。担心的是武男弟的健康。万一出了些事情,川岛家就此完结了!……在这期间,说不定会传染呢。不过夫妻间的事情,姑妈也不便插身进去……"

"是的。"

"不过,让他这样下去,川岛家要闹出大事情来了。"

"可不是嘛。"

"做父母的不能一味听小孩子的话,有时让他们哭,倒反而是爱。况且年轻人往往起初非常要好,可是过不了多久突然变了心肠。"

"可不是嘛。"

"小小的可怜和不忍,换不了一家的大事呢!"

"嗯嗯,可不是嘛。"

"而且,万一生了娃娃,那真是……"

"对啊,说的就是这个!"

千千岩看到姑妈把双膝向他挪了挪,深深地点一点头的样子,就在心里拍手,立刻转换了话题。他不但眼看着他所用的药渐渐地发生作用,又清清楚楚地知道:姑母的心田里已经播下了一粒种子,虽然还被左顾右虑覆盖着,但是它的破土、发芽、开花、结实,只是时间的问题,而且这时间势必不很长久了。

武男的母亲在本质上不是个坏人。她虽然不疼爱浪子,然而也不厌恶她。浪子不管家风和教育的不同,尽量抛弃自己的趣向而迁就婆婆,这也是婆婆所知道的;并且她还觉得浪子在某些地方和她自己趣味相同,所以有时嘴上虽然骂她,却暗自想:我做新媳妇的时候功夫远不及她。然而,浪子的病缠绵了一个月之久,终于被冠上肺结核这个讨厌的病名。婆婆亲眼看到她吐血的恐怖,又看见花了不少钱,拖延了不少日子,还是不能顺利地康复,就觉得内心深处产生了个自己也不知道是失望还是嫌恶的念头。她这样想想,那样想想,胸中酝酿着一种不快的感情,就觉得覆盖在上面的顾虑一块一块地融解,而那个念头以可惊的势头一天一天地变得强烈了。

千千岩清楚地找出了姑母心中的路径,此后就常来串门,若无其事地洒上两三点轻风细雨,融解其顾虑,培养其萌芽,等候局面即将临近的发展。等到他趁武男出门期间屡次出入川岛家的消息微微泄露出的时候,千千岩的任务已经大体完成,早就退出舞台。他向山木预告了最近即将演出的武戏,并且预先举杯庆祝。

(六)之一

五月初,武男所乘的兵舰将从吴开赴佐世保,然后开向北方,去参加在函馆附近举行的联合舰队演习。其间有四五十天没有回家的机会。因此有一天晚上回东京,来向母亲告别并请安。

近来每逢武男回家,母亲总是懊恼叫苦,仿佛槽牙里嵌了什么东西似的,但是今天晚上难得笑逐颜开,叫人替他烧水洗澡,又几乎想亲自动手似的叫人做武男所喜爱的肉芽汤[1],殷勤地劝他吃。武男本来不大注意这种细节,今天看见情形忽然改变,心里也觉得惊诧。然而做儿子的无论长到几岁,看见父母疼爱自己没有不欢喜的,况且武男自从父亲死后,更加亲近母亲,看见母亲脾气好转了,心中当然高兴。他快快活活地吃完了晚饭之后,就去洗澡,一面听着潇潇的雨声,一面寻思:今后但愿浪子早点康复,在这里等候我回家;又回想今天到逗子去所看到的情况。他满心欢喜地走出浴室,随随便便地穿上了女仆披在他身上的便衣,用拿着雪茄烟的右手的手背擦着额头,走进了母亲那八铺席的房间。

母亲正在叫女仆揉肩膀,一面拿着一根老挝[2]长烟管在吸国府烟[3]。她抬起头来,说:"啊,洗得真快!呵呵呵呵,你爸爸洗澡也是这么快的。……喏,就在这个垫子上坐吧。……阿松,不要揉了,你去泡壶茶来。"她站起身,亲自从茶具橱里拿出个点心钵来。

"简直把我当作客人了!"武男吸一口雪茄,吐出青烟来,嘴上含着微笑。

"武儿,你回来得正好。……我有点事情要和你商量,正想让你回来一次。现在你回来了,再好没有。逗子……你去过了吗?"

---

〔1〕 原文作萨摩汁,也叫鹿儿岛汁。在黄酱汤里放猪肉(或鸡肉)、白萝卜、胡萝卜、白薯、牛蒡等煮成。

〔2〕 原文作罗宇,即老挝。这种烟管是用由老挝进口的黑斑竹做成的,故名。

〔3〕 国府烟是国府地方出产的烟丝。

武男明知道母亲不喜欢他常常到逗子去,然而明显的谎话又不便说。

"唉,去转了一转。气色似乎好得多了。她说对不起妈妈,心里很不安。"

"噢!"

母亲的眼睛盯住武男的面孔。

这时候女仆端来了茶具,母亲接了茶具,对她说:"阿松,你到那边去吧。把……把纸隔扇关严。"

(六)之二

母亲亲自倒一杯茶给武男,自己也喝一杯,从容地拿起烟管来。她慢慢地开口了。

"唉,武儿,我的身体已经很衰弱了。去年犯了风湿病,更加不好了。昨天只是去扫了一次墓,肩膀和腰直到今天还酸疼昵。年纪一大,总觉得无依无靠,真没办法。……武儿,你要保重身体,千万不可以生病。"

武男把那支雪茄烟在火盆边上笃笃地敲敲灰,抬起头来看看母亲那虽然肥胖但是岁数不饶人起了皱纹的额角,说:"我常常出门,无论什么事情都要妈妈当总理大臣。……阿浪如果健康,那就很好。但她常常说希望早点康复,好替一替妈妈,让妈妈休息休息。"

"噢,她这样想吗?不过她的病很讨厌。"

"可是现在已经好得多了。天气也渐渐暖和起来,她到底是年轻人呀!"

"唉,这病很讨厌,能够好起来就好。武儿……医生不是说过,阿浪的妈妈也是生肺病死的吗?"

"是的,确有这事情,不过……"

"这毛病不是会从爹妈传给子女的吗?"

"是的,虽然有这样的话,可是阿浪的病完全是感冒引起的。没有关系,妈妈,只要当心就好了。所谓传染、遗传,实在并不是那么可怕的。阿浪的爸爸现在那么健康。阿浪的妹妹——就是那个阿驹——她半点肺病也没有。人不是像医生所说的那么脆弱的,哈哈哈哈哈。"

"唉,这不是好笑的事。"母亲笃笃地敲着烟管说,"所有的毛病里头,只有这毛病最可怕,武儿,说起来你也知道吧:那个做知事的东乡的太太,就是你小时候常常和他吵架的那个孩子的妈妈,你瞧,做妈妈的生肺病死了,那是前年四月里的事。那一年年底,你知道怎么样? 东乡也生肺病死了! 可不是嘛。还有他们的儿子——听说不知是在什么地方当技师的——也生了肺病,最近也死了。喏,都是这个做妈妈的传染给他们的! 这样的事情还有不少呢。所以我说,武儿,只有这个病不好大意,一大意就闯大祸。"

母亲放下了烟管,将双膝稍微向前挪了挪,注视着默默地倾听的武男的侧脸。

"说实在的,我早就想跟你商量这件事了。"她略微停顿一下,眼睛盯住武男的面孔,"阿浪还是……"

"怎么样?"

武男抬起头来。

"阿浪还是……叫他们接回去,怎么样?"

"接回去? 怎样接回去?"

母亲的眼睛不离开武男的面孔,说:"叫她回娘家!"

"接回娘家去？叫她在娘家养病吗？"

"养病也好，总而言之接回去……"

"养病逗子最好！她娘家有小孩子，与其在娘家养病，还不如在这里好得多呢！"

母亲呷了一口冷茶，用略微颤抖的声音说："武儿，你又没喝醉，怎么装作听不懂呢？"又注视着儿子的面孔说，"我说的是：把阿浪……打发回娘家去。"

"打发回去？……打发回去？……是离婚吗？"

"呀，声音轻些，武儿！"她注视着打寒噤的武男的脸，"离婚，是的，就是离婚。"

"离婚！离婚！为什么离婚？"

"为什么？我刚才说过了，因为这毛病很讨厌。"

"您说的是因为生肺病……所以离婚？和阿浪离婚？"

"是的。虽然怪可怜的……"

"离婚！"

雪茄从武男手里滑落，掉在火盆里，弄得烟雾腾腾。一盏洋灯吱吱地点着，夜雨嘀嘀嗒嗒地敲打窗子。

（六）之三

母亲把一个劲儿地冒烟的雪茄烟埋进灰里去，同时略微往前面挪挪身子。

"喏，武儿，我这话太突然了，难怪你要吃惊。但是妈妈是想了多少个夜晚才对你说的，所以你必须好好地听我说……喏，我对阿浪并没有什么不满意,你也是喜欢她的,所以并不是咱们这边有意和她离婚,实在是因为这病很讨厌。"

"病已经好起来了。"武男抢着说,抬起头来看母亲的面孔。

"唉,你听我说:目前虽然也许没有什么不好,但我详详细细地问过医生了,只有这毛病,一时虽然好了,可是后来又会变坏,天气一热一冷,立刻就复发,生了肺结核而彻底治好的人,一个也没有——医生这样说。阿浪即使现在不会马上就死,可是病情迟早准会恶化,管保是这样。在这期间一定会传染给你,管保是这样。武儿! 传染给你,生出小孩子来又传染给小孩子,那么不但阿浪一个人,连你这重要的家主,连重要的下一代孩子,都生了肺病,死得精光,川岛家不是断子绝孙了吗? 你要晓得:这川岛家全靠你父亲辛苦经营,好容易创了这场面,又蒙皇上亲手提拔,如今到了你这一代,这一家难道从此就灭亡了? ⋯⋯当然,阿浪是可怜的,你也是很痛心的,我做娘的说出这种话来,也是不得已的,是痛苦的。可是说来说去,总而言之,这病很讨厌。阿浪是可怜的,然而抵不过你这主人,抵不过川岛一家! 你仔细想想,这件事非下个决心不可。"

武男默默地听她讲,眼前历历地浮现出今天去探望过的病妻的面貌。

"妈妈,这样的事情我不能做。"

"为什么?"母亲的嗓门提高了些。

"妈妈,现在要是这样做,阿浪就会死了!"

"会死也难说,可是,武儿,我是爱惜你的性命,爱惜川岛一家呀!"

"妈妈,您如果这样疼爱我,那么请您体谅我的心。我这么说您也许觉得奇怪,可是,这样的事情,我实在是无论如何也不能做。她还没有习惯,所以种种地方做得不够周到,今天为了她生病而离弃她,我无论如何

也不能做。肺病不是治不好的,现在已经好起来了。即使不会好,一定
要死,妈妈,也请您让她作为我的妻子而死吧。如果说这病危险,我可以
暂时和她断绝往来,可以仔细当心。这样就可以让妈妈安心了。至于离
弃,我是无论如何也不能做的!"

"嘿嘿嘿嘿,武男,你一味顾到浪儿,你自己死了也不要紧吗? 川岛
家灭亡了也不要紧吗?"

"妈妈一味照顾我的身体,然而干下这样不近人情、不合情理的事
情,活长了又有什么意思呢? 违背人情,不顾情理,绝不是一家的幸福。
这绝不是川岛家的名誉和光荣。无论如何也不能离婚,绝对不能。"

母亲知道会有个难关,却没料到会碰着这么猛烈的抵抗,于是照例
快要大动肝火了,额角上青筋突出,太阳穴跳动,拿烟管的手也簌簌地发
抖了。她好容易抑制住自己,勉强装出笑容来。

"用……用不着这么着急,慢慢地想想看。你年纪还轻,不了解社会
上的情况。俗语说得好:牺牲小者以救大者。喏,阿浪是小者,你——川
岛家是大者呀! 对那边固然是抱歉的,阿浪也是怪可怜的,然而坏就坏
在她生了病啊! 无论他们怎样埋怨,总比川岛家断子绝孙好些。是不
是? 况且,你说不合情理,不近人情,要知道这样的事情世界上多得很:
不合家风,离婚;不生小孩子,离婚;害上了讨厌的病,离婚。这是社会上
的定规,武儿! 有什么不合情理,不近人情呢? 照理,女儿生了这样的
病,娘家应该领回去。他们不说,只得咱们来说了。这有什么不对,有什
么可耻呢?"

"妈妈老是说社会社会。社会上有人做坏事,所以咱们也可以做坏
事——哪有这个道理呢! 妻子一生病就给休了,这是古时候的事;倘使
这是现今社会上的定规,那么现今这个社会可以砸烂了,非砸烂不可。

妈妈一味说咱们这边的事情,也要替片冈家想想:好容易嫁了出去,一生病就给休了,打发回去,他们心里能好过吗? 阿浪又有什么脸面回家去? 假定是相反的情况:我生了肺病,阿浪的娘家说肺病危险,把女儿接回去,试问妈妈心里会好过吗? 彼此是相同的啊!"

"不,不相同。男的和女的完全不一样。"

"是一样的。照情理说,是一样的。我有几句话,请您不要见怪。阿浪现在不是已经不再吐血,渐渐好转了吗? 现在做这件事,实际上等于逼她吐血。阿浪就会死,一定会死的。就是对别人,也不忍心这样做。难道妈妈是叫我……杀死阿浪吗?"

武男不觉淌下热泪,扑簌簌地滴在铺席上。

(六)之四

母亲突然站起身来,从佛坛上取下一个牌位,回到座位上,把牌位放在武男眼前了。

"武男,你因为我是女人,不把我看在眼里。好,现在你在你爸爸面前再说一遍看! 说,再说一遍! 历代祖宗的牌位都在这里,说,再说一遍看! 你这不孝的东西!"

她的眼睛盯住武男的脸,把烟管在火盆边上不断地乱敲。

武男也不免稍微怒形于色了:"为什么不孝?"

"为什么? 什么叫'为什么'? 一味庇护老婆,不听爹娘的话,不是不孝的东西吗? 不爱惜爹娘养育起来的身体,毁灭历代祖宗的家,不是不孝吗? 不孝的东西,武男,你是不孝的东西,太不孝了!"

"但是人情……"

"还要说义理人情？你把老婆看得比爹娘还重？蠢东西！一开口就是老婆，老婆，老婆，你要把爹娘怎么样？随便做什么事，只把阿浪挂在嘴上。你这不孝的东西！我同你断绝母子关系！"

武男咬着嘴唇，流着热泪说："妈妈，你太过分了！"

"有什么太过分！"

"我绝没有那么放肆的心，妈妈不能体谅我的心吗？"

"既然这样，为什么不听我的话？嗯？为什么不和阿浪离？"

"不过这……"

"有什么不过这，不过那！嘿，武男，老婆要紧呢，还是爹娘要紧？嗯？这个家要紧呢，还是阿浪……？……唉！混账东西！"

猛烈地在火盆上一敲，烟管杆子折断了，烟斗飞出去，卟的一声穿破了纸隔扇。纸隔扇外面旋即啊的一声，似乎有个紧张地屏着气的人，接着就传来了发颤的声音："太……太……"

"谁？……什么事？"

"这个，有电报……"

纸隔扇拉开了，武男接了电报，打开来看。那个侍女在女主人的一睨之下，像是消失了一般赶紧溜走了。前后不过两分钟光景……这期间两人之间的火势稍稍平息下去。母子两人暂时默默相对。雨又像瀑布一般倾注下来了。

过了一会，母亲开口了，眼睛里虽然还含着怒气，语气已经略微缓和些了。

"喏，武男，我说这话，并不是对你怀着恶意。我只有你一个儿子。我所巴望的，只是你立身扬名，让我抱个强壮的孙子。"

默默地考虑着的武男，稍微抬起头来。

"妈妈,别的且不说,"他把电报递给她,"我急于要出发了,最迟明天必须回到舰上。大约一个月之后回来。在我回来之前,这件事情你对谁也不要说。无论有什么事情,请你等我回来再说。"

　　　　　　*　　　　　　　*　　　　　　　*

第二天,武男再一次取得了母亲的保证,又去访问那个主治医生,恳切地把浪子的事托付给他,就乘下午的火车到逗子去。

下火车的时候,太阳已经落山,初五的月亮挂在淡紫色的天空上。他走过野川桥,踏着沙路走进一座黑暗的松林。穿过松林,望见桔槔黑魆魆地耸立在傍晚的天空中。这时,不期地听到了弹筝的声音。"咦,在弹琴……"这么一想,便觉得心如刀割,在门外伫立片刻,擦擦眼泪。浪子觉得今天身体比平素间好一些,就利用等候丈夫回来的工夫,拿出好久没碰了的筝来弹弹。

浪子看见武男的脸色和往日不同,表示诧异,武男只说昨夜睡得迟了,支吾过去。约好等他来吃晚饭的,浪子就和丈夫相对用餐,然而两人都吃得很少。浪子用寂寞的微笑来遮掩她心中的不安,亲手把丈夫外衣上松弛了的纽扣缝牢,又用刷子来仔细地刷净。这时候末班火车的时间已经迫近了。浪子挽住了不得不站起身来的武男的手说:"武男哥,你就要去了吗?"

"就回来的。浪妹当心点,早点恢复健康。"

两人紧紧地握住了手。走到门厅,保姆阿几已经把皮靴放好。男仆茂平说要送到火车站,左手提着手提箱,虽然有月亮,右手还拎着一盏点燃了的灯笼,在那里等候。

"那么阿妈,我把少奶奶托付给你了! ……浪妹,我走了!"

"早点回来!"

武男点点头，踏着男仆所拎的灯笼放出的光，走出大门十几步，回转头来一看，但见浪子披着一条白色披肩，和阿几一道站在大门口，挥着手帕说："武男哥，早点回来！"

"就回来的。……浪妹，不要受了夜寒，快点进去吧！"

然而他第二次、第三次回头看时，还朦朦胧胧地看见一个白色的人影。忽然拐了个弯，人影就不见了。只听见第三次叫声："早点回来！"

接着是呜咽的声音了。再回头一看，但见一钩残月凄凉地挂在松树上面。

（七）之一

"老爷回府了！"威风凛凛的一声喊，一辆双人拉的人力车停在大门口了。山木下车，先去洗个澡，然后背向着摆着开得很早的菖蒲花的壁龛，盘腿坐在一个软绵绵的坐垫上了，他的神气仿佛在说："好，现在是我自己的身体了。"他用锐利的眼光看看妻子阿隅的面孔，脸上的表情好像在说："照我的欲望，你来陪酒嫌乏味些。"然而也很愉快地先喝了三四杯。这时候使女送进一张号外来，他就着洋灯光看起来。

"哼哼，朝鲜……东学党[1]更加猖獗了……什么，清国出兵了？……好，这下就有意思了！那么我国也要出兵……要打仗了……好，可以赚点钱了。阿隅，咱们来预先庆祝，你也喝一杯！"

---

〔1〕　东学党起义是 1893 年至 1894 年朝鲜农民反对封建主和日本帝国主义者的大规模起义。这个起义是在以儒、老、佛诸说为基础的东学的掩护下进行的。朝鲜政府借清朝政府和日本帝国主义者的军队把起义镇压下去。日本帝国主义者想乘机占领朝鲜，遂引起中日甲午战争。

"孩子他爹,真的要打仗吗?"

"当然要打。开心,开心,实在开心!……说起开心,喏,阿隅,今天我碰见了千千岩,听说那件事大有希望了。"

"唉,真的吗?他家的少爷答应了吗?"

"哪里,武男君还没有回来,所以不需要商量,不需要答应。阿浪又吐血了。所以老太太说,这个人已经不中用了,还是趁着武男没回来毅然决然地办了吧。再叫千千岩去怂恿一下,事情一定能成功。武男君如果回来了,事情就不容易办,所以老太太要在他没有回来之前全部办妥。这样一来,好处是咱们的了!……米,家主婆,给我斟酒。"

"阿浪也怪可怜的啊!"

"你真是个古怪的女人。咱们不是因为丰儿可怜,所以想法子把阿浪弄掉吗?现在事情快要成功,你又说阿浪可怜了!别说这种傻话了,现在要紧的倒是计划怎样叫丰儿去填房。"

"不过我想,趁武男出门的时候把阿浪离了婚,恐怕他……不肯罢休呢,你想想看……"

"嗯,武男回来了也许会生气。但是已经退婚了,他回来无论怎样生气也没有办法了。况且武男是很孝顺的,老太太只要对他淌几滴眼泪,他只得忍气吞声了。那方面已经没有问题,要紧的倒是这位丰儿小姐的事情。我看,等武男的火气平息一点之后,咱们用自己出伙食费到他家学习礼貌做口实,一定要把她送去就是了。有什么呢,看来好像困难,其实很容易。只要能够博得老太太的欢心就好了。那么丰儿就要做川岛男爵夫人,她的恋爱可说是成功了。我也要做丈人了,武男是那么不懂事的一个小孩子,川岛家的财产就非我来管理不可。这倒很有意思。……不过担当这件很有意思的任务,有点儿麻烦呢。但这也没有办法……不过也是为了丰儿啊……"

"你快吃饭吧！"

"不忙，今天是预先庆祝成功呀。……可是丰儿这个人，你不好好地教她学点规矩可不成。像过去那样每天只是撒娇撒痴，到那边去实在是不放心。即使婆婆是个观音菩萨，要是那样的话，也要讨厌的呢。"

"可是，教她学规矩，不是我一个人做得到的，你老是这么……"

"嘿，你这种辩驳我最不爱听。哈哈哈哈，空讲不如实做，我教给你看吧。去，去叫丰儿到这里来。"

（七）之二

"小姐，老爷叫您到里屋去一下。"

侍女阿竹拉开纸隔扇，叫了一声。丰儿晚妆刚刚完毕，还站在镜子面前舍不得离开。她慢慢地回过头来："晓得了，我马上去。……喂，阿竹，这地方……"她抚摸着鬓边，继续说，"是不是还有点乱？"

"不，一点也不乱。呵呵呵呵，小姐打扮得真漂亮！呵呵呵呵，我也看得迷住了。"

"讨厌，你奉承我！"说着，又照照镜子，莞尔而笑。

阿竹把遮掩嘴巴的衣袖放下了，担心地说："小姐，老爷等着呢。"

"晓得了，我马上就去。"

她好容易下个决心离开镜子，跨着小步子穿过几间屋子，走进了父亲的房间。

"噢，丰儿，我等你呢。来来，到这里来。来代妈妈给我斟酒吧。啊呀，酒壶不可以乱放的！这不像学过茶道和插花的小姐了！对啦，对啦，酒壶要放正。"

山木脸上已经显示醉态了,不听妻子的劝阻,又接连喝了几杯,说:"喂,阿隅,丰儿这样妆扮一下,很漂亮了。皮肤白……样子也好看。在家里虽然并不怎么样,出门去也会说几句客气话。可惜跟妈妈一样有点龅牙……"

"瞧你说的!"

"眼梢再吊高三分,还要标致呢!"

"瞧您说的!"

"咦,丰儿,你为什么生气?一生气就不像个小姐模样了。用不着这样懊恼,丰儿!喏,有一件叫你开心的事情。先得斟一杯酒来谢谢我,斟一杯酒吧!"

他把斟得满满的一杯酒一口气喝干了,说:"喏,丰儿,刚才我对你妈妈讲过了,你也知道了吧,就是武男君的事情……"

丰儿立刻抬起了头,侧起了耳朵,仿佛愤愤不平地躺在空槽里的马闻到了春草的香气。

"你用指甲刮浪子的相片,她果然遭殃了……"

"好了,好了!"阿隅夫人第三次皱眉头。

"那么我讲正经的吧:总之,听说浪子的病很重,快要离婚了。不,现在还没有和那边谈判呢,据说浪子也还不知道,但是最近总要这样做的。等到那边弄停当了之后,就可以慢慢地送进一个继室去……关键就在这里。我和你妈妈都想叫你去接替阿浪。你先去——不过并不是现在马上就去——做侍女。啊,你不必吃惊,是做候补生,用学习礼貌的名义到川岛家去。……拜托拜托那位老太太。你明白了吗?关键就在这里。……"

山木透一口气,看看妻子的脸,又看看女儿的脸。

"关键就在这里，丰儿！现在讲这话稍微早了一点……不过我有话先关照你：你大概也知道，武男君的妈妈……那位老太太，脾气暴躁，不讲道理，顽固，是有名的。——啊呀，我讲了你婆婆的坏话，对不起了。——总之，不像坐在这里的这个妈妈那么温和。然而并不是鬼，也不是蛇，一样的是个人。只要能够懂得她的心思，即使做鬼的媳妇，做蛇的老婆，也没有什么。老实说，我要是个女人的话，只要在她身边住上两天，就可以把她弄得像豆腐一样给你看。……我说这大话，却没有法子代替你去。不过实际上，这样的老人，只要对付得好，是毫无问题的。我告诉你，丰儿！你将来到那边去当侍女兼候补生的时候，第一不可像现在这样懒惰。早上要早点起床——老人都是醒得很早的——别的事情随便怎样都不要紧，只要用心服侍老太太。你明白了吗？第二，切不可像现在这样一句话就生气，无论什么事情都要肯吃亏。你明白了吗？她骂你，你就吃点亏；她对你不讲理，你也就吃点亏；即使你没有错，你还是吃点亏吧。喏，这样，对方就会屈身迁就你了。这就是俗语所谓'吃亏就是占便宜'。绝不可以生气，好不好？还有第三……现在说这话太早了些，不过顺便先说说也好：顺利地结了婚之后，你要记牢，绝不可和武男君太要好。当然，暗地里无论怎样都不要紧，但是表面上非十分注意不可。对婆婆必须驯服，尽力亲近她，对丈夫呢，必须在婆婆面前说几句无关紧要的坏话。奇怪得很：照理，媳妇是我的儿子的妻子，他们夫妻相好，我应该高兴，但在实际上，夫妻太要好了，婆婆会不高兴。这是一种嫉妒……是不讲理的。或者，婆婆方面认为夫妻太要好了，会自然而然地忽略婆婆，所以不高兴。浪子的事，说不定一半是在这一点上闹得不好的缘故，就是夫妻太要好了的缘故……呀，你不要绷脸！喏，丰儿，刚才我所说的肯吃亏，就在这种地方呀！所以你要当心，必须使婆婆觉得这个女人确实是我的媳妇,而不是儿子的妻子。婆媳吵架,大多数是由于小夫妻太要好,使婆婆感到孤立而引起来的。你要知道,你必须认定自己是老太太的媳妇。有什么呢,不久婆婆归了天,你即使抱住了武男君的脖子,把身子挂在他胸前走路,也不要紧了。但是在婆婆面前,对武男君斜眼也不可以看一看。此外我还有话,等你去的时候再告诉你吧。以上三点,要做到是很吃力的,但你不是说过想做你所爱的武男君的太太吗?那么忍耐是很要紧的。不要挨到明天,今天就开始练习吧。"

正在说话的时候,纸隔扇拉开了,侍女阿竹送来一封女人笔迹的信,说:"说是等着老爷的回信。"

山木拆开信,约略看了一遍,就把信向妻子和女儿眼前一晃,说:"如何?川岛家的老太太叫我马上就去!"

(七)之三

武男去参加舰队演习后两星期,即川岛老太太写信叫山木去的前几天,在逗子养病的浪子又吐血了。连忙请医生来看,幸而吐了一次就停止,医生保证目前没有问题。然而这消息给了武男的母亲很大的刺激。过了两三天,川岛老太太那庞大的身体走进了饭田町的加藤家的门。

母子两人争论离婚问题的那天晚上,母亲看见武男的态度意外强硬,也就听从了他的要求,答应在他没有回家之前不提这事。然而她想:即使等到武男回家,他的心情也不容易改变,时间一拖长,他那情爱的羁绊反而难以斩断了,况且说不定还会发生意外的障碍。所以她认为还是趁儿子没有回来的时候早点解决为上策。然而已经答应他了,这里也不能无所顾虑,所以虽然有这个心,却还不能作果断的处置,以满足常常来煽动的千千岩的欲望。可是等到听见了浪子又吐血的消息,母亲就毅然决然地去访问曾经做媒的加藤家了。

番町和饭田町近在咫尺。然而川岛老寡妇自从为了谢媒而来访之后,几乎没有和加藤夫人见面过。今天突然来访,加藤夫人知道事情一定不寻常。她殷勤地请她到客厅里坐,听她说明来意之后,心中吃了一闷棍。想不到是要叫曾经结合片冈、川岛两家的手去切断这联系!

加藤夫人重新打量一下客人的样子,察看这个人究竟有怎样的脸皮和怎样的嘴舌,竟讲得出这话来。但见她还是那么肥胖,两只手交叉在膝上,皮肤不皱,眼睛也不眨,一口萨摩土白滔滔不绝。她不是在开玩笑,也不是发疯,这些话确是经过仔细考虑而说出来的。加藤夫人心中又吃了一惊,立刻又变成了愤慨。她想痛骂一顿:这是胡说八道!⋯⋯话已经到了喉头,然而想起这关系到同亲生女儿一样的浪子的哀乐沉浮,就勉强忍住了。她先问明情由,然后进行说服,加以劝解,最后请求容忍。然而对方只顾强调自己的主张,丝毫也不听取,反而公然地向她表示:这些都是不必要的多嘴,你只要把这方面的话传达给浪子的娘家,事情就完了。加藤夫人听她讲话的时候,生病的外甥女的面貌、已故的妹妹——浪子的生身母亲——临终时的景况、浪子的父亲那副伤心的样子,都在心头浮现出来,又消逝了,不觉涌起怜悯和愤怒的眼泪来。她就严肃地板起面孔,断然地表示拒绝,说本人只能为两家结缘效劳,决不能为这种无情无义的事情效劳,所以不必和丈夫商量,这件事决不担当。

武男的母亲愤然地走出了加藤家的门,当夜写信去叫山木(她认为田崎太老实,不会办这种事)。加藤子爵夫人这一天正值丈夫不在家,她又疑惑,又愤怒,又悲伤,和千鹤子两人都肝肠寸断。她想:做母亲的虽然这样说,但这一定不是武男本人的意思,就打听到他的战舰所在的地点,打一个加急电报去。这期间武男的母亲焦躁之极,就决心采用直接谈判的办法。奉旨出使的山木坐的人力车已经到达片冈家的门口了。

(八)之一

山木坐的人力车子拉进赤坂冰川町片冈中将家的大门的时候,正好有个英姿飒爽的将军骑着一匹栗毛马走出来。那匹马被突如其来的车轮声一吓,前脚跳了起来。马上的将军不等马夫的帮助,把缰绳一扯,使它立刻镇定下来,转一个圈子,就得得地跑出去了。

山木目送这个威武堂皇的将军出去之后,低声地清一清喉咙,走进森严的中将府去。他是钻惯许多权门的,然而这一次觉得异乎寻常地胆怯。昨夜被川岛家叫去,接受这使命的时候,他曾经搔头皮;现在实际来到了这地方,他实在怨恨平常自夸的胆量还是太小,他的面皮还不够厚。

一个书生[1]送名片进去,一会儿又走出来,引导山木到了客厅里。他看见桌子上展开着一张清韩地图,烟灰缸里的火柴和雪茄烟蒂还没有清除,就可约略想见刚才的来客的谈话。的确,在东学党作乱、清国出兵、我国也出兵等消息接踵而来,而海内的注意一起集中于朝鲜问题的今日此时,主人虽然是预备将校,事情当然也繁忙起来,恐怕不再有捧英文读本的余暇了。

山木坐在椅子上瞪着眼睛向四周眺望的时候,像远处的雷鸣一般的脚步声逐渐迫近来,忽然一个像小山一般的人从容地走进客厅,走到了主人的席位上。山木一看见中将就狼狈周章地站起身来,想不到把自己

---

〔1〕　书生是一种半工半读的学生,住在有钱人家帮忙,由主人负担生活费用。

所坐的椅子向后踢倒了。"啊，疏忽了!"他一面叫着，一面扶起椅子，然后向着主人恭恭敬敬地一连鞠了三四躬。大概连刚才的疏忽的谢罪一并在内了。

"好，请坐。你是山木君……你的大名我听到过的，可是……"

"是的。今天初次……小的是叫作山木兵造的一个笨汉（每说一句话，鞠一个躬；每鞠一个躬，椅子轧轧地发出声音，好像在嘲笑他：'说得不错！'）……今后仰仗老爷栽培……"

讲了两三句不可避免的闲话，又讲了两三句关于朝鲜的消息之后，中将改变了语调，探问山木的来意。

山木想开口了，先吞了一口唾液；吞了一口唾液，又吞一口唾液；第三次想开口了，再吞一口唾液。他平日常常夸耀自己的舌头灵活自在，只有今天怪它僵硬了。

（八）之二

山木好容易开口了："小人今天实在是代表川岛家来拜访的。"

主人中将那双和体格不相称的细眼睛向山木的脸注视，表示出乎意外的样子。

"噢?"

"本来川岛老太太自己要来的……现在叫我来拜访。"

"是的。"

山木不断地揩拭额骨上渗出来的汗水："本来是想请加藤先生来说的，可是有些不方便……所以叫我来拜访。"

"是的。那么，为的是什么事情?"

"为的是……真不好意思启口。实在是为了川岛家的少奶奶,浪子小姐……"

主人中将目不转睛地注视说话的人的脸:"噢?"

"这个,就是说浪子小姐……不过实在难于启口。老爷一定知道,生了那种病,我们,川岛家,都非常担心,近来略微好些了,可是……唉,这是可喜的事,不过……"

"是的。"

"我们实在不好说这种话,这要求很放肆,不过实在是那种病的缘故……老爷一定知道,川岛家子孙不多,男子只有主人武男一人。因此老太太非常担心。不过这话实在难于启口,真是放肆的话。但是这病确是厉害,这个,万一传染上了,唉,这种事情原是不大多的……不过,还是不能不防到。这个,万一武男……川岛家的主人,有了三长两短,川岛家就断子绝孙了。断子绝孙实在也无所谓,不过,总之,实在真是,这个,实在很对不起,这个,总之这病确是厉害……"

山木吞吞吐吐地说着,每说一句,额上就流出汗来。主人中将注视着他的脸,心中默默地忖着,这时候举起右手说:"好,我知道了。总之,你说的是因为浪子的病危险,所以叫我把她接回来。好,我知道了。"

他点一点头,把将要烧着手指的雪茄烟蒂放在桌上的烟灰缸里了,交叉了两手。

山木好比陷入泥泞中而被人拉了出来的样子,透了一口大气,揩揩额上的汗,说:"正是正是。实在不好意思启口,这个这个,这一点请老爷原谅……"

"那么,武男已经回来了吗?"

"不,还没有回来。不过这当然是他本人同意的事,请老爷原谅
……"

"好的。"

中将点一点头,交叉着两手,暂时闭上了眼睛。山木看见事情意外
容易地成功了,暗自欢喜,抬起眼睛来,仰望嘴和眼睛都闭上,宛如睡着
了的中将的面貌,不觉感到一种恐怖。

"山木君!"

中将睁开眼睛,盯住了山木的脸细看。

"岂敢。"

"山木君! 你也有子女吗?"

山木听不懂这问话的意思,频频地点头,说:"是,一个小儿……一个
小女,要请老爷照拂……"

"山木君,子女是可爱的。"

"啊?"

"好,没有什么。我知道了。请你对川岛老太太说,我今天就接浪儿
回来。……"

不知道是庆幸完成使命,还是表示抱歉,山木一连鞠了五六七八个
躬,慌张狼狈地站起身来。主人中将送他到门厅,回转身来,走进书斋,
砰的一声把门关上了。

(九)之一

逗子的别墅里,自从武男出发之后,浪子疾病缠身,百无聊赖,而日
子渐渐地长起来,好容易一天挨过一天,不觉度送了一个多月,已经到了

割麦完毕而山百合开花的时节了。前回吐血，一度使她沮丧，幸而果然像医生所说，以后并不曾显著地衰弱。前天接到丈夫从函馆写来的信，知道他的归期已近，浪子就勉励自己，希望即使不能痊愈到使丈夫吃惊，也不要像吐血前几天那么衰弱。所以她谨慎小心地遵守医生的告诫而服药，运动，保养身体，屈指等候丈夫的归期。然而这四五天以来，东京方面的消息忽然断绝，番町的家里，娘家，连饭田町的姨母家，都没有一张明信片寄来，不免有些担心。今天日长，为了解闷，浪子想插一瓶山茶花，正在剪叶子的时候，保姆阿几提着水壶进来了。

"喂，阿妈，东京一点消息也没有，不知道是怎么回事。"

"是的。大概没有什么事情。这几天就会有信来吧。说不定咱们这么说着的时候就有人进来了。……这花真好看啊，少奶奶！最好等它没有枯的时候少爷就回来了，少奶奶！"

浪子看看手里的山百合花，说："真漂亮！不过最好让它生在山里，剪下来是很可怜的！"

两人正在聊着的时候，一辆人力车靠近别墅的门口。车上坐着加藤子爵夫人。子爵夫子拒绝了川岛家寡妇的要求后的下一天，觉得不放心，就托故驱车到片冈家。到了那里，方才知道川岛家的使者早已来作直接谈判，并且已经获得了中将的同意而回去了。她等候武男回来的期望，现在已经落空。她又吃惊，又慨叹，想至少要亲自去迎接外甥女（中将生怕让她呆在那边，听到这消息会发生意外，认为好歹叫她到自己身边来才妥当），就立刻来到逗子。

"呀，好极了……刚才正在说起呢！"

"真是好极了……怎么样，少奶奶？阿妈的话说着了吧？"

"浪儿，你身体怎么样？那一次之后没有什么事情吧？"

姨母的眼睛在浪子脸上一瞥,就转向别处去。

"是的,好起来了。……倒是姨妈近来怎么样? 脸色很不好呢。"

"我吗? 我是,略微有些头痛……大概是气候不好的缘故吧。……武男有信来吗,浪儿?"

"前天从函馆寄来一封信。他说快回来了……不,日子还没有定。他信上说有土产带回来呢。"

"噢? 现在不早了……唉……现在……现在几点钟了? 两点钟,啊!"

"姨妈,您为什么这样性急? 慢慢地来。千鹤妹妹好吗?"

"唉,好的,唉。"说着,接了阿几送来的茶,但并不喝,只是沉思。

"太太,慢慢地坐坐……少奶奶,我去看看有没有鱼。"

"好的,你去看吧。"

姨母吃惊似的看看浪子的脸,又把眼睛转向别处,说:

"不要去看了。今天我不能耽搁。浪儿……我是来接你回去的。"

"什么? 接我回去?"

"唉。你爸爸说,为了你的病,要同医生商量一下,所以叫你去一趟……番町方面……也答应了。"

"商量? 商量什么?"

"……商量看病的事情。再说,爸爸好久没见着你了,所以……"

"这样的吗?"

浪子表示惊讶。阿几好像也觉得莫名其妙似的。

"不过,今天太太住在这里吧?"

"不,那边……医生也等候着。趁天没有黑,就乘这班火车回去吧,喏。"

"咦!"

老保姆吃了一惊。浪子也感到有点儿纳闷,然而说的是姨母,叫她的是父亲,而且婆婆也答应了,那么总得听他们的话,就开始做准备。

"姨妈在想什么? ……护士用不着去了吧,反正就要回来的。"

姨母站起身来,替浪子整理腰带,把衣领拉正,一面说着:"还是带她走吧,否则不方便的。"

＊　　　　　＊　　　　　＊

四点钟光景,准备停当了。三辆人力车在门口等候。浪子身穿一件风通[1]绉绸单衣,束着一条青灰色素花缎腰带,总角上插着一朵栀子花,右手拿着一把茶褐色阳伞。她用一块白绫手帕掩住了漏出来的咳嗽,对阿几说:"阿妈,我去一去就来。唉,好久没有回东京去了。……还有,那件……单衣,还有一点点没有缝好,不过……不要紧的,等我回来再缝吧。"

姨母用阳伞遮住了忍不住簌簌地掉下来的眼泪。

(九)之二

命运的陷阱默默地在那里等候着。人不知不觉地向它走过去。虽然说是不知不觉,但是走过去的时候会逐渐感到一种冷气,谁都是如此的。

浪子有姨母来迎接,将和父亲见面,心中欢喜,便不深究底细,走上

─────────────

〔1〕 风通是风通织的简称,系日本天正年间(1573—1592)由我国明朝传去的纺织法,用不同颜色的经纬线织成双层,表里织法一样而花样相反。

了归京之路。但上车之后,胸中时时刻刻感到不安,越想越觉得可疑的地方很多。姨母只是含糊地说头痛,而样子异乎寻常,心中似乎暗藏着什么事情。她想问问,然而在火车里众人面前又难以开口。火车到达新桥车站的时候,这种阴暗的疑心充满了胸中,几乎忘记了久别回京的欢喜。

乘客都下车之后,浪子由护士扶着,跟着姨母慢慢地走到站台上。经过检票口的时候,那边有一个陆军士官正站着和人谈话,偶然向这边一望,正好和浪子视线相交。这是千千岩!他把浪子从头到脚打量一眼,故意地行一个举目礼⋯⋯笑了一笑。浪子觉得这一眼和这一笑都阴阳怪气,仿佛从头上浇下一桶冷水来,直到坐上了派来迎接的马车之后,还感到一股与病无关的恶寒。

姨母不说话,浪子也默然。照着马车窗的夕阳沉下去了,到达冰川町的邸宅的时候,已是黄昏,栗花的香气隐隐地浮动着了。大门内外放着载货车和担架之类的东西。边门里射出灯光,听见人声,似乎在搬进物件去。浪子心里想:不知道有什么事情?由姨母和护士扶着走下马车,只见一个使女拿着洋灯,陪着片冈子爵夫人站在门厅里。

"啊,到得很早。⋯⋯辛苦了。"夫人的眼睛从浪子脸上移到加藤子爵夫人身上。

"妈妈,您好⋯⋯爸爸呢?"

"唉,在书房里。"

这时候两个年幼的弟妹喧哗地喊着:"姐姐回来了,姐姐!"从里面跑出来。母亲喝他们:"静些!"但他们不顾,只管一左一右地抓住了浪子。驹子也跟着出来了。

"呀,道儿,毅一弟,你们都好吗?⋯⋯啊,驹儿!"

道子把她所抓住的浪子的衣袖拉动一下，说："我真高兴，姐姐以后一直住在家里了。你的东西统统搬来了。"

子爵夫人、姨母、使女、驹子都噤口无言，一齐望着浪子的脸。

"什么？"

吃惊的浪子的眼睛从后母脸上转到姨母脸上，忽然看到了在门厅旁边的房间里堆得满满的各种家具。这正是放在夫家的她的衣橱！衣箱！镜台！

浪子全身发抖了。她站不住脚，紧紧地抓住了姨母的手。

大家都哭了。

沉重的脚步声响处，父亲中将出来了。

"呀，爸爸！"

"啊，浪儿！我盼……着呢。你回来得好哇。"

中将把瑟瑟地发抖的浪子抱在他那宽大的胸怀里了。

半小时之后，屋里肃静无声了。中将的书斋里只有父女两人。就像出嫁那天以为不再回来而谨听临别的训诫时一样，浪子跪伏在父亲的膝上呜咽，中将慢慢地抚摩咳嗽着的女儿的背脊。

（十）

"号外！号外！朝鲜事件号外！"一个报贩子摇着铃，惊心动魄地叫着在街上跑。后面跟着一辆人力车，辘辘地拉进了番町的川岛家的大门里。这是武男刚才回家。

武男的母亲知道武男回来一定要生气。然而她想：先下手为强，好事要快做，就下个决心，在山木带着喜报回来的那一天，把媳妇的衣柜等家具一股脑儿送还了片冈家。她也觉得有些残忍,然而赘疣反正不能让它生着,不如一刀割去了安心,所以这两三天格外开心,为近来所未曾有。相反地,站在青年夫妻那边的婢仆们,都觉得可气又可笑,却也无可奈何。他们担心着:一朝少爷回来,无论他怎样孝顺,绝不会就此罢休。正在这时候,武男回来了。原来加藤子爵夫人的急电,在路上和武男相左,母亲当然不会告诉他,所以武男无由得知。他到了横须贺,一有空闲,立刻就回家来了。

从里屋走出来的一个打杂的女仆向一个正在泡茶的侍女招招手,说:"喂,阿松,少爷好像一点也不知道,还给少奶奶带礼物来了呢!"

"真太狠心啦!世界上哪里有趁儿子出门了把媳妇休了的娘!要是我做了少爷,一定要大发脾气。这鬼婆娘!"

"这种讨厌的婆娘,我从来没见过。小气,不通道理,专门骂人,其实什么也不懂。当然喽:她从前是在萨摩掘白薯的呀!我真不想再在这种人家呆下去了。"

"可是少爷也真够呛。自己的老婆被休了,一点儿也不知道,实在太不成话了。"

"不过这也难怪,他到远地方去了嘛。谁想得到会不同儿子本人商量,一下子就把媳妇赶走呢?又不是叫女仆卷铺盖。况且少爷年纪还轻。少爷真可怜……少奶奶就更可怜啦!不知道现在怎么样了。真讨厌!……呀,这老婆子又嚷嚷啦。阿松,你不快一点儿,又要拿你出气了。"

在里屋,母子两人的争论渐次地激烈起来。

"不过,我那时千万叮嘱过的。怎么连信也不来一封,就独断专行……真是太狠心了。实在太狠心了。今天我也到逗子去了一下,浪子不在那里了，问阿几，她说有事情回东京去了。我觉得很奇怪。谁知道妈妈会做出这种事情来……实在太狠心了……"

"这一点是我错了。我错了，所以做娘的在这里向你赔罪呀！我并不是嫌阿浪不好，实在是为了疼爱你……"

"妈妈只晓得顾到我的身体，一点也不顾名誉、体面、人情，太过分了。"

"武男，你，是个男人，不是个女人吧。娘向你赔了罪，你还是疼爱阿浪？还是疼爱吗？还是疼爱吗？"

"不过，太过分了，实在太过分了！"

"你说太过分，但是事已如此了。那方面也答应了，爽爽快快地接了回去。你还想怎么样呢？像女人一样懦弱，简直是丢爹娘的脸！你不是个男子汉！"

武男默默地听着，几乎把下唇咬穿了。他忽然怒气冲冲地站起身来，把带回来送给病妻的一篮苹果踏得粉碎。

"妈妈，你杀了浪子，又杀了我武男。我再也不和你相见了！"

　　　　　　＊　　　　　　　＊　　　　　　　＊

武男立刻回到了横须贺的军船上。

韩山的风云一天一天地紧起来了。七月中旬，朝廷在会议上决定和清国开战。同月十八日，新调桦山中将担任海军军令部长。武男所搭乘的联合舰队的司令舰松岛号奉到命令：率领其他诸舰在佐世保集中。武男决定拿这自暴自弃的身体做炮弹的靶子，蓦地和军船一同西去了。

　　　　　　＊　　　　　　　＊　　　　　　　＊

浪子回来后的第二天，片冈陆军中将亲自设计，在邸宅中选一块向阳而清静的地方，特地替浪子建造一栋厢房，内有十铺席和四铺席的房间各一个,六铺席的两个。把保姆阿几从逗子唤回来,叫她同浪上同住在这里面。到了九月,奉到命令,恢复现役。有一天晚上,他叫夫人繁子到书斋里来,恳切地把浪子的事情托付给她之后,就在同月十三日随着天皇,赴广岛大本营。下一个月,又和大山大将、山地中将先后赴辽东。

我们对这些人的命运一直观察到现在:如今敌人和朋友,这种销魂,那种怨恨,一齐暂时被卷入征清战争的大漩涡里去了。

下　篇

(一)之一

明治二十七年[1]九月十六日午后五时,我们的联合舰队已经完成了战前准备工作,从大同江口出发,向西北进行。我们要去寻找正护送运输船在鸭绿江口出现的敌人舰队,和他们一决雌雄。

以吉野号为司令舰的高千穗号、浪速号、秋津洲号为第一游击队,这是先锋,走在前面。以松岛号为司令舰的千代田号、严岛号、桥立号、比叡号、扶桑号为本队,跟在先锋后面。炮舰赤城号以及载着军令部长的、号称观战的西京号,位于最后。十二艘艨艟排成纵队,于下午五时离开大同江口,像蛟龙一般伸伸缩缩地冲破了黄海的浪潮而前进。阴历八月十七的月亮从东方升起来了,十二只舰在月光之下的金波银澜中哗啦哗啦地驶行。

司令舰松岛号船尾的中等军官室里,晚餐早已完毕。担任副当值等要务的人,早已到前面去了,但是还有五六个人留在这里,正在说得起劲。为了不漏火光,舷窗都关好,室内充满了暖气,本来血气旺盛的面孔更加显得红润了。桌子上放着四五只咖啡杯,盛点心的盘子都吃空了,只有一片蛋糕战战兢兢地躺着,正在担心自己不知将要葬身在哪一个青年将军的肚子里……

这时听见皮靴声走过来了,一个高个子少尉站定在门口了。

那个短小的少尉抬起头来问他:"喂,航海士,怎么样?一点也看不见吗?"

---

〔1〕 明治二十七年是 1894 年。

"只看见月亮。检查完毕之后，须得睡一觉，可以养养锐气。"说着，把剩在点心盘里的那片蛋糕塞在嘴里了。"嗯，刚才……到甲板上去了一会儿……肚子就饿得发慌。……听差，拿些点心来！"

"你真能吃啊！"一个穿红衬衫的少尉微笑着说。

"你自己怎么样？吃吃点点，骂骂老年同事，不就是咱们中等军官室里的英雄的特权吗？诸位，怎么办呢，那些水兵都在等候明天的来到，等得不耐烦了，睁着眼睛睡不着，没有办法！如果这一次失败了，实在罪不在兵，却在于……"

"讲到勇气，咱们是无可疑义的了。咱们所希望的是沉着的勇气，沉着的勇气。蛮干是不行的。"说这话的是这伙人里面最年长的一个甲板士官。

"讲到蛮干，那个第×分队员实在蛮干得可怕！"另外一个人插嘴，"奋勇是很重要的，不过首先要知道：军人虽说是不爱惜生命的，但是挂起'此地贱卖生命'的招牌来，我以为也太过分了。"

"噢噢，就是那个川岛吗？对啦，对啦，威海卫炮攻的时候，他干过那么危险的勾当。如果叫川岛当了司令长官，那又非第三分队队员可比了，他也许会把舰队带进渤海湾去，不但攻打大沽，还要提出上溯白河，去活捉那个李老头子〔1〕呢！"

"而且他的样子也和从前完全不同了，很容易动怒。有一次我说起川岛男爵夫人，稍微讲了几句开玩笑的话，他就怒气冲天，我差一点儿吃了他的铁拳。我觉得第×分队员的拳头，比镇远号的三十厘米炮弹还可

---

〔1〕 李老头子，指李鸿章。

怕呢。哈哈哈哈,我想其中必有细情。加里波第[1]兄,你和川岛要好,大概知道他的秘密吧。"

这航海士说着,看看那个外号叫加里波第、身穿红衬衫的少尉的脸。

这时候一个听差拿了满满的一盘点心进来,就把中等军官室里的谈话打断了。

(一)之二

晚上十点钟,检查完毕了。没有担任职务的人都睡了,其余的人各就各位。禁止高声谈话和火光,因此上甲板和下甲板都肃静无声,仿佛没有人的样子。除了向舵手发命令的航海长的声音,只有烟囱里森森地冒出白烟来,蒙住了月亮,螺旋桨嚓嚓地拍着海波,机器的轧轧声好像一颗巨大的心脏的跳动一般片刻也不停,充满了全船。

沐浴在白色月光下的前舰桥上有两个人影。一个站定在舰桥左端,一动也不动;另一个悄悄地踱着,拖着比墨还黑的影子,五步而停,十步而回。

这是舰上的第×分队员川岛武男。作为副当值的,他和当值的航海长一道要在舰桥上站上四个小时。

他现在走到了舰桥的右端,拿起望远镜来,向舰的四周望望。大概望不见什么,把右手垂下来,用左手攀住栏杆站着。前部炮台那边有两个士官低声地说着话走来,经过舰桥底下,又消失在黑暗中了。甲板上

---

〔1〕　加里波第(1807—1882),意大利民族解放运动的领袖。1860 年组织红衫军,解放西西里和那不勒斯。

鸦雀无声,风冷起来了,月亮更加明亮了。

　　隔着在舰首蠢动着的兵士的黑影而眺望大海,只见左面有淡淡的岛山,前面有秋津号忽隐忽现地在月光中行驶,除此一舰之外,只有月光之下黄海的一片白水。目送那不断地跟着烟气向上猛冲的火花时,还可看见大樯上面布满星星的秋季那高高的天空;比月亮暗淡的一道银河,微茫而苍白地从海的一头流到那头。

＊　　　　＊　　　　＊

　　月亮圆过三次了。自从武男愤然诀别母亲以来,月亮已经换了三次了。

　　这三个月之间,他亲身经历的境地多么复杂!为韩山的风云使胸怀激动不已,为佐世保湾头的"此时此节为国家,离乡去国赴远征"的离歌断肠,听到宣战的消息摩拳擦掌,在威海卫的炮攻中初次受到火的洗礼。惊心动魄的事情继续不断地发生,几乎使得他连思考的余暇也没有。多谢多谢!全靠这样,武男才能不想起要吞没他的心肝的那件事,而勉强保全了自己。在这国家大事之秋,我川岛武男的一身渺若沧海之一粟,其生死沉浮又何足过问呢!他这样地叱责自己,掩住了那种苦痛而专心供职;用绝望的勇气来从事征战。他把死看得比微尘还轻。

　　然而,在无所事事地站在舰桥上的夜里,在韩海的炎热的夏夜躺在吊床上难于成梦的夜里,痛恨之情动辄像潮水一般涨起来,不知有多少次,几乎使大丈夫的心胸破裂。时过境迁,到了现在,当初难于判别何所耻、何所愤、何所悲、何所恨的感情在胸中沸腾的时期,已经过去了,只有一片痛恨凝结成一种宿疾,偷偷地在侵蚀他的心。打那以后母亲曾经寄两封信给他,说等候他平安回家。武男想起了老母膝下寂寞,也就写信去忏悔那时的失言,并且祷祝她身体健康。然而一块难于融解的恨,深深地留在他的心底里,每天晚上伴着他那打败北洋舰队、自己也战死的梦的,是披着雪白披肩的那个病人的面影。

消息断绝以来,已经三个月了。她还活着吗?已经不在人间了吧?大概还活着。她一定没有一天不想念我,正像我没有一天忘记她一样。我们不是有同生同死的誓言吗?

武男这么想着。又想起最后一次相见时的情景:初五的一弯眉月挂在松树梢头,夜色沉沉的逗子的晚上,站在门口送我而叫着"早点回来"的那个人,到哪里去了?想得出神的时候,仿佛看见那个披白披肩的人就要从月光中走出来的样子。

武男想:就在明天也好,只要顺利地碰到了敌舰,此身做了炮弹的靶子,那么世间一切就不过是一场大梦。他又想起他的母亲,想起他的已死的父亲,想起几年前在江田岛时的情景,最后他的心又回到生病的那个人身上。

＊　　　　＊　　　　＊

"川岛君!"

后面有人拍他的肩膀,武男吃了一惊,连忙转过身来,背着月亮。使他吃惊的正是航海长。

"月亮真好! 不像是去打仗的样子呢!"

武男低着头,偷偷地擦擦眼泪,拿起望远镜来。月色如银,黄海一望无际。

(一)之三

月亮落下去了,夜空中现出紫色的曙光,到了九月十七日。清晨六时过后,舰队已经开到海洋岛附近。先派炮舰赤城号到象登湾去侦探有无敌舰,回来报告:湾内空空荡荡的。舰队继续前进,斜瞄着大鹿岛、小鹿岛,开到了大孤山海面。

上午十一时,武男因事到军官室去,走出来的时候经过舱口,听见甲板上发出喊声:"看到了!"

同时听见匆忙地跑来跑去的脚步声。武男的心脏跳动了,正在踏上舱梯的脚步停顿了。这时候有一个水兵从梯子下面走过,站定了脚望着武男问:"川岛分队员,敌舰看到了吗?"

"嗯,大概是的。"

武男答应了一声,就徒然地使乱跳的心镇静下去,飞步跑上甲板,但见许多人东奔西走,警笛乱鸣,信号手忙着扯信号旗,舰首站着许多士兵,舰桥上站着司令长官、舰长、副舰长、参谋、各士官,大家闭口瞪目,遥望着舰外的海。跟着他们的视线望去,但见北方黄海的水和天相接的地方,有几条像黑线的东西隐隐约约地向上升,一、二、三、四、五、六、七、八、九条,还有第十条。

这正是敌人的舰队。

站在舰桥上的一个将校看一看手表,说:"至少还有一个半钟头。准备好之后,先把肚子吃饱吧!"

站在中央的一个人点点头说:"恭候多时了。诸位,大家加油吧!"说过之后捋捋胡须。

忽然战斗旗飘然地高挂在大樯顶上了。几声喇叭从舰桥上发出,响遍了全舰。大家各就各位,舰内的人往来如织,有的上樯楼,有的下机器间,有的去水雷室,有的进治疗室;也有到右舷的,到左舷的,去舰尾的,登舰桥的,纵横活动,各部布置迅速就绪,战斗的准备不多时就完成了。

快到晌午了,要打仗,先下命令用午餐。

武男帮助分队长指挥部下炮手迅速地装填了右舷速射炮之后,稍迟一些走进中等军官室。同僚都已集合,箸下盘子在响。那个短小的少尉态度很严肃,一个甲板士官不断地擦额上的汗,埋头吃着,一个年轻的候补生时时张望别人的面孔,毫不让人地吃完一盘又一盘。忽然那个穿红衬衫的少尉把筷子一扔,站起身来说:"诸位,敌人就在眼前而悠悠然地吃午饭,诸君的勇气可说不亚于立花宗茂[1]了! 今天的晚饭大家是否还能一起聚餐,是个疑问。诸君,临别的时候大家握握手吧!"

话音未落,猛然地握住了邻席的武男的手,摇了两三下。同时满座都站起来,互相握手。两三个盘子乒乒乓乓地从桌子上滚了下去。一个左颊上有颗痣的少尉握住了一个军医的手说:"倘使我受了伤,请你手下留点情,这就是我的贿赂。"

说着,一连摇了四五次。满座哈哈大笑,然而立刻又变得严肃起来。一个人去了,两个人去了,结果只剩下许多狼藉的空杯盘。

十二点二十分,武男奉分队长之命去和副舰长接洽,走到前舰桥上,但见我们的舰队已经排成单纵阵,前面隔着约四千米的地方,第一游击队的四艘舰率先前进。本队的六艘舰以我们这松岛号为首,跟在后面。赤城号和西京号停在本队的左侧。

仰起头来一望,高挂在大樯上的战斗旗正在碧空中飘扬,烟囱里卷起墨黑的烟,船头劈开海水,白浪高高地涌到两舷上来。将校们有的捧着望远镜,有的握着长剑的柄,在舰桥上迎风而立。

---

〔1〕 立花宗茂(1567—1643),日本战国时代的一个武将,曾参加丰臣秀吉侵略朝鲜的战争。

远望北方的海面,但见刚才好像挂在水天之间的一丝烟,一分一分地肥大起来,敌人的舰队仿佛是从海里涌出来的,先看到烟,其次看到针一般大小的桅樯,然后看到烟囱,看到舰体,于是桅樯头上点点的旗影也映入眼帘。最触目的定远和镇远是中军,经远、致远、广甲、济远为左翼,来远、靖远、超勇、扬威为右翼。西面还有烟缕,是平远、广丙、镇东、镇南以及六只水雷艇。

敌军摆的是单横阵。我军摆的是单纵阵,对着敌军的中央作丁字形前进。到了离开敌阵约一万米的地方,我们的先锋队突然把路线转向左,对着了敌军的右翼而蓦地前进。先锋转向左之后,我们的舰队就像蛟龙掉尾一般蜿蜒地向左倾,敌我的阵形由丁字形一变而为八字形。他们横排着,我们也前进,到了相距六千米的地方。这时候敌阵中央定远舰头上的炮台上滚滚地卷起白烟来,两个三十厘米的炮弹在空中飞鸣,掉落在我们的先锋队的左舷的海里了。黄海的水吃了一惊,倒立起来。

(一)之四

黄海! 昨夜月白风清,今天也若无其事地映着白云,载着岛影,浮着睡鸥之梦,而悠悠然地比图画还闲静的黄海,现在变成一片修罗场了。

武男从舰桥上走下来,跑到右舷速射炮台那儿,看见分队长正在用望远镜眺望敌方,部下的炮手从军曹以下,大家脱掉外衣,卷起衬衫的衣袖,露出了海风吹黑的筋肉强健的胳膊,也有用白棉布缠住腹部的,大家默默地在那里等候命令。这时候我们的先锋队向敌军的右翼乱射,就要经过敌军面前了;走在本队最前方的松岛就用开足马力驶近敌阵。拿起望远镜来一望,位于敌阵中央的定远和镇远向前突进,横阵略略变成一个钝角,距离渐渐地缩短了。两舰虽然还很远,形状却渐渐地清楚起来。武男记得往年曾经在横滨的岸头上看见过那两艘舰,现在怀着加倍的好奇心观察它们。依然是当时那两艘舰。但是现在喷着黑烟,破着白浪,开着炮门,咄咄逼人地向我们逼近,宛如两只猫兽在扑过来。……

（一）之五

这时候举头一望,灰色的烟雾遮蔽天空,覆盖海面,缭绕而成为十重、二十重的漩涡,有时不期地在其中各处隐隐约约地看到敌方和我方的桅樯和军舰旗。差不多每秒钟都有轰响震动海面,炮弹和炮弹在空中相击而爆发,海中不断地冲起水柱,水几乎煮沸了。

"痛快! 定远烧着了!"分队长声嘶力竭地叫喊。

从烟雾的空隙中望去,但见翻飞着黄龙旗[1]的敌军的旗舰的前部卷起黄烟,敌兵像蚂蚁一般蠕动着。

武男和许多炮手一齐发出愉快的叫声。

"好啊! 再来一个! 结果了它!"

炮声势汹汹地一齐打出。

敌人的舰队被我军左右夹攻,已在崩溃了。超勇首先带火沉没,扬威早已大败而逃,致远就要沉没下去,定远起火了,来远也在火灾中挣扎。支撑不住了的敌舰队,终于抛撇了定远和镇远而全部四散逃亡。我们的先锋队就绝不放松地追赶。本队的五艘舰合力攻击留下的定远和镇远。

---

〔1〕　黄龙旗是清政府的国旗。

这时候正是三点钟。定远的前部火势更加炽烈了,冒起了许多黄烟来,然而还不逃。镇远还保护着旗舰,两大铁舰像山一般巍然地向我军进攻。我们本队的五只舰现在用全部速力驶行在敌舰的周围,盘旋乱射,再盘旋乱射,射了好几回。炮弹像雨一般撒到这两艘舰上。然而,正像轻装快马的撒拉逊[1]武士盘旋地射击穿重甲的十字军战士一样,我们打中的炮弹大都在两舰的重甲上碰回,而在舰外爆裂。午后三点二十五分,我们的旗舰松岛正好和敌人的旗舰相并列了。我们发出去的速射炮弹正打中他们的舰腹上,碰了回来,徒然地在舰外像火花一般爆裂。武男看到这光景,愤恨不堪,右手握住剑柄在甲板上死命地敲打,咬牙切齿地叫:"分队长,冤枉透顶了! 你……你看那个! 见鬼!"

分队长气得眼睛发红,两只脚在甲板上乱踏,大喊:"打! 打甲板! 甲板! 别怕! 打!"

"打!"武男也可着喉咙喊。

咬牙切齿的炮手愤怒起来,狠命地连发了几下。

"再来一个!"

武男正在叫喊的时候,霹雳一声,满舰震动,炮台就像喷火山一般爆裂,武男被雨一般飞散开来的东西所打中,咕咚一声跌倒了。

原来敌舰发出的两个三十厘米大榴弹,恰好钻进炮台的正中而爆裂了。

"糟糕!"

武男叫着跳将起来,又咕咚一声摔了个屁股蹲儿。

他现在觉得下半身痛得厉害。倒在地上望望,但见四面是一片血、

---

〔1〕　撒拉逊人是希腊人和罗马人对十字军东侵时的阿拉伯人或伊斯兰教徒的称呼。

火、肉。分队长不见了。炮台变成了一个洞，青色的东西在洞里荡漾着。那是海。

由于疼痛和一种不可名状的悲惨之感，武男把眼睛闭上了。这里有的是人的呻吟，东西的燃烧声，接着是"火灾！火灾！准备唧筒！"的喊叫，同时还有跑来跑去的脚步声。

武男忽然觉得有人来抬他了。手碰着脚部的时候，无限的痛苦直达脑顶，不觉呀地叫了一声，向后仰翻了。闭上的眼睛面前红霞回旋，他渐渐地失去了知觉。

（二）之一

大本营所在的广岛地方，十月中旬，第一师团早已开向金州半岛去了，然而接着第二师团的健儿又勇进了广岛，加之临时会议开幕，六百个议员络绎地从东方来到。高帽腕车[1]，到处和佩剑马蹄的声音相错杂。维新当年京都的繁华，仿佛又在这山阳[2]地方出现了。

市内最繁华的大手町街上，各处门上贴着"参谋总长宫殿下""伊藤内阁总理大臣""川上陆军中将"等威严的字条。其次的第二街、第三街以下，每家门上都贴着"可租用房屋面积××席、×间"的字条。还有多数人家门口贴着纸条，上面写着士官或下士的姓名，兵士的队号和人数，这是因为兵营里容不下的兵士流到市里来了。有的地方挂着"××兵营杂货商事务所""××组民工事务经理处"等崭新的招牌，许多人忙忙碌

---

〔1〕　腕车是人力车的别称。
〔2〕　山阳是山阳道的简称，包括冈山县、广岛县以及山口县沿着濑户内海的部分。

碌地进进出出。有的店里正在忙着把一瓶瓶汽水装进大箱子里去,有的店里把饼干匣子像山一般堆积起来,小伙子们正流着汗打包。骑马的将官经过这里奔赴大本营。后面,耳朵上夹着铅笔的新闻记者的车子飞驰而过,大概是到电报局去的。车子里载着用鹅黄棉布包扎的长刀和皮箱从火车站来的人,和大概是刚刚从字品号上陆的脸上晒黑而夏衣破损的人擦身而过。在报纸所附的画报上看见过的元老若有所思地坐在车子里从这里经过。这边有即将出发的民工用鼻音哼着歌曲在街上徘徊,那座房子的廊沿前有个健儿边磨剑边用北方口音唱着军歌,和对岸婉转娇滴滴的鹿岛曲调相应和。

有一家商店门前挂了块约两米商的大招牌,上面写着"专办陆军用品";另外还挂着两张别的招牌。从门厅到街头,山一般堆积着粗制呢绒防寒衣。一个掌柜模样的人正在指挥五六个小伙子忙着打包。这时候一个五十多岁的老头儿匆忙地从里面送客人出来。这老头儿额上略秃,眼梢倒挂,左眼睛底下长着一颗红痣。他吩咐了掌柜的几句话,正想进去的时候,忽然看见门外一辆车子经过,向上方拉去。

"田崎君!⋯⋯田崎君!"

大概那人没有听见这叫声吧,车子兀自拉过去了。他叫一个小伙子赶上去喊他回来,车子才停在门前了。车子上的客人年约五十开外,黑红的脸,连鬓胡子有点花白,身穿一件黑绸外褂,头戴一顶同色的半旧礼帽,脚边放着一只中型皮箱。他被叫了回来,脸上表示纳闷,等到看见了站在门厅那儿的主人,就变成了吃惊的样子,边摘帽边说:"这不是山木先生吗?"

"田崎君,真难得,你几时来的?"

"我打算乘这班火车回东京去。"田崎说着,跨下车子,从散乱的草席和绳子中间穿过,走到了门厅前。

"回去? 你是哪天来的,到什么地方去?"

"唉,我前天到佐世保去了一趟,现在是回去。"

"到佐世保? 是去探望武男……少爷吗?"

"是的,去探望少爷。"

"这太不像话了。你去探望少爷,来去都过门而不入,实在太不像话了。我的女儿也是这样,老太太也是这样,都连一张明信片也没寄给我呢。"

"不是,我是因为忙着赶路。"

"那么,经过的时候进来坐坐也是好的。总之,先请进来吧。把车子打发走吧。我有话对你说。火车迟一班不妨。……倒是武男……少爷的伤势怎么样? 说实在的,我那时候听到了他受伤的消息,常常想去探望一下。然而只是想想……因为正好第一师团就要出发,忙得厉害。终于只写了一封信去问候。……噢,是这样的吗? 没伤着骨头。大腿上……噢,是的。年轻人反正不要紧。像咱们这样上了年纪的人,手指头上刺伤了一点就要一星期、两星期才会好。像少爷那样年纪轻轻的人……总之,运气还不错。老太太也可以放心了。"

田崎弯着腰,摸出表来看看,想要站起身来告辞。山木挽留他道:"别忙。难得有便人,我还想托你带些东西去孝敬老太太呢。乘夜车去吧。乘夜车还有很多时间。让我把事情结束一下,咱们去找个地方喝杯酒谈谈吧。广岛的鱼味道真好昵!"

他那嘴巴的味道比鱼还好。

（二）之二

秋天的夕阳流泛在天安川上，临川的一家酒楼的门映成了金黄色。楼上有贵族院和众议院的一些人在那里开联谊会，热闹非常。反之，楼下的小房间里连女堂倌也没有，只有两个人在那里举杯谈心。这两个人就是山木和那个姓田崎的男子。

这田崎从武男的父亲那一代起就做了川岛家的管家，现在还是天天从附近的自己家到川岛家来当差，一切事情都忠实地照料。武男的父亲常常说：他虽然没有敏捷应付一切的力量，但是不需担心他偷窃主人家的进款来饱自己的私囊，这是此人的好处。所以川岛家的寡妇和武男都深深地信任他。这回他是奉了老太太的命令，远行到佐世保去探望负伤的主人的。

山木放下了酒杯，摸摸额角说："说实在的，我虽然回东京去过，但是只住了一夜，马上又到广岛来，所以这些事情也没有听到。咦，打那以后浪子小姐的病一度很不好？这件事的确有些残酷，可是为了川岛这个家，也没有办法。噢，是这样的吗？近来又好些了？原来又到逗子去疗养了？但是只有这种病，无论看上去怎么好，终归是死症。那么武男，不，少爷还在生气吗？"

田崎揭开碗盖，松茸的香气冲上鼻子来，鲷鱼的油像珠子一般浮起着。他津津有味地吸了一口汤，揩了胡须说："是啊，问题就在这里呀！讲到根本，固然是为了保家，没有办法。不过，山木君，在少爷出门的期间，一点也不同他商量，就把事情了结，老太太也可以说是太随便了。说实在的，兄弟也曾经劝她等少爷回来再说，可是她的脾气生来如此：一旦说出要这样做,就非做到不可,因此就做出这种事情来了。兄弟以为少爷生气是难怪的。还有一个很讨厌的人,就是千千岩先生……听说他大概已经到清国去了。"

山木盯着对方的脸,说:"千千岩!是的,他前几天出征去了。因为我和他有一面之缘,所以我在这里的期间他常常来敲竹杠,真讨厌。这个人脸皮真厚。他对我说:'这一次说不定会战死,你就当作送我一份奠仪吧。要是不死的话,我一定得了金鸢勋章回来。'就给他敲了一百块钱去。哈哈哈哈,那么武男君的伤痊愈之后,就要回东京去吗?"

"唉,他自己的意思,似乎是打算痊愈之后立刻再到战地去的。"

"他还是说这种精神抖擞的话。可是田崎君,他应该回东京去一趟,和老太太言归于好,不是吗?他怎样怜爱浪子小姐,咱们不得而知,可是跟她的缘分已经断绝了,况且又不是一个健康人,是患了死症的人,难道可以叫她重新回来不成?唉,过去的事情已经没有办法了,我认为还是应该早点母子言归于好。田崎君,你看对不对?"

田崎心事重重地说:"少爷是那么直爽的一个人,所以即使是老太太的不是,他似乎觉得自己的态度也不好。这一次兄弟去探望他的时候,他说老太太的心他已经了解。所以无所谓言归于好了,不过……"

"在打仗的时候说亲事,是可笑的。不过总是早点娶一位少奶奶为好。怎么样?少爷和老太太和解之后,是不是还不能忘记浪子小姐呢?年轻人往往起初很强硬,但是等到娶了一个新人进来,又喜欢新人了。"

"是的,这件事老太太似乎也在考虑,不过……"

"你说这件事有困难吗?"

"对啊,少爷一心都在浪子小姐身上,所以这件事是……"

"可是这是为了一家,为了少爷自身,喏,田崎君!"

　　谈话暂时中断了。楼上大概是演说完毕了吧,拍手的声音很响。纸窗上的夕阳渐渐地暗淡下去,喇叭声凛然地传到耳朵里来。

　　山木把酒杯放在水盂里洗洗干净,重新敬田崎一杯。

　　"说起来,田崎君,小女蒙老太太照拂了。不过这个人很不中用,怎么样,老太太不大喜欢她吧?"

　　浪子去后一个多月,山木说是要女儿丰子亲身领受老太太的熏陶,就以学习礼貌的名义把她送到川岛家。

　　田崎脸上含笑,大概是想起了什么事情。

(二)之三

　　田崎脸上含笑,川岛家的寡妇却在皱眉头。

　　武男愤然离席而去的那一天,母亲眼睛盯住他的后影叫喊:"不孝的东西! 随便你怎么样吧!"

　　母亲知道武男平时很孝顺,毫不踌躇地顺从娘的意思。因为知道这一点,所以她虽然明白他对浪子的爱情的确不浅,却相信他在不能两全的时候一定舍弃那爱情而选取这孝道。因为相信这一点,所以她虽然自己也不能不感到手段太毒辣些,却还硬说是为了一家和为了武男而独断独行地休了他的妻子。等到看见了武男的愤怒意外地激烈,母亲方才明白自己估计错误了,同时又知道做母亲的对儿子绝没有绝对权力。以前她看见儿子把爱倾注在浪子身上,感到一种不快;现在看见母亲的爱、母亲的威严、母亲的恩情还胜不过一个濒死的浪子的爱,就仿佛觉得自己的权威已经完全丧失,这儿子已经完全被浪子夺去了。所以她生武男的气,并且在浪子回娘家以后还骂她。

此外还有一种激起她的愤怒的东西。她方寸之中并未隐隐感到自己做得不对,然而依稀缭绕着一种怀疑:武男的愤怒毫无道理吗?每当睡不着的半夜里,她独自躺在里面房间里眺望着天花板上的灯影,有意无意地思考着的时候,似乎听见某地方传来一种絮语声:"这是你的错误! 这是你的罪过!"便觉得心中更加懊恼了。世间最强的是自己确信自己不错的心;最懊恼的是别人或者自己心里的某种东西指出自己的错误,使自己在良心面前屈膝悔过。刺着痛处,猛兽会咆哮;知道自己的错误,人会愤怒。因此,武男的母亲那难以抑制的愤怒上又加上了烦闷,越发觉得武男可恨和浪子可恶了。武男已经愤然离席而去。一天又一天,他既不来谢罪,也不写信来道歉。母亲可以发泄胸中烦闷的惟一的办法,是恣意地愤怒,聊以自慰。生武男的气,生浪子的气,想起了过去的情形就愤怒,想起将来的情形又愤怒,悲哀的时候愤怒,寂寞的时候愤怒,没有办法的时候也愤怒。愤怒,愤怒,怒得疲劳了,晚上才能睡着。

在川岛家里,老太太那平素间已经很可怕的暴躁,近来像火一般燃烧起来了。待熟了的婢仆,也几次想打点行李辞工。正在这时候,朝鲜事件发生了,丰岛、牙山的号外满天飞。母亲曾经几次生儿子的气,说他连一封告别的信也没写来就去参加战争,是个不孝的东西。再听听世间的情况,有为了儿子远征而从乡间出来送别的老婆婆,也有寄东西并写信勉励儿子的母亲。而她家呢,儿子怨娘,娘恨儿子,一封信也不往还;他在战地,我在帝都,各自心中怀着郁结的不快。万一就此永诀了呢——武男的母亲不敢这样想,只是隐约地感到,她就一边骂不停口,一边委屈让步,接连写了两封信给战地上的儿子。

武男立刻从战地上写回信来。回信到后一个多月,佐世保的海军医院打来了一个电报,报告武男受伤的消息。母亲接到这电报,到底不禁两手发抖了。不久就知道他负的伤并无性命之忧。然而还是派田崎到遥远的佐世保去探望。

（二）之四

田崎从佐世保回来，详细地报告了武男的情况，母亲方才稍稍放心。然而还在等候他的痊愈，希望见一次面。而且还在心中盘算着：如果战争结束了，还是早点替武男娶一房继室为得策。这样，一则可以使武男断绝了对浪子的想念，二则可以使川岛家传宗接代，三则可以抵消从前对武男的行为有点过于粗暴的罪过。

早点替武男娶继室的问题，从决心逼浪子离婚的那一天开始，早已在母亲心中涌现了。因此她把为数不多的几家亲友家已到出嫁年龄的女儿在心中一一反复考虑，然而没有一个合意的。正在为难的当儿，山木突然以学习礼貌为名义，把女儿阿丰送到川岛家里。武男的母亲不是白痴，并非不知道山木的衷曲，也并非不知道阿丰未必是智德兼备的贤妇人。然而溺水者抓稻草，困于为武男择配的母亲，对山木的拜托感到很高兴，就试把丰子留在家里了。

试验的结果，正像田崎脸上含笑所暗示的，试验者和受验者都不满意，终于变成了供婢仆们解闷的话柄。

起初是和平相处，接着用小口径的猎枪来轻轻地撒些散弹，终于开出了可怕的攻城炮。这是川岛家的寡妇对任何人都采用的办法。浪子也曾经身受过这种经验，只因神经灵敏，感觉锐利，所以很早就感到痛苦。现在轮到阿丰来消受这经验了。然而她生来无忧无虑，麻木不仁，散弹飞来，她还以为是哪一家撒过来的炒豆。因此那攻城炮就不得不比平常早些拿出来。

阿丰心中悠悠然，好像经常弥漫着春霞；胸中空无一物，不但没有人我的差别，又往往连个人的轮廓也消失，而立刻和动植物同化。倘使春天傍晚站在庭院里，她的灵魂和身体会就此融化在暮霭中，用手也掬不到了。然而自从懂得恋爱之后，突然了解了什么叫作痛苦。她每天揉着睡眼起身之后，就被东差西遣，其结果是小骂大喝。那些冷嘲暗骂，她当然听不懂，一概囫囵吞了下去；只有攻城炮连放起来，无论何等超然的阿丰也挡不住了。她想：如果不是恋人的家里，她早就逃出去了。然而她知道父亲的训诫和时常回到樱川町家里去的时候所听到的母亲的叮嘱，正因为如此，她依然站在攻城炮面前，一天一天地忍耐下去。有时候忍耐不住了，就想：恋爱原来是这么痛苦的！我决不第二次恋爱人了。可怜的阿丰成了川岛家寡妇那一肚子牢骚的出气筒，充当了日长无事的婢仆们的消遣品！她见不到恋人的面，以平生从未有过的谦恭和忍耐，在那里等候一种不可捉摸的东西。

自从阿丰来了以后，武男的母亲又新添了一种懊恼。俗语说，失去的珠宝大，离去的媳妇贤。阿丰虽然不是可以和浪子相提并论的人，然而自从她来到身边供使唤以来，武男的母亲总觉得她所做的事情件件不称心。这老寡妇的心肠虽然同铁石一样硬，也不免常常想起从前她叱骂过的那个人。那个女子不露锋芒，话语不多而举止温雅；表面上看来虽然并不机敏乖巧，做事也并不熟练，然而颇能见机行事，委曲承欢。最可佩的是她的品性高尚；所以老寡妇虽然有时乘兴信口谩骂，然而也常常暗自坦率地承认：这样年龄的人能够如此周到是难得的。现在她看见眼前摆着一个同样年龄的阿丰，当然要做比较，就凡事要想起那个她所不愿想起的人来。所以她每天碰到不称心的事情的时候，总觉得这个春霞化身、名叫阿丰、长着一双眯缝眼儿、嘴巴闭不紧的人旁边,不知什么时候又出现了一个脸色略带苍白、头发漆黑、态度温雅的年轻女子,谨慎小心地抬起她那双伶俐的眼睛来向她看,问她:"您看怎么样?"这时候武男的母亲不知不觉地发抖了。"都怪她生了那种病!"她几次这样地替自己辩解。然而心中还是涌起一种异样的恶感来,自己认为是脾气发作了,终于又是大声喝骂,在阿丰身上出气。

所以山木在广岛的酒家向田崎明确表示要把女儿阿丰嫁给武男做后妻的时候,川岛家的寡妇和阿丰之间的形势比过去六月间日清间的形势更加危险,不是她走,就是我走,正是所谓千钧一发的危机了。

(三)之一

武男被枕边的小鸟叫醒,睁开了眼睛。

从床上伸手来拉开了窗帘,刚刚离开对面那座山的朝阳灿烂地照进玻璃窗来。山上还蒙着白雾,然而秋季那蔚蓝的天空已经一望无际,鲜明地衬出了窗前一株樱树的绯红如染的树梢。树梢上有两三只小鸟,吱吱喳喳地共话着,从一根树枝跳到另一根树枝;又不约而同地向玻璃窗里窥探,和抬起半身的武男打个照面;忽然吃惊地飞去,翅膀的风扇落了一张黄色的樱叶,在空中飞舞着。

唤醒我的早晨的使者原来就是这个!武男含着笑想道,又欲躺到枕上,好像身上有什么地方疼痛似的,略微皱起眉头。过了一会儿才在床上躺好,闭上了眼睛。

早晨很静,没有扰乱耳朵的声音。但听见雄鸡声和远处的橹声。

武男睁开眼睛微笑,又闭上眼睛,沉思起来。

　　　　　＊　　　　　　　＊　　　　　　　＊

　　武男自从在黄海受伤,托身在这佐世保医院以来,已经一个多月了。

　　当时,敌人射来的一颗大榴弹在炮台中央爆裂了,弹片乱飞,把武男打倒,剧烈的痛楚使他一时失去了知觉。痛楚虽然剧烈,幸而腿部受的两处伤都没有损害骨头,此外也只略微受些烧伤。分队长尸骨不留,同僚战死了,部下的炮手平安无事的极少;他身在其中,却意外地保全了性命,被送进这座海军医院来。最初体温还是猛烈地上升,躺在床上满口呓语,以手代枪,大骂敌舰,叫喊分队长,使得医生吃惊。然而他原是一个血气旺盛的青年,所受的伤又并不很重,所以到了秋凉的时候,体温渐渐下降,治疗经过良好,没有脓肿之患。到了一个多月后的今日,虽然还感到几分痛,却常常想走出充满石炭酸气味的房间,到晴朗的秋天的庭院里去走走,遭到军医的谴责。现在呢,只想早点回到战地,天天在等候医生的允许。

　　看得比尘芥还轻而全不顾惜的生命,意外地延续了。体温退了,食欲恢复了,同时享乐生活的心不知不觉地活动了,这就发生了烦恼。蝉能够脱壳,人却不能摆脱自己。由于战争的热度和病的热度而中断了的记忆的线索,随着身体渐渐康复和心情渐渐复原而不得不重新连续起来了。

　　然而,正像大病能使体质更新一样,和死神相见只隔一纸的经验,使得武男的记忆异样地更新了。激战以及激战前后继续发生的异常的事件和异常的感情,像风雨一般侵袭他的心灵。风雨虽然已经过去,余波还是留存在心海里,浮起来的记忆自然地取了一种不同的形态。武男不再生母亲的气,他把浪子看作业已去世的妻子而供奉在心中的神龛里。每次想起浪子,宛如听到天涯地角远远传来的悲歌,感到一种甘美的哀愁。

　　田崎来探望了。武男从他那里得知了母亲的近况,又隐约地听到了浪子的消息。(田崎生怕引起武男不快,所以不敢提及山木的女儿的事。)武男听到了浪子的情况,滴下眼泪来。田崎去后,那松风岑寂的别墅里的病人的面影,夜夜和黄海之战交替地出现在武男的梦中。

　　田崎东归后几天,不知从什么地方寄来了两个包裹,送到了武男的病室里。

＊　　　　＊　　　　＊

　　此刻武男躺在病床上沉思的正是这件事。

(三)之二

　　武男所沉思的是这样的一件事:

　　那是一个星期以前了。武男把看厌了的报纸丢在一旁,躺在床上打着呵欠,向窗外眺望。和他同房间的一个军官前一天已经出院,室内只剩他一个人。时候已近黄昏,病室里暗沉沉的,窗外秋雨像瀑布一般倒下来。隔壁房间里的病人大概在施电疗,咝咝的声音不断地和雨声相呼应,反而增加了室内的寂寥。漫不经心地听着这种声音,眼睛向窗外望去,但见密密的雨点淋漓地滴在玻璃窗上,傍晚的庭院里湿透了的树木,隐约朦胧地出现,忽然又消失了。

　　武男茫然地眺望着,忽然把毯子扯起来蒙住了头。

　　过了约五分钟,听见有人走进来的脚步声。

　　"有包裹寄到了……您睡着了吗?"

　　武男探出头来一看,床前站着一个勤杂工。他一手抱着一个油纸包,一手提着用绳子捆成井字形的沉甸甸的箱子,站在那里。

包裹? 田崎回去刚过几天,究竟给我寄来了什么呢?

"啊,包裹吗? 是哪里寄来的?"

勤杂工读出来的寄件人的姓名,是他所从未听见过的。

"你给我打开来,好吗?"

打开了油纸,还有报纸;打开报纸,是个紫色的包。打开包来,里面是一件法兰绒单衣,一件柔软的绸夹和服,一条白绉绸兵儿带,一双比雪还白的短布袜,一件脱着很方便的宽袖衬衣,还有一条围肩用的丝绵小被子,以防止久卧病床生褥疮。箱子里的是什么呢? 解开绳子,打开来一看,里面是他所喜爱的雪梨和新鲜的香蕉,装得满满的。武男的心脏跳动得急促起来了。

"里面没有信件什么的吗?"

这里翻翻,那里找找,一点纸片也没有。

"把那张油纸给我看。"

武男拿了包纸,看看自己的姓名的笔迹,忽然心头郁结了。他认出了这笔迹。

是她! 是她! 不是她又是谁呢? 衣服上密密匝匝的针孔里,虽然没有痕迹,你不看见的确浇着千行热泪吗? 你不看见那抱着病写的文字的颤抖吗?

武男等不到那人退出,就哭起来了。

＊　　　　＊　　　　＊

本来不曾干涸的泉水,现在重新被挖开了。武男觉得无限的爱情汹涌地上涨起来。白天想她,夜里梦见她。

然而世间没有像梦那样自由。武男本来确信:两人之间的关系是死也不能切断的,何况区区的世间习俗呢?然而要使这心愿变成事实的时候,却不能不感到这区区的习俗惯例在企望和现实之间筑着一堵不可超越的障壁。无论世间怎么样,她永远是我的妻子。然而母亲已经用我的名义逼她离婚了,她的父亲已经把她接回去了。在世间,两人之间的关系已经断绝了。他想:等到痊愈之后,回到东京去,会见母亲,访问浪子,向她说出心事,再把她接回来吧。然而武男无论怎样自慰自骗,总觉得在世间的所谓义理体统之下,这样的事情是不能做而又办不到的。事情做不成,结果只是更多地增加了母亲和我之间的乖离。违抗母亲的痛苦,他已经尝过了。

生在这广大的宇宙间,竟有意想不到的桎梏把我的爱情束缚住,想起了令人懊丧,然而武男想不出解脱之路,毫无办法地在悲愤中度日。只有"她是我生死惟一的妻子"这个念头,聊可自慰,并借以安慰他心中的浪子。

今天早晨武男梦醒之后所想的,也是这一点。

这一天早上,军医照例来诊病,说他的伤势已经逐渐痊愈,表示满意而出去了之后,他收到了母亲从东京寄来的一封信。信里写着:田崎回来之后,稍稍放心了;又写着:有点事情要谈谈,医生许可之后,望设法回东京来一次。有事情要谈! 岂不是他所最厌恶而又最害怕的那件事吗?武男沉思起来。

*　　　　*　　　　*

武男终于没有回东京去。

十一月初旬,和他一同在黄海受伤的、他所乘的松岛号,已经修缮完毕,又开向战地去了。武男听到这消息后不久,一获得医生的许可,就向上司申请,搭上运输船,回到了刚刚占领大连湾而停泊在该湾内的舰队去了。

离开佐世保的前一天,武男发出两封信,一封是给他母亲的。

(四)之一

秋风乍起,避暑客都回去了。不是养病的客人,不再留在这里了。从九月初到现在十月初之间,每逢风和日暖的时候,总有一位淑女由一个五十多岁的女仆伴着,慢慢地在逗子海滨散步。

身体消瘦,落在沙地上的影子也纤细得可怜。拉网的渔夫和每天在海滨散步的病客,都见惯了这个人,相逢的时候大家点点头。不知是谁传出去的,他们都已经约略地知道她的身世了。

这就是浪子。

无可怜惜的这条命,还是孤苦伶仃地延续着,又看到了今年的秋风。

*　　　　　*　　　　　*

浪子在六月初由姨母陪同返京,自从听到了那意想不到的宣告后的第二天起,病势眼见得日渐加重了。她肝肠欲绝,绞出鲜红的心血来,甚至失去知觉。医生默默无言,家族都蹙紧眉头,她自己日日夜夜在等候死,就只剩奄奄一息了。浪子欢喜地等候着死,觉得死真快乐。突如其来地堕入了深井的黑暗中的此身,长存在世间还有什么快乐,还有什么意义呢?恨谁,爱谁,这种念头连形成的余裕也没有。她所想的只是早点从周围的黑暗的恐怖厌恶中脱身。死实在是惟一的活路。浪子等候死,等得不耐烦了。身体在病床上受苦,心已经飞向世外去了。她想:今天也好,明天也好,这身体的羁绊一断绝,就可俯瞰这不足惜的世间,魂魄飞到千万里的天空中,在慈母的膝上尽情地痛哭一场,尽情地诉说一番。她所等待的正是死的使者。

真可怜！她连死也不能自由。今天，今天，等了好几个今天，都空过了。过了一个多月，想不到病情有了起色；过了两个月，病更轻了。放弃了的性命，又被拉回到这世间来，浪子又做了一个可怜的薄命人了。浪子实在疑惑不解：她岂不是不知生的可爱和死的可怕的人吗？为什么还要请医生，为什么还要吃药，为什么还要系住这条不足惜的性命呢？

然而她还有父亲的爱。父亲朝朝夜夜到她病床前来探视，亲自给她吃药，又亲自指挥，替她建造一栋厢房，以便静心养病，无论如何非把她救活不可。浪子每次听到父亲的脚步声，看到父亲为了她的病势好转而高兴的慈颜，颊上不知不觉地流下并不是为怨恨而洒的眼泪来，就不忍胡乱地求死，却为父亲而勉力养病了。还有一点：浪子绝不怀疑她的丈夫。她确信即使海枯石烂，丈夫的爱也不会变更；她知道这回的事情完全不是丈夫的意思。等到病好了些，略微听到些武男的消息，就愈加觉得她的信念有了印证，多少得到些安慰。今后事情怎样演变，当然不得而知。她并非没有想到即使这病痊愈了，一经断绝的姻缘也不能再有继续的时候，然而心中还是确信两人的心在冥冥中相通，谁也不能斩断这爱情，便偷偷地安慰自己。

于是父亲的爱和这隐约的希望，结合了名医的尽心竭力的治疗，把她的将要消逝的命根系住了。九月初旬，浪子由阿几和护士陪伴着，再度到逗子的别墅里来养病。

（四）之二

到了逗子以后，病渐渐好转了。四周的幽静使她的心情也安宁了。

每当远处传来海潮音的下午,把新浴的身体躺在安乐椅上,倾听着清脆的鸟声而恍恍惚惚的时候,觉得又恢复了春天住在这里时的心境,仿佛丈夫就要从横须贺来访似的。

别墅里的生活,同四五月间没有两样。以阿几和护士为伴侣,每日的功课除了准时服药、散步、量体温,遵守规定的摄生法之外,只是咏和歌、插秋花以供消遣而已。医生每星期从东京来诊视一两次。姨母或千鹤子每月来探望两三次,后母也偶然来一次。两个年幼的弟妹挂念生病的大姐,常常要求母亲带他们来,然而母亲为了不让他们接近病人,又不喜欢他们亲近浪子,总是喝住他们。从前的同学知道了她的身世,来信慰问的也不少,然而大都是虚文客套,可以慰藉她的很少,所以她也没有好好看。只有千鹤子的来访,是她所焦灼盼待的。她想要听的消息,主要是从千鹤子那里传来的。

自从姻缘断绝之后,与川岛家逐渐疏远了。远在西方几百里之外的人的面影,日夜在她心中往来;反之,这个人的母亲,浪子不再想起了。并非不想起,却是竭力不去想起。每逢想到这个婆婆,一种可怕的痛苦念头就不知不觉地涌上心来,不可遏止,心情遂异样地混乱了。浪子就努力驱除这念头,把心转向别处去。她听到山木家的女儿进了川岛家的时候,不免心情紊乱。然而她相信这一定是她怀念的人所不知道的,就勉强抑制住自己的心情。她的身体卧病湘南,她的心不绝地驰向西方。

这世界上最亲爱的两个人,现在不是都参加了征清战争吗?父亲中将于浪子赴逗子后不久,就随着大元帅赴广岛,又要到辽东去。浪子想:至少要到新桥车站送别,但父亲拦住了她。他叮咛地嘱咐她自己保重,说凯旋的时候她一定痊愈了,那时候来迎接他吧。她听说武男在那件事以后立刻赴战地,现正在联合舰队的司令舰上。在这秋雨秋风的时节,不知他是否平安地在那里为战斗服役。她的心日日夜夜驰往海陆两方。自认为与世无关了的浪子,也天天胆战心惊地看报,没有一天不祈祷父亲平安,武男武运长久。

到了九月底,传来了黄海的捷报。再过几天,浪子在报纸上的负伤者名单中看到了武男的姓名。她彻夜不曾成寐。幸而东京的姨母体谅她的心,把探得的消息报告她,她才知道武男负伤并不太重,现住在佐世保的医院里。生死之忧虽然得到了安慰,然而她挂念那边,有许多事想替他做,而现在的身份却不能如愿,无穷的恨又填塞了胸中。被强迫断绝了夫妻名义,两心依旧相通,然而他在西方负伤,我在东方生病,不但不能去探望,连堂皇地寄一张明信片去慰问也不可能! 想到这里,只好无可奈何地闷在心里。然而终于忍耐不住,就在病中偷闲,由阿几帮同替那人缝衣服,又备办他所喜爱的食物,遥遥地寄了两个匿名的包裹到佐世保去,希望把沉痛欲裂的胸中的相思的万分之一传给那人。

过了一周又是一周,到了十一月中旬,盖着佐世保邮戳的一封信落到了浪子手里。浪子紧紧地握住了这封信哭泣了。

(四)之三

星期六傍晚一同来探望的千鹤子和妹妹驹子,今天早上回去了。暂时热闹了一下的屋子里,又恢复了平日的寂寞。在幽暗的纸拉门里,浪子独自对着挂在壁龛里的亡母的相片坐着。

今天,十月十九日,是亡母的忌辰。没有可顾忌的人,所以浪子从首饰匣里把母亲的照片取出来,挂在壁龛里,又把千鹤子送来的即将盛开的白菊花供在照片面前了。下午沏上一杯清茶,听阿几讲些旧事。但是现在阿几和护士都走开了,只剩浪子一个人在照片面前。

　　和母亲分别已经十多年了。这十年之间,浪子没有一天忘记亡母。而到了现在这时候,怀念之情更加难以忍受,凡事都使她想起母亲来。亲爱的父亲现在远赴辽东了。后母虽然近在东京,但是隔膜还是同从前一样,动辄听到刺耳的话。她想:亡母,如果亡母平安地活在世界上,她就可以把那种痛苦告诉她,把这种悲哀告诉她,借以减轻这个病弱的身体过重的负担。她为什么抛弃了我而长逝呢?想到这里,泪如雨下,那相片就像隔着云雾一般朦胧了。

　　好像还是昨天的事,然而屈指一算,已经过了十年了。记得母亲亡故那年的春天,她自己八岁,妹妹五岁(那时候话还说不清楚,现在长得那么大了),我们俩穿着一样的樱花纹曙染衣服,父亲称赞我们漂亮,我们很高兴。于是坐上马车,我坐在右面,妹妹坐在左面,母亲坐在中央,到九段的铃木照相馆去拍照。现在挂在这里的照片,就是那时候所拍的照片中的一张。回想起来,十年像梦一般地过去了,母亲变成了这张照片,我呢……

　　打定主意不想自己的身世了,然而现在这无聊的境况偏偏历历地显示在眼前,越想越觉得此身毫无乐趣,毫无希望,仿佛包围着十重、二十重的黑云;而这八铺席的房间,似乎变成了不见天日的死牢。

　　忽然墙上的挂钟敲起来,响彻了满间屋子,这正是下午两点钟。浪子吃了一惊,像逃一般走到了隔壁的房间里。这里没有人,只听见里面房间里阿几和护士谈话的声音。浪子无意中听了一会儿又走出这房间,来到院子里,开了栅栏门,走到海滨去了。

　　天色阴暗。虽然是秋天,空中云雾弥漫,海面深黑,好像皱着眉头。大气静得可怕,一丝风也没有,一个波浪也不动。极目远望,海上没有一片帆影。

　　浪子慢慢地在海滨步行。今天没有拉纤的人,也不见散步的客人的踪影。一个十来岁的小姑娘背着个孩子,一面唱歌,一面拾贝壳,看见了浪子,含着笑点点头。浪子惨然地一笑,又恍然地陷入沉思,低着头走路。

　　忽然浪子站定了。海滨已到尽头,岩石突起着。岩石中间有一条路,可以通到瀑布下面的不动祠。就是今年春天浪子陪着丈夫到过的地方。

　　浪子沿着这条路前进。

(四)之四

　　走到了不动祠旁边,浪子把岩石拂拭一下,坐了下去。今年春天和丈夫共坐的就是这块岩石。那时候春光明媚,浅碧的天空中一缕云也没有,海比镜子还光明。现在呢,秋阳暗淡,空中充满了异样的云,海水满满的,涨到了她所坐的岩石下面,没有一片帆影来打破这幽暗得可怕的海面。

　　浪子从怀中取出一封信来。信上只有两三行笔迹遒劲的字,然而胜过千言万语,使得浪子相思难堪。"无日不思念浪妹。"浪子每次读到这一句,就觉得胸怀郁结,浑身充溢了恋慕之情。

　　世间为什么这样不讲理呢?我热爱丈夫,情愿不死于疾病而死于相思;丈夫也这么想念我,那么为什么要断绝夫妻缘分呢?丈夫的心不是比血还红地灌注在这封信里吗?今年春天不是两人并坐在这块岩石上立下生生世世为夫妇的誓愿吗?海也知道的,岩石也记得的。那么世间为什么擅自把两人隔绝呢？可恋慕的丈夫，亲爱的丈夫，这一年春天，在这块岩石上，这块岩石上……

浪子睁开眼睛来，但见自身独坐在岩石上，海水默默地涨满在眼前，瀑布隐隐地在后面响着。浪子用手遮住脸呜咽起来。眼泪簌簌地从纤细的手指间漏出来，落在岩石上。

心乱如麻，头上渐渐地发热，纵横飞驰的思想像梭一般地织出过去的情况来，历历如在目前。浪子想起了今年春天由丈夫扶着来到这岩石上的时候，想起开始患病的时候，想起游伊香保的时候，想起结婚的晚上，想起姨母陪她回京的时候，以及好久以前死别母亲的时候，于是母亲的面貌、父亲的面貌、后母、妹妹等许多人的面貌，都像电光一般在她心目中闪过。浪子又想起了昨天从千鹤子那里听到的一个旧友的事：这个人比浪子年长两岁，比浪子早一年嫁给一个在拥有土地的贵族中享有才子之称而新从外国回来的某伯爵。公婆很喜欢她，但丈夫不爱她，已经有了一个孩子，丈夫却在家纳妾，在外寻花问柳；今年春天竟和她离婚；听说最近她终于病死了。她为了被丈夫遗弃而死，我为了和相思的丈夫分离而哭。想起了这形形色色的世间，觉得那也悲哀，这也痛苦。浪子望着越来越黑暗的海面叹着气。

浪子越想，心中越紊乱，觉得世界狭窄得连容身之地也没有了。此身生在什么都不缺的富裕家庭里，八岁上诀别了亲爱的母亲，低着头在后母身边度送了十年，好容易定了良缘，父亲安心了，自己欢喜了。曾几何时，这个虽然得不到婆婆的欢心然而乐意为丈夫赴汤蹈火的身体染上了意外的大病，正在庆幸病势稍稍痊愈，旋即又受到了比死还残酷的宣告；虽然有一个互相爱慕的丈夫，然而已经毫不容赦地断绝了关系，结果使她变得没有丈夫可叫而又没有人叫她妻子。身世既然这样不幸，为什么来到世上来呢？为什么不和母亲一同死去呢？为什么要嫁到丈夫家里去呢？为什么不在这病发作的时候死在丈夫怀抱里呢？至少为什么不在听到那个可怕的宣告时当场昏倒而死去呢？身染不治之症，心里眷恋着不能团圆的人，何必长留在世间呢？即使这病痊愈了，如果不能团圆，还是死吧……还是死吧，还是死吧。长久地活在世上，有什么乐趣呢？

眼泪簌簌地掉下来，浪子也无心去擦，只是眺望着海面。

伊豆大岛方面墨色的云迅速地腾上来，这时候一种不可言喻的悲壮的声音在遥远的天空中响起，大海表面忽然起了皱纹。一阵风吹来，掠过浪子鬓边，漆黑的海的中央立刻涌出一片雪一般的白浪，像奔马一般冲过来，打击浪子坐着的岩石，几乎给打碎了。浩渺无边的汪洋大海，不到一分钟就千波万浪地鼎沸起来。

飞沫像雨一般迸溅，浪子也不想躲避，只是凝神地眺望海面。这水的下面是死。死也许是自由的。与其患着这病而在世间受苦，还不如化作魂魄而去亲近丈夫。丈夫现正在黄海中。路虽然远，这海水一定通到黄海。那么就让此身化作海的泡沫，魂魄飞到丈夫身边去吧。

浪子把丈夫的信牢牢地揣在怀里，掠掠被风吹乱的鬓发，站起身来。

海风浩荡地从无边的天空中吹来，浪子好容易站定了脚。抬起眼睛来，但见乱云在空中飞驰追逐，海面一望无涯地沸腾着雪白的波浪和泡沫。隔着海湾的樱山上，松树像马鬣一般摇荡而悲鸣着。风怒吼，海咆哮，山尖啸，浩浩荡荡的声音充满了天地之间。

现在是时候了，现在是时候了，现在正是命根断绝的时候了！母亲，请引导我吧！父亲，请原谅我吧！十九年的梦，现在要……

浪子把衣襟拉紧，把草屐脱掉，看定了刚才打击岩石的巨浪飞溅白泡的地方,准备纵身一跳。

这时候后面呀的一声,浪子被抱住了。

(五)之一

"阿妈,你去泡点茶,那位客人就要来了。"

浪子说着,慢慢地回过头去看看阿几。阿几边拾掇屋子边说:"那一位真是个好人。她也是信耶稣教的吗?"

"唉,据说是的。"

"想不到那样的好人也是信耶稣教的,而且头发还剪得那么短。"

"为什么想不到呢?"

"少奶奶,听说信耶稣教的人丈夫死了也不肯剪头发,并且越发打扮得漂漂亮亮,马上去找第二个丈夫。"

"呵呵呵呵,阿妈这些话是从哪里听来的?"

"不,是真的呢。他们教会里兴这样,连年轻姑娘也架子十足,是真的呢。喏,我的亲戚的隔壁人家有个信教的姑娘。少奶奶,她本来是个规规矩矩的姑娘,进了教会学堂之后,少奶奶,样子完全变了。到了星期天,少奶奶,她的妈妈说今天的事情忙,叫她帮助做做,她只当不听见,自顾自上礼拜堂去了。还抱怨学堂里干净,家里肮脏;埋怨娘脾气固执,一下子就�“起嘴巴生气。还有,上了几年学堂,少奶奶,连一张收条也不会写;叫她做做针线,一天工夫只缝得衬衣的一只袖子;叫她做一碗家常的煮萝卜,少奶奶,她把萝卜放在案板上,手里拿了菜刀呆呆地站着呢。她的爹妈都后悔,说早知道这样,不该叫她进这种学堂。这个姑娘,少奶奶,还说月薪不到两百五十块钱的丈夫她不肯嫁呢。真的,少奶奶,这不是把人给吓坏了吗？本来是一个规规矩矩的姑娘,怎么会变得这样呢？这恐怕是耶稣教的妖法吧。"

"呵呵呵呵,这倒是讨厌的。不过凡事有好处,也有坏处,所以不详细知道的事是不能说的,喏,阿妈。"

阿几侧着头出神地仰望着浪子,好像表示难以理解的样子。

"不过少奶奶,可别去信耶稣教。"

浪子含笑说:"你是叫我不要和那位客人讲话,是不是?"

"要是信耶稣教的都像她那样就好了,少奶奶!不过……"

阿几闭上了嘴。因为正在谈论的那个人的影子已经清晰地映在西边的纸拉门上了。

"我从院子的门里进来了,对不起!"

传来了细弱温和的女子的声音,阿几连忙站起身来,把纸门拉开。外面站着个五十多岁的身材小巧的妇人。样子比年纪苍老一些,浓密的白发剪得很短,和服外面穿着一件黑色外衣。面容消瘦,显得憔悴,所以骤一看让人觉得有些阴气沉沉。然而眼睛里发出温和的光辉,小小的嘴巴上自然地露出微笑。

阿几刚才谈论的就是这个人。还有,一星期以前在不动祠旁边间不容发地抱住了即将变成水泡的浪子的,也就是这个人。

俗话说:倘非吹喇叭敲铜鼓而叫卖名声,则素不相识者连其名字也不知道;然而倘若是认识的人,即使是包藏在内部的光辉,也会溢到身外来照人,使人永远不能忘记。此人正是这样。她姓小川,名叫清子,在目黑那边和大群孤儿住在一起,俨然是一个大家族里的母亲。她乐于把抛弃在路旁的众多灵魂收留下来,加以保护养育。她最近曾经患肋膜炎,痊愈之后,于上月底到这里来疗养。那天正好呆在不动祠里,出乎意外地抱住了浪子,把她交给了到处寻找主人而狼狈地走来的阿几。从此就自然地互相往来了。

(五)之二

阿几端进茶来,正想退出去,略微吃惊地说:"呀,明天要回东京去了? 啊唷,刚刚熟起来呢!"

老妇人也用温和的眼光笼罩着浪子,说:"我也想再耽搁几天,和您谈谈话,看到您的情况好些再回去。不过……"

说着,从怀里摸出一本小小的书来。

"这本书是《圣经》。您大概没有看过吧。"

浪子还没有读过这种书。她的后母留学英国的期间是个信徒,但是回国的时候,把她的信仰和《圣经》连同破皮鞋和废纸一起丢在伦敦的公寓里了。

"是的,我还没有拜读过。"

阿几还不想走开,睁圆了眼睛注视老妇人手里的书。她大概在想:妖法的来源就在这里。

"我的意思是:您精神好的时候,可以读读这本书,我想对您一定有好处的。我本想再耽搁几天,有许多话要和您谈,可是不行。……今天我来向您告别,想把我读这书的来历告诉您。

"您疲倦吗? 请您不要客气,躺着听我讲吧。"

专心致志地听着的浪子仰起脸来说:"不,一点也不疲倦。请您讲给我听。"

阿几把茶重新换过,就退到隔壁房间里去了。

小春天气的下午,比夜里还静。海潮的声音从远方飘来,纸拉门上的松树影子一动也不动,只有小鸟的清脆的叫声远远地响着。东边的玻璃窗外面,秋天的晴空纯净高远,锦绣一般的樱山在午后的阳光中艳得几乎燃烧起来。老妇人慢慢地呷一口茶,低下头去摸摸膝上的外衣,抬起头来注视着浪子的脸,从容地开口说话了。

"人的一生好像很长,却又很短;好像很短,却又很长。

"我的父亲是德川幕府[1]麾下的一个将士,在当时很有名望。您大概知道这地方吧:走过小石川区的水道桥,没有几步路的地方,有一株很茂盛的大朴树,树下的房子——现在早已属于别人了——是我诞生的地方。我十二岁上母亲死了,父亲非常悲痛,没再续弦,因此我从小就管理种种家务。后来弟弟娶了亲,我也嫁给了一家姓小川的人家,也是幕府麾下的将士,但是官级稍微高些。那时我二十一岁,离开你们出世还很远呢!

"我也受过《女大学》[2]的熏陶,准备刻苦耐劳,不让别人;然而到了身临其境的时候,觉得劳神苦思的事情实在多得很。时势正紧张,丈夫难得在家。家里有公婆和丈夫的两个姐妹(后来都出嫁了),我算是有了五个主人。我的操心是别人所不得而知的。公公并不怎么样,但是婆婆是个很难服侍的人。听说在我之前曾经另有一个女人嫁到这人家,可是不到半年就逃回去了。这个婆婆——已经死了的人,我实在不应该这样说她——是个脾气暴躁、性情固执而能言惯道的人,俗语所谓泼妇,大概就是这样的人吧。我也准备尽量忍受,可是常常忍受不了,在屏风背后

[1]　德川幕府是 1603 年德川家康在江户(今东京)所组织的政府,1868 年把政权交给天皇,明治政府遂成立了。
[2]　《女大学》是江户时代流行的教给女子三从四德的书。

偷偷地哭。哭红了眼睛,被她看见了又挨骂,于是又哭。这些时候我常常想起去世的母亲。

"正在这期间,明治维新的变乱发生了。整个江户宛如一锅子沸水。我的丈夫、父亲和弟弟都是彰义队员,住在上野。同时我的公公生了大病,我自己怀了孕。那时候真是茫然不知所措了。

"不久上野失陷了。丈夫从宇都宫辗转逃往函馆;父亲行踪不明;弟弟在上野战死了,他的家属不知去向。公公终于病死了。我在这期间生了一个孩子。一切事情都像做梦一样!此后我家俸禄断绝了,家产被没收了。我抱了初生的孩子,陪着婆婆和一个年老的仆人,翻过箱根,逃到了静冈。这一段时间真像一场噩梦。"

这时候护士进来了,边向老妇人点头致意,边给浪子吃药,然后出去了。老妇人暂时闭上眼睛,后来又睁开来,继续说下去。

"住在静冈的期间,将士们的穷苦简直是不成话的。将军家尚且苦得很,连胜先生[1]那样的人也窝窝囊囊地住在小巷子的窄房子里。原来受五千石俸禄的我家,现在得到三个人的抚养费,已经是不敢当了。说出来也难为情:那时候我们连一块豆腐也买不起。况且我的婆婆是一向奢侈惯了的,所以真是吃苦。那么,我呢,把街上的女孩子召集来,教她们写字和缝纫,搞家庭副业搞到深更半夜,赚几个钱。光是这样还算好呢,哪知道婆婆的脾气越发暴躁起来,仿佛要把时势造成的苦难归罪在我身上,这实在是太残酷了!丈夫不在家——他到函馆以后有个时期被关进监牢里——父亲行踪不明。与其这样,还不如死了的好——这念头每天在我心中发生好几次;后来好容易回心转意了。这一年间,我的

---

〔1〕 指胜安芳(1823—1899),号海舟,幕府末期和明治时代的政治家。

确老了十岁！

"正在这时候,丈夫被陆军部叫出去服务了。我们又翻过箱根,到了东京。我们回到东京,是在……明治五年[1]的春天。下一年春天,丈夫就奉命出洋。这时候生活不须担心了;然而婆婆的脾气一直不变……这就随它去吧。可是让我挂念的是父亲的下落始终不明。

"丈夫出洋那年的秋天,有个下大雨的日子,我因事至小石川区一个知心朋友家去,他们雇了一辆人力车送我回家。时候已经将近黄昏,风雨大得厉害,我缩紧了身子坐在车篷里面;车夫拉着车子一步一步地走。他戴着个圆顶箬笠,穿着一件皱巴巴的桐油布雨衣;雨水嘀嘀嗒嗒地从雨衣上滴下来,车灯的火光在路上蜿蜒地移行。车夫拉着车子走的时候常常叹气。走到水道桥边,车灯忽然熄灭了。车夫放下了车把,对我说:'太太,对不起了,请您站一站,让我从坐垫底下拿一包荷兰松明。'他指的是火柴。风大得厉害,我没怎么听清楚;然而觉得这声音好像怪耳熟的。后来他取出火柴,脸朝着踏脚板划着了火柴;我在火光里看看车夫的脸,啊哟,这不是爸爸吗?"

老妇人情不自禁地伸起手来掩住了面孔。浪子伤心地哭起来。从隔壁房间里也传来了啜泣的声音。

(五)之三

老妇人擦擦眼泪,继续讲下去。

"一同住在东京,不知道就一直不知道了。于是我就陪着父亲到附

---

〔1〕　明治五年是 1872 年。

近的一家荞麦面条铺里。听他叙述情况,才知道上野失陷之后流浪各地,当教书先生,还生过一场病。从前的一个仆人在驹达区的一个角落里开着一家极小的花店,现在父亲就寄居在这个仆人那里,每天拉车子度日。我觉得又欢喜,又悲伤,又怨恨,心头涌塞,连话都说不出来了。后来父亲提醒我时候已经不早,这天晚上我们就分手了。

"夜已经很深了。回到家里,婆婆早就等得不耐烦了,耷拉下脸儿对我大发脾气,岂不是冤枉吗?她说我一定有不可告人的暧昧行为。我抚着胸膛,把父亲的事情老实告诉了她,以为可以得到她的同情,岂知她说了许多不堪入耳的侮辱话……我觉得太委屈,太冤枉了;我想:这回已经忍无可忍,我不再住在这家里了,立刻跑到父亲身边去吧。于是等婆婆睡了之后,偷偷地换了衣服。六岁的儿子正在睡觉,我就在枕头边写一封留给家里人的信。这儿子大概是在做梦吧,在睡梦中伸过右手来,说:'妈妈,不要去!'大概是因为那天我到小石川去的时候把他留在家里,所以他做这梦吧。我吃了一惊,细看他的脸,恍惚间那竟变成了我丈夫的脸;我放下了笔,哭起来了。这当儿不知什么缘故,小时候临睡母亲讲给我听的婆媳故事不由得兜上心头。我就改变了念头:只要大家平安无事,就让我一个人吃苦吧!……您听得厌烦了吗?"

全神贯注地倾听着的浪子,连话也回答不出来,只是抬起泪痕纵横的脸来。老妇人把阿几新泡来的茶喝了几口,再继续她的话头。

"于是只得向婆婆道歉。可是在这种情形之下,要把父亲接回来供养,是不行的。于是极秘密地把身边所有的东西——东西也不多——卖掉,私下里接济他。但是究竟不是长久之计。因此拜托我丈夫的一个好朋友,找到了一位某外国公使的夫人;这夫人由于好奇心,想学习日本的筝;我就在婆婆面前搪塞一下,每月偷偷地去教几次筝。这才使父亲过上舒服些的生活。这期间我和这夫人熟悉了。她是一个非常亲切的人，常常用半通不通的日本话来对我讲各种各样的事情。有一次她送给我一本书，对我说：'请您读读这本书。'那就是当时刚刚译成日文的《马太福音》。就是这本《圣经》开头的部分。我略微读了些，觉得里面写着的都是些奇奇怪怪的事情，就把它丢在一边儿了。

"到了下一年春天，婆婆忽然中风了。她本来是个刚强的人，这时候却变成小孩子一样，非常怕寂寞，我走开一会儿，她立刻'清儿，清儿'地叫唤。我坐在她旁边，替她赶苍蝇，她就沉沉地睡着了。我看看睡着的婆婆的脸，心里想：她已经成了这个样子，我为什么以前还要恨她呢？如果可能的话，我真想让她再硬朗起来呢。我就十分尽力地看护她，可是白搭。

"婆婆去世之后不久，丈夫回国了。正要把父亲接回来供养，父亲大约是放心了的缘故，突然生起病来，只病了两三天，就像睡着一般逝世了。他曾经对我说：'会见了认为终身见不着了的女儿，又这么孝顺我，再也没有像我这样幸运的人了。'……可是我还没有做到我所要做到的十分之一。现在每逢想起了，没有一次不希望他再活转来，好让他尽情地过安乐的日子。

"此后丈夫渐渐发迹了，儿子也长大了，我也轻松多了。只有一件担心的事，就是丈夫的酒瘾大得厉害——军人大都是这样的。还有，男人总是行为不端，现在还是这样，而那时候更厉害。像我丈夫这样的人，到过西洋的，还稍微好些；可是也使我非常担心，说出来也怪难为情的。我委婉地规劝他，他只是笑笑，不理睬我。

"这时候十年的战争〔1〕发生了,我的丈夫是近卫队上校,也去参加战争了。丈夫去了之后,儿子患了猩红热,我日日夜夜地看护他。记得是四月十八日那天夜里,儿子略微好些,正在睡觉,我叫婢仆们也都去睡,自己坐在枕边,在油灯光中略微做些针线,终于打起瞌睡来。恍惚之中,似乎觉得有人走过来,坐在儿子的枕头旁边了。我想,这是谁呢?抬头一看,啊哟,是我的丈夫!他穿着军服,浑身是血,脸色苍白……我不知不觉地叫出:'呀,是您?'就在这叫声中醒过来了。向四周看看,一个人也没有。座灯〔2〕的火幽暗地点着,儿子安静地睡着。我出了一身大汗,心跳得厉害。……

"下一天,儿子的病忽然重起来,终于在那天黄昏时分咽了气。我正像做梦一般抱着他的尸体,丈夫战死的电报送到了!"

讲话的人闭上了口,听的人屏住了呼吸,屋子里仿佛水一般沉寂。

过了好久,老妇人又开口了。

"以后一切都像梦中一样了。是说日月同时沉没好呢,还是说什么好呢?真是暗无天日了。我一再忍受痛苦,而结局原来是这样的吗?想到这里,我宁愿就此病死算了(那以后不久我就生病了),可是病却渐渐好起来,不知道是幸运还是不幸。

"病好了;然而我觉得世界好像完全空虚了。我只是活着而已。这期间,一个好朋友劝我把家收拾一下,暂时到她家去住。我病刚好,闲着没事就收拾器具什物。有一次打开衣箱,看见已死的儿子的夹衣底下有一本书。偶然拿起来看看,原来就是前年外国公使夫人送我的那本

---

〔1〕 指发生于明治十年(1877)的西南战争。
〔2〕 原文作行灯,是一种方形纸罩座灯。

《圣经》。我随随便便地看看,觉得有些句子微妙地打动我的心弦——我在这本书里画了些符号。以后迁居到朋友家里,也常常读这本书。读着读着,仿佛山中迷路的人听到了某处的鸡鸣声,又仿佛漆黑的晚上从某处射来一道微光。送我这本书的公使夫人已经回国,不在这里了。我想找个人问问,这期间我靠朋友照顾,当了一所新办的女学校的舍监。这是耶稣教会的学校。教师中有一对年轻夫妇,是热心的教徒。这夫妇俩就做了我的指导者。我向这两位指导者学习初步教义,就领了洗,到今年已经十六年了。这本书实在是我的手杖,我一天也离不开它。自从相信了灵魂不死,以前认为一死便完结的世间就广大了;自从知道有了天父,就觉得失去了父母还有更大的父母在这里;自从听到了有爱的事业,就觉得失去了儿子还有许许多多的儿子在这里;自从了解了希望的意义,就觉得忍受中也含有快乐。

"我读这本书的来历,大略如此。"

讲到这里,老妇人热心地注视浪子的脸,又说:"说实在的,我已经略微知道些您的情况了。过去常常在海滨相见,所以屡次想来拜访,想不到这样亲密地相识了,又立刻要分别,真是遗憾的事!然而不知道可不可以这样说:我总觉得咱们两个人不是萍水之交。请您保重身体,气度要放宽一些,决不可以性急。……心情舒适的时候,请您读读这本书……我虽然回东京去了,朝朝夜夜在想念您呢!"

＊　　　　　＊　　　　　＊

下一天这老妇人回东京去了。但她所送的那本书,常常放在浪子身边。

世界上竟有遭受了这样的不幸而还有多余的诚意来安慰别人的人;竟有不是母亲、不是姨母而在这茫茫人海中想念我的人——浪子想到这里,心里略微感到些安慰。她常常想起自己所听到的那人的经历,并拿起那人一片诚心地送给她的书来翻看。

(六)之一

第二军于十一月二十二日攻陷了旅顺。

"妈妈,妈妈!"

千鹤子手里拿着一张报纸,慌张地叫她的母亲。

"什么事情,慢慢地说吧!"

千鹤子被那淡蓝色眼镜瞥了一眼,脸上泛起一阵红潮,微微地一笑,立刻又严肃起来。

"妈妈,死了呢! 那个人……那个千千岩!"

"唉,千千岩? 那个千千岩! 怎么死的? 战死的吗?"

"阵亡将校的名单里有他的名字呢。活该!"

"你又胡说了。……噢! 那个千千岩战死了? 不过战死也是好的,千鹤儿。"

"活该! 这种人活在世界上,不过是给人家找麻烦。"

加藤子爵夫人默默地沉吟片刻。

"死了也没有一个人哭他,活在世上也没有意义了,千鹤儿。"

"不过川岛家那个老婆子恐怕会哭吧。……说起川岛家,妈妈,听说丰儿终于逃走了呢。"

"逃走了?"

"听说昨天又闹了起来。她说,我再也不在这样的人家呆下去了,就哭哭啼啼地回家去了。呵呵呵呵,我真想看看她那副样子呢。"

"谁到那家去也呆不住啊,千鹤儿。"

母女两人相对看看,没有再说下去。

*　　　　　*　　　　　*

千千岩死了。千鹤子母女两人谈了上面这些话之后约二十天,一片遗骨和一封信送到了冷清的川岛家里。骨是千千岩的,信是武男写的。现在摘录几节在下面:

（上略）旅顺陷落后第三日,船坞船舶等均须由舰队接收。将校以下数名皆登陆,儿亦参与其中。激战之后,惨状非笔墨所能尽述。（中略）途经临时野战医院时,偶逢担架搬运死尸。但见其人身被青色毛毯,面部覆有白色棉布。就露出之口部及腮部察看,似系相识之人。询诸担者,始知此乃千千岩中尉。当时惊骇之情,大人当可想见。（中略）揭去覆布,但见脸色青白,牙关紧闭。所受创伤,计下腹部一处,其他二处,皆攻打椅子山炮台时所受之弹伤也。今晨以前,尚有知觉,后终于气绝。（中略）又彼之同僚曾以种种情况见告,据云彼在军中虽然品行不端,而战争时颇能出力。前攻金州时,曾率士兵先登南门。此次战役中,亦甚奋勇。惟平日往往暗中为非作歹,有伤士官身份。临阵之际,亦常非法聚敛金钱。在貔子窝时,曾不顾军司令官之严令,擅自勒索,对待当地居民残酷万状,因而身受处分。（中略）总之,战死乃彼意外之幸运也。彼过去曾有种种不法行为,令人受累不浅,此乃母亲大人所素悉。儿曾为此与之绝交。然今对此尸骸,并无怨恨;回思昔年如兄如弟、共同长育时之情状,不禁堕泪。为此请得许可,予以火葬。今将遗骨送

上，务乞赐以埋葬。（下略）

武男在旅顺时所遭逢的事情，不止这一件。还有一件事，他在信中故意遗漏了。

（六）之二

武男信中脱漏的事件如下。

碰见千千岩的死尸那一天，武男一个人回埠头去的时候较迟，已经是傍晚了。

营舍门口的步哨枪头上的刀闪耀着，将校们的马蹄得得地响着，军官正在叱骂下僚，几个清国人呆呆地站着，军属东来西去。——武男从其间穿过，走到了五六个随军夫役正在烧火取暖的地方。

"冷得真厉害啊！要是在家里，该吃大葱金枪鱼火锅，喝一杯酒了。老吉，你穿着好衣服呢！"

被唤作老吉的夫役，穿着一件漂亮的紫缎子棉袄，大概是抢来的。

"你看老源，穿着值四百块钱的狐皮袄呢！"

"老源吗？这家伙运气再好没有了。赌钱总是赢的，一点事情不做会受赏赐，子弹从来没有吃过，真是好运气的家伙。像俺，在大连湾就输得精光，只剩得这件夹衣。他妈的，再不去抢一点，真是过不下去了。"

"抢一点也好，不过要小心啊。刚才我跑进一个人家去，他们当我来杀人了，桶后面忽然闪出一个拿刀的清兵来，我差一点儿送了命！恰好咱们的兵来了，马上把这个清兵杀死。我胆子都吓破了。"

"那些清兵笨透了！看来还杀得不够吧。"

旅顺陷落还没有几天，有些清兵躲在老百姓家里，被我方搜出了，由于抵抗而被杀的，确实不少。

武男无意中听到这些话，心中觉得有些不快。他渐渐地走近码头方面去了。这一带地方人很少，灯火也稀疏；一边是整排房屋的兵工厂，房屋的黑影铺在地上。另一边竖着路灯，像暗淡的月夜一般的光线照在地上。一只瘦狗在地上嗅着走去。

武男沿着这房屋的影子走去，忽然注意到前面离开十来丈的地方有两个人在走路。从后影看来，无疑是我们陆军中的将校士官。其中一个身体魁梧，另一个瘦小。两人并肩而行，一边谈话，一边走路。武男觉得其中一个人好像是在什么地方见过的。

忽然武男看见自己和那两人之间，另有一个人在房屋的阴影中偷偷地向前走。他的心异样地跳动了。在房屋的阴影里，不大看得清楚，然而阴影里的那人前进一步，停留一下，前进两步，窥探一下，的确是在跟踪那两个人，渐渐接近起来了。偶然房屋和房屋之间有个空隙，武男在空隙里流出来的灯光中看出了这个人是清国人，同时又看见这个人手里有一件东西闪烁着。武男心中着了慌，就悄悄地加紧脚步，跟在这人后面。

前面的两个人快要走到街道尽头的时候，走在暗中的那个黑影猛然地离开暗处，向那两个人赶上去。吃惊的武男跟着他走过去的时候，这清国人离开那两人已经只有约三丈路，他举起右手，手枪一响，那个瘦小的人就应声倒地了。另一个人惊惶地向四周张望。那人正要扣动枪机，再度开枪的时候，武男突然冲上前去，用拳头把他的右手拼命打一下，手枪就落地了。那人又惊又怒，抓住武男。武男扭住那人，想把他打倒。那个身体魁梧的人走过来帮助武男。这时候听见枪声而吃惊的我国兵士三三五五地跑过来,立刻把武男所对付不了的那个人踢倒,捆起来带走。在短暂的斗争中弄得汗流浃背的武男从杂乱的人群中走出来的时候,那个身体魁梧的人已经扶起了倒下去的那个人,正在向这边走来。

这时,路灯的光正映出了片冈中将的面孔。

武男不觉叫将起来。

"呀,是您?"

"啊,是你?"

片冈中将带着他的副官到某地方去,归途中被那个可钦佩的清国人所阻去。

副官受了重伤,但中将平安无事。武男无意中救了他的岳父。

*　　　　　*　　　　　*

这件事不知怎地传到浪子那里,阿几无限高兴地说:"您看,姻缘随便怎么也不会断绝的! 您好好地保养吧,当真的,好好地保养身体吧!"

浪子凄然地微微一笑。

(七)之一

在战争中,旧年过完,新年开始,现在已经是明治二十八年了。

从一月到二月,攻下了威海卫,北洋舰队灭亡了。到了三月,南方的澎湖群岛已经归我所有,北方我军像潮水一般推进,辽河以东,敌军连一人一骑也没有了。接着是媾和使者来到,到了四月中旬,缔结媾和条约的消息传了各地。紧接着三国干涉的风声,又把辽东归还。同年五月底,大元帅陛下班师凯旋,战争就像大鹏收翼一般忽然结束了。

武男在旅顺收了千千岩的遗骨,救了片冈中将的危难之后,就参加威海卫的攻击,又远赴南方参与占领澎湖群岛。六月初旬,他所乘的战舰最先凯旋横须贺,他就乘此机会,回到了别来已久的东京,走进了多时隔绝的自己家的门。

回想去年六月愤然离席,辞别母亲以来,已经一年多了。通过了好几次死生关头之后,那时的不快不知不觉地灭迹了。在佐世保医院里的风雨之日,威海卫港外的冰雪之夜,心灵飞回老家,不知有多少次了!

阔别一年,回来一看,家里并没什么变更,只是出来迎接自己的归车的婢女的面孔陌生了。母亲照例肥胖,风湿病发作了,整天卧床不起。田崎照例每天来到,呆在那个六铺席的房间里,照例管理事务,照例按时回家。每天发生的事情都是千篇一律,所见所闻,完全同去年一样。武男觉得既满意,又失望。相别一年而会见母亲,到隔绝已久的自家的浴室里去洗澡,安坐在厚而软的坐垫上,吃一向爱吃的肴馔,把疲劳的头枕在非吊床可比的黑天鹅绒面的扎枕〔1〕上;然而不能成寐。直到枕边的时钟敲了一点、两点,眼睛还是越来越清醒,内心深处感到一种剧烈的痛苦。

一年的日月把母子之间的裂痕补好了,至少看上去补好了。母亲也欢欢喜喜地迎接她的独生子;武男会见了母亲,也觉得卸却了一种重荷。然而武男和母亲都感到:相见之后,两人之间不能完全没有隔膜。关于浪子的事,那个也不问,这个也不说。那个所以不问,并非不想问;这个所以不说,并非不知道他想听。只是彼此都竭力避开这个危险的问题。这一点两人互相了解,因此每逢相对无言的时候,自然觉得坐不安席。

在佐世保医院时收到礼物的事,就连平素间也片刻忘不了的;现在

---

〔1〕　原文作括枕,是一种将两头扎起的枕头,内填荞麦皮或棉花、茶叶等。

回到以前同居的家里来一看,不论看到什么都潜伏着那人的面影,武男心绪缭乱了。她现今在哪里呢? 她不知道我回来吧。相思的时候千里也是近的;然而绝缘之后,相距不到一里的片冈家仿佛比太阳还远了。她的姨母近在咫尺,然而有何面目前去探听消息呢? 回想去年五月去参加舰队演习的时候,曾经到逗子去和她告别,想不到这就成了永诀! 那时候她送我到别墅门口,叫着:"早点回来!"这声音现在还留存在耳底;然而现在向谁去说"我回来了"呢!

武男一直这样地想念。有一天他到横须贺去的途中,在逗子下了车,恍恍惚惚地走向那个别墅,看见大门关着。心中疑惑:大概是回东京去了吧。从后门走进去一看,一个老头儿正在拔草。

(七)之二

这老头儿听到武男走进来的脚步声,慢慢地转过头来,看见了他,表示略微吃惊的样子,除去了头巾,鞠一个躬说:"少爷,您来了,是几时回来的?"

"两三天之前回来的。你还是很硬朗,真好。"

"哪里,一点也不中用了,全靠少爷照顾。"

"喏,你在这里看守,已经好久了吧?"

"不,那个,直到上个月,少奶奶——嗯嗯,小姐——那、那位养病的小姐和老妈妈住在这里。她们去了之后,我才来看守的。"

"噢,是上个月回京去的。……那么现在住在东京。"武男自言自语。

"正是。老爷还没有从清国回来之前就回东京去的。嗯,后来听说跟老爷一起到京都去了,嗯,想来还没有回家吧。"

"到京都去了？那么病好了。"武男又是自言自语，"是几时去的？"

"四五天之前……"老头儿正想说下去，忽然想起了现在的关系，脸上露出生怕多嘴的样子，立刻闭口了。武男感觉出这一点，不由得脸红了。

彼此相对，一时默默无言。老头儿似乎终于觉得不好意思，又开口说："我来把门开开。请少爷进去歇一歇，喝杯茶。"

"不，请你不要客气。我是路过此地，来弯一弯的。"

武男说过之后，向曾经住惯的几间屋子里望望。虽然有人看守而没有荒凉，但是门窗紧闭，洗手盆里水也干了；庭前绿叶成荫，处处长着梅子；绿茵茵的草坪上开残的蔷薇花半已零落，幽香充满了庭院。到处都没有人的动静，只有蝉声在屋后的松树上聒噪着。

武男匆匆地告辞了那老头儿，低着头出去了。

过了五六天，武男又辞别了家人，启程赴南方远征了。回家的十几天，别的同僚都在凯旋的欢迎中欢天喜地地过日子，武男却相反，寂寞无聊地度送了。远别的时候不免怀念的家，回来一看，岂知一点意思也没有，武男终于没能得到可以弥补心中缺陷的东西。

母亲也知道这一点，心中的不快不知不觉地在言语中流露出来。武男也看得出母亲知道这一点，每逢相对谈话的时候，似乎觉得中间隔着一种东西。因此母子间的关系虽然不曾像从前那样破裂，武男却痛恨一年后的现在对母亲反而比从前疏远了，而且对这疏远无可奈何。母子两人淡淡然地分别了。

本来预定在横须贺登舰；武男出发的时候碰到事故，延误了一天，因此决定在吴港登舰。六月十日，他孤身只影地乘上了东海道的列车。

（八）之一

三个游客从宇治的黄檗山寺里走出来。一个是约莫五十多岁的肥胖的绅士，身穿西装，手拿金头拐杖；另一个是二十来岁的淑女，撑着一顶黑绫阳伞；后面跟着的是一个五十多岁的女仆，提着一只手提袋。

三个人一走出门，门前等候着的三辆人力车就辘辘地拉过来。老绅士回头看看那个淑女，说："天气很好，咱们走走再上车怎么样？"

"好的，走走吧。"

"您不累吗？"女仆插嘴说。

"不要紧，稍微走走好。"

"那么累了就上车，先慢慢走走也好。"

三个人开始慢慢地步行，三辆车子跟在后面。不消说，这是片冈中将家的人。昨天从奈良到宇治，宿了一夜，游览了平等院，凭吊了古迹扇形草坪[1]。今天正要从山科上火车，到大津那边去。

片冈中将是于五月间从辽东回来的。有一天，把浪子的主治医生请到书斋里来，同他密谈了一会儿。第三天就陪着浪子，带了保姆阿几，飘然地到京都来了。他们在河边幽静的地方选定了一个旅馆下榻。他脱下了军装，穿上了便服，避免了交际，谢绝了公众集会，只是天天带着浪子，依照她的意向，参观博览会，游览名胜古刹，到西阵买衣料，到清水买土产，尽情地游玩，已经在这里过了十多天了。世间暂时失去了中将的下落，浪子独占了她的父亲。

---

〔1〕　扇形草坪在平等院内，是源赖政（1104—1180）自刎的地方。

"步出黄檗寺,日本摘茶时。"现在摘茶的盛期虽然早已过去,然而风常常把焙炉的香气吹送过来,处处可以看见摘二次茶的女人的形影。茶树之间夹着黄熟的麦,听到簌簌的镰刀声。抬起眼睛来,和州的山远远地罩着一层夏雾;麦穗梢头上的白帆表示着宇治川。从那一面,从只看见屋顶的村子里,午鸡的啼声悠然地沿着田野上传送过来。抬起头来,但见染成淡紫色的云冉冉地飘浮着。

浪子叹了一口气。

忽然左边的田垅上,有夫妇模样的两个庄稼人谈着话走过来。大概是已经吃过午饭,现在到田里去干活的。男的腰里插着一把镰刀;女的头上包着白毛巾,牙齿染黑[1]了,手里提着一把大茶壶。他们和那两个人擦身而过之后,那女人站定了,朝他们这边看看,然后向已经走过去的男人赶上几步,低声地对他说话。两个人都回过头来,那女人含着笑露出染得漂漂亮亮的牙齿;两人又谈着话,走到开满蔷薇花的田间小路上了。

浪子目送着他们。竹笠和白头巾渐渐地在金黄色的麦子中沉没下去,不久连影子也不见了。这时旱田那面忽然传来歌声:

郎是快宝剑,侬是锈铁刀。

郎能一刀断,阿侬断不了。

歌声哀怨,传遍在田野上。

---

〔1〕　日本古时已婚妇女有一种用铁浆(把铁片泡在醋或茶里制成)把牙齿染黑的习惯。直到明治初年,农村还残留着这种风俗。

浪子低下了头。

父亲中将回过头来看看她,说:"你疲倦了吧。怎么样?"

说着握住了浪子的手。

(八)之二

中将拉着浪子的手说:"时光过得真快啊!浪儿,你还记得吗?你小时候,爸爸常常背你,你两只小脚砰砰地踢爸爸的腰。嗳,那时候你还只有五六岁。"

"呵呵呵呵,真的呢。老爷背了小姐,二小姐总是不高兴的。……这一次,二小姐也不知多么眼热呢。"阿几快活地附和着说。

"驹儿么?咱们要带许多好东西去安慰驹儿,喏,浪儿,驹儿倒还没什么,千鹤儿才真眼热呢。她很想到这里来玩。"

"是的。加藤家的小姐如果来的话,咱们多么热闹啊!……真的,像我这样的人,也托老爷小姐的福,看到了这种大世面。……喏,刚才渡过的那条河,是宇治川,是出萤火虫有名的地方;那就是驹泽和深雪[1]相会的地方了。"

"哈哈哈哈,阿几真有学问。……唉,世界变得真厉害!爸爸年轻的时候,要从大阪进京去,总得坐民船,像罐头食物一般挤在那里。不,这

---

〔1〕 驹泽和深雪是木偶净琉璃《生写朝颜话》中的人物。女子深雪到宇治川去捕萤,遇觅美男子宫城,两人互相爱上了。后来战乱发生,颠沛流离,深雪改名朝颜,宫城改名驹泽,经过许多波折,终于大团圆。净琉璃是一种用三弦伴奏的说唱曲艺。在净琉璃配合下演出的木偶剧叫木偶净琉璃。

还算好的呢。爸爸二十岁那一年,西乡大将[1]和有村[2]……海江田带着月照法师[3]到大阪去了之后,有要紧事情,须得爸爸去一趟,于是从后面赶上去,可是太匆促了,身上一个钱也不曾带。结果只得包了头,赤了脚,晚上从伏见沿着河岸跑到了大阪。哈哈哈哈。……你不热吗,浪子?累着可不好,坐车子吧,好不好?"

阿几向走在后面的车子招招手,车子就辘辘地拉来了。三个人都上了车。

"好,慢慢地拉吧。"

车子慢慢地穿过麦田,通过茶圃,向山科方面拉去。

浪子注视着走在前面的父亲头上的白发,沉思起来。离别了丈夫,患了不治之症,跟着父亲来作此游,该说是欢乐的呢,还是悲哀的呢?在世间已经断绝了希望和乐趣而等待着即将来临的死亡的我,倘说是不幸的,那么不难体谅疼爱我的父亲的苦心了。浪子念念不忘父亲对她的无限恩爱,然而所悲痛的是,现在此身除了受安慰之外,别无可以安慰父亲的办法。在忘记了世间,离开了人群,父女两人作最后之游的今日,她只能努力回到过去的儿童时代的心境中:凡是游山玩水,总是主动争先;这个不久即将消逝的昙花泡影之身,本来不需要绫罗绸缎,然而她只拣华美的购买,预备将来留给妹妹作纪念品。

想起了父亲的可哀,就觉得丈夫武男的可恋。她只听到他在旅顺救了父亲,没有一个人把以后的消息传给她。神思飞驰,魂梦相通,然而不

---

〔1〕 西乡大将即西乡隆盛(1828—1877)。

〔2〕 即有村俊斋(1822—1906),又名海江田信义,曾参与明治维新运动。

〔3〕 月照法师(1813—1858),幕府末期的歌僧,俗名玉井忍向。与西乡隆盛一道参加打倒幕府的活动,在幕府的追捕下死在萨摩。

知道他眼下在何处。她希望再见一次,在生命未绝的期间再见一次,只要一次。偏偏刚才听到的山歌在耳朵里响起来了,那农家夫妇和睦地谈着话的面影浮现在眼前。罗绮里包藏怨恨,反不如布衣草裳的快乐。……

她用手帕来按住涌出的眼泪,咬紧嘴唇不让自己哭,偏偏接连地咳嗽起来。

中将担心似的回过头来看她。

"好了,没有什么了。"

浪子勉强装出笑容。

＊　　　　＊　　　　＊

到了山科,坐上了向东去的火车。头等车厢里没有别人,浪子坐在打开的车窗旁边,父亲坐在对面,打开报纸来看。

这时候忽然浓烟弥漫,大地震响,到神户去的火车从东面开过来,和正将开出的这边的列车相并列了。听见那边的客车的门的开关声,以及车站的勤杂人员踏着站台上的石砂,喊着"山科! 山科!"而跑过去的声音;同时这边列车放一声汽笛,慢慢地开动了。坐在打开的车窗旁边的浪子,眺望着慢慢地离开去的那边的列车。开到那边的二等车厢面前的时候,她正好和一个两手托着腮靠在窗口的穿西装的男子面对面了。

"呀! 是您!"

"啊! 浪妹!"

这人原来是武男。

车子开过了。浪子发狂一般地把上身扑出窗外,把手里拿着的一块绛紫色手帕丢了过去。

"危险啊! 小姐!"

阿几吃了一惊,紧紧地抓住了浪子的衣袖。

中将手里拿着报纸,也站起来向窗外眺望。

列车过了两丈……过了四丈。浪子拼命扑出去回顾,几乎跌出窗外,但见武男发狂似的挥着刚才那块手帕,嘴里在叫喊什么。

忽然轨道在山脚上转弯了。浪子面前除了两个窗子,只有长满绿叶的山。听见后面裂帛似的一声,想见那个列车向西走了。

浪子两手掩住面孔,伏在父亲的膝上了。

(九)之一

七月七日晚上,片冈中将的邸宅里聚集了许多人,大家低声说话。浪子小姐的病危笃了。

预定一个多月的京洛之游,中将父女忽然于上月下旬提早回来了。到大门口去迎接的人,虽然不是医生,也无可疑义地知道浪子的病势大大地加重了。果然,医师一诊视,脸就变了色。不到一个月,不但病势突然增加,又诊察出心脏也起了显著的变化。从这天起,片冈家深夜也点灯,医生不断地出出进进。子爵夫人本来预定月底去避暑,现在此行也只得作罢了。

名医的技术也无法施行了。阿几日日夜夜的祷告也没有用处,病一天比一天地重起来。吐了几次血,其间心脏痉挛起来;剧烈的苦痛之后,总是昏昏沉沉地说胡话。今天比昨天衰弱,明天又比今天更衰弱。每逢连夜不睡的父亲中将听到咳嗽声而走到浪子枕边来的时候,她总是装出微笑,忍着呼吸的苦痛而清楚地说话;然而在恍恍惚惚之中,不断地唤着武男的名字。

＊　　　　　＊　　　　　＊

医生叮嘱今天和明天要格外注意。今天已经到了傍晚。每个房间里都点着灯,然而没有一个人高声说话,森严肃静,好像没有人住的样子。现在刚刚打过皮下针,医生吩咐须得暂时安静一下。两个妇人走出厢房,沿着廊子走到小客厅里,在椅子上坐下了。其中一个是加藤子爵夫人。另一个是曾经在不动祠前救了浪子的那个老妇人,自从去年深秋之后,没有见过面,今天浪子请求父亲,派人去把她请了过来。

"蒙您多多关怀……感谢得很。我的外甥女说一定要见您一面,向您道谢。……现在看见了,她的愿望达到了。"

加藤子爵夫人勉强开口说了这几句话。

那老妇人好像没有话可回答的样子,只是叹一口气,低下了头。过了一会,她放低了声音说:"那么……他到哪里去了?"

"听说到台湾去了。"

"台湾!"

老妇人又叹一口气。

加藤子爵夫人好容易忍住了涌出来的眼泪,说:"要不然的话,她这样地想念,我们也顾不得体统,总得让他们见见面,告告别。……可是他还是昨天或今天才到达台湾的,并且又和别人不同,是乘军舰去的,所以……"

这时候片冈子爵夫人来了。接着,眼睛哭肿了的千鹤子仓皇地跑进来,叫她母亲。

(九)之二

天已经黑了。去年夏天新造的那栋厢房的八铺席房间里,烛台上的蜡烛发出幽暗的光,放着一张大床。浪子躺在雪白的床单上,闭着眼睛。

生病以来,已经快两年了。身体消瘦极了,所有的肉都没了,所有的骨头都突出来了。脸色苍白到发青,只有一头黑发还同当年一样艳艳发光,编成长长的辫子垂在枕头上。一个白衣护士坐在枕头旁边,不时地用笔蘸了和冰的赤酒,去润湿浪子的嘴唇。床的另一头,眼睛凹陷、面颊瘦削的阿几弯着身子,和另一个护士正在揉她的脚。室内肃静无声,只听见浪子的忽然急促起来、忽然低沉下去的呼吸声。

突然浪子长叹一声,睁开眼睛,发出微弱的声音:"姨妈呢?……"

"我来了。"

加藤子爵夫人一面说,一面静静地走进来,把护士搬来的椅子往床边拉拉,坐下了。

"睡着了一会没有?……什么?噢,我知道了,你们……"

她向两个护士和阿几看看,说:"暂时到那边去吧。"

姨母把三个人遣开之后,把椅子再拉近些,替浪子掠开了覆在额上的头发,凝神地看她的脸。浪子也注视姨母的脸。

过了一会儿,浪子叹一口气,同时伸出哆哆嗦嗦的手,从枕头底下拿出一封封好的信来。

"把这……送去……等我死了之后。"

加藤子爵夫人替她揩拭泉水一般涌出来的眼泪,又擦擦自己眼镜底下淌下来的眼泪,把那封信仔细地藏在怀里了。

"一定送去,我一定送交武男手里。"

"还有……这戒指。"

她把左手搁在姨母膝上了。无名指上一只灿烂发光的戒指,是前年春天结婚的时候武男送给她的。去年被迫离婚的时候,凡属于那个人家的东西统统送还了,只有这东西她舍不得放弃。

"这个……我要……带去。"

加藤夫人忍住了新涌出来的眼泪,只是点头。浪子闭上了眼睛,过了一会又睁开来。

"他……怎么样了?"

"武男已经到台湾了,他一定常常在记挂这里呢。要是近一点的话,我们一定叫他……爸爸也这么说……浪子,你的苦心我都了解……这封信一定替你送去。"

浪子的嘴唇上隐约地现出微笑。忽然没有血色的面颊上泛出红晕,胸脯一起一伏,热泪如泉涌,痛苦地喘着气说:"唉,苦啊! 苦啊! 来生再也……再也不做……女人了。……唉!"

浪子蹙紧眉头,按住胸腔,痛苦地扭动着身子。加藤夫人连忙喊医生,同时想用赤酒给她润润嘴;浪子挽住了她的手,上半身坐了起来;绝命似的一阵咳嗽,同时绞着肺腑吐出了一盏鲜血。她神志昏迷过去,倒在床上了。

大家跟着医生一起进来了。

(九)之三

医生低声地叫护士,施行急救措施。吩咐把靠近床的玻璃窗打开。一阵凉爽的空气像水一般流了进来。漆黑的树木后面微微地发光,大概是月亮出来了。

父亲中将以及子爵夫人、加藤子爵夫人、千鹤子、驹子和阿几,依次并坐在床的周围。风飒飒地吹进来,好像已经死了一般地躺着的浪子的鬓发微微地抖动。医生不绝地察看病人的脸,按着脉搏。站在另一边的护士手中那松明的火焰摇曳着。

过了十分钟,十五分钟,寂静的室内听见轻轻的叹息声,浪子的嘴唇微微地动起来了。医生亲手将一调羹赤酒注在她嘴里了。肃静的房间里又听见悠长的叹息声。

"回去吧,回去吧,亲爱的! ……妈妈,我来了,我来了! 啊呀,还……在这里。"

浪子突然睁开了眼睛。

刚刚升上树梢的月亮,射进一道清幽的光线,照在昏昏沉沉的浪子的脸上。

医生向中将使个眼色,退到一边去了。中将上前去握住了浪子的手。

"浪儿! 你醒过来了吗? 是爸爸呀! ……大家都在这里。"

浪子那向空中凝视着的眼睛渐渐地移动起来,和中将的含泪的眼睛遇在一起。

"爸爸,您保重!"

浪子的眼泪滚滚地淌出来,右手慢慢地移过来,攥住了握着她的左手的父亲的手。

"妈妈!"

子爵夫人走过来替浪子擦眼泪,浪子握住了她的手:"妈妈……请您……原谅。"

子爵夫人的嘴唇发抖,说不出话,掩住脸退开去了。

加藤子爵夫人劝着哭得抬不起头来的千鹤子,轮流走过去和浪子握手。驹子也走过去,跪在姐姐床前了。浪子举起颤抖的手来抚摸妹妹的刘海儿。

"驹妹……再会了……"

说着就痛苦地喘息起来。驹子颤抖地把一匙赤酒注在姐姐的嘴唇里了。浪子的眼睛已经闭上,又张开来,四下里看了看:"毅一弟……道儿……呢?"

这两个小孩,月初子爵夫人已经安排他们去避暑了。浪子点了点头,就昏迷过去了。

这时候坐在后面哭泣的阿几突然站起身来紧紧地握住了浪子那无力地耷拉着的手。

"阿妈!"

"呜,呜,小姐! 阿妈和您一块儿去……"

好容易把哭坏了的阿几拉开之后,房间里同水一般静寂了。浪子的嘴巴闭上。眼睛也闭上,死的影子渐渐地罩到她的脸上去了。中将又走过去,说:"浪儿,你还有话要说吗? ……好好地养养神。"

这个熟悉的声音把她唤了回来,她又微微地睁开眼睛向加藤子爵夫人注视。夫人握着浪子的手,说:"浪儿,一切都由我负责,你放心地到妈妈那里去吧!"

嘴唇上现出隐隐的微笑,就渐渐地闭上了眼睑,像睡着一般断气了。

窗子里射进来的月光照着那苍白的脸,微笑还浮现在嘴唇上。然而浪子长眠了。

＊　　　　＊　　　　＊

过了三天,浪子被埋葬在青山的墓地里。

片冈中将交游广众,所以送葬的人极多。浪子的同学擦着眼泪来送的也很多。略微知道底细的人,看见中将含泪站在棺材旁边,为之肝肠断绝;不知道底细的人,看见老婆子阿几不顾一切地抱住了棺材而边哭边嚷,也都沾湿了衣袖。

死者是一个妙龄淑女,所以虽然是夏天,送各种鲜花的人很多。其中有个四十多岁的穿礼服裙裤的人送来一个鲜花,被中将家的门房当场退还了。这花束上附着"川岛家"的字条。

(十)之一

过了四个多月。

下午四点多钟,霜打过的南天竹的长长的影子横在院子里。照旧异常肥胖的川岛老寡妇慢慢地拉开了纸门,走到廊沿上,来到洗手盆旁边。她看见盆里没有水,咂了咂嘴,就喊起来:"阿松！阿竹！"

刚一喊,就有一个人从院子门口,另一个人顺着廊沿仓皇地跑来了。她们的脸上露着恐慌的神色。

"你们在干什么？前天我不是说过的吗？你……你们看！"

她拿起勺子,在空空如也的洗手盆里呱啦呱啦地搅起来。

惶恐失色的两个人只得屏住了气息。

"还不快点？"

两个人听耳边的雷霆声,更加大惊失色,连忙跑去了。老寡妇嘴里念念有词。不一会儿,水拿来了,她就洗了手。正要走进去的时候,另一个人跑来,弯一弯腰。

"什么事？"

"有一位叫山木先生的……"

话还没说完,寡妇那宽阔的脸上便出现了半冷笑半不平的神色。说实在的,自从去年秋天丰儿逃回去之后,山木的足迹自然而然地疏远了。

川岛寡妇听见山木去年以来在战争中发了几万元的财的消息后,对山木的行径更加感到不满了。每逢教训仆人们不可忘记恩德的时候,就暗中拿山木来做实例。然而习惯终于占了上风。

"请他进来吧。"

不一会儿,山木走进客厅里来了。长着一颗红痣的脸俯仰了好几次。

"山木先生,好久不见了。"

"啊,老太太,好久没有来请安了,实在说不过去。常常想来拜望;可是战争以后为了生意的事,一直东奔西走。老太太身体健康,真是恭喜之极。"

"山木先生,听说你发了一大笔战争财。"

"嘿嘿嘿嘿,好说好说……托老太太的福,总算,嘿嘿嘿嘿。"

这时候一个仆人费力地捧着一大堆束着礼品绳[1]的东西走进来。

"这是客人带来的……"仆人说着,把它们放在桌子中央了,然后退出去。

寡妇向桌子上的东西一瞥,脸上略微露出满意的笑容。

"这个太破费了,呵呵呵呵。"

"不,哪里哪里! 真是一点点。那个,我忘记说了:听说武……少爷高升了上尉,还得到了勋章和奖金,前天我在报纸上看到的……恭喜恭喜! 那么,现在在哪里? ……在佐世保吗?"

"武儿吗? 武儿昨天回家了。"

"噢,昨天? 昨天回家的? 啊,好极好极。很健康吧?"

---

〔1〕 原文作水引,系在礼品上的红白或金银两色的花纸绳。

"还是小孩子脾气,真没办法。呵呵呵呵。今天早上出去了,还没有回来呢。"

"噢噢。回家了,老太太就放心了。说起来,那位片冈小姐实在可怜。现在大概已经过了百日了吧。……不过那种病真是毫无办法的。老太太到底有眼光。"

川岛老寡妇板起脸来。

"那个女人,我也实在为她受累不浅。钱花了不少,甚至同儿子吵架,结果被他们叫作鬼婆。娶到这个媳妇真不合算,山木先生!……还有呢:我听说她死了,派田崎送束鲜花去。你以为他们道谢吗? 当场退了回来! 这不是失礼吗,山木先生?"

当时老寡妇听见浪子死了,也未免觉得不好意思,但是送去的鲜花偏偏又当场被退回来,于是她的情感全部消失,只剩下不愉快的感觉。

"唉,这是……这是太过分了! ……唉,老太太! ……"

山木端起仆人捧来的一杯茶来润一润他那滑溜溜的嘴唇。

"去年蒙老太太照拂了不少日子,小女……丰儿最近就要出门子了……"

"丰儿要出门子了吗? ……啊,很好……那么,对方是?"

"对方是个法学士,现正在农商务省[1]××科当科长。老太太大概不知道吧,姓××。他曾照顾过千千岩兄……唉,说起千千岩兄,真是伤心! 他年纪还轻呢,可惜得很!"

老寡妇的额上掠过一抹阴影。

"打仗实在是讨厌的事,山木先生! ……那么,哪一天办喜事呢?"

---

〔1〕 农商务省是农林省、通产省的前身。

"仓促得很,日子定在后天。……要请老太太赏赏光呢!……如果请得到川岛老太太,我们脸上都有光彩了。……请老太太一定光临,……内人本当亲自来邀请的,实在忙不过来。武……少爷也请过来……"

老寡妇点点头,回过头去看看壁龛里刚敲五点钟的时钟。

"啊,已经五点钟了,日子真短。武儿怎么还不回来?"

(十)之二

手里拿着一束白菊花的一个海军士官,从青山南町方面走向公墓去。

这正是新尝祭[1]时节,碧空一望无际,午后的太阳光照满了墓地。这里也有秋景,红艳艳的樱叶纷纷地落下来;开在篱边的山茶花发出幽香;那边,线香的烟袅袅上升的地方,传来小鸟幽静的叫声。朝笄町方面走去的车子的声音逐渐微弱了,消失之后,就觉得更加寂静了;只有遥远的都市的喧哗声和这里的宁静相应和,那现世和这梦境共同奏着人生的哀歌。

隔着篱笆隐约看见衣衫的影子;不久转出一个二十七八岁的妇人来,眼睛哭得红红的,手里牵着个穿水兵服的约莫七岁的男孩子。这妇人和这海军士官擦身而过之后,走了约五六步,听见孩子的话声:"妈妈,这个叔叔也是海军。"

妇人用手帕遮住了脸,走过去了。海军士官并不留意这些事,他好像在找寻路径,屡次站定了脚看那些新的墓碑。忽然走到一等墓地中一所松樱夹植的新坟面前,点点头,站定了;摇摇篱笆的小门上的闩,小门

---

[1] 新尝祭是十月二十三日,系日本天皇向天地献新谷的日子。

随手开开了。正面是一座古旧的石塔。海军士官走进去,向周围看看,站定在旁边一张还很新的墓碑前面。松树像翠盖一般罩在墓碑上面;红黄斑斓的樱树落叶点缀在四周;一座最近建造起来的石塔巍巍然地守护着这墓碑。墓碑上写着墨痕犹新的六个字:"片冈浪子之墓"。海军士官望着这墓碑,像石头一般肃立着。

过了一会儿,他的嘴唇颤动了,呜咽之声从咬紧的牙齿间漏出来。

＊　　　　　＊　　　　　＊

武男是昨天回来的。

他五个月之前在山科火车站和躺在这墓碑下面的人相见,在进攻台湾的军舰中收到加藤子爵夫人的信,才知道浪子已经不在人世了。他昨天回家,今天就去访问加藤子爵夫人,一直谈到午后,听了她的话,肝肠寸断。现在他到这里来了。

武男站在墓碑面前,不顾一切地哭了很久。

三年来的幻影在眼泪的雾中交互地浮现出来。新婚的那天,伊香保之游,不动祠畔的誓言,逗子别墅中分别的那一晚,最后在山科相见的那天——都像电光一般依次出现在心头。"早点回来!"这句话还留存在耳朵里;然而第一次回来时她已经不是我的妻子了,第二次回来的今天她已经不是这世间的人了。

"唉,浪妹,你为什么死了呢?"

他不知不觉地这样说出,眼泪重新像泉水一般涌出来了。

一阵风从头上掠过,樱叶纷纷地扑着墓碑,翩翩飞舞。武男突然记起了,就擦了眼泪,走到墓碑近旁,把花瓶里稍稍枯萎了的花拔掉,换插了他拿来的白菊花,又亲手拂除落叶。然后从内衣兜里摸出一封信来。

这是浪子的绝笔。今天他从加藤子爵夫人手里收到,展读时心如刀割。武男把信展开了。以前的秀美的笔致已经影迹全无,笔画颤抖,墨色渗污,几乎使他疑心不是那个人的亲笔了。斑斑驳驳的不是泪痕吗?

　　自觉死期不远,谨呈最后只字。早知今生已无再见之期,岂料天意垂怜,前日竟得一面,意外之幸,欢欣无量! 所惜身在火车之中,不能随心所欲,遗憾万分!

身体靠在车窗上挣扎而把绛紫色手帕丢过来的光景,历历地浮现在眼前。武男抬起眼睛来,但见面前只有一块墓碑。

　　世间既不自由,惟有自叹命薄,不感恨及谁何。 此身虽为黄土,魂灵当永随君侧……

　　“爸爸,有人在这里呢。”一个孩子的爽朗的话声在他耳边响了。

　　这个声音又继续叫道:“爸爸,是川岛家的哥哥!”一个手里拿着花的十来岁的男孩子跑到武男身边来了。

　　武男吃了一惊,一只手依旧拿着浪子的遗书,用另一只手擦擦眼泪,转过头来,正好和站在墓门前的片冈中将打个照面。

　　武男低下了头。

　　忽然武男的手被紧紧地握住了;他抬起头来,恰好对着片冈中将那泪湿的眼睛。

　　“武男,我也好伤心啊!”

　　互相握着手,两人的眼泪纷纷地滴在墓碑下面。

　　过了一会,中将擦擦眼泪,拍拍武男的肩膀,说:“武男! 浪儿虽然死了,我还是你的岳父! 振作起来吧! ……前程远大呢! ……啊,好久不见了,武男,咱们一同回去,慢慢地把台湾的情形讲给我听听吧!"

(一八九九年十二月作)

译后记

　　半世纪以前,有一个日本人不远万里,专程从东京到俄罗斯的亚斯纳亚·波利亚纳村子里去访问托尔斯泰,向他请教他所渴望的真理和正义,要求他解答关于人生和社会的疑问。这个人便是本书的著者德富芦花。

　　德富芦花诞生于明治元年,也可以说是和日本的资本主义同时诞生的。他热爱劳动人民,渴望自由平等,因此用他的笔来尽情揭发当时政治社会的罪恶,暴露权势者的不人道行为。他的愿望是当时日本大多数人民共同的愿望,他的苦闷是当时日本所有进步人士共同的苦闷。因此,他的作品出版之后,不胫而走,家喻户晓。他就成了十九世纪末二十世纪初日本著名作家之一。《不如归》是他最有影响的作品,他借女主人公浪子的遭遇,对妇女所受的歧视提出了强烈抗议。

　　明治维新本来是资产阶级革命;但是很不彻底,一开始就结合了封建势力,建立了天皇绝对权威。当时所订的新法,都是保护贵族和地主的。于是贵族变成了大资本家,地主变成了资本家地主。中日甲午战争和日俄战争使日本在国外获得了殖民地、市场和资金,同时在国内加紧剥削和压迫,资本主义就大大地发展起来。资本主义越是发展,社会矛盾就越尖锐化。这些都是德富芦花亲眼看到、亲身经历的现状。他的作品富有现实意义,与当时日本流行的唯美派、恶魔派的小说截然不同,直到现在仍为世界文坛所重视。

　　德富芦花姓德富，名健次郎，生于熊本县苇北郡水吴町。芦花是他的号。他的父亲思想开明，曾经在维新中用新的知识来从事藩镇改革。他的哥哥猪一郎，号苏峰，曾经创办民友社，刊行新书籍；又办《国民之友》杂志和《国民新报》。芦花十四岁上就开始创作小说，提倡自由民权。二十岁时初次出版一册书，叫作《孤坟之夜》。后来所作《自然与人生》中的写实主义和《黑潮》中的理想主义，早已在《孤坟之夜》中萌芽了。他幼时在京都同志社求学，二十一岁返乡当教师。二十二岁上赴东京，帮助哥哥苏峰办民友社。二十五岁读托尔斯泰的《战争与和平》，就对托翁十分仰慕。二十七岁和原田爱子结婚，这位夫人是他的文学的内助者，晚年的《从日本到日本》和《富士》，都是夫妇二人合著的。一八九八年十一月，《不如归》开始在《国民新闻》上连载，受到广大读者的热烈欢迎。一九〇〇年一月由民友社出单行本。

　　到了一九〇三年，他和苏峰意见不合，退出民友社。其原因是这样：苏峰本来富有新思想，一向拥护进步事业；但这时候忽然变节，公开地提倡国家主义，因此芦花和他绝交。当时他写给哥哥的信中有这样的两句话："……你只看到实利，把文学看作维持生活的一种手工业。而我……主张文学独立，通过美而进入真和善的世界中。"由此可以想见当时日本社会的黑暗势力的巨大，又可以看到芦花的斗争意志有多么坚强。

　　芦花退出民友社之后，就冒险自费出版作品，有名的《黑潮》便是最早的一册。一九〇六年四月，他赴耶路撒冷，归途到俄罗斯的亚斯纳亚·波利亚纳去访问托尔斯泰，在他家里住了七天。托尔斯泰非常欢迎他，天天和他散步，二人用英语谈话。后来他在《漫游记》中说："这位伟大英明的老翁，这位好客的主人，高高兴兴地招待一个不远千里而来的陌生的日本客人。"他对托翁的人道主义和他那痛恨暴力、仇视罪恶的精神很钦佩，他不加批判地接受了托尔斯泰的全部思想，连他错误的思想也包括在内。

芦花于八月间归国之后，于十二月下旬办起一种杂志，叫作《黑潮》，积极宣传自己的思想。大概是受了托尔斯泰的影响，次年他忽然迁居到东京郊外的千岁村粕谷地方，和文坛断绝关系，开始度起"自耕自食"的农民生活。后来他著《蚯蚓的戏言》，用以记述当时的生活，其中有这样的话："……几千年来，世界扰扰攘攘，而农民群众一面'日出而作，日入而息，凿井而饮，耕田而食。'……到了世界末日，农民的锄头还是闪闪发光，大地的生命是永生不死的。"然而他这种"晴耕雨读"的隐居生活，终于不能持续；后来他自己也明白这是乌托邦，就在《蚯蚓的戏言》（1913）中自称为"假农民"。不久他又从事写作，并且热诚地关心政治了。那时候发生了这样的一件大事：

一九一〇年有少数社会主义革命家谋刺天皇，没有成功。于是日本政府将二十四名被告判处死刑。芦花和托尔斯泰一样，是人道主义的死刑废止论者，就上书首相，呼吁为这二十四人减刑，又在《朝日新闻》上发表对天皇的"助命叹愿"（意思是"哀愿乞命"）。后来二十四人中一半免死，其余绞首，其中包括有名的幸德秋水。芦花非常愤慨，曾在东京第一高等学校发表讲演"谋叛论"，强调指出思想自由的重要性，猛烈攻击政府。这是日本近代史上一大事件，也是对日本文学者人道主义的考验。当时进步文人，大都反抗政府；但多数人只是暗中讽刺，芦花却赤裸裸地痛骂。一般文人看见国家权力恣意横行，大都袖手旁观，明哲保身，甚至不敢提"秋水"一名。惟独芦花具有大无畏精神，特地把他新造的屋子定名为"秋水书院"。

　　一九一九年,芦花和爱子夫妇二人一同去周游世界。芦花本来就是基督教徒,后来又受了托尔斯泰的感化,这时候思想上发生了一大转机,宗教热情异常昂奋。这期间所著的《黑眼和茶色眼》以及后来的《富士》等,都舍弃了小说体裁,而取忏悔录性质的自传形式。他在这些作品里赤裸裸地告白自己的思想与家庭生活的秘密。然而他的政治热情并未减退。这时候正是第一次世界大战之后。他路过耶路撒冷时,曾经向出席世界和平会议的西园寺公望以及美国大总统等提出七条意见:(一)改"讲和会议"为增进人类幸福的"世界家族会议";(二)制定世界共通的新纪元,以今年为第一年;(三)人类不再互相残杀,无条件废止海陆空军;(四)废除关税;(五)制定国际货币;(六)土地还原;(七)取消赔偿与负债。他的主张是否定暴力,四海一家,绝对和平。他认为从事革命及政治经济改革,不如追求灵性自觉。如前所说,他把托尔斯泰的错误思想也照样接受了。

　　一九二四年,芦花又受了两次政治刺激:第一是难波大助事件。难波曾用鸟枪狙击坐在汽车里的摄政殿下未遂。芦花坚决主张废除死刑,竭力营求难波大助。第二是美国排斥日本移民法案。芦花从人道主义出发,斥责这种族歧视是非人道的,热烈地向自利主义者的美国要求反省。他以和平主义者自任,努力排除太平洋纷争。但在文坛上,芦花已经陷入了孤立的地位。当时日本文学界盛行自然主义,德田秋声、菊池宽、志贺直哉、武者小路实笃、芥川龙之介等活跃于文坛,然而芦花和他们没有来往;当时无产阶级文学早已在日本抬头,然而隐居在粕谷的芦花只顾热心提倡宗教和道德,盲目地信奉在神户贫民窟中劳动的贺川丰彦[1]为

---

〔1〕　贺川丰彦(1888—1960),日本的基督教社会运动家。

基督再生。总之,晚年的芦花误认为社会万恶之源在于统治者的道德的卑鄙,所以努力提倡道德,希望以道德救世。他立脚于基督教的人道主义,自称为"自己的社会主义者"。

芦花于一九二七年九月十八日在千叶逝世,享年六十岁。这时候他的最后一部自传小说《富士》尚未完成,第四卷是他的妻子爱子续成的。早已绝交了的哥哥苏峰在他临终时来和他诀别,他握住了哥哥的手而长逝。

＊　　　　　＊　　　　　＊

《不如归》是芦花最脍炙人口的一部小说。明治时代后期,日本开始流行家庭小说,也就是以家庭生活为题材的通俗小说,即所谓大众文学。《不如归》也是家庭小说,然而和一般通俗小说不同。通俗小说大都屈从长久的传统,含有不抵抗的要素。但文学艺术的目的是要使大众前进,所以必须含有抵抗的要素。《不如归》是对日本封建社会的严重抗议,所以它不是日本当时一般的所谓大众文学,而是一部不朽的现实主义小说。

《不如归》中所描写的是封建家族制度压迫之下的一个惨剧。其中包含的问题很多:婆媳关系问题、母子关系问题、夫妇关系问题、新旧道德问题、传染病问题、义理人情问题、妇女解放问题等。芦花的时代,日本无数青年男女都身受封建家庭的压迫,怀着对上述许多问题的疑团,感受到切身的苦痛。芦花的《不如归》触动了无数青年男女的心弦,引起了他们的共鸣,激起改造社会的热望。他的文笔优美,描写动人,而在这单纯的美与悲之外,又使读者感到兴奋,因为这作品中又富有社会性与启示性。他指出当时妇女处于听天由命状态,指出日本资产阶级的荒谬腐朽的道德。他所描写的不是偶然的个别的悲剧,而是典型的悲剧。读完了这部作品,可以分明感到上流社会的冷酷残忍、假仁假义和愚蠢顽固,正是本书中的女主角浪子惨遭夭死的原因。《不如归》中的问题,不是日本独有的问题,而是尚未摆脱封建桎梏的各国人民所共有的问题。因此这部作品不但在日本销行百版以上,改编成戏剧和电影,还被译成中、英、德、波兰、俄各种文字,广泛流传于全世界,成了世界文学杰作之一。

　　小说的情节,不是凭空捏造的,而是根据现实的模特儿而写作的。据《日本文学大辞典》的编者藤村作的记述:那时日本有个陆军大将,叫作大山岩[1],他有个女儿叫作信子。信子嫁给一个子爵,叫作三岛弥太郎。结婚后,信子患了肺病。那时还没有特效药,这是一种致命病,而且容易传染。三岛家就向大山家提出离婚的要求。大山家先不答应,后来由媒人把女儿说服,信子终于和丈夫离婚。回到娘家,不久就死了。一八九六年,芦花在逗子的柳屋旅馆里遇见一个妇人,是大山大将的副官福屋中尉之妻,她把信子的惨史讲给芦花听了,芦花就根据这事实而创作小说《不如归》。芦花在《不如归》百版序言中这样追忆过:

　　　　十年之后重读的时候,不期地想起了一件事。这是形成这小说的胚胎的某黄昏的事。那是十二年前了,我借宿在相州逗子的柳屋旅馆里,有个妇人病后为了疗养,带着一个男孩子也到这温泉地方来了。……所有的旅馆都客满了……我和妻子商量了一下,把我们所租的两个房间分给她一间……一个夏末的天色微阴而岑寂的傍晚,那个男孩子出去游玩了,妇人和我

---

〔1〕　大山岩(1842—1916),原为萨摩藩士,明治维新后任元帅、陆相、参谋总长。

们夫妇两人闲谈时，偶然提起这件悲惨的事。……我这是头一次听说浪子的故事。浪子患肺结核而被迫离婚，武男君悲恸欲绝，片冈中将愤怒而把女儿接回，为病女建造养病室，最后一次携浪子游京阪，葬礼上把川岛家送的鲜花当场退回——这几件是谈话中的事实。妇人辛酸沉痛地叙述，我靠在壁龛的柱上茫然若失地倾听，妻子低头无语。……讲到临终的悲惨时，她说："据说她这样说，但愿来生不再做女人。"说到这里，呜咽不复成声，谈话就中断了。我觉得有一种东西像电流一般穿过脊髓。

妇人不久就恢复健康，遂把那一晚的谈话作为临别礼品而回都城去了。……伫立在秋气萧瑟的海滨时，一个人影恍惚间出现在眼前。怜悯至极，引起痛苦，觉得非有所表示不可了。于是在这谈话的骨骼上任意添上些筋肉，草成了一部不成熟的小说。……如有不关文笔拙劣而能引起读者感动的地方，那便是逗子夏天那一晚借那妇人之口而诉说的"浪子"自己在对读者诸君谈话，我不过是电话"线"而已。

下面举一个自然描写的例子来结束此文。《不如归》开头描写浪子和丈夫新婚旅行，住在伊香保千明旅馆三楼上的时候，浪子站在窗前眺望日暮的景色，看见两片浮云，芦花写道："这两片丰柔可爱、大可盈抱的云，慢慢地离开了赤城山顶，在万里无遮的大空中像双飞的金蝶一般发出光辉，悠悠然地向足尾山方面移行。不久夕阳西沉，寒风乍起，这两片云就褪成蔷薇色，向上下分飞，在夕暮的天空中越离越远地飘浮了一会儿；下面的一片渐渐地小起来，不知不觉之间消失得形迹全无；残存的一片变成了灰色，茫茫然地空中彷徨。"这不是单纯的风景描写，这两片云正是书中的两位主角——浪子和武男——的象征；其中一句一字，处处暗合，处处双关。

《不如归》具有那样深刻的揭发性和抗议性，又具有这样美妙的文笔，因此思想性和艺术性并茂，成了日本近代文学的杰作。

丰子恺

一九五九年除日于上海

旅宿

[日] 夏目漱石 著

丰子恺 译

一

一面登山，一面这样想：

依理而行，则棱角突兀；任情而动，则放浪不羁；意气从事，则到处碰壁。总之，人的世界是难处的。

越来越难处，就希望迁居到容易处的地方去。到了相信任何地方都难处的时候，就发生诗，就产生画。

造成人的世界的，既不是神，也不是鬼，就不过是那些东邻西舍纷纷纭纭的普通人。普通人所造的人世如果难处，可迁居的地方恐怕没有了。有之，除非迁居到非人的世界里去。非人的世界，恐怕比人的世界更加难处吧。

无法迁出的世界如果难处，那么必须使难处的地方或多或少地变成宽裕，使得白驹过隙的生命在白驹过隙的期间好好地度送。于是乎产生诗人的天职，于是乎赋予画家的使命。所有艺术之士，皆能静观万物，使人心丰富，因此可贵。

从难处的世界中拔除了难处的烦恼，而把可喜的世界即景地写出，便是诗，便是画。或者是音乐，是雕刻。详言之，不写也可以。只要能够即景地观看，这时候就生出诗来，涌出歌来。诗思虽不落纸，而璆锵之音起于胸中。丹青虽不向画架涂抹，而五彩绚烂自映心目。只要能够如此观看自身所处的世间，而把浇季溷浊的俗界明朗地收入在灵台方寸的镜头里，也就够了。是故无声之诗人虽无一句，无色之画家虽无尺绢，但在能如此观看人生的一点上，在如此解脱烦恼的一点上，在能如此出入于清净界的一点上，以及在能建立这清朗的天地的一点上，在扫荡我利私欲的羁绊的一点上,——比千金之子,比万乘之君,比一切俗界的宠儿,都更加幸福。

在世上住了二十年,方知世间有住的价值;二十五年,相信明暗同表里一样,阳光所照的地方一定有阴影。三十年的今日就这样想:欢乐多的时候忧愁也多,幸福大的时候苦痛也大。倘要避免这情况,身体就不能有;偏要根除这情况,世界就不成立。金钱是重要的,重要的金钱倘使增多起来,梦寐之间也操心吧。恋爱是欢喜的,欢喜的恋爱倘使累积起来,反而要恋慕没有恋爱的从前吧。宰相的肩上扛着数百万人的脚,身上负着天下之重。甘美的食物不吃可惜,少吃些不满足,吃得太多了后来不愉快……

我的思想漂流到这里的时候,我的右脚忽然踏翻了一块没有摆稳的尖石头。为了保持平衡,左脚仓皇地向前踏出,借以补救这失错,同时我的身体就在近旁一块大约三尺见方的岩石上坐了下去。只是肩上挂着的画箱从腋下抛了出来,幸而平安无事。

站起来的时候向前面一望,看见路的左边耸立着一个山峰,像一只倒置的桶。从脚到顶,满长着苍黑的树木,不知是杉树还是桧树;苍黑中横曳着淡红色的山樱花,雾霭弥漫,模糊难辨。附近有一个秃山,孤零零地突出着,直逼眉睫。光秃秃的侧面好像是巨人的斧头削成的,峻峭的平面一落千丈,埋在深谷的底里。望见天边有一株树,大概是赤松吧。连树枝间的空处也可分明看出。前方两町远的地方断绝了,但是望见高处有一条红色的毛毯飘动着,想来是要从那地方登山的。路很难走。

只是开一条泥路,倒也不十分难;可是泥土里面有很大的石头。泥土虽然平了,然而石头不平。石头虽然砍碎了,然而岩块没有弄平,悠然地耸峙在崩下来的泥土上,并没有给我们让路的气色。对方既然不动声色,那么我就非跨过或绕过不可。没有岩块的地方也不好走。因为左右高起,中间凹进,好比是在这六尺宽的地方凿出一条横断面成三角形的大沟,三角形的顶点贯穿在沟的中央,就是我所走的地方。与其说是在路上走,不如说是在河中涉水更为适当。我反正不是急于赶路,就慢慢地爬上这迂回曲折的山路去。

忽然脚底下响出云雀的叫声。向山谷里望下去,形影全无,不知在什么地方叫,只是清楚地听见声音,急急忙忙地不绝地叫着。周围几里内的空气,似乎都被蚤虱叮住,有痒不可当的感觉。这只鸟的叫声中没有瞬间的余裕。它把悠闲的春天叫亮了,又叫暗,似乎不把春光叫尽不肯甘休的样子。况且没有止境地都在飞升上去,无论什么时候都在飞升上去。云雀一定是死在云中的。也许升到不能再升的时候流入云际,形骸在漂泊中消灭,只有声音留存在空中。

岩石突出一个锐角,山路急剧地转弯,右边下临无地,如果算命的瞎子走到这角上,一定会倒跌下去。向旁边望下去,但见一片菜花。我想,云雀大概是降落在这里的吧。不,大概是从这片黄金色的原野中飞升起来的吧。接着又想,大概是降落的云雀和升起的云雀作十字形交叉飞过的吧。最后又想,大概是在降落的时候、升起的时候、作十字形交叉飞过的时候都精神勃勃地不息地叫着的吧。

春睡着了。猫忘记了捕鼠,人忘记了负债。有时连自己的灵魂都不知飞到什么地方,自身的存在都没有了。只有遥望菜花的时候才苏醒过来,听到云雀的叫声的时候才分明觉得灵魂的存在。云雀不是用嘴来叫的,是用整个灵魂来叫的。灵魂的活动在声音上的表现,像云雀那样元气充沛的,更没有了。啊,愉快! 这样想,这样愉快,便是诗。

忽然想起了雪莱的云雀诗,把记得的地方低声背诵,记得的不过几句。这几句里面有这样的话：

> We look before and after
> 　　And pine for what is not：
> Our sincerest laughter
> 　　With some pain is fraught；
> Our sweetest songs are those
> 　　that tell of saddest thought.

"瞻前复顾后，忽忽若有失：失颜恣欢笑，中心苦郁结。歌声最甘美，含意最悲切。"

对啦，诗人无论怎样幸福，总不能像云雀那样放怀一切地、一心不乱地、忘却前后地高歌自己的欢乐。西洋的诗自不必说，中国的诗中也常常有万斛愁等字样。因为是诗人，所以愁有万斛；倘是平常人，也许不过一合。这样看来，大概诗人比平常人劳苦，诗人的神经比凡骨锐敏一倍以上。诗人固然有超俗的欢喜，但是也有无限的悲哀。这样看来，做诗人这件事也是要考虑的。

道路暂时平坦，右面是杂树丛生的山，左面是连续不断的菜花。脚底下常常踏着蒲公英。锯齿一般的叶子肆意地向四方伸展，拥护着中央的黄色的花。我一心注意菜花，把蒲公英踏了一脚之后，觉得对它不起；回头一看，那黄色的花依然安坐在锯齿形的叶子中间。修养功夫真好！我又继续想。

忧愁也许是跟随着诗人的。然而听云雀的时候心中毫无苦痛。看菜花的时候胸中也只觉得欢喜雀跃。蒲公英也是这样，樱花也——樱花不知什么时候不见了。这样地到山中来接近自然景物,所见所闻都很有趣。只觉得有趣,并不感到什么苦痛。要说苦只是两脚吃力,和吃不到甘美的东西而已。

　　然而不感到苦痛是什么缘故呢?是因为把这片风景只当作一幅画看,只当作一首诗读。既然是一幅画,是一首诗,那么既不希望购买地皮,从事开拓,也不企图敷设铁道,获取暴利。这片风景,这片既不能果腹充饥、也不能增加月薪的风景,仅仅作为一片风景来慰乐我的心情,因为既无劳苦,也无忧虑。自然力的尊贵就在于此。在刹那间陶冶我们的性情,使进入醇乎其醇的诗境的,便是自然。

　　恋爱是美事,孝行也是美事,忠君爱国也是好事。但倘身当其局,被卷入利害的漩涡中,那么即使是美事,即使是好事,也势必神昏目眩。因此自己看不到哪里有诗趣。

　　倘使要看到,必然站在有看到的余裕的第三者的地位上。只要站在第三者的地位上,看戏剧也有趣味,读小说也有趣味。看戏剧而感到趣味的人,读小说而感到趣味的人,都是把自己的利害置之高阁的。看的时候,读的时候,这个人便是诗人。

　　然而普通的戏剧和小说,还不免含有人情:有时苦痛,有时愤怒,有时叫嚣,有时哭泣。看的人和读的人不知不觉地同化于其中,也有时苦痛,有时愤怒,有时叫嚣,有时哭泣。好处大概只在于不含有利欲这一点上。唯其不含有利欲,因而别的情绪活动就比平常厉害得多。这是讨厌的。

　　苦痛、愤怒、叫嚣、哭泣,是附着在人世间的。我也在三十年间经验过来,此中况味尝得够腻了。腻了还要在戏剧小说中反复体验同样的刺激,真吃不消!我所喜爱的诗,不是鼓吹世俗人情的东西,是放弃俗念,使心地暂时脱离尘世的诗。无论何等伟大的杰作,脱离人情的戏剧是没有的,屏绝是非的小说很少吧。时时处处不能脱离世间,是这种戏剧和小说的特色。尤其是西洋的诗,因为都是以人事为基础的,所以即使是所谓纯粹的诗歌,也不能从这个境地解脱出来。到处是同情、爱欲、正义、自由,只把世间看作一个尘世的商品陈列所。无论何等富有诗趣,都只在地面上奔驰,没有忘却金钱和欲的余暇。雪莱听见云雀的叫声而叹息,也不是无理的。

且喜东洋的诗歌中有解脱尘世的作品。"采菊东篱下,悠然见南山。"[1]只在这两句中,就出现浑忘浊世的光景。这既不是为了邻女在隔墙窥探,也不是为了有亲友在南山供职。这是超然的、出世的、涤荡利害得失的一种心境。"独坐幽篁里,弹琴复长啸。林深人不知,明月来相照。"[2]只此二十字中,卓越地建立了另一个天地。这天地的功德,不是《不如归》或《金色夜叉》[3]的功德,是在轮船、火车、权利、义务、道德、礼义上筋疲力尽之后忘却一切,浑然入睡似的一种功德。

倘使在二十世纪需要睡眠,那么在二十世纪这种出世的诗趣是少不得的。可惜现今作诗的人和读诗的人,都醉心于西洋,因此很少有人悠然地泛着扁舟来探访这桃源仙境。我固然不是以诗人为职业的,并不打算在现今的世间宣扬王维和渊明的诗境。只是自己认为这种感兴比游艺会、比舞蹈会更为受用,比《浮士德》、比《哈姆雷特》更为可喜。我一个人背了画箱和三脚凳在这春天的山路上踽踽独行,完全是为此。我是希望直接从自然界吸收渊明和王维的诗趣,在非人情的天地中暂时逍遥一

〔1〕　陶渊明诗。

〔2〕　王维诗。

〔3〕　《不如归》和《金色夜叉》是当时在日本风行一时的两部小说,都是描写人世纠纷的。

会儿。这是一种醉兴。

我是人类的一分子,所以即使何等爱好非人情,长久继续当然是不行的。渊明恐怕不是一年四季望着南山的,王维也不是乐愿不挂蚊帐在竹林中睡觉的人吧。想来他们也要把余多的菊花卖给花店,把过剩的竹笋让给菜铺吧。说这话的我也是这样:无论何等爱好云雀和菜花,倘要我在山中露宿,这种非人情的事我也不想做。在这样的地方也能遇到人:有掖起衣边头裹布巾的农夫、有身穿红裙的姑娘,有时还遇到面孔比人脸长的马。虽然被包围在百万株桧树中间,吞吐着海拔数百余尺的空气,人的气味还是避免不了。岂但如此,爬过山峰之后,今宵的宿处还是那古井的温泉场哩。

吾人对世同物象,看法不同,则所见各异。莱奥纳多·达·芬奇对他的学生说:试听那只钟的声音,同是一只钟,听法不同,则声音各异。我们对一个男人或一个女人,也由于看法不同而所见的样子各异。我反正是为了追求非人情而出门旅行的,用另一种看法来看人,所见就和在尘世里巷中度着狭隘的生活时大不相同。即使不能完全脱离人情,至少也能达到像听赏能乐时那样淡然的心境。能乐中也有人情。听《七骑落》,听《墨田川》[1],都不能保证不流眼泪。然而那是三分情七分艺的表演。我们从能乐享受到的美感,不是现世人情如实描写的手法所产生的。这是在如实状态上披上好几件艺术的衣服,而作世间所没有的悠闲的表演之故。

暂时把这旅行中所发生的事情和所遇到的人物看作能乐表演和能乐演员,便怎么样呢?不能完全放弃人情,但因这旅行的根本是诗的,所

---

〔1〕 《七骑落》和《墨田川》都是能乐的曲名。

以随时随处力求接近于非人情。人和南山与幽篁,性质当然不同,和云雀与菜花也不能混为一谈;然而我务求其接近,在可能接近的限度内从同一观点看待人。那位名叫芭蕉的人,连马在枕边撒尿都当作雅事吟成诗句。我也想把今后所遇到的人物——农夫、商人、村公所书记、老翁、老妪——统统假定为大自然的点景而观察。他们当然和画中的人物不同,各人有各人的行动。然而像普通小说家似的探求其行动的根源,研究心理,议论人事纠纷,那就俗气了。他们行动起来也不要紧,只要把他们看作画中人物的行动,就无妨了。画中的人物无论怎样行动,总不越出画面之外。倘使觉得他们跳出画面之外而作立体的行动,那么就和这方面发生冲突,引起利害矛盾就不胜其烦了。越是麻烦,越是不能作美的鉴赏。我对今后遇到的人物,必须用超然远离的态度去看,务求双方不致随便流通人情的电气。这样,对方无论怎样活动,也不容易侵入我的胸怀,我就仿佛站在画幅前面观看画中人物在画面中东奔西走。相隔三尺,就可安心地观赏,放心地观察。换言之,不为利害分心,故能用全力从艺术方面观察他们的动作,故能专心一意地鉴识美与不美。

我这样下决心的时候,天色渐渐变了。层云起初萦回在我的头上,忽然四散开来,前后左右尽成云海,绵绵地降下一天春雨。菜花田早已过去了,现在我步行在两山之间,雨丝细密,简直是雾,因此前方距离远近完全看不清楚。有时风吹过来,把高处的云吹散,方才看见右方有灰色的山脊。似乎相隔一个山谷,那边便是山脉蜿蜒的地方。走了几步,左方就看见山脚。绵密的细雨深处还隐约地露出松树一类的东西。刚一出现,忽然又隐没了。不知是雨在那里动,还是树在那里动,还是梦在那里动呢?真有点不可思议。

路格外宽广起来,而且很平坦,因此踏步不觉得吃力;然而我没有带雨具,还是加紧脚步。水点从帽子上纷纷下滴。正在这时候,前面三四丈远的地方铃声响了,暗黑中突然出现一个马夫。

"这里有没有休息的地方?"

"再走十五町,有一家茶馆。你身上湿透了呢!"

还有十五町?回头一看,马夫已经被细雨包围,像影戏一般,又突然不见了。

糠一般的雨点渐渐地粗起来,长起来,现在已经看得见一条一条的雨丝随风飘洒了。大褂子立刻湿透,渗进内衣的水由身体的温度烘暖着。心情很不快,把帽子拉低,急急忙忙地走路。

在茫茫然的淡墨色世界中、在银箭斜飞的风雨中不顾淋湿而坦然独步的我——把这个我当作非我看待,就变成诗,就可以吟成诗句。完全忘却了实体的我,纯客观地着眼的时候,我方始变成画中人物,和自然景色保持美好的调和。但在感到下雨讨厌、感到两脚疲劳的瞬间,我就既非诗中人,又非画中人,依然是一市井的竖子而已。眼不见云烟飞动之趣,心不怀落花啼鸟之情。那么萧然独步春山的我有什么美,更是不能理解了。起初拉低了帽子走,后来两眼只管盯住脚背走,终于缩紧肩膀,慌慌张张地前行。雨打满山的树梢,从四面八方围困这孤客。非人情未免有些过分了。

二

"喂。"叫了一声,没有人答应。

从檐下向里面一望,看见一排煤烟熏黑的格子窗。格子窗里面望不见。五六双草鞋寂寞地吊在檐下,无聊似的摇荡着。下面并排放着三只粗点心箱子,旁边散放着几个五厘钱和文久钱[1]。

"喂。"又叫了一声。伏在土间角落里石臼上的鸡被我惊醒,咯咯咯,咯咯咯地叫起来。门槛外面的土灶被刚才的雨淋湿了,已经一半变色,上面放着一个漆黑的茶铛。是泥铛,还是银铛,不得而知。幸而下面烧着火。

没人答应,我就擅自走了进去,在一张折椅上坐下了。鸡折着翅膀,从石臼上飞下来,又走到铺席上。如果格子窗不关,它们也许会跑进内室里去。雄的大声地喔喔喔,雌的低声的咯咯咯,仿佛把我当成狐狸或野狗。在另一张折椅上,一只升样的烟灰盆静悄悄地躺着,里面点着一盘线香,悠闲地吐出袅袅的青烟,仿佛不知道时间流过的样子。雨渐渐停了。

不多时,里面有脚步声,煤烟熏黑的格子窗嘶的一声开了。里面走出一个老太婆来。

我知道总会有人出来的。灶里烧着火,点心箱上散放着铜钱,线香安静地吐着青烟,一定会有人出来的。然而开着店铺不加照管,毫不在意,这情况和都市到底不同。没人答应而坐在椅上一直等候,这情况也是二十世纪所不容的。这便是非人情,真是有趣。而跑出来的老太婆的面貌也引起了我的注意。

两三年前我曾经在宝生[2]的舞台上看过《高砂》[3]。那时候我以为这真是一幅美丽的活人画。掮着一把扫帚的老头从乐团和舞台之间的通路上走出来,走了五六步,转向和老太婆相对而立。这相对而立的姿态,至今我还历历在目。从我的座位里望去,老太婆的脸差不多和我

---

[1]　文久钱是德川幕府文久三年所造的钱,上有"文久永宝"四字。

[2]　宝生是日本能乐之一派。

[3]　《高砂》是日本能乐曲名,是由一个老头和一个老太婆的角色合演的。

正面相对。所以我感到这姿态美丽的时候,她的表情确切地印在我心内的镜头里。茶馆里的老太婆的面貌,和这张照相十分相似,好像是血气相通的。

"老太太,让我在这里坐一坐吧!"

"啊,我完全没有知道。"

"雨下得很大呢!"

"这天气真讨厌,路很难走吧。喔唷,身上淋湿了。我烧起火来替你烘烘罢。"

"再添一点火,我靠着火衣裳就会干了。坐了一会觉得有些冷呢。"

"嗳,我马上烧起来。请喝杯茶。"

说完站起身来,嘘、嘘地叫两声,把鸡赶了下去。咯咯咯地跑出去的一对夫妇,从茶褐色的铺席上踏进点心箱里,又飞到门外的路上。雄鸡在逃的时候在点心箱上拉下一摊粪。

"请喝一杯。"不知什么时候老太婆用一个木头剜成的盘子端出一杯茶来。焦褐色的茶碗底上印着潦草的一笔画成的三朵梅花。

"请吃点心。"她又拿出鸡踏过的芝麻卷和米粉条来。我看看是否沾上了鸡粪,原来鸡粪掉在箱子里了。

老太婆把交叉带挂在坎肩上,蹲在灶前。我从怀里取出写生册,画着老太婆的侧影,一面同她谈话。

"这里清静得很,太好了!"

"嗳,是山村呀。"

"黄莺叫不叫?"

"嗳,天天叫。这地方夏天也叫。"

"真想听听! 多时不听就更想听了。"

"今天不巧——刚才下雨,不知逃到哪里去了。"

这时候灶里面毕卜毕卜地响起来,红色的火焰飒然生风,喷出一尺多长。

"好,请烤烤火。您一定冷了。"老太婆说。青烟升起来,碰着屋檐,四处分散;檐板上还缭绕着淡淡的烟痕。

"啊,好舒服! 这么一来,又精神起来了。"

"正好雨也晴了。喏,天狗岩看得见了。"

不定常阴的春日天空中,焦躁地刮着山风。前山的一角,山风毅然通过时,爽快地放晴了。老太婆所指的那方,像削成的柱子一般峥嵘耸立的,据说是天狗岩。

我先望望天狗岩,再望望老太婆,然后把两者对比了一下。作为一个画家,我头脑中所保留的老太婆的面貌,只是《高砂》中的老太婆和芦雪[1]所绘的深山女怪。看了芦雪的画,觉得想象里的老太婆是凄厉可怕的,是应该置之红叶之中、寒月之下的。后来看了宝生的《别会能》[2],才恍然大悟:原来老女人也可以有这样优美的表情。那个面具一定是名人所刻的吧。可惜作者的姓名不传。虽然是老人,这样地表现,就觉得饱满、安详而温暖。这不妨点缀在金屏上、春风中,或者樱花下。我觉得作为春日山路上的点景,这个挺起腰身、一手遮阴、一手指着远方的、穿坎肩的老太婆比天狗岩更为适当。我拿起写生册来,然而老太婆的姿势忽然变了。

我兴味索然地把写生册移近火边烘干,一面说:

---

〔1〕 芦雪是日本江户时代前期的大画家,名政胜,圆山应举的高足。

〔2〕 《别会能》是日本能乐曲名。

"老太太,您很健康呢!"

"嗳,幸而身体好——针线也能做,苧麻也能绩,米粉也能磨。"

我想叫这个老太婆挽挽磨子看。然而这样的要求是不行的,就问起别的事来:

"从这里到那古井不到六里路吧?"

"嗨,说是二十八町。先生要到温泉去么?"

"若不拥挤,倒想耽搁几天。到那时再看了。"

"那里,一打仗[1]就没有人来了。差不多关门了。"

"倒也奇怪。那么也许不好住宿呢。"

"不,你要住宿,他们总是留的。"

"旅馆只有一家吧。"

"嗳,您问问志保田家就知道了。这是村子里的大户人家,不知道是办温泉疗养所的,还是隐居人家。"

"这么说,没有客也不要紧的了。"

"先生是初次来么?"

"不,很久以前来过一次。"

谈话一时中断了。翻开写生册,替刚才那两只鸡写生,这时叮当的马铃声传到沉静的耳孔里。这声音自有节奏,在人心中形成一种曲调。宛如梦中听到邻家杵臼声。我停止了写生,在同页的上端写道:

　　　　惟然[2]耳边声,春风吹马铃。

―――――――――

〔1〕　指 1904 年的日俄战争。
〔2〕　广濑惟然是日本江户时代前期的俳句名家松尾芭蕉的门人。

自从登山以来,曾经遇到过五六匹马。凡所遇到的五六匹马,都束着兜肚,挂着铃铛。难以想到这是现今的马。

悠闲的马夫的歌声,忽然打破了暮春的空山行旅之梦。哀怨深处流露着欢乐的音韵,简直是画里的声音。

　　马歌过铃鹿[1],春雨洒平芜。

这回是斜写的。写好之后一看,才理会到这不是自己所作。[2]

"谁又来了。"老太婆半自语地说。

春山中只有一条道路,来往都得由此经过。最初我遇到的五六匹叮当叮当的马,都是曾经这老太婆想一想"谁又来了"然后下山,想一想"谁又来了"然后登山的吧。在这山路寂寞、春贯古今、厌花则无立足之地的小村里,这位老太婆是多年来数尽了叮当叮当之马,直到白头的今日吧!

　　马歌声咽处,白发对残春。

在第二页上写完了这两句,凝望着铅笔头想:这并没说尽我的感想,还得推敲一下。当我正在添上"白发"两字,加进"几经岁月"的意思,再安上"马夫歌"这个题目,放上春天的季候,设法凑成十七个字[3]的时候,真正的马夫已经站在门前,大声说:

---

　　[1]　铃鹿是今三重县和滋贺县境的山岳。
　　[2]　此俳句乃漱石之友人正冈子规所作。
　　[3]　这里所举的诗句,都是句。俳句限定用十七个日本字,中译很难。现在姑且用两句七言诗或五言诗译出其大意。

"大妈,您好!"

"啊,源哥儿?又要进城吗?"

"您要买东西,我给您买。"

"对啦,倘使路过锻冶町,到灵岩寺替我女儿讨一张符来吧。"

"好,我去讨。一张够了?——秋姐儿嫁了好人家,享福了。对不对,大妈?"

"还好,现在没有什么。也可算是享福么?"

"当然算享福罗,大妈。同那古井那位小姐比比看!"

"真怪可怜的。那样标致的人,近来好些么?"

"哪里! 还是那样。"

"真伤脑筋!"老太婆长吁了一口气。

"可不是吗!"源哥儿摸摸马的鼻子。

枝叶繁茂的山樱,花间叶上满含着高空中落下来的雨滴,经风吹弄,停留不得,都纷纷地离开了它们的暂居之处而翻落地上。马吃了一惊,上上摇动它们的长鬣。

"他妈的!"源哥儿的叱马声和叮当声打破了我的冥想。

老太婆说:"源哥儿,她出嫁时候的样子还在我眼前呢。身穿绣花长袖衫,梳着高岛田〔1〕头,骑着马……"

"对啦,是骑马的,不是坐船的。也是在这儿休息一下,大妈。"

"嗳,新娘的马停在那棵樱花树下的时候,樱花簌簌地掉下来,高岛田头上尽是斑斑斓斓的花瓣。"

我又翻开写生册。这情景既可入画,也可吟诗。我心中浮现出新娘

_____

〔1〕 高岛田是日本妇女结发样式之一。

的姿态,就想象当时的情状,很得意地写道:

　　　　樱花时节山前路,马上谁家新嫁娘。

　　可怪的是:衣裳、头发、马、樱花,都历历在目,只有新娘的面貌怎么也想不出来。想来想去,忽然想起了米蕾所绘的奥菲莉亚[1]的面影,就把它安在高岛田头发下面了。一想,这可不行,连忙把画好的画面涂掉。衣裳、头发、马、樱花,刹那间都从我的构思里跑掉了,只有奥菲莉亚合掌漂流水上的姿态朦胧地留在心底,仿佛用棕榈帚来驱除烟气,难以净尽。心里有一种奇妙的感觉,好像天空中拖着尾巴的彗星。

　　"那么,再见了。"源哥儿说。

　　"回头再来吧。正赶上下雨,羊肠小道很难走吧。"

　　"是啊,有些吃力呢。"源哥儿说完走了。源哥儿的马也走了。发出叮当叮当的声音。

　　"他是那古井人么?"

　　"是啊,是那古井的源兵卫。"

　　"他用马送哪家的新娘子过山哪?"

　　"志保田家的小姐嫁到城里去的时候,小姐骑匹青马,源兵卫拉着缰绳打这里过。——时光真快,今年已经五年了。"

　　对镜始悲白发,可算是幸福之人。老太婆屈指方知五年流光有如轮转,也可说是近于神仙了! 我这样回答:

―――――――――

　　〔1〕 米蕾(Millais)是十九世纪英国画家。奥菲莉亚是莎士比亚剧《哈姆雷特》中的女主角,是溺水而死的。

"想必很漂亮吧。那时我来看看就好了。"

"哈哈哈哈,现在您也能看到。您到温泉场去,她一定出来招待您。"

"啊,现在她在娘家么? 也是穿着绣花长袖衫、梳高岛田头才好呢。"

"您拜托她一下,她会打扮给您看的。"

我想未必吧。然而老太婆的态度却十分认真。非人情的旅行中没有这样的事情是没趣的。老太婆说:

"这小姐很像长良少女。"

"相貌吗?"

"不,是她的遭遇。"

"长良少女是什么人哪?"

"从前这村里有一个叫长良少女的、大户人家的标致姑娘。"

"噢。"

"可是有两个男人同时爱上了这位姑娘,先生!"

"真的?"

"姑娘白天黑夜发愁,不知嫁给这个男人好,还是嫁给那个男人好。最后一个也不嫁,唱着:'大地秋光冷,秋花淡不红;愿随花上露,消散逐秋风。'这个歌,便投河死了。"

我没想到来这样的山村里听这样的老太婆用这样古雅的言语讲述这古雅的故事。

"从这里向东走五町,道旁有座五轮塔[1],是长良少女的坟墓。您顺便去看看。"

我打定主意,要去看看。老太婆又继续说:

---

〔1〕　五轮塔是佛教建筑,由五块形式不同的石头堆积而成。

"那古井的小姐也有两个男人作怪。一个是小姐到京都求学的时候碰到的,另一个是城里的首富。"

"嗯,那么这小姐嫁给哪一个呢?"

"小姐自己一心要嫁给京都那一个,也许其中有种种缘故吧,可是两位老人硬把她许给了这边……"

"总算没投河就解决了。"

"不过——男方也是看上小姐标致才攀亲的,当然要看重她了;可是小姐本是被迫成亲的,所以总是合不来。亲戚们都很担心。这回的战事一起,那位姑爷做事的银行倒闭了。小姐就又回到那古井。外人都说小姐心狠、无情无义,议论纷纷。她本来是很老实、很和气。可是源兵卫来的时候总说:她这程子脾气很暴躁,倒教人有点儿担心……"

再听下去,就要破坏难得的兴致了。仿佛是正在成仙的时候有人来催索羽衣。冒着崎岖之险,好容易来到这里,若胡乱地被拖回俗界,就失去我飘然离家的初意了。闲谈家常如果超过了某种程度,尘世的臭气就要钻进毛孔,身体就污垢而不轻快了。

"老太太,到那古井只有一条路吧?"我把一个一角银币放在折椅上,就站起身来。

"到长良五轮塔向右拐,有一条六町左右的近路。路虽然不大好走,年轻人还是走这条路近些。——谢谢您给这么多茶钱——您慢慢走!"

三

昨晚觉得很奇怪。

到达旅店的时候已是夜里八点钟光景,房屋的样式、庭院的布置自不必说,连东西方向都辨别不清。曲曲折折绕了许多回廊似的路径,最后被领进一个六铺席的小房间。情况和我从前来时大不相同了。吃过晚餐,洗过澡,回到房间喝茶时,来了一个小姑娘,问我要不要铺床。

我所感到奇怪的是:到达旅店时引路,伺候晚餐,领我洗澡,铺床,都是这小姑娘一个人。这小姑姑很少讲话,然而并无乡下人习气。她身上束着朴素的红带子,拿着古风的纸烛,在又像走廊又像扶梯的地方转来转去;又束着同样的红带子,拿着同样的纸烛,在同样又像走廊又像扶梯的地方几次上去下来,领我去洗澡的时候,我仿佛已置身于画图之中了。

她在伺候晚餐的时候对我说:因为近来没有客人,别的房间都不曾打扫,请在普通房间迁就一下吧。她铺好了床,像成人似的说"请安歇吧",便出去了。她的足音从那些曲折的走廊下来渐渐远去的时候,到处寂静无声,好像人烟绝迹的样子。

这样的经验,我有生以来只有过一次。从前我曾从馆山出发经过房州,再从上总沿海步行到铫子。有一天晚上在某处投宿。这只能说是某处了。因为地名和旅店名现在都已完全忘记。首先,住的是否旅店,还是问题。只记得一所高大的宅子只有两个女人。我问她们可否借宿,年纪大些的说可以,年纪轻些的就领着我,我跟着她走过好几间荒凉的大屋子,来到最里边的一个低楼上。跨上三步楼梯,从走廊进屋的时候,晚风吹动檐下一丛倾斜的修竹,簌簌作响,从我的头和肩上拂过,使我感到一阵清凉。缘板已经腐朽。我说,来年竹笋穿通缘板,屋里将长满绿竹。那个年轻的女人一句话也不说,嗤嗤地笑着出去了。

这晚上那些竹子在枕边婆娑摇曳,使人不能成寐。推开格子窗,但见庭中一片草地,映着夏夜的明月;举目四顾,要不是有垣墙简直就一直连着广大的草山。草山那面便是大海,奔腾的巨浪正在汹涌地打过来威吓人世。我终于通夜不曾合眼,耐性地躺在阴阳怪气的蚊帐里,仿佛身在传奇小说之中。

此后我也曾作种种旅行。然而这样的感觉,在今夜投宿这那古井以前不曾有过。

仰面而卧,偶然睁眼一看,横楣上挂着一块朱漆框子的横额,蒙眬睡眼也能分明看出写着"竹影拂阶尘不动"几个字。落款是大彻,也看得很清楚。我是对书法毫无鉴识的人,然而平生爱好黄檗[1]的高泉和尚的笔致。隐元、即非、木庵[2],虽都各有其长处,然而高泉的字最为苍劲雅驯。现在看到这七个字,觉得笔致和手法没有一处不是高泉。然而分明题着大彻,想必是另一个人吧。或许黄檗有一个名叫大彻的和尚,亦未可知。不过纸色很新,无论如何总是近今的东西。

向旁一看,壁龛中挂着一幅若冲[3]的仙鹤图。我是以画家为职业的,所以一进这房间的时候就看出这是逸品。若冲的画大都色彩精致,这只仙鹤却是潇洒不拘的一笔画,一脚亭亭独立,载着卵形的躯体的姿态,甚得吾意,连长长的嘴上也流露着飘逸之趣。壁龛旁边不设吊棚,而邻接于普通的壁橱。壁橱里面有什么东西,不得而知。

沉沉入睡。做了一个梦:

长良少女穿着长袖衫子,骑着青马,越过山岭。突然两个男人跑了出来,向两面拉扯。她立刻变成了奥菲莉亚,爬上柳树,跳进河中,浮在水面唱着美丽的歌儿。我想救她,拿着长竿,向向岛方面追赶。这女子

---

[1]　此处指日本京都府宇治的黄檗山万福寺。

[2]　隐元、即非、木庵,均为我国明代黄檗山万福寺名僧,后至日本传教,于京都府宇治创建黄檗山万福寺。均精书法。

[3]　伊藤若冲是日本江户时代中期的元明风画家。

毫无苦痛之色,边笑边唱,顺流而下,不知所之。我扛着长竿,喂、喂地呼喊。

正在这时梦醒了。腋下淌着汗。好一个奇妙的雅俗混淆的梦啊!听说从前宋朝有位大慧禅师,悟道之后,万事无不从心所欲,只在梦中时生俗念,长期引为苦痛。不错,这确是实情。但是以文艺为生命的人,如果不做些美丽的梦,是不行的。这样的梦境,大部分既不入画,又不成诗。我这样想着翻过身来,但见窗间已经照着月亮,两三枝树影横斜地映着,真是清丽的春夜!

也许是心境使然,似乎听见有人低声歌唱。是梦里的歌声飘到人世! 或是人世里的声音飘进了迢迢的梦境? 我倾耳静听,确是有人在唱歌。声音固然既低且弱,但在这困人的春夜里,却轻轻地打动我的脉搏。更有不可思议之处:曲调且不说,细听词句,以为不是在我枕畔唱的,难以听出,然而却清楚地听到。反复地唱着长良少女之歌:

　　　大地秋光冷,秋花淡不红;
　　　愿随花上露,消散逐秋风。

这声音起初在屋檐近旁,渐渐微弱而远去了。宛然中断的声音,给人以突然之感,而缺乏动人的情趣。听到毅然决然的声音,心中也会发生毅然决然之情。但是现在这声音并无明显的界限,而是自然地越来越弱,在不知不觉之间渐渐消沉,这时我的心也一分一秒地渐渐岑寂下来。好像濒死的病夫,将熄的灯火,给人一种即将毁灭之感。这恼人心魂的歌声真是集天下古今春恨之大成了。

我一直耐心地躺在床里听,歌声渐去渐远,我的耳朵明知受了诱惑,但总想追去。歌声越来越弱,仅能微微听得,仍愿跟随前去,后来我想,我无论怎样渴望,它不会反应到鼓膜上来。在这一刹那间我忍耐不住了,身不由主地钻出被窝,同时拉开了格子窗。这时月光斜射进来,照在我的膝下。单衣上也映着摇曳的树影。

拉开格子窗的时候,我没有注意到这样的情景:我按照方向寻找这声音,原来却在那边。一个朦胧的人影孤寂地沉浸在月光中,背向一从花树,仿佛是海棠。我想,就是这个了——在还未确切意识到的瞬间,这黑影已经践着花影向右转去。隔壁的屋角遮住了这姗姗徐步的苗条女子的姿态。

我穿着一件借用的单衣,手扶格子窗,茫然若失;蓦地醒来,才觉得山乡春寒太甚。连忙回到刚才钻出的被窝里,仔细思量。从枕底下摸出怀表一看,已经一点十分。再把怀表塞在枕下,继续考虑。这未必是妖怪吧? 如果不是妖怪,一定是人。如果是人,一定是女人。也许就是这家的小姐。嫁后大归的小姐,深更半夜来到山边的庭院里,有些不妥。我怎么也不能入睡。连枕底下的怀表也喋喋不休。我从来不曾注意到表的声音。但在今夜,它好像在催我想,又好像在劝我别睡。真真可恼。

可怕的东西,如果只看这可怕的东西本身的姿态,也能成为诗。凄惨的事情,如果离开自己,只当作单独的凄惨事情,也能成为画。失恋可作艺术作品题目,也完全如此。忘却失恋的苦痛,单单使那优雅之处、含有同情之处、充满忧愁之处,甚至于流露失恋的苦痛之处浮现在眼前,才能成为文学美术的材料。世间有制造莫须有的失恋,自寻烦恼,而贪其愉快的人。俗人评之为愚,评为癫狂。然而自己描出不幸的轮廓而乐于起卧其中,和自己刻画出乌有的山水以乐壶中天地,在获得艺术的立脚地的一点上,可说是完全相等。在这点上说来,世间许多艺术家(俗人则我不知)比俗人还愚,比俗人癫狂。我们穿着草鞋旅行的时候,一天到晚愤愤不平地诉苦;过后向人叙述游历经过的时候,一点没有不平的样子。有趣的事情和愉快的事情自不必说,即使是从前愤愤不平的事情,现在也谈得眉飞色舞,得意扬扬。这并不是有心自欺欺人。只因旅行的时候是俗人的心情,而叙述游历经过的时候已经是诗人的态度,因而发生这样的矛盾。如此看来,从四角的世界中去掉名为常识的一角而住在三角里的,便是所谓艺术家吧!

　　因此之故,无论自然,无论人事,在俗众辟易难近的地方,艺术家能发现无数的琳琅,获得无上的宝璐。俗称为美化。其实并非什么美化。绚烂的光彩,从古以来便赫然存于现象世界。只因一翳在眼,空花乱坠,只因俗累羁绊,牢不可破,只因荣辱得失,切身难忘,所以达纳在描绘火车之前不解火车之美,应举[1]在描写幽灵之前不知幽灵之美。

　　我刚才看见的人影,如果只是这样的现象,那么任何人看了,任何人听了,都会觉得富有诗意。孤村温泉,春宵花影,月下低吟,朦胧夜色——这些都是艺术家的好题目。眼前有此好题目,而我在这里却作无用的评议和多余的探索。上好的雅境里加进了乏味的理论,恶俗的气味损害了难得的风雅。如此,就没有标榜非人情的价值。若不再加修养,就没有向人夸耀诗人、画家的资格。听说从前意大利的画家萨尔瓦多·洛札为了研究强盗,不顾自身的危险,加入山盗之群。我既怀着画册飘然出门,若无这样的决心,毋乃太惭愧了。

　　在这样的时候,怎样才能回到诗的立脚地呢? 必须把自己的感觉本

---

　　〔1〕　圆山应举是日本江户时代后期的名画家,以写生著称。

体拿出来放在面前,从这感觉退后一步,确实地安定下来,像别人一般检查这感觉——必须造成这样的余地,方才济事。诗人有解剖自己尸体而把这病情公之于世的义务。方法虽有种种,但最简便最良好的,是随手取材,写成十七个字。十七个字是诗中最简便的形式,在洗脸的时候,在如厕的时候,在乘电车的时候,都容易作得出来。如果说:十七个字容易写成,就是认为诗人容易做;做诗人是一种灵机,因而容易——这样的轻蔑大可不必。我以为越是容易,就越有功德,反而应该尊重。譬如动怒,立刻把怒这件事写成十七个字。在写成十七个字的时候,动怒的自己就变成了别人。动怒和吟俳句,不是一个人同时所为。又如流泪,把流泪写成十七个字,心中立刻就欢喜了。把流泪这件事组成十七个字的时候,苦痛的眼泪就从自己游离,自己就变成快活的人,仿佛在说:我是能哭的人。

这是我平生的主张。今夜我也想把这主张实行一下,就在被窝里把上述事件吟成种种俳句。作成之后倘不记录,必致遗忘,不很妥当。这是认真的修业,所以把写生册翻开,放在枕边。

“海棠含露笑,春色太轻狂。”最初写出这一首。试读一遍,虽无特别佳趣,但也没有不快之感。其次写的是:“倩影依花影,朦胧春月中。”这里面季题重复了[1]。然而全不妨事,只要读起来稳妥流畅就好。其后又写:“春夜朦胧月,狐仙化女身。”这像诙谐俳句,自己觉得可笑。

照这个格调,可以放心地作了,于是我高兴起来,把吟成的句子全部写上去:

―――――――――

〔1〕 俳句中关于季节的景物描写,叫做“季题”。一首俳句,普通只能用一个季题。现在这俳句中“花影”和“春月”都是春的季题,所以说重复了。

夜半钗钿堕，春星落枕边。

兰汤新浴发，春夜湿云娇。

春宵歌一曲，脉脉不胜情。

月色溶溶夜，海棠化作妖。

春宵明月下，低唱独徘徊。

决意随春老，孤芳自赏时。

写着写着，不觉昏昏欲睡了。

我想，恍惚一词，正好用以形容此刻。熟睡之中，不知有己。清醒之际，不忘外界。在这两境之间，隔着轻纱般的幻境。说它是醒，则过于模糊；说它是睡，又嫌太有生气。这仿佛把醒睡两界盛在一只瓶里，而用诗歌的彩笔搅和时的状态。把自然界的色彩渲染近于梦幻，把整个宇宙推向云霞之乡。借睡魔之妖腕磨光一切实相，并把我滞钝的血脉通向这柔和的乾坤中。宛如匍匐地上的烟气，欲飞而不得飞，又好似自己的灵魂欲离躯体而又不忍离。欲去而又踟蹰，踟蹰而又欲去，结果魂之为物终难强留，而氤氲之气依依不散，萦绕四肢五体——这是一种依恋之情。

我如此逍遥在窈寐之境，入口处的纸裱门�的一声拉开了。门开处忽然出现一个幻象似的女人影子。我既不吃惊，也不恐惧，只是泰然地望着。说是望，用词有些过火，其实是一个女人的幻影翩然地溜进我闭上的眼帘。这幻影姗姗走进房间。好似仙子凌波，席上肃静无声。我从闭上的眼帘观看世间，自难确切，但见一个肤白、发黑、后颈长长的女人。很像最近流行的渲染照相透过灯光时所见的样子。

这幻影站定在壁橱前面了。壁橱开了。雪白的胳臂从衣袖里伸出，在黑暗中隐约发亮。壁橱又关上了。铺席的平波自动地把这幻影渡送回去。入口处的纸裱门也自己关上了。我的睡意越来越浓。人在死后尚未转生为牛马的期间,大概就是这样的吧。

我在人马之间睡了多久,自己也不知道。听见耳边女人的嘻嘻的笑声,方才醒来。睁眼一看,夜幕早已揭起,大地上阳光普照。和煦的春晖照出圆窗上竹格子的黑影,使人觉得世界上似乎没有隐藏怪异的地方。神秘大概已经回到极乐净土,渡过冥河的彼岸去了。

穿着单衣,走下去洗澡,在浴池里浸了五分钟光景。既不想洗,也不想出来。首先想到的,是昨夜怎么会有那样的心情。天地以昼夜为界而颠倒过来,真是奇妙的事。

懒擦身体,草草了事,湿着就从水里站起身来,从里面打开浴室的门,又吃了一惊。

"您早! 昨夜睡得好么?"

这话声差不多和开门同时听到。我全没料到这里有人,对于这两句迎头的寒暄话还没有来得及立刻回答,这时又听见说:

"请穿衣服。"

说过之后就转到我背后,把一件软绵绵的衣服披在我身上了。我好容易说了一声"多谢……"转过身来的时候,这女子向后退了两三步。

从来小说家总是竭力描写女主角的容貌。倘把古今东西品评佳人所用的言语列举起来,其数量恐怕可与大藏经相比。在这令人辟易的大量的形容词中,倘要选出最恰当的用语来描写和我相隔三步扭身而立、安详地斜睨着我的惊愕狼狈之相的那个女子,不知可以选出多少字眼!然而我有生三十余年,直到今日尚未看见过这样的表情。据美术家的评论,希望雕刻的极致在于端肃二字。我想,端肃者,乃人的活力欲动未动时的姿态。如动起来,不知将怎样变化,变作风云或变作雷霆呢? 在尚未分晓之际,有一种缥缈的余韵,因此它的含蓄之趣能传到百世之后。世间许多尊严和威仪,隐藏在这湛然的潜力之内,动时就会表现出来。一旦表现出来,无论是一,是二,是三,一定首尾毕露。无论是一,是二,是三,一定都有特殊的能力;然而既知是一,是二,是三,就无遗地显出拖水带泥的陋相,无法恢复本来的圆满之相了。是故凡名为动者,必定低劣。运庆的[1]金刚,北斋[2]的漫画,全都失败在这一"动"字上。动与静,乃是支配我们画家命运的大问题。古来形容美人,可说大都不出这两大范畴之内。

　　然而我看到这女子的表情,竟茫然不能判断属于哪一范畴了。她的嘴闭成"一"字,乃是静的。眼睛转动,可见秋毫。脸部下端肥大,成瓜子形,有丰满安详之相,但是额部狭隘局促,带着所谓富士额的俗气。不但如此,两眉逼近而微蹙,好像中间点着几滴薄荷一般。只有鼻子既不尖锐而失于轻薄,也不圆肥而失于迟钝,画出来大概是很美观的。这样,这个人的五官各有特点,纷陈杂沓地映入我的眼中,教我如何不茫然呢?

　　原该是静的大地,一角发生缺陷,全体就不期地动起来;后来发觉动是违背本性的,欲勉力恢复原来的状态,然而局势已经失却平衡,就不能自主地一直动到今天。现在就自暴自弃、不顾一切地动给人看——如果有这种神情,正好拿来形容这个女子。

　　因此这女子的表情,在轻蔑之中含有绻缱之色。表面上对人揶揄,内心里微露谨慎小心之相。如果逞能负气起来,一百个男子也不算一回事,而在这气势之下又不知不觉地涌出温和之情。这表情中完全没有一

---

　　〔1〕　运庆是日本镰仓时代中期的佛像雕刻家。奈良东大寺南大门的金刚为其代表作。
　　〔2〕　葛饰北斋是日本江户时代末期的风俗画家,尤善风景画。

致,是悟和迷在一个屋子里一面争吵一面同居的状态;这女子脸上没有统一之感,便是她心中不统一的证据;心中不统一,大概是这女子的身世中没有统一之故吧。这是受着不幸的压迫而想战胜这不幸的脸。一定是一个薄命女子。

"多谢!"我重复了一句,施了个礼。

"呵呵,房间打扫了。请去看看吧。随后再见。"

说着就扭过身子,轻轻弯了弯腰,翩然地向走廊跑去了。头上梳着银杏返[1],髻下露出雪白的衣领。黑缎子的腰带大概是单面的。

四

我茫然地回到房里一看,果然打扫得很干净了。因为有些不放心,为了仔细起见,打开壁橱看看。但见下面有一个小柜子,上面一条彩色的小带子垂下一半,可以想见这是有人来取衣物,匆匆取了就走的缘故。小带子的上部夹在华丽的衣裳中间,看不到另一端。一旁堆着几册书。最上面并排着一册白隐和尚的《远良天釜》[2]和一册《伊势物语》[3]。我想,昨夜的幻象也许是事实。

无心地在垫子上坐下来,看见那本写生册挟着铅笔端正地躺在红木桌上。我就拿起来,想在早晨看看昨夜梦里信笔写成的诗句,到底怎样。

"海棠含露笑,春色太轻狂"的下面,不知谁写上了:"海棠含露笑,春色与朝鸦。"是用铅笔写的,字体不易辨认,说是女子笔迹则太硬,说是男

---

〔1〕　银杏返是日本妇女结发样式之一。
〔2〕　白隐和尚是日本江户时代的名僧,所著《远良天釜》系叙述武士参禅等之作。
〔3〕　《伊势物语》是日本平安时代之作,以和歌为中心的恋爱故事。

人笔迹则太柔。接着我又吃一惊："倩影依花影，朦胧春月中"下面添上了："倩影重花影，朦胧春月中"。"春夜朦胧月，狐仙化女身"底下写着"春夜朦胧月，王孙化女身。"是存心模仿，或是意欲修改？是卖弄风情，或是愚蠢无知？又或是揶揄作弄呢？我不觉歪转了头沉思起来。

她说随后再见，也许等一会吃饭的时候她会来的。如果来，情况就可明白些了。但现在是什么时候？看一看表，已经过了十一点钟。起得太迟。正好吃午饭，对于胃倒有好处。

打开右边的格子窗，看看昨夜的风流余韵究竟在哪边。我所鉴定为海棠的，果然是海棠，但是庭院比我所估计的狭小。一片青苔地上埋着五六块踏步石，赤脚走大概是很舒服的。左面的山崖上有一株赤松从岩石中生出来，斜伸在庭院上面。海棠的后面是树丛，里面有一个大竹林，十丈的翠竹映着春日的阳光。右面被房屋遮住，不能看见。但从地势看来，斜坡的尽头一定是洗澡的地方。

山的尽处是岗，岗的尽处有一块约三町宽的平地，平地的尽处潜入海底，在一百多里之外又隆然高起，变成周围三十六里的摩耶岛。这是那古井的地势。这家温泉旅馆位在岗麓上紧靠着山崖，把断崖的景色一半围入院中，因此前面是楼，后面却是平房。从廊下垂下脚去，脚跟立刻可以碰到青苔。难怪昨晚上来下去爬了许多扶梯，原来这是一所特殊构造的屋子。

再打开左边的窗子。岩石上有天然凹进的一块地方，约有两张铺席大小，里面积满春水，映出山樱的倒影。两三株山白竹点缀在岩角上。稍远处有一道似乎是枸杞的树篱。树篱外面是从海滨上岗的坡道，不时听见人声。坡道那面逐渐向南下倾，长着橘树。谷的尽头又是一个大竹林，望去只看见白蒙蒙的一片。竹叶远望成白色，我在这时才知道。竹林上面是山,山上松树甚多,赭红色的树干中间露出五六步石阶,似乎伸手可接。大约是一个寺院。

推开入口处的纸裱门,走到廊檐下,看见栏杆弯曲成方形,照方向而论,本该望见中庭那面的海,可是那里却有一座正楼。凭栏望去,觉得我的房间也位在同样高度的楼上。浴室在地下,从浴室说来,我是住在三层楼上。

房子非常大,除了对面楼上的一间和我这里沿着栏杆右拐的一间以外,其余可称为客室的大都关闭着。至于住屋和厨房则不得而知了。客人除我之外,差不多完全没有。关闭的房间,白天也不开板门;开着的房间,似乎夜间也不关。这样看来,夜间连大门都不关,亦未可知。在非人情的旅行中,这真是一个出色的地方。

时候虽已将近十二点钟,却全无送午饭的样子。肚子渐渐饿起来,然而想起了身在"空山不见人"的诗中,少吃一顿亦无遗憾。作画太麻烦;想作俳句,但已进入俳句三昧,再作未免多事。想读书,挟在三脚凳里带来的两三册书也懒得解开。这样身上照着和煦的春晖,在窗前和花影一同起卧,正是天下之至乐。一考虑就堕入邪道。一动就危险。如果可能,连鼻子的呼吸也想停止。我希望像生根在铺席上的植物一般,一动不动地度送两个星期。

不久,听见廊下有脚步声,有人从下面一步一步地走上来。走近的时候,听见似乎是两个人。我以为这两人就要在纸裱门前站下,岂知其中一个一声不响,走回去了。门一开,我以为是今天早上看见的那个人,岂知仍是昨夜的小姑娘。不知怎的,觉得有些不满足。

"对不起,送得迟了。"说过之后放下食盘,关于不供早饭的理由,一句也没说。一碟烤鱼上点缀着一些青菜;揭开汤碗的盖来一看,嫩蕨中间有红白相间的虾沉在碗底。啊,好色彩! 我向碗中注视。

"不喜欢么?"小女仆问。

"不,我就吃。"我这样说;然而实际上觉得吃了很可惜。我曾经在一册书中读到达纳的逸事:达纳曾在一个晚餐席上注视盛在碟子里的生菜,对旁边的人说:这是凉色,是我所用的色彩。我想把这虾和蕨的色彩给达纳看看。原来西洋的食物,色彩美观的一种也没有。有之,只有生菜和红萝卜吧。从滋养方面说,我不知道怎么样;但用画家的眼光看来,西菜是颇不发达的。至于日本的菜,无论汤菜、拼盘、生鱼片,都做得色彩非常美丽。坐在筵席面前,即使不挟一箸,看看就回去,在眼睛保养方面说来,已经充分得到上菜馆的效果了。

"你们这里有一个年轻的女人,是不是?"我放下饭碗问。

"是的。"

"那是谁?"

"是少奶奶。"

"另外还有老太太么?"

"去年过世了。"

"老爷呢?"

"老爷在家。那是老爷的女儿。"

"你说那个年轻的女人?"

"正是。"

"客人有没有?"

"没有。"

"只有我一个人?"

"正是。"

"少奶奶每天做些什么事情?"

"做针线……"

"还有呢?"

"弹三弦琴。"

这倒是意外的。我觉得很有意思,就再问:

"还有呢?"

"到寺院去。"小姑娘说。

这又是意外的。寺院和三弦琴很妙。

"去烧香?"

"不是,到和尚师父那里去。"

"和尚师父也会弹三弦琴么?"

"不。"

"那么去做什么呢?"

"到大彻师父那里去。"

对啦,所谓大彻,一定就是写这横额的人。从这文句推测,大约是个禅僧。壁橱里的《远良天釜》,一定是这女子的所有物了。

"这房间平常是谁住的?"

"平常是少奶奶住的。"

"那么在昨天晚上我来以前,她是睡在这里的?"

"正是。"

"这真是对不起了。那么她到大彻师父那里去做什么呢?"

"我不知道。"

"还有……"

"什么?"

"还有,此外她还做些什么?"

"还有各种各样……"

"各种各样,什么事情呢?"

"我不知道。"

谈话到此为止。饭吃好了。小姑娘撤去食盘,把门拉开,隔着庭院中的树木,我望见对面楼上有一个梳银杏返的人手托香腮,凭栏下望,好像现身的杨柳观音一般。和今天早上不同,这是很静的姿态。大概是因为脸朝下,这里看不见眼睛的活动,所以样子大变了。古人说:"存乎人者,莫良于眸子。"真是"人焉廋哉!"〔1〕人身上比眼睛更灵活的东西是没有的了。在她静静地靠着的亚字栏杆下面,一双蝴蝶忽合忽离地飞舞上来。我的房间的门突然开了。这女子听见了开门的声音,眼光猛然离开蝴蝶,转向我这方面。视线犹如毒矢穿空,唐突地落在我的眉间。我心中一怔,小姑娘又咝的一声把门拉上了,留下的是极其岑寂的春天。

我又翻身躺下。心中忽然涌出这样的诗句:

Sadder than is the moon's lost light,

Lost ere the kindling of dawn,

To travellers journeying on,

The shutting of thy fair face from my sight.

(行人举头望明月,未晓月明忽失色。我今失却汝娇容,心比行人更

---

〔1〕《孟子·离娄上》:"存乎人者,莫良于眸子。眸子不能掩其恶。胸中正,则眸子了焉;胸中不正,则眸子眊焉。听其言也,观其眸子,人焉廋哉!"

悲切。)假使我恋慕这个梳银杏返的人,粉身碎骨也要会见她,正在这时候看到了像现在那样的最后一瞥,又欢喜,又可惜,以至于销魂,那么我一定会把这样的意思吟成这样的诗。也许还要加上这么两句:

Might I look on thee in death,

With bliss I would yield my breath.

(娇容一见死无憾,会当含笑入黄泉。)幸而我已经通过了一般所谓恋慕、爱情的境界,即使要感到这种苦味,也不可能。然而现在刹那间所发生的事件的诗趣,在这五六行诗中已充分表现出来。我和银杏返的关系中,虽然没有这样难受的相思,然而把我们两人现在的关系放在这首诗中,也很有趣。或者,把这诗的意思拉到我们两人身上来解释,倒也愉快。因果的细丝使这诗里的一部分情形变成了事实而把我们两人联系在一起。因果的丝那么细,并不打紧。况且,这又并非平常的丝。这是斜挂在天空中的虹丝,横曳在原野上的霞丝,露珠晶莹的蛛丝;割之则立刻断绝,望之则优雅绮丽。万一这根丝立刻粗起来,会变成井索那样坚牢! 不,不会有这种危险。我是一个画家。对方也不是寻常的女子。

突然纸裱门开了。我躺着翻过身来向门口一看,因果对手的银杏返手里捧一个里面放着青瓷碟的盘子,站在门槛上。

“您还躺着? 昨晚受累了吧。几次打扰您,呵呵呵呵。”她笑着,没有恐惧的样子,也没有隐讳的样子,怕羞的样子当然没有。只有先发制人的样子。

“今天早上多谢了。”我又道谢。一想,应酬话到现在已经说过三次。而三次都是多谢了三个字。

我想坐起来，那女子早已在我枕边坐下了。

"请躺着吧。躺着也可以谈话。"她爽朗地说。我想的确如此。就翻身伏下，两手支颚，两肘放在铺席上。

"我想您很寂寞，特来给您送茶。"

"多谢了。"又是一个多谢了。看看盘子里，放着很漂亮的羊羹[1]。我在一切点心中，最喜欢羊羹。并非特别喜欢吃，只因它的质地滑润致密，光线透过半透明体，看来竟是一个美术品。尤其是带青味的羊羹，好像玉和蜡石的混合体，使人看了非常快适。不但如此，盛在青瓷碟里的青羊羹，鲜艳夺目，好像刚从青瓷里面长出米一般，我不禁想伸手去摸。西洋的点心中，给人这样快感的一种也没有。乳酪的色彩虽然有些柔和，但太沉郁。果浆初看好像宝石，然而颤抖不定，没有羊羹那么稳重。至于用白糖和牛乳做的五重塔，更不足道了。

"啊，真好看。"

"刚才源兵卫买来的。这样东西您爱吃吧。"

可知源兵卫昨晚住在城里。我不作什么回答，只是看着羊羹。是谁从哪里买来的，都没有关系。只要美丽，只要感到美丽，便十分满足了。

"这青瓷碟的形状好极了。色彩也美观。几乎不比羊羹逊色呢。"

这女子扑哧一笑，口角上微微露出轻视的神情。大概她认为我说的是俏皮话。不错，倘是俏皮话，的确应该轻视。智慧不足的人硬装俏皮，往往说这种话来。

"这是中国货么？"

"您说什么？"对方把青瓷碟完全不放在心上。

---

〔1〕　羊羹是一种点心的名称，是水晶糕、冻糕、山楂糕之类的甜品。

"实在像中国货。"我拿起碟子来看看底上。

"您倘使喜欢这种东西,再拿些给您看看,好不好?"

"好,给我看看。"

"我爸爸顶喜欢古董,家里有各种各样的东西。我可以告诉爸爸,几时请您去品茶。"

我听见品茶两字,有些胆怯。世间没有比茶人那样会装模作样的风雅人了。在广大的诗的世界里故意划出一个狭隘的小圈子,非常自尊、非常做作、非常拘束、毫无必要而鞠躬如也地呷些泡沫而自得其乐的人,便是所谓茶人。倘说这样繁琐的规则中有雅味,那么麻布[1]的仪仗兵队中雅味扑鼻,那些向右转、开步走的人物一定个个是大茶人了。那些贩夫走卒,完全没有趣味修养的人,不懂风雅,于是生吞活剥机械地遵守利休[2]以后的规则,以为这大概就是风雅了。其实这种做法反而亵渎了真正的风雅。

"你说的品茶,就是那种有一定规矩的喝茶么?"

"不,什么规矩也没有。如果您不喜欢,坐着不喝也没关系。"

"那么,就喝些也没关系。"

"呵呵呵呵。因为爸爸顶喜欢把器皿给人看……"

"不称赞不行的么?"

"他是老人家,称赞两句,他高兴些。"

"好,如果不必多,我就称赞两句吧。"

"请您务必多多称赞几句。"

---

〔1〕　东京麻布区驻有皇家仪仗兵队。

〔2〕　利休是千宗易的号,茶人。

"哈哈哈哈,你的话不是乡下话呢。"

"人是乡下人么?"

"人是乡下的好。"

"那我可体面了。"

"然而你在东京住过吧。"

"是的,住过。京都也住过。我是流浪的人,各处都住过。"

"这儿和京城,哪一边好?"

"一样的。"

"这样幽静的地方,反而舒服吧?"

"舒服也是这样,不舒服也是这样,在世界上,只看你心情怎样,什么地方都可以。在蚤虱的国度住厌了,迁到蚊虫的国度去,也毫无用处。"

"到蚤虱蚊虫都没有的国度去,就好了吧?"

"如果有这样的国度,就请拿出来看看。来,请您拿出来呀!"这女子紧紧逼上来了。

"你要看,我就拿出来给你看吧。"我拿起写生册来,画出一个女子骑在马上看山樱的神情——当然是顷刻之间一挥而就的,不成其为画,只是草草画出那种神情而已。

"喏,请到这里面去吧。蚤虱蚊虫都没有。"就把写生册送到她鼻子前面。不知她看了是吃惊呢还是难为情,但照这样子看来恐怕不会有什么苦痛吧,我这样想,窥视她的气色。

"咦,不自由的世界! 不是只有一个横幅么? 您喜欢这样的地方,真是一只螃蟹呢。"说完把写生册推开了。

"啊哈哈哈哈。"我笑起来。屋檐近处啼噪的黄莺,声音忽然停顿,飞移到远处的枝上去了。我们两人特地停止了谈话,倾耳听了一会。然而它一经啼损了嗓子,不容易立刻开口啼叫了。

"昨天您在山上遇到源兵卫了么?"

"嗯。"

"看见长良少女的五轮塔没有?"

"嗯。"

"大地秋光冷,秋花淡不红;愿随花上露,消散逐秋风。"她不加说明,也不按节奏,光是把歌词流畅地念出。不知为了什么。

"这支歌我在茶馆里听过。"

"是那老太太唱给您听的么? 她本来是在我家做活的,当我还没出嫁的……"她说到这里,看看我的脸,我装作不知道的样子。

"当我还小的时候,她每次到这里来,总是把长良的故事讲给我听。只是歌词非常难记,听了许多遍,终于都背得出了。"

"对啊,的确困难。然而这真是一曲可怜的歌呢。"

"可怜么? 教我做了她,不会唱这种歌。第一,投河自杀,岂不是无聊之极么?"

"不错,的确无聊。教你做了她,怎么办呢?"

"怎么办? 那还用说么,把这个男人和那个男人都做男妾。"

"两个都要?"

"嗳。"

"真了不起!"

"并不是了不起,这是当然的呀!"

"不错,这样,蚊虫的国度和蚤虱的国度都可以不进去了。"

"即使不做蟹,也可以生活下去呢。"

一时被忘记了的黄莺,不知什么时候又恢复了元气,在那里"好——

好求"地啼噪了;不时突然提高声音。试啼数次之后就很自然了。好像把身体颠倒过来,膨胀的咽喉也振动起来,小嘴像裂开一般:

"好——,好求——好——,好——求——。"

继续不断地叫着。

"这才是真正的歌。"这女子对我说。

五

"请问,您先生也是东京人么?"

"你看我像东京人么?"

"像不像,我一看就知道——口音先听得出。"

"东京什么地方,你知道么?"

"什么地方么? 东京地方大得厉害! ——总不是商业区吧。大概是住宅区。住宅区的话,大概是曲町吧,是不是? 要不然,是小石川? 再不然,是牛込或者四谷吧?"

"对啊,你很熟悉呢。"

"嗳,我也是东京人呀!"

"怪不得很有气派。"

"嘿嘿嘿嘿。人到这个地方够可怜了!"

"为什么流落到这乡下地方来呢?"

"不错,先生说的是。真是流落! 实在生活不下去了……"

"本来是剃头店老板么?"

"不是老板,是伙计。嗯? 地方么? 地方是在神田松永街。啊哟,猫脑门大的一条龌龊小巷! 先生想必是不会知道的。那地方有一座桥,叫做龙闲桥。嗯？也不知道么？龙闲桥是座有名的桥呢。"

"喂,再擦些肥皂,好不好？痛得很,不行。"

"有点儿痛么？急性子,一定要这么倒剃,非把髭须一根一根地从毛孔里掘出不可。——啊,现在的剃头司务哪里会这样！他们不是剃,简直是摸！再稍忍耐一下吧。"

"一直忍耐到现在了。拜托你,给我擦些热水或者肥皂吧。"

"受不了么？照理不会这样痛。实在是您这髭须留得太长啦。"

剃头司务的手本来狠狠揪住我的面皮,现在只得割爱地放了手,从架上取下一片薄薄的红肥皂,向水里一蘸,便拿过来在我脸上到处乱擦。肥皂擦脸是难得逢到的事。而且蘸这肥皂的水,大概已经放了好几天了。心里实在不敢领教。

既然是剃头店,那么我必须照一照镜子,这是顾客的权利。然而我早就准备放弃这权利。镜子这件东西,倘使造得不平,不能准确照出人的容貌,就不合情理。倘使挂着不平的镜子,而强迫人去照,这个强迫者简直就同拙劣的照相师一样,是故意损坏对方的容貌。铲除虚荣心,也许是修养上的一种办法。然而把实际上比你坏的相貌给你看,说这就是你——这样地侮辱人,倒也可以不必。现在我不得不忍耐地对着镜子,的确是一直在侮辱我。脸向右转,满脸都是鼻子;向左转,嘴咧到耳边;仰起头好像正面望见的压扁了蛤蟆;俯下些,头就像老寿星那么长。在对着这镜子的期间,一个人非兼任各种怪物不可。这镜子里所映出的我的相貌没有美术味道,这一点即使可以容忍,然而这镜子本身,构造笨拙,色彩难看,水银脱落,光线斑驳,总而言之,是一件极丑陋的东西。譬如被一个小人谩骂一顿,谩骂本身并不使人感到什么痛痒,但是倘使强迫你在这小人面前起居坐卧,谁都感到不愉快。

何况这位剃头司务不是普通的剃头司务。起初我从外面望,看见他盘腿坐着,嘴里衔着一支长烟管,对着一面玩具的日英同盟国旗不断地喷烟气,显出没精打采的样子。及至后来我走进门,把头颅交给他的时候,我大吃一惊了:他刮胡子的时候,毫不留情地任意处理,使我怀疑这期间头颅的所有权到底是全都属于剃头司务之手呢,还是我也有份? 即使我的头颅钉牢在肩上,这样一来也不能保持长久。

他挥动剃刀的时候,完全不懂得文明的法则。刮脸的时候嘁嘁作响。剃鬓毛的时候动脉蹦蹦直跳。利刃在腮边闪耀的时候,好像踏着霜棱一般发出奇怪的声音。但是他本人以日本第一的理发师自任。

再说,他是喝醉了。每叫一声先生,有一股奇怪的气味。他常常把一种异样的瓦斯吹进我的鼻孔里来。我常常怕他弄错了把剃刀东闯西撞。这个使用剃刀的人既然没有明确的计划,把脸交给他的我就无法推测了。我已经把自己的脸全都托付他,所以打定主意:如果小小受伤,决不诉苦;然而忽然变了念头:如果切断了我的喉管,可了不得。

"擦肥皂剃,我不习惯。不过先生的髭须真难剃,没有办法。"剃头司务说着,把光溜溜的肥皂向架上一扔。肥皂却不听他的命令,落到了地上。

"先生,我似乎不大看到您呢。您大概是新近到这儿来的吧?"

"两三天以前来的。"

"噢,住在哪里?"

"住在志保田家。"

"噢,是那儿的客人么? 我想大概是这样的。我也实在一向蒙这位老太爷的照顾呢。喏,这位老太爷住在东京的时候,我住在他的附近,所以认识。这个人很好,通达事理。去年老太太死了,现在专在那里弄古董。他的东西都是很名贵的,卖起来值一大笔钱呢。"

"他有一个很漂亮的小姐,是不是?"

"真危险。"

"什么?"

"什么,在您先生面前说说不要紧:她是离了婚回娘家来的呀!"

"哦!"

"事情没有这么简单。她本来是可以不回来的呀。银行倒闭了,不能够再挥霍了,她就回娘家来。这是不通情理的。老太爷在这里的时候,当然没有什么;倘使一朝有三长两短,这局面就僵了!"

"这倒是真的。"

"当然啰。老家里的哥哥同她感情不好的。"

"有老家的么?"

"老家在高地上。您可以去玩玩。那地方风景很好呢。"

"喂,再擦点肥皂,好不好?又痛起来了。"

"您的胡子真会痛。是胡子太硬的缘故。先生的胡子非三天一刮不可。我刮您还嫌痛,到别处刮更要痛呢。"

"那么以后就是三天一刮吧。每天来刮也可以。"

"您预备耽搁这么久么?危险! 还是不要吧。没有好处的。碰得运气不好,受累不浅呢。"

"怎么呢?"

"先生,那位姑娘样子虽然好看,其实是个疯子呢。"

"为什么?"

"为什么,先生,村子里的人都说她是疯子呢。"

"恐怕是弄错了吧。"

"哪里！有证据的！您别多住下去,危险的。"

"我不怕。有什么证据呢?"

"说起来要笑。且慢,您抽一支烟再说。头要洗么?"

"头不必洗吧。"

"光是把头垢弄干净?"

剃头司务就把蓄满污垢的十个指爪老实不客气地并排在我的头盖骨上,开始毫无顾忌地向前后猛烈运动。这每个指爪划开黑发的根部,来来往往,好像巨人的铁耙疾风一般迅速地通过不毛之地。我的头上不知道长着几十万根头发;剃头司务狠命地在我头上搔着,我觉得所有的头发都连根掉落,整个头皮条条肿起,余势通过头盖骨,一直震荡到脑浆里。

"怎么样?很舒服吧!"

"好厉害!"

"嗯?这样一来,谁都觉得痛快呢。"

"脑袋几乎掉下来了。"

"这样疲倦么?完全是天气的关系。春天这家伙一到,教人疲倦得要命。再抽一支烟吧。一个人住在志保田家,寂寞得很。请过来谈谈天。老东京一定要碰到老东京的同乡,说话才能投机。怎么样,那位小姐还出来招待么?完全是一个头脑不清的女人,真没办法。"

"先讲小姐,弄得头垢乱飞,脑袋几乎掉下来了!"

"不错,讲起劲来,简直是讲不完的。——于是乎那个和尚着迷了……"

"和尚?哪一个和尚?"

"观海寺的库房和尚呀。"

"不管库房和尚还是住持和尚,和尚的事你还没有讲起过。"

"唉,我太性急了,不行。这是一个相貌威严而贪色的和尚。先生,这和尚着迷了,后来写了一封情书给她。且慢,是口说的吧? 不对,是情书。的确是情书。这么一来,事情就古怪了。嗯,是这样的,确是这样的。后来,这家伙吓了一跳……"

"谁吓了一跳?"

"那女人呀。"

"那女人收到了情书,吓了一跳?"

"吓了一跳,倒是个好女人了。她并没有吓呀。"

"那么谁吓了一跳?"

"口说的那个人呀。"

"你说不是口说的呢!"

"啊,我太性急,讲错了。是收到了情书呀。"

"那么,还不是那个女人么?"

"不,是那个男人呀。"

"是男人,那么是那个和尚?"

"对啊,是那个和尚呀。"

"和尚为什么吓了一跳呢?"

"为什么,这和尚和老和尚在佛堂里念经,那个女人突然跑了进来,啊唷……真是疯子!"

"跑进来怎么样呢?"

"她说你这样爱我,我们就在菩萨面前一同睡觉吧。突然紧紧搂住了泰安和尚的脖子呀。"

"哈哈。"

"泰安可慌张了。他写情书给这个疯子,招来了意想不到的丢脸,这天晚上就偷偷地逃走,去寻死了。"

"死了?"

"想必是死了。活不下去了。"

"这倒难说。"

"不错,对方是个疯子,死了犯不着,说不定还活在那里。"

"这话非常有趣。"

"别说有趣不有趣,村里的人当作一件大笑话呢。不过她本人根本是发疯的,所以不知羞耻,满不在乎。——哪里,像您先生这样稳重,一点也不要紧;不过对方是这样的人,若过分同她开玩笑,发生了什么事情,倒是不得了的。"

"那么我倒要当心点了,哈哈哈哈。"

带盐味的春风从温暖的海滨习习吹来,懒洋洋地拂动剃头店的门帘。斜着身子从帘下穿过的燕子的影像,不时映在镜子里。对面人家有一个六十来岁的老翁蹲在檐下,默默地剥着贝壳。每当小刀轧轧地一响,一块红色的肉落进竹篓里。那些贝壳闪闪发光,穿过二尺多高的白虹般的水蒸气。贝壳堆积如山,不知是牡蛎壳、马珂贝壳,还是马刀贝壳。有几处塌了下来,落入砂川的水底,离开尘世而埋葬在黑暗的国度里了。埋葬之后,新的贝壳很快地又堆积在柳荫之下。这老翁无暇考虑贝壳的去处,只管把空的贝壳抛向白虹般的水蒸气中。他的竹篓似乎无底,他的春天似乎是无边的闲静。

砂川横在一座一丈来长的小桥下面,春水流向海边。我疑心:春水和海会合的地方,几丈高参差地晒着的渔网,把微温的腥气从网眼里送进吹向村里的软风中。在这些渔网之间,望见蠕蠕蠢动仿佛破刀的东西,这便是海色。

这景色和这剃头司务,很不调和。倘使这剃头司务的性情强烈,给我以和四边风光相抗衡的印象,那么我站在两者之间,一定颇有圆枘方凿之感。幸而这剃头司务不是那样伟大的豪杰。无论是怎样的老东京,无论怎样谈锋锐利,到底和这浑然骀荡的天地的大气象不相协调。鼓簧弄舌,尽情地破坏这情调的剃头司务,早已化作微尘而消散在这怡然的春光中了。所谓矛盾的现象,必须在能力、数量、心情或肉体上都是冰炭不能相容而又位在同等程度上的事情或人物上,才可以看到。两者的距离极度悬隔的时候,这矛盾也许会逐渐支离破灭,反而变成了大势力的一部分而活动。才子会变成大人物的手足而活动,庸人会变成才子的股肱而活动,牛马会变成庸人的心腹而活动,便是这个缘故。现在我的剃头司务,正是以无限的春色为背景而表演一种滑稽剧。他本该是破坏长闲的春色的,却反而使它更丰富了。我仿佛在暮春三月和那无愁的弥次[1]在一起似的。这个极廉价的气焰家,是同充满太平气象的春日最调和的一种色彩。

这样一想,便觉这个剃头司务也是很可入画、很可入诗的人;我本来早可回去了,特地多坐一会,和他海阔天空地闲谈。忽然一个小和尚头从门帘底下钻了进来:

“对不起,给我剃个头。”

这个人身穿一件白棉布衣服,系着同样质料的圆筒带,上面披一件像蚊帐一般粗糙的法衣,是一个很活泼的小和尚。

----

　　[1]　弥次,指十返舍一九所作滑稽小说《东海道中漫游记》的主人之一滑稽人物弥次郎兵卫。

"了念和尚,怎么样?上次在外面耽搁了时光,吃老和尚骂吧?"

"没有,他称赞我。"

"他差你出去办事,你在半路上捉鱼,他还称赞你,说了念真能干,是不是?"

"师父称赞我,说了念不像个小孩子,很会玩,真能干。"

"难怪你头上全是瘤子。这样七高八低的头,剃起来真吃力,要不得! 今天饶了你,下回把你的头重新捏造过再来吧。"

"重新捏造,就要到再高明一点的剃头店里去啦。"

"哈哈哈哈,脑袋坑坑洼洼,嘴可能说会道。"

"你的手艺不强,酒倒很会喝。"

"混账! 你说我的手艺不强?……"

"不是我说的,是师父说的。你不要这样动火。年纪这么大了,不配的。"

"哼,真是胡闹——喂,先生!"

"嗳?"

"和尚们住在很高的石阶上面清闲自在,嘴自然能说会道了。连这个小和尚都口气很大呢。——喂,头向后靠一靠! 叫你向后靠呀! 你不听话,我就砍你一刀! 可要出血呢!"

"你这样乱搞,痛得很呢!"

"这一点都忍不住,怎么能做和尚?"

"和尚已经做成了。"

"还算不得。——喂,小和尚,那个泰安和尚怎么死的?"

"泰安和尚并没死。"

"结果没死? 应该是死了吧。"

"泰安和尚从那天以后发愤起来,到陆前的大梅寺去修行了。现在大概已经变作善知识了。这是一件好事。"

"有什么好?无论什么和尚,夜里逃走总不是好事。你也得小心,因为坏事总是为了女人。——说起女人,那个女疯子还是常到老和尚那里去么?"

"我没听说过女疯子。"

"你这个不懂事的烧火和尚!我问你她去不去。"

"女疯子没有来,志保田家的小姐是来的。"

"光靠和尚祈祷,无论如何病不会好。这完全是以前的丈夫在那里作怪。"

"那位小姐是一个了不起的女人,师父常常称赞她。"

"一上石阶,什么事情都颠倒了。真不得了!无论老和尚怎么说,疯子还是疯子!——好,剃好了。快点走,去挨老和尚骂吧。"

"不,再玩一会儿,好让他称赞我。"

"随便你吧。你这嘴不让人的小鬼!"

"呸,你这个干屎橛!"

"你说什么?"

青色的头已经钻出门帘,逍遥在春风中了。

六

傍晚独坐在小桌面前。格子窗和房门都开着。这里住宿的人不多,房子又很宽广。我所住的房间,和很少几个人活动的地方隔着几曲走廊,因此全无一点人声来打扰思索。今天更加寂静。主人、女儿、女仆、男仆,似乎都在不知不觉之间把我一人留在这里而退避了。所谓退避,不是迟避到普通的地方,是退避到霞之国、云之国里去了吧。我想,或者他们是乘桴浮海,舵也懒得把,听其所止地向云水不分的地方漂流,漂到了白帆与云水难于分辨的境域,结果退避到了帆和云水全无差别的很远的地方吧。不然,他们是突然消失在春光里,过去的四大现在变成了眼睛看不见的灵氛,借显微镜之力来向广大的天地之间寻找,也找不出一点残留的痕迹吧。或者,化作了云雀,叫尽了菜花的金黄色之后,飞往深紫色的暧暧的暮云中去了,亦未可知。或者,化作了花虻,辛辛苦苦地送尽了悠长的春日,吸尽了凝结在花蕊中的甘露之后,隐伏在落花的山茶树下甜蜜地长眠了,亦未可知。总而言之寂静极了。

　　春风空自吹过空洞的房子,既不是对欢迎者的感谢,也不是对拒绝者的埋怨。它自去自来,完全是公平的宇宙的意志。我两手托着下颚坐着,我的心像我所住的房间一样空洞;春风也就不招自来,不留自去了。

　　想起了脚踏着的是地,会担心它裂开来;想起了头戴着的是天,会怕闪电击碎天灵骨。如不和人相争,一分钟也不能存在——尘世逼人如此,所以人生不免现世之苦。住在有东西之分的天地中而走着利害得失之路,你所爱的,正是你的仇敌。眼睛看得见的财富是粪土。争名夺誉,犹如狡猾的蜜蜂看见了甘蜜,而舍弃自己的针刺。所谓欢乐,都是执着于物而生的,所以会有一切苦痛。只有诗人和画客,才能充分咀嚼这相对世界的精华,而会得彻骨的清趣。餐霞饮露,品紫评红,至死不悔。他们的欢乐是不执着于物的,而是与物同化的。完全变成了物的时候,找遍了茫茫天地之间,也找不到建立此我之余地,于是自在地抛开俗虑,盛无限青岚于破笠之中。我之所以特地想出这境界,并非好高立异,欲以恫吓市井铜臭儿,只是陈述此中福音,借以招徕有缘众生而已。质言之,所谓诗境,所谓画界,都是人人具备之道。即使是阅尽春秋、白首呻吟之徒,当他回顾一生,顺次检点荣枯盛衰的时候,他的臭皮囊中一定也会发出微光,浑忘自身,为感兴而拍手叫绝吧。倘说不会,这人便是没有生活价值的人。

然而仅就二事,仅化作一物,不能称为诗人的感兴。例如有时化作一瓣花,有时化作一双蝴蝶,或者像威至威士[1]那样化作一团水仙花,心神荡漾于微风中,是常有的事。然而另有一种状态:有时我的心被不知不识的四周风光所占夺,而不能明了地意识到占夺我心的是什么东西。有的人说,这是接触着天地的耿气。有的人说,这是在灵台方寸中听取无弦的琴。又有的人也许要这样地形容:因为难知难解,所以回旋于无限之域,彷徨于缥缈之衢。无论怎样说法,都是各人的自由。我靠在红木桌上时的浑然的心情状态,正是如此。

我明明是一点事情也不思考,又的确是一点东西也没看见。我的意识舞台上没有表出明显的色彩而活动着的东西,所以我不能说是与某物同化。然而我动着,也不是在世界里面动,也不是在世界外面动,只是不知不识地动着。既不是为花而动,也不是为鸟而动,更不是为人而动,只是恍恍惚惚地动着。

倘使强要我说明,我要这样说:我的心只和春一同动着。我要这样说:把所有的春色、春风、春景、春声合在一起,炼成仙丹,再把它溶解在蓬莱的灵液中,蒸发在桃源的日光中,使它变成精气,在不知不觉之间沁入我的毛孔,我的心就不知不觉地完全饱和了。普通的同化都有刺激。

---

〔1〕　威至威士,指 Willian Wordsworth(1770—1850),现通译作华兹华斯,为英国浪漫诗人。夏目漱石学生时代便很喜欢这位诗人,《水仙》是他的诗作。

有了刺激,就有愉快之感。我的同化呢,因为不知道和什么东西同化,所以毫无刺激。因为没有刺激,所以有一种窃然难于名状的乐趣。这情况和掀风作浪、轻薄骚扰者不同。这可比方作在深不可测的底里从大陆动向大陆的汪洋的沧海的光景。虽然没有沧海那样的活力,却反而有幸福之感。对于伟大活力的发现,不免担心这活力有告罄的时候。而恒常的姿态中并没有这种悬念。我现在心中的状态,此恒常更淡,不但没有活力告罄之忧,并且脱却恒常的心的无可无不可的凡境。所谓淡,只是难于捉摸的意思,并不含有过弱之忧。诗人所谓冲融,所谓淡荡,最适切地道破了这境地。

我想:用画来表现这境地,怎么样呢?然而我确定用普通的画是绝不成功的。世俗所称为画者,只不过是眼前人事风光的原有的姿态,或者是这姿态漉过我的审美之眼而被移写于画绢上的东西。人们以为花只要像花,水只要像水,人物只要像人物地表现,画的能事就完毕了。然而倘能由此更进一步,就可在我所看到的物象上添加我所感到的情趣而在画布上淋漓生动地描写。把某种特殊的感兴寄托在自己所捉住的森罗现象中,便是这种艺术家的意图。所以他们认为倘不把自己对物象的观感明了地发挥在笔端,不能称为作画。我自己对某种事物作某种看法,有某种感想;这种看法和感想都不依附在前人的篱下,都不受古来传说的支配,而能表现最正确最美丽的观感——若非这样的作品,不敢称为我自己的创作。

这两种制作家,也许有主客深浅之区别;但在有待于明了的外界刺激始能下手的一点上,双方是共通的。然而现在我所想画的题目,并不那么分明。我是鼓舞所有的一切感觉而在心外觅得这画题的,所以形状的或方或圆和色彩的或红或绿自不必说,就是阴影的浓淡和线条的粗细,也难于看出。我的感觉不是从外来的;即使是从外来的,也不是存在于我视界中的一定的景物,所以不能明白地指出缘由来告诉人。我所感到的只是一种心情。怎样表现这心情,才能成为一幅画?不,借何种具体事物来表现这心情,庶几能够获得观者的首肯?这是问题。

普通的画,虽然没有情感,只要有物象,就成功了。第二种画,只要物象和感情并存,就成功了。至于这第三种画,因为存在的只有心情,所以必须选择切合于这心情的对象。然而这对象不是容易找到的。即使找到了,也不是容易构成画的。即使构成了,说不定和存在于自然界的景物完全异趣。因此普通人看了,不能承认它是一幅画。即使作这幅画的本人,也不承认它是自然界的局部的再现,只要能够传达几分当时的心情,表现几分惝恍的生趣,就认为大成功了。从古以来,有没有在这困难事业上收获全功的画家,不得而知。倘要指出能在某种程度上染指此流派的作风,其唯文与可[1]的画竹吧。其次,是云谷[2]门下的山水。等而下之,还有大雅堂[3]的风景,芜村的人物。至于泰西的画家,大都着眼于具象世界,大多数人不能倾倒于神往的气韵,因此有几人能在此种笔墨上传达神韵,不得而知。

可惜雪舟[4]、芜村等所努力表出的一种气韵,过于单纯,又过于缺乏变化。就笔力而言,此等大家确是高不可及;然而我现在所欲画出的心情,却比他们的稍稍复杂。正因为复杂,故难将此心情收在一幅画中。

---

〔1〕　文同,字与可,是我国宋朝画家,以画竹著名。

〔2〕　云谷等颜是日本桃山时代的画家。云谷派之祖,以雪舟为法。

〔3〕　大雅堂是池大雅的号。日本江户时代南宗画的大家。

〔4〕　雪舟,即小田等杨。日本室町时代后期的画僧。曾来中国学佛及水墨画。为日本水墨画的中心人物。

我两手不再支颐，两臂相抱伏在桌上，仔细思索，还是想不出来。必须在形状、色彩、明暗布置成就的时候好像自己的心忽然认识了自己，不禁叫出："唉，原来在此！"好比找寻久别的亲生子，跑遍了六十余州而空手还乡；正在寤寐不忘之间，忽然有一天在十字街头偶然碰见，在迅雷不及掩耳的瞬间叫道："啊，原来在此！"——必须这样才行。这是难能的。但能如此，别人看了无论怎样说，都不在乎。即使被骂为不是画，也不怨恨。但求色彩配合能代表此心情之一部分，线条构成能传达此心情之若干分，全体布局能在某程度内显示此种风韵，那么形状所表出的是牛也好，是马也好，甚至非牛非马也好，什么都好。什么都好，然而画不出来。我把写生册放在桌上，两眼盯着它，仔细考虑，然而一无所得。

我放下铅笔，想道：要把这样抽象的情趣描成绘画，到底是错误的。人究竟不是相差很多的，故在多数人之中，一定也有人怀着和我同样的感兴，而设法用某种手段来把这感兴永久化。既然有人设法，那么这手段是什么呢？

忽然"音乐"两个字赫然映入我的眼中。对啊，音乐正是在这种时候为这种必要所逼迫而产生的自然之声。音乐是应该学、应该听的，现在我才注意到；但不幸得很，我在这方面完全是外行。

其次，我踏进第三个领域去看：把它写成诗行不行呢？记得有一个叫做莱辛[1]的人，他认为：以时间经过为条件而发生的事件，是诗的领域；他认为诗和画根本两样而不相一致。这样看来，现在我所企图发表的境界，到底是诗所不能表现的。在我感到欢喜时的心理状态中，也许含有时间经过；然而没有可以随着时间经过而次第展开的事件内容。我

---

[1]　莱辛（Gotthold Ephraim Lessing）是十八世纪德国戏剧家及诗人。

并不是为了甲去乙来、乙灭丙生而感到欢喜。我从当初就是窃然地把握了同一瞬间的情趣而感到欢喜的。既然是把握同一瞬间的，那么翻译为普通言语的时候，就没有在时间上安排材料的必要，还是只要同绘画一样在空间中配置景物就好了。问题只在于把怎样的情景取入诗中而写出这廓然无所依附构的情况；既经把握了这一点，即使不依照莱辛的说法，也可以成为一首诗。荷马怎么样，味吉尔[1]怎么样，都可以不管。我想：如果诗是适宜于表现一种心境的，那么即使不借助于受时间限制而顺次进展的事件，只要单纯地具备空间的绘画的要点，这心境也可以用言语来写出。

议论无论怎样都可以。我大概已经忘记了《拉奥孔》[2]之类的书，所以仔细检点起来，也许我这方面有些不妥。总之，画是作不成了，想作作诗看，就把铅笔对准写生册上，把身体向前后摇摆。满望铅笔尖运动起来，然而它一动也不动。好比一时忘记了朋友的姓名，这姓名就在咽喉边，然而急切说不出来。这时候心中念头一断，这个难于出口的姓名终于沉到腹底去了。

调葛粉汤的时候，最初筷子的动作疙疙瘩瘩，不能得心应手。忍耐了一会，渐渐有了黏性，就觉得搅的时候筷头上重起来了。不管它重，一刻不停地搅着，到后来就搅不动了。结果锅子里的葛粉就不需你去捞取，会争着附到筷子上来。作诗正是如此。

没有端绪的铅笔微微地动起来，渐渐得势，过了二三十分钟，写出了六句：

---

〔1〕　味吉尔（Vingil）是公元前一世纪的罗马诗人。

〔2〕　《拉奥孔》（*Laokoon*）是莱辛的艺术论集。

青春二三月,愁随芳草长。

闲花落空庭,素琴横虚堂。

蟏蛸挂不动,篆烟绕竹梁。[1]

试读一遍,都是可以作画的句子。我想,早知如此,当初就作画好了。但不知什么缘故,觉得作诗比作画容易。作到了这里,以下似乎没有什么大困难了。我想在下面咏出绘画所不能表现的情况。反复思索之后,终于写成了:

独坐无只语,方寸认微光。

人间徒多事,此境孰可忘。

会得一日静,正知百年忙。

遐怀寄何处,缅邈白云乡。[2]

再从头读一遍,觉得有点趣味;然而说是描写我刚才所体验的神境,终觉得索然不足。我想乘便再作一首。握着铅笔,无意中举目向门口一望,看见一个窈窕的人影在打开的门的三尺阔的空间中倏忽闪过。真怪呀!

我抬起头来看门口的时候,这艳丽的人影已经一半被门遮住了。然而在我没有看到以前,这人影似乎已经在那里动,我注意的时候已经过去了。我放弃了诗,看着门口。

不到一分钟,那人影又从反对的方向出现了。在对面楼上的走廊

---

　〔1〕　都是汉诗,这里照样抄录,并非翻译。

　〔2〕　都是汉诗,这里照样抄录,并非翻译。

里,一个长袖女郎默默无声地步行着。我手里的铅笔不觉掉落,鼻子里刚吸进的一口气也屏在胸中。

春阴时时刻刻地湿起来,天色向晚,就要下雨的样子。在栏杆边悠闲地走去、悠闲地走来的长袖倩影,和我隔着一个三四丈宽阔的庭院,在迷离的空气中飘然地出现,飘然地消失着。

这女子一句话也不说,眼睛也不向旁边看。她静悄悄地步行着,连衣裾声也听不见一点。腰以下的衣裾上的彩色花纹什么颜色,太远了,看不清楚,只看见素地和花纹之间模模糊糊,仿佛夜和昼的境界。这女子原是在夜和昼的境界上步行。

她穿着这长袖服装准备在长廊中来往多少次,我不知道。她从几时开始穿了这不可思议的服装而作这不可思议的散步,我不知道。至于她的用意何在,我当然不知道。这人影这样端正、这样静肃、这样安详地反复着全然不可知道的行动,而在门口忽隐忽现,忽现忽隐,使我发生一种异样的感觉。倘说这行动是诉说春去之恨,为什么这样地漫不经心? 倘说是漫不经心的行动,为什么打扮得这样艳丽?

在门外的春日傍晚的缥缈朦胧的暮色中,她的衣带特别触目,大概是织金吧。这鲜丽的织物往还于苍茫的暮色之中,正在向幽阒辽阔的彼方逐渐消逝,很像黎明前的灿烂的春星逐渐陷入紫色的太空深处。

太玄之门自动敞开,要把这艳丽的娇姿吸入幽冥之府的时候,我发生了这样的感觉:穿着这套服装,正宜在画屏银烛之间欢度千金一刻的春宵,现在却毫无怨色,绝不计较地逐渐离开这色相世界而去,在某一点上看来是超自然的情景。通过了越来越黑的暮色望去,似乎觉得这女子全无焦灼狼狈之色,一直在同一地方用同一步调从容地徘徊着。倘使她不知道将有切身的灾难,可谓天真之极。倘使知道而不当作灾难,那是凄惨之至了。大概她知道黑暗之处是她的本宅,这昙花一现的幻影应该收回到原来的冥漠中去,所以装着这样闲静的态度,而逍遥于若有若无之间吧。到了长袖衫华丽的花纹完全消失,而一切同归于尽的时候,便是她的本来面目了。

我还有这样的感想:一个美丽的人可爱地睡着,等不得醒觉,就在睡梦中与世长辞;这时候在枕边看护他的我们,心中一定很难过吧。如果百苦交加才死,在没有生的价值的本人自不必说,在旁边看护他的亲人恐怕也会觉得杀了他反而慈悲吧。然而倘是一个安静地睡着的孩子,他有什么该死的罪过呢?在他睡眠中带他到冥府去,犹之在他不提防死的期间攻其不备,突然结果一条可惜的性命。倘使决定要杀他了,那么总得让他知道不可逃避的命运,使他死心塌地,念几声佛。在应死的条件没有具备之前死的事实显然地确定起来的时候,旁人倘使还念得出南无阿弥陀佛和回向偈,那么,这便是硬用这念声来把一只脚已经跨进阴间的人唤回来。在从暂时的睡眠不知不觉地移向长眠的本人看来,也许认为唤他回来是无理地要他重尝正在解脱的烦恼,反而觉得苦痛;也许他在心中想道:大慈大悲!请不要唤我回来!让我安静地睡去吧!然而我们还是要唤他回来。我想,这女人倘再在门口出现,这回我要叫唤她,把她从梦幻中救出。然而一看到像梦一样通过这三尺阔的空间的人影,不知为什么又说不出话来。我下个决心这回一定叫她,然而这时她又倏忽走过了。我正想,我为什么一声不响呢?这时她又走过了。看她的样子似乎全没有注意到这里有人在窥视她,而且何等替她着急。不管你何等操心,不管你何等懊恼,她似乎根本没有理会我这个人。我想,这回一定叫她,这回一定叫她;这期间忍耐不住的层云已经撒下一天绵绵细雨,把这女子的倩影悄悄地收拾去了。

七

　　天冷。拿了毛巾,到下面去洗澡。

　　把衣服脱在三铺席的小房间里,走下四步石阶,来到八铺席大的浴室里。这地方大概出产石材,浴场底下都铺花岗石,中央凿出一个四尺来深的浴池,好像豆腐店里的汤槽。虽说像槽,但也是用石头砌成的。既然称为矿泉,想必含有各种成分;然而颜色透明,入浴的时候感觉快适。我不时把水含在嘴里,觉不出有什么特别的气味。听说这矿泉可以治病,然而我没有细问,不知道可治什么病。我本没有什么宿疾,并没想过它的实用价值。每次入浴时所想起的,只是白乐天的"温泉水滑洗凝脂"的诗句。我每逢听见温泉一词,必然感到这诗句所表现的愉快心情。我认为不能使人感到这种心情的温泉,完全没有温泉的价值。除这理想以外,我对温泉全无别的希望。

　　把身体浸下去,浸到胸口。不知泉水从哪里涌出,常常溢到槽边。春天的石头没有干的时刻,经常湿润,脚踏上去温暖舒适。凄凉春夜,细雨无声。只有檐前雨滴渐渐繁密的时候,发出了滴答滴答的音响。浴室里水汽漫天匝地,似乎只要有一点细小间隙便要钻出去的样子。

　　我这个无常的身体曾经寄托在秋雾凄凉、春云暧暧、炊烟缕缕、暮霭青青的广大的空间中,各种情景各有其趣,而春夜温泉的水汽别有风味:它温柔地围着浴者的肌肤,使我疑心自己是古代人。它并不浓重地包围你,使得你张目不见一物,然而又不是打破一重薄纱就很容易看到自己是一个凡人那样的浅薄。似乎打破一重,打破两重,打破好几重,也不能从这水汽里钻出来,我好像被埋葬在从四面八方拥集来的温暖的霓虹之中。"醉酒"一词是有的,然而不会听见过"醉烟"。即使有,也不能称作醉雾;说是醉霞,又稍嫌过火;只有在霭字上冠以春宵二字,方为妥当。

我把仰起的头搭在汤槽边上,在清澈的浴汤中把轻飘飘的身体努力漂向没有抵抗力的地方。我的魂魄像水母一般荡漾着。人在世上如果也有这样感觉,那真是快乐了。是非的锁打开了,执着的门闩拔掉了。任凭怎样,都不计较,在温泉中与温泉同化了。在流水中生活毫无苦痛。倘使灵魂都能流去,比做基督的门徒更为难得。不错,这样想来,土佐卫门[1]是风流的。记得斯文本[2]曾经在一首诗里描写一个女子在水底死去的欢喜。我平生所认为苦痛的、米蕾所画的奥菲莉亚,这样地观察起来也是非常美丽的。我以前一直怀疑他为什么选择这样不愉快的题材,现在一想,这的确也是可以入画的。浮在水面上,或者沉在水底里,或者若沉若浮,只要是毫无苦痛地流着的神情,一定是美的。两岸点缀着各色各样的花草,倘能同水的色彩、流着的人的脸色及衣服的颜色充分调和,一定可以成功一幅画。然而倘使流着的人的表情完全和颜悦色,这就近于神话或寓言了。画成痉挛苦闷之相,固然破坏了全幅画的精神;然而画成丝毫没有痛苦,也不能写出人情。那么画成怎样的相貌才能成功呢?米蕾的奥菲莉亚也许是成功的;但他的精神是否和我的一样,还是疑问。米蕾是米蕾,我是我,我尽可用我的趣味来描绘一个风流的土佐卫门。然而我所理想的面容也不容易浮现到心头来。

我把身体漂在浴汤里,试作土佐卫门的赞词:

---

〔1〕　日本古代有一个力士,名叫土佐卫门,身体白皙而肥大。东京人就用他来比拟溺死的人。东京方言称溺死者为土佐卫门。

〔2〕　斯文本(Swinburne)是十九世纪英国诗人。

雨打则湿；霜降则冷；

泉壤之下，阴暗幽冥。

浮则波上，沉则波底，

春水溶溶，了无苦趣。

我低声诵读这赞词，漫然漂在水中，忽然听见不知什么地方传来三弦的声音。我被人称为美术家犹且惶恐；讲到关于这乐器的知识，实在见笑得很，管你移宫换羽，我的耳朵不大受什么影响。然而在这幽静的春夜中，雨声都能助兴，何况在这山村的浴场里把灵魂都漂浮在春天的温泉中，而不负责任地远听三弦声，岂非一大乐事！因为距离远，当然听不出唱的是什么歌，弹的是什么曲。但有一种情趣。从音色的稳定上推察，大概是京阪地方的盲官弹谣曲用的大三弦吧。

我童年时代，我家对面有一个酒馆，叫做万屋。这酒馆里有一位姑娘，叫做仓姐。这仓姐每当岑寂的春日的下午，总要练习谣曲。她一开始练习，我就走出庭中去听。我们的庭院前面有十坪多的茶田，客堂东首有三株松树并立着。这些松树的干周围约有一尺，三株相依，才形成富有趣致的姿态。我童年时代每逢看到这三株松树，心里总觉得很舒服。松树底下有一个生了锈的铁灯笼装在一块奇形的红石头上，无论什么时候望去，总像一个不通情理的顽固老头子巍然独坐的样子。我最喜欢看这铁灯笼。灯笼的前后，无名的春草从青苔地里长出来，不顾尘世的风色，自得其乐地欣欣向荣。我那时候总是向这草地里去找一处容膝之所，盘腿而坐。在这三株松树下面眺望着这灯笼，闻着这些草的香气，而远远地听赏仓姐的谣曲，是我当时的日课。

现在仓姐早已过了垂髫之年，恐怕已经把通达家事的脸抛露在账桌上了。她对夫婿是否融洽，不得而知。燕子是否年年归来殷勤衔泥，也不得而知。燕子和酒香，无论如何不能从我的想象上分离。

不知三株美好的松树是否无恙。铁灯笼一定已经损坏了。春草是否记得从前盘腿而坐的人呢？当时尚且默默无言，现在不会认识我吧。仓姐每天唱的"旅人身穿避露衣"，我也记不清楚了。

三弦的声音不期地在我眼前展开了一幅全景。我站在可亲的过去面前，回到二十年前的往昔，完全变成了一个天真小儿的时候，浴室的门突然开了。

我想，有人来了，我的身体仍旧漂在水上，仅把视线转向门口。我的头搭在离门最远的汤槽边上，所以从门口走下槽来的石阶相隔两丈而斜映入我的眼中。然而我一点东西也没有看见，一时只听见绕檐的雨滴声。三弦声已经在不知什么时候停止了。

忽然石阶上有一种东西出现了。照明这个宽广的浴室的，只有一只小小的挂灯，所以隔着这距离望去，即使空气澄清，也难于辨别物象。何况水汽弥漫，像毛毛雨一样，是谁走进今宵这个模糊难辨的浴室里来，当然难于确定。跨下第一步，跨下第二步，不到灯光正面照着的时候，我不能说出这是男人还是女人。

但见黑黝黝的东西向下移动一步。踏着的石头看去像天鹅绒一般柔润，若凭脚声判断，不妨说这人是不动的。然而轮廓渐渐浮现出来。我是画家，对于人体的骨骼，视觉特别锐敏。当这莫名其妙的形象一点一点移动的时候，我就晓得除我而外又有一个女人进到这浴室里了。

我漂在水里有心无心地考虑着的时候，女人的影子早已全部出现在我跟前。弥漫的水汽每一滴都映着柔和的光线。在这淡红色的温暖的水汽的深处，女人的乌黑的头发像云雾一样缭绕，尽量伸直了身体站了起来。我看到这姿态的时候,脑子里的礼仪、规矩、风化等等全都消除,只觉得找到了一个美丽的画题。

且不说古代希腊的雕刻。我每次看到现代法国画家相依为命的裸体画,觉得显然有过分尽情写出露骨的肉体美的痕迹,因而缺乏气韵——我一直认为这是一大憾事。然而每次看到的时候,只是笼统地评定它是下品;为什么是下品,却不知道。因为不得解答,一直烦闷到今天。若把肉体遮蔽,美就隐没了。如不遮蔽,就变成卑下。现今所谓裸体画,只是在不遮蔽的卑下这 点上用功夫。仅把剥脱衣裳的姿态照样画出,他们似乎还不满足,更要变本加厉非把裸体拿到衣冠世界来不可。他们忘记了穿衣裳是人之常态,而想把一切权能归于裸体。做到十分已经够了,他们一定要做到十二分,十五分,以至无穷,一味强烈地描出裸体之感。技巧达到极端的时候,强迫观者看,观者就鄙视。美的东西,倘使过分苦心苦思地力求其美,这美的东西往往反而减色。有一句处世格言"满招损",就是这个意思。

无心和稚气表示余裕。余裕在画中、在诗中,以及在文章中都是必要条件。现代艺术的一大弊害,是"文明潮流"无理地驱使艺术之士,使他们到处作卑鄙龌龊的表现。裸体画正是一个好例。都会里有一种女人叫作艺妓,是以卖色媚人为业的。她们接见嫖客的时候,除了注意自己的姿色怎样映入对方的眼里以外,不能发挥任何表情。年年开幕的沙龙[1]的目录中,充满着类似这种艺妓的裸体美人。这些裸体美人不但一秒钟也不能忘记自己的裸体,并且全身筋肉使足劲头,拼命想把自己

---

〔1〕 沙龙(salon)是巴黎每年开一次的美术展览会的名称。此字原文是客厅之意。因为这展览会最初是在富贵之家的客厅里开的,故沿用这名称。

的裸体给观者看。

　　现在亭亭出现在我面前的姿态中，绝无此种卑鄙碍目的样子。倘若只是脱却了常人所穿的衣裳，这就已经堕入人界了。但现在的她是十分自然的，好似从云间唤出来的根本没有穿过衣裳、根本不知道有舞袖歌衫的原始人的姿态。

　　弥漫在浴室里的水汽，弥漫之后又不绝地涌上来，使得这盏春灯变成半透明；在整个浴室的动摇不定的虹霓世界中朦胧地显成黑色的头发就模糊起来；雪白的身体从云雾之下渐次浮现出来。试看这轮廓线：

　　项颈部分，从左右双方轻轻地向里弯进，毫不费力地向两方分开，斜斜地描出两肩；再在肩头缓缓地打个弯，然后向下直到手部，分作五根手指。隆起的乳房以下暂成波状而弯进，又圆滑地突出来，妥帖地描出丰满的下腹。涨势向后，在势尽之处分开，为了保持平衡，稍向前倾。到了膝部，一直向下，蜿蜒地达到脚踵，变成水平的脚底，一切纠葛就在这里结束。世间没有这样错综复杂的配合，也没有这样调和统一的配合。这样自然、这样柔和、这样少抵抗、这样不费力的轮廓线，世上绝不能找到。

　　然而这姿态不是像普通的裸体一般露骨地突出在我眼前的。只是在一种幽玄的灵氛中依稀看到，但觉圆满具足的美隐约地闪现在眼前而已。好比点片鳞于淋漓泼墨之间，使人在纸笔之外想象虬龙的奇姿，用艺术的眼光看来，空气、暧昧、神情都充分具备，无可批评。把六六三十六片龙鳞一一仔细描写，是可笑的画法；可知赤裸裸的肉体必须远看，才有神往的余韵。我眺望这轮廓时，把它看作逃出月宫的嫦娥被彩虹这个追捕者包围时踌躇着的姿态。

　　这轮廓渐次变白而浮现出来。我想：如果再进一步，可怜这嫦娥就要堕落尘世了。正在这刹那间，绿云似的头发像戏水灵龟的尾巴一般飘动起来,雪白的身子冲出涡卷的烟雾飞上石阶。只听"呵呵呵呵"尖锐的女人笑声在廊下响出,就离开幽静的浴场而渐渐远去了。我骨碌地含进一口泉水,站在汤槽里。动荡的水波没到我的胸前。溢出槽边的温泉沙沙地响。

八

主人请我喝茶。同座有一个僧人,是观海寺里的和尚,名叫大彻。还有一个俗家人,是一个二十四五岁的青年。

老翁的房间位在我的房间的走廊右端向左转弯的尽头处。约有六铺席大小。中央放着一张很大的紫檀桌子,因此比想象的狭窄。他请我坐,我一看,铺的不是坐垫,却是一条花毯,当然是中国制的。花毯中央有一个六角形的框子,框子里织出奇妙的亭台楼阁和奇妙的杨柳树。周围是近于铁色的蓝地子,四只角上是装饰着兰草花样的茶花图案。这花毯在中国是不是客间里用的,不得而知;然而这样铺起来,当作坐垫用,倒很有趣。印度的花布和波斯的壁帷,好处在于古拙;这花毯则趣味在于大方。不仅花毯而已,凡是中国的器什,都有这特色。这只有戆直而气度悠闲的人种才能创造出来。这种东西令人看了感到一种尊严之趣。日本人用扒手的态度制造美术品。西洋的东西大而精细,处处不脱俗气,毫无可取。我这样想,然后就席。那个青年和我并坐,占了半条花毯。

和尚坐在一张虎皮上。虎的尾巴通过我的膝旁,虎头铺在老翁的臀部底下。老翁头顶光秃,而白须丛生,好像把头上的毛发统统拔下移植在两颊和下巴上一般。他仔细地把茶托上的茶碗并排在桌子上。

"好久不见了,今天家里有一位客人,就邀大家来喝茶……"老翁向和尚说。

"啊,多谢多谢!我也好久不来拜访了,这两天正想要来呢。"和尚说。这和尚约近六十岁,面孔团团,好像简笔的达摩像。看来平时和老翁很亲近。他问:

"这位是客人么?"

老翁点点头,同时拿一把红泥的小茶壶,把带绿的琥珀色玉液在每一个茶碗里滴两三点。一股清香之气轻轻飘进我的鼻孔里。

"一个人在这乡下地方,很寂寞吧。"和尚就同我讲话了。

"暧暧。"我说了一句不得要领的答语。如果回答他说寂寞,变成说谎。如果回答他说不寂寞,就需要很长的解释。

"哪里,老法师。这位先生是来画画的,所以很忙呢。"

"啊,原来如此!那很好。也是南宗派么?"

"不是。"这回我明确地回答了。但说西洋画,恐怕这和尚未必懂得。

"不是,是西洋画。"老翁以主人的身份,代我回答了下半句。

"啊啊,是洋画么?那么就是久一君搞的那种画么?我最近初次看到,画得很漂亮呢!"

"哪里!画得不行。"青年到这时候才开口。

"你请老法师看过了么?"老翁问青年。从说话上看来,从态度上看来,大概他们是亲人。

"不,不是特地请老法师看的,我在镜池上写生的时候被他看到了。"

"噢!——来,茶已经倒好了,请喝一杯!"老翁把茶碗放在每个人面前。茶的分量不过三四滴,而茶碗很大。青灰色的地子上,画满暗红和淡黄色的花纹,不知是画,还是图案,还是画的鬼脸,看不清楚,画得并不好。

"这是杢兵卫[1]的作品。"老翁简单地解释。

"这倒很有意思。"我也简单地称赞。

"杢兵卫的作品假的很多,这是真的。请看看碗底上,有款识呢。"

我拿起茶碗,向着格子窗看。格子窗上暖洋洋地映着盆栽兰叶的影子。我弯过头来,仔细一瞧,看见杢字很小。款识在鉴赏上并非那么重要,但是爱好者很注意这一点。我未放下茶碗,就把它拿到嘴边。用舌尖一滴一滴地品尝这甘而且浓、温度适中的琼浆,乃是闲人的韵事。普通人都以为茶是喝的,这就错了。应该把茶放在舌尖上,让它清香四散,几乎不往下咽,只是一种馥郁的气息从食道沁入胃中。倘用牙齿,那就卑鄙了。水则太轻,玉露则太浓,这是一种脱却淡水的境地而不使口颚感到疲劳的柔和而良好的饮料。倘使有人诉苦说吃了茶睡不着,我要劝他:即使不睡也该吃茶。

这期间老翁拿出一只青玉的果盘来。大块玉石,雕斫得如此之薄,形状也很正确,我觉得这匠人的手艺实在可惊。拿起一照,春天的光影射进整个玉盘中,大有一经照射,无路可以逃出之感。这玉盘里最好什么东西也不盛。

"客人赞赏青瓷,所以我今天拿一点出来看看。"

"什么青瓷? 噢,就是那只果盘么? 那个东西我也喜欢。——请教先生,西洋画可以画纸裱门么? 如果可以,我倒想请您画呢。"

要画,也并非不可;但不知这和尚能否中意。如果特地辛辛苦苦替他画了,他倒说西洋画要不得,岂非白白辛苦么?

---

[1]　杢兵卫是日本古代有名的瓷器制作者。

"画纸裱门不相宜吧。"

"恐怕是不相宜的。像最近久一君画的那种画,也许太华丽了些。"

"我的要不得。那完全是玩玩的。"青年一味谦逊,表示难为情的样子。

"刚才说的那个什么池,在什么地方?"我为仔细起见,向青年探问。

"在观海寺里面的山谷里,是一个幽静的地方。——我是因为在学校里的时候学过画,所以无聊起来拿它玩玩罢了。"

"观海寺在……"

"观海寺就是我住的地方。这地方很好,望下去海景全部在目。——您在这里耽搁的期间,哪天请过来玩玩。很近,从这里去不过五六町路。喏,从那边的走廊上可以望见寺院前的石阶。"

"哪天我来打扰,好不好?"

"当然欢迎。我总在家。这里的小姐也常常来。——说起小姐,今天那美小姐为什么不见? 她到哪里去了,老先生?"

"不知道跑到哪里去了。久一,有没有到你那里去?"

"没有,没看见她来。"

"大概又是一个人去散步了。哈哈哈哈。那美小姐很能走路。前几天我为了佛事到砺井去,走到姿见桥旁边,望见一个人很像那美小姐,一看果然是她。她把衣裾掖在腰里,脚上穿着一双草鞋,看见了我就说:'老法师慢吞吞地到哪里去?'我倒吓了一跳,哈哈哈哈。我就问她:'你这样打扮,到底是到哪去?'她说:'我去采芹菜回来,送一点给老法师吧,'就急忙把带泥的芹菜往我的袖子里塞,哈哈哈哈哈。"

"真是……"老翁苦笑一下,立刻站起来说,"这件东西倒要请您看看呢。"话头又转向器皿上去了。

老翁恭恭敬敬地从紫檀书架上取下一只花缎制的旧袋,里面装着沉甸甸的东西。

"老法师,这件东西您看见过么?"

"什么东西?"

"砚台。"

"噢,什么样的砚台?"

"据说是山阳珍藏的……"

"这倒不曾见过。"

"盖子是春水[1]换的……"

"这倒不曾见过。让我看看。"

老翁郑重其事地解开这花缎袋的口,一块暗红色的方形石头露出棱角来。

"颜色真好! 是端溪石么?"

"是端溪石,有九个鸲鹆眼[2]。"

"有九个?"和尚大为感动的样子。

"这是春水换的盖子。"老翁把一个罩绫子的薄盖给他看,盖上有春水写的七言绝句。

"对啦,春水写得好。不过书法还是杏坪擅长。"

"到底杏坪擅长。"

"山阳的书法最差。虽是个才子,总归带些俗气,实在没有意思。"

---

〔1〕　赖山阳之父名春水,儒者。其叔杏坪,汉诗人。

〔2〕　鸲鹆眼是石上的圆形斑点,如鸲鹆之眼,故名。宋苏易简著《交房四谱》云:"端溪石为砚至妙,山绝顶者尤润,如猪肝色者佳。其贮水处有白、赤、黄色点者,世谓之鸲鹆眼。"

"哈哈哈哈,老法师不喜欢山阳,所以今天揭去了山阳的立轴,另挂了一幅。"

"真的么?"和尚转过头去。壁龛下面打扫得同镜子一样,放着一个擦得很光亮的古铜瓶,瓶里插着两尺高的木兰花。立轴用有暗光的古代织金精裱,是徂徕[1]写的大条幅。这条幅不是绢的;字的工拙姑且不谈,但因年代稍远,所以纸色和四围的织金极其调和。织金如果是新的,倒也没有什么可贵;而这色彩褪落,金线垂折,华丽之气消失,古朴之趣盎然,所以恰到好处。雪白的象牙画轴在焦茶色的土墙上特别醒目,两轴中间供着那瓶木兰。整个壁龛的情趣过于静穆,反有阴森之感。

"是徂徕的么?"和尚转过头来说。

"恐怕徂徕也不是您顶喜欢的,可是我想比山阳好些。"

"徂徕是高明得多了。享保年间的学者的字虽然拙劣,但是自有其品格。"

"'若广泽[2]为日本之书法能手,则我乃汉人之拙者'——这话是徂徕说的吧,老法师。"

"我不知道。总之不是那么漂亮的字,哈哈哈哈。"

"请问老法师,您是学哪一家的?"

"我么? 我们禅僧书也不读,字也不习,唉!"

"然而您总是学过哪一家的吧。"

"年轻的时候略微学过高泉的字。就是这样,不过人家要我写,我总是写给他们。哈哈哈哈。倒是您那个端溪砚得让我看一看。"和尚催促

[1]　荻生徂徕是日本江户时代中期的儒者。
[2]　细井广泽是日本江户时代中期的儒者,书法学文征明。

老翁说。

缎袋终于拿掉了。一座的视线全部集中砚台上。这砚台厚约二寸,比普通砚台厚一倍。长六寸,阔四寸,和普通砚台相仿。盖子是用磨成鳞形的松树皮做的,上面用朱漆写着两个认不得的字。

"这个盖子,"老翁说,"这个盖子不是一个普通的盖子,您看来固然是松树皮,但是……"

老翁说着,眼睛向我看。然而这松树皮的盖子无论有什么来历,我这个画工也不很以为然,于是回答说:

"松树皮的盖子有些俗气呢。"

老翁不加可否,只是举起手来。继续说:

"如果只是一个松树皮的盖子,就不免俗气;但是您知道这盖子是怎么样的? 是山阳住在广岛的时候剥下院子里的松树的皮来亲手制成的!"

我想:不错,山阳是俗气的人,就不客气地反驳说:

"横竖自己做,不妨做得更质朴些。特地弄成这样鳞形,磨得光光的,大可不必。"

"哈哈哈,的确如此。这个盖子似乎没什么价值。"和尚忽然赞成我的意见了。

青年抱歉似的看看老翁的脸。老翁微有不快之色,拿开了盖子。盖子下面出现了砚台本身。

如果说这砚台有惹人注目的特异之点,那便是砚台表面所显示的、匠人的雕工。正中央有怀表大的一块圆形地方没有刻去,其高度和四周的边相仿,这表示蜘蛛的背部。从中央向四方弯弯曲曲伸出八只脚来,每只脚的尖端抱着一个鸲鹆眼。其余一个鸲鹆眼生在蜘蛛背部的中央,仿佛挤得出黄汁似的。除了背、脚、边之外，其余地方都刻进一寸多深。积墨的地方恐怕不是这些深沟吧。即使倒下一合水去，也不能充满这些深沟。想来大约是用银勺从水盂里舀一滴水倒在蜘蛛背上，用贵重的墨来磨的吧。不然，名叫砚台，实际不过是一件纯粹的文房装饰品。

老翁垂涎欲滴地说：

"请看这色泽和这眼！"

的确，色泽越看越好。如果在这冷冽而润泽的表面上呵一口气，大概会立刻凝成一朵云彩来吧。特别可惊的是那些眼的色彩。而眼和地相交的地方，色彩次第改变，什么时候改变的，我的眼睛简直受了欺骗，竟看不出来。形容起来，好比一粒芸豆嵌在紫色蒸羊羹里所透出来的色彩。鸲鹆眼有一两个，已经非常可贵。现在有九个恐怕是盖世无双了。而且这九个眼排列整齐，距离相等，几乎使人误认为人工塑造出来的。这的确非赞许为天下之珍品不可。

"的确好！不但看看心里舒服，用手摸摸也很愉快。"我说着就把砚台递给身旁的青年。

"久一懂这种东西吗？"老翁笑着问他。久一稍显出自卑的样子，断然地说："不懂。"但是把不懂的砚台放在自己面前看，大概他觉得不妥，所以又拿起来还我。我再仔细抚摸了一会，便恭恭敬敬地交还禅师。禅师把它放在掌上，仔细观察之后，似乎还不满足，又用他的灰布衣袖狠狠摩擦蜘蛛的背部，频频赏玩擦出光亮的地方。

"老先生，这颜色真好。用过没有？"

"没有，不想轻易使用，还是买来时候那样。"

"正该如此。这样的东西在中国也是稀罕的呢，老先生！"

"对啊。"

"我也想要一个。拜托久一君吧。怎么样? 你能不能替我买一个?"

"嘿嘿嘿嘿。恐怕他没找到砚台,人已经死了!"

"你的确顾不得砚台了。到底几时动身?"

"两三天内就要动身。"

"老先生,您送他到吉田么?"

"要是平常的话,我年纪大了,不一定送;不过这次也许不能再见,所以想去送他。"

"伯伯不要送我!"

这青年原来是老翁的侄儿,难怪有些相像。

"哪里! 要他送的好。若是坐船,并不吃力。老先生,对么?"

"对啊。爬山倒有些吃力。坐船的话,即使路远些也……"

这回青年并不推辞,只是默默不语。

"到中国去么?"我探问他。

"嗳嗳。"

嗳嗳这两个字似乎有点不够;但是没有追究的必要,也就不再问了。一看格子窗上,兰花的影子已经变更了位置。

"我告诉您,还不是为了这次的战争。他本来是志愿兵,所以现在要召集了。"

老翁代替了本人,把这个不日出征满洲战场的青年的命运讲给我听。在这梦一般的、诗一般的春天的山村中,若以为只有啼鸟、落花和涌出的温泉那就错了。现实世界会超山越海闯进这平家[1]后裔所住的古老的孤村里来。染遍朔北旷野的血潮,其中的几万分之一,也许有一天

————————————

〔1〕 平家是日本古代氏族的名称。

会从这青年的动脉里进出。也许从这青年腰间的长剑的尖端上，会迸出烟气来。现在这青年却坐在一个除了梦想之外无人生价值可言的画家身旁。坐得很近，倾听时连他胸中心脏跳动都可听出。在这跳动之中，说不定现在已经响着席卷百里平野的高潮。命运只是骤然使两人聚在一堂，别的事情一点也不说。

九

"您在用功么？"那女子说。这时我刚回到房间里，把缚在三脚凳上的书抽一本出来，正在阅读。

"请进来！一点也不妨。"

女子毫不客气地大摇大摆地走了进来。朴素的衬领里鲜明地露出秀丽的脖颈。她坐在我面前的时候，这脖颈和这衬领的对照最先映入我的眼中。

"是西洋书么？内容很难懂吧。"

"哪里！"

"那么写着些什么呢？"

"呃，实在我也不大明白。"

"呵呵呵呵，您还这样用功……"

"不是用功。不过是把它放在桌上，这么一翻，就在翻开的地方随便读读罢了。"

"这样，有趣味么？"

"这样很有趣味。"

"为什么呢？"

"你说为什么,因为小说之类的东西,这样读才有趣味。"

"您很奇怪呢。"

"嗳,有点儿奇怪。"

"从头读为什么不好呢?"

"非从头读不可,就变成非读完不可了。"

"这理论真奇妙! 读完岂不是好么?"

"当然没有什么不好。如果想知道它的情节,我也这么办。"

"不想知道它的情节,那么想知道什么呢? 除了情节以外难道还有想知道的东西么?"

我觉得她终不脱女子气。就想试验她一下看。

"你喜欢小说么?"

"我么?"她停顿一下,含糊地回答说,"当然喜欢的。"看来是不很喜欢的。

"喜欢不喜欢,自己也不知道,是不是?"

"小说这种东西,读不读……"她眼睛里仿佛不承认小说的存在。

"那么,不论从头读起,或从末了读起,翻到哪里就随便读读,不是都可以么? 那就用不着像你那样认为奇怪了。"

"您和我是不同的。"

"什么地方不同呢?"我盯住女子的眼睛看。我想,试验就在于此。但是女子的眸子一动也不动。

"呵呵呵呵,您不懂么?"

"年轻的时候读得很多吧。"我不再向前直进,稍稍转了个弯。

"现在也还觉得年轻呢,真可怜!"好比一只鹰,一放手就要飞掉,真是一刻也不能疏忽。

"能在男人面前讲这样的话,已经年纪大了。"我好容易把话头拉回来。

"您说这话,不是年纪也很大了么? 这么大年纪,对于那些恋呀,爱呀,相思呀,也还感兴味么?"

"嗳嗳,感兴味的,到死还是感兴味的。"

"啊啊是了! 因为这样,所以才能做画家吧。"

"一点也不错。因为是画家,所以读小说没有从头读到尾的必要。随便什么地方,读起来都有趣味。和你谈话也有趣味。在这里耽搁的期间,我想每天和你谈话呢。爱上了你也好。那样就更有趣了。然而无论怎样爱,没有和你做夫妻的必要。爱上了必须做夫妻,就好比读小说必须从头读到尾一样。"

"这样说来,搞不近人情的恋爱的是画家。"

"不是不近人情的恋爱,是非人情的恋爱。读小说也是非人情的,所以情节怎么样,都不计较。就像抽签似的把书翻开,翻到什么地方就漫然地读下去,很有趣味。"

"的确很有趣味。那么请您把刚才读的讲些给我听听。因为我想知道怎样有趣味。"

"讲是不行的。譬如一幅画,讲起来一点也不好听,对不对?"

"呵呵呵呵,那么,请您读给我听。"

"用英语读么?"

"不,用日本语读。"

"用日本语来读英语,有些吃力呢。"

"不吃力,不吃力,非人情呀!"

我想这也是一种兴趣,就答允了她的要求,把这册书用日本语一句一句地读出来。倘使世界上有非人情的读书法,现在的正是。听的女子当然也是非人情地听的。

"爱情的风从女人那里吹过来。从声音里、从眼睛里、从肌肤里吹过来。由男人扶着走到船头上去的女人,是为了要眺望夕暮的威尼斯呢,还是为了要使扶着她的男人的血通电到她的脉管中? ——这是非人情的读法,所以随随便便,也许有些脱落的地方。"

"很好很好,随您喜欢,加一些进去也不妨。"

"女人和男人并排靠在船舷上。两人的距离比风吹起来的帽带更窄。女人和男人一同向威尼斯告别。威尼斯的道奇殿堂正像第二个日没一般变成淡红色而消逝。……"

"道奇是什么?"

"随便什么都不妨。是从前统治威尼斯的一个人的名字。不知经过多少年代了。他的殿堂到现在还留存在威尼斯。"

"那么这个男人和这个女人是谁呢?"

"是谁,我也不知道。就因为这样,所以有趣味。他们以前的关系无论怎样都好。只要像你和我现在这样在一起,只讲这刹那间的情况,所以有趣味。"

"这样的么? 好像是在船里呢。"

"船里也好,山上也好,由他写吧。倘使查问为什么,那就变成侦探了。"

"呵呵呵呵,那么我不问吧。"

"普通的小说,都是侦探发明的呢!因为没有非人情的地方,所以一点趣味也没有。"

"那么,请您继续非人情吧。后来怎样?"

"威尼斯渐渐消沉了,渐渐消沉了,变成了天空中的一根淡色的线。线断了,变成了点。灰白色的天空中处处立着圆柱。终于最高的钟楼消沉了。女人说:消沉了。离去威尼斯的女人的心,好比飞行在天空中的风一般自由。然而隐没了的威尼斯,使得这必须重新回来的女人心中感到一种羁绁的苦痛。男人和女人都向黑暗的海湾方面注视。天上的星渐次增多了。缓缓地动荡的海水不溅泡沫。男人握住女人的手,似乎觉得握住了一根震响未息的弦。……"

"这似乎不是十分非人情的吧。"

"你要非人情地听才好。不过你如果不喜欢,我可以稍微省略些。"

"哪里! 我是不在乎的。"

"我比你更不在乎。——下面,嗯,有点儿困难了。翻译起来……不,读起来有点困难。"

"倘使读起来困难,就省略了吧。"

"好,就随便些吧。——女人说:只此一夜。男人问:一夜么? 只此一夜,太无情了;要继续几夜才好。"

"是女人说的,还是男人说的?"

"是男人说的。大概这女人不想回到威尼斯去。于是这男人说这话安慰她。——半夜里,在枕着帆索躺在甲板上的男人的记忆中,那一瞬间,一滴热血似的一瞬间,紧紧握住女人的手的一瞬间,像巨浪一般摇动起来。这男人仰望着黑暗的夜天,下定决心要把这女人从强迫结婚的深渊里救出来。这样决定之后,他的眼睛闭拢了。——"

"那女人呢?"

"那女人迷路了,不知道迷向什么地方。她好像被人攫住飞向天空中去,只有千万个不可思议。——以下有点儿难读了,都是不成句子的。——只有千万个不可思议——怎么没有动词呢?"

"要动词做什么? 这样已经够了。"

"嗯?"

轰然一声,山中的树木一齐呼啸。我们两人不由得面面相觑,这瞬间桌上小花瓶里的山茶花索索地摇动。那女子低声叫道:"地震!"就跪着把身子靠在我的桌上。两人的身体振动起来,互相摩擦。一只野鸡拍着翅膀从树丛中飞出。

"野鸡。"我看看窗外,说。

"哪里?"那女子把跪着的身子靠近我,我的脸和她的脸几乎碰着。她的细细的鼻孔里喷出来的气息吹着我的髭须。

"这真是非人情了。"女子忽然回复了跪坐的姿势,断然地说。

"当然。"我紧接着回答。

积蓄在岩石洼处的春水受了惊吓,蠕蠕地摇荡。这一泓春水在波底受地壳的震动,所以只在水面画出不规则的曲线,并无破碎的部分。如果有"圆满的动"这句话,用在这里最为适当。妥帖地映在水中的山樱的倒影,和水一起忽伸忽缩,忽直忽曲。然而无论怎样变化,还是显明地保持山樱的姿态,这是很有趣的景象。

"这东西看了很愉快。美丽而变化。若不是这样动,就没有趣味。"

"人如果也能这样动,无论动得多么厉害都不要紧。"

"倘不是非人情,就不能这样动呢。"

"你恐怕也不是不喜欢的吧。昨天穿了长袖装……"我正要说下去,那女人忽然撒娇地说:

"请您称赞我。"

"为什么呢?"

"您说要看,所以我特地打扮给你看,对不对?"

"我要看?"

"他们说:爬过山来的画画先生特地嘱托茶馆里老太婆的。"

我不知怎样回答才好,一时说不出话来,那女人毫不放松:

"对这样健忘的人,无论怎样竭诚相待,也是白费的。"她像是嘲笑,像是怨恨,又好像从正面射来了两支箭。情势渐渐不妙;至于何时可以复原,因为一经被她占先,就很难找到机会了。

"那么昨晚在浴室里,也完全是承蒙好意了。"好容易在紧要关头恢复了原状。

那女人默默不语。

"真对不起。教我怎样报答你呢?"我努力抢先下手。然而无论怎样抢先,也毫无效果。她好像没有那回事的样子,望着大彻和尚写的横额。忽然低声念道:

"竹影拂阶尘不动。"

念完又转向我,好像忽然想起了什么,故意大声问:

"您说什么?"

我可不能上她这个当,便说:

"我刚才见过那个和尚了。"好像被地震摇动了的池水那样圆满的动。

"观海寺的和尚么? 这和尚胖得很。"

"他说要我用西洋画来画纸裱门呢。和尚这种人很会说些没有道理的话。"

"所以他才能那样胖呀。"

"还看见一个青年人呢。……"

"是久一吧。"

"对,是久一君。"

"您熟悉他么?"

"哪里! 只知道他叫做久一。此外一点也不知道。这个人不喜欢讲话。"

"哪里! 是客气的缘故。他还是个小孩子……"

"小孩子? 他不是和你差不多么?"

"呵呵呵呵,您以为这样么? 他是我的堂弟。就要到战地去,这回是来辞行的。"

"住在这里么?"

"不,住在我哥哥家里。"

"那么他是特地来喝茶的?"

"他不喜欢茶,倒喜欢白开水。爸爸也是多余,偏要叫他来。他坐得不耐烦,难受得很呢。要是我在家,一定叫他先回去了……"

"你到哪里去了? 那个和尚问起你呢。听说又是一个人去散步了?"

"嗳,我到镜池那边去转了一会。"

"那个镜池,我也想去看看呢。……"

"好,请您去看看。"

"到那地方去写生很好吧?"

"到那地方去投水也很好的。"

"投水完全谈不到吧。"

"最近我也许要去投。"

这句戏言出自女子之口,未免太坚决了,我不由得仰起头来。看见她的表情特别认真。

"请您把我投身镜池、漂在水面上的样子——不是痛苦而是漂在水面上从容死去的样子——作一幅美丽的画吧。"

"咦?"

"吃惊了,吃惊了,吃惊了么?"

她飕地站起身来,三步跨出房间的门,回过头来嫣然一笑。我茫然多时。

十

来到镜池。从观海寺后面的一条路上的杉树中间走下山谷,还没登上对面的山,路分为二,自然形成了镜池的周围。池边长着许多山白竹。有的地方左右夹道丛生,行人走过,索索作声。从树木中间望去,可以看见池水,然而这池从哪里起,到哪里止,非环行一周不能知道。走的时候觉得它特别小,不过三町光景。只是形状很不规则,处处有岩石自然地横在水际。池边路的高低也同池的形状一样难于名状,作种种起伏,不规则地接连着,受着水波的冲击。

池的周围有许多杂树。不知几百株,数也数不清。其中有的还未抽出春芽。枝叶较疏的地方依然受着和煦的春日的阳光,树下竟长出嫩草来。其中隐约看到堇花的淡淡的影子。

日本的堇花有睡眠的感觉。西洋人有诗句形容它为"如天来之奇想",到底是不相称的。正在这样想的时候,我的脚站住了。脚一站住,就可一直站下去,直到厌了为止。能够一直站下去,是幸福的人。在东京如果这样做,便立刻被电车压死了。即使不被电车压死,也一定被警察赶走了。都会是错认太平之民为乞丐,而向扒手的头子侦探致送优厚薪金的地方。

　　我以草为茵，把太平无事的屁股坐下去。在这里，即使一连五六天这样坐着不动，也只管放心，谁也不会向你说一句怨言。自然的可贵之处就在于此。在无可逃避的时候，自然虽是没有慈悲，也没有顾惜，但绝无因人而异的势利态度。不把岩崎和三井[1]放在眼里的，世间也不乏其人。但对古今帝王的权势漠不关心，如风马牛之不相及者，其惟自然。自然之德高高地超越尘界之上，无限制地树立绝对的平等观。与其指挥天下之群小而徒招泰蒙[2]之愤，远不如滋兰之九畹，树蕙之百亩[3]，而独自起卧其中之为得策。世间有所谓公平，有所谓无私。果真如此重要，最好每天杀死一千小贼，以他们的尸体培养满园的花草。

　　我的思想不觉陷入理论，渐渐无聊起来了。我并不是为了磨炼这种中学程度的感想而特地到镜池来的。向衣袖里摸出纸烟，擦一根火柴。虽然擦了，然而看不见火光。把"敷岛"烟的一端凑上去一吸，烟气从鼻孔里喷出来，这才知道纸烟已经吸着了。火柴在短短的草里暂时吐出螭龙一般的细烟，立刻寂灭了。我渐渐移向水边去坐。直到我的草茵铺进自然池中，伸脚也许碰到微温的春水，到这时我才坐定了，俯视池中的水。

　　眼睛所达到的地方并不很深。水底有细长的水草下沉死去。我除了用死去以外，想不出可以形容这些水草的字眼。若是山冈的芭茅，我知其从风靡。水上的蕴藻，我知其随波而流。至于这些等待百年也不能动的沉在水底的水草，似乎具备一切可动的姿势，暮暮朝朝等候人来戏

---

　　〔1〕　岩崎(三菱)和三井是日本的大资本家。

　　〔2〕　泰蒙(Timon)是莎士比亚剧《雅典人泰蒙》中的主人公，其人厌恶人类。

　　〔3〕　见屈原《离骚》。

弄,从天明等到天黑,从天黑等到天明,茎端集结了几世的相思,终于活到今天,欲动不得欲死不能。

我站起来,从身边的草里拾起两块石子。想做点功德,向眼前抛出一块。噗噗地泛起两个水泡来,立刻消灭了。我心里反复地想:立刻消灭了,立刻消灭了!向水里一望,但见三根长丝忧郁地摇动。我正想:这回可被我看到了。——忽然浊水从底里涌上来,立刻把它们隐没了。南无阿弥陀佛!

这回下了决心,拼命向中央抛去。咕咚! 发出一个清幽的声音。无法打破四周的静寂。我不想再抛了。把画箱和帽子留在这里,向右边走去。

爬上一丈多长的一个缓坡。一株大树笼罩在头上,身体忽然觉得冷起来。对岸阴暗的地方有株山茶在那里开花。山茶的叶的绿色太深,即使在白天,即使在太阳光中,望去也没有轻快之感。尤其是这株山茶,生在岩角里面缩进一丈多之处,悠闲地躲在想不到有花的地方。这么多的花! 数一天也数不清! 然而非常鲜艳,使你眼睛一看到心里就想数。它的鲜艳只是鲜艳而已,毫无明快之感。好像蓦地燃烧起来,不由你不注意,而过后又感到阴森。这样骗人的花,世间更没有了。我每次看到深山里的山茶,总是联想到妖女。她用乌黑的双眸来勾引人,在不知不觉之间把嫣然的毒素射进你的血管里。你觉悟到被欺,时候已经迟了。对面的山茶映入我眼里的时候,我就想:唉,不看见多好! 这种花的颜色不是普通的红,却是在刺目的华丽里面含有一种说不出的沉闷的情调。我们对于悄然凋零的雨中梨花,只有可怜之感;对于冷艳的月下海棠,只觉得可爱。山茶的沉闷就完全不同,这是一种阴暗的、含有毒素的、带着恐怖气味的情调。它以这种情调为骨子,而表面装得十分华丽。然而既无媚人之态,也无招引人的样子。忽而花开,蓦地花落;蓦地花落,忽而花开;在人目所不注意的山阴从容度送几百年的星霜。只要看到它一眼,便是最后! 一看到它,一受到它的魔力,难免堕入无底深渊。它那色彩不是普通的红色,是一种异样的红色,好比被杀的囚人的血,非常刺激人目,使人感到不快。

我正看着,一颗红的东西啪地一声掉落在水上了。在这沉静的春天里,动的东西只有这一朵花。过了一会,又是啪地一声掉下一朵来。这种花的花瓣决不分离,它不是散落而是整体辞枝的。辞枝的时候整朵一次离开,毫无留恋之色,但落在地上还是整朵的,这态度实在太可怕了! 又是啪嗒的一声掉下一朵来。我想这样不断落下,不久池水将成红色了。在这些花静静地浮着的一边,水的颜色现在似乎已经有些带红了。又掉下一朵来。掉在地上,或是掉在水上,没有区别,都是一样的静寂。又掉下一朵来。我想:这些花是否会沉下去呢? 年年落下千百朵山茶来,浸在水里,颜色溶化了,腐烂之后变成了泥,沉落池底。几千年之后,这个古池也许会在人们不知不觉之间为落下来的山茶花所填塞,而变成平地。又有很大的一朵像涂血的幽灵一般掉了下来。又掉下一朵来。啪嗒啪嗒地掉下来。无穷无尽地掉下来。

我想:在这地方画一个美女漂在水面上怎么样呢? 就回到原来的地方,又抽着烟,茫茫然地考虑。温泉场的那美姑娘昨天的笑谈,像波浪一般涌上我的记忆中来。我的心像大浪上的一片木板似的摇荡。我想用她的面貌为基础,画一个美女漂在山茶花下面的水上,上面掉下无数的山茶花来。我想画出山茶花永远落下、女子永远漂在水上的情趣,但不知是否画得出来。照那《拉奥孔》里的理论——不,《拉奥孔》不必管它。不论是否违背原理,只要能表现出这种情趣就好。然而不离开人生而表现人生以上的永久之感,不是一件容易的事情。第一是面貌难画。即使借用她那面貌,然而她那表情是不适用的。苦痛的表情太多,全部画面就被破坏了。反之,一味画出愉快之相,那更不行。那么另外想出一种面貌来,行不行呢? 这个,那个,屈指计算,总是想不妥当。想来想去,还是那美姑娘的面貌最为合适。然而总有不足之感。我知道不足,但不足在于何处,我自己也不明白。因此,我不能凭自己的想象而加以修改。在她的表情里加入嫉妒,怎么样呢? 不好,嫉妒里不安之感太多。加入厌恶,怎么样呢? 也不好,厌恶太剧烈了。怒呢? 更不好,怒完全破坏了谐调。恨呢? 恨倘是诗意的春恨,又当别论;但是普通的恨太俗气了。种种考虑的结果,终于想出了:在许多情绪之中,我忘记了可怜这个词。可怜是神所不懂、而最近于神的人类感情。那美姑娘的表情里,这可怜的感情一点也没有流露出来。不足就在于此。由于霎时的冲动而这感情闪现在她的眉宇之间的时候,我的画便成功了。然而,这情状什么时候可以看到,不得而知。平时充满在她脸上的,只有嘲弄别人似的微笑和倒竖柳眉急于取胜的表情。只有这点,到底是不够的。

忽然听见沙沙的脚步声。我胸中的图样崩溃了三分之二。抬头一看,一个穿窄袖衣服的男子背着一束柴,正在山白竹中间向观海寺方面走。大概是从邻近的山上下来的。

"天气很好呢。"他拿着手巾,和我招呼。身子一弯,挂在腰带上的柴刀闪闪发光。这是一个年约四十岁的壮汉,似乎曾经在什么地方看见过。他看见我的画箱开着,就像旧相识一般亲切地和我谈话:

"先生也画画的?"

"嗳,想来画这池塘。这地方真荒凉,简直不大有人经过。"

"是的。这儿真是山里……先生翻过山来,想必很吃力吧。"

"噢！你是在山顶上碰见过的马夫么?"

"是的。我砍了些柴,拿到城里去。"源兵卫卸下背上的柴,坐在柴上了,拿出一只烟盒来。这盒子旧得很,不知是纸做的还是皮做的。我就把火柴借给他。

"你每天走这样的路,真了不得呢!"

"哪里! 走惯了没什么。也不是每天走。三天一次。有时候四天走一次。"

"四天走一次也吃不消。"

"哈哈哈哈,用马太可怜了,所以自己来走,四天一次。"

"这真难得。你把马看得比自己更重呢。哈哈哈哈。"

"倒也不是这样……"

"喂,这个池塘古得很吧。到底是从什么时候有起的?"

"老早就有了。"

"老早,怎样早呢?"

"一直从前就有了。"

"一直从前就有? 噢!"

"从前,志保田家的小姐投水的时候就有了。"

"志保田就是温泉场那家么?"

"是的。"

"你说他家的小姐投水? 她现在不是很好地在家里么?"

"不,不是这位小姐,是一直从前的一位小姐。"

"一直从前的小姐? 是什么时候呢?"

"是很久以前的一位小姐。"

"这位很久以前的小姐为什么投水呢?"

"这位小姐,听说生得同现在那位小姐一样漂亮呢,先生。"

"哦。"

"有一天,来了一个游方僧……"

"游方僧就是虚无僧〔1〕么?"

"是的,就是那种吹尺八箫的游方僧。这游方僧耽搁在志保田家的保长家里的时候,这位美貌的小姐看上了他——这大概是前世缘分吧,她一定要和他在一起,哭起来了。"

"哭了起来? 嗯。"

"可是保长不答应。说游方僧不能做女婿,后来就把他赶走了。"

"把这虚无僧赶走了?"

"是的。小姐就跟着游方僧追,走到这地方,走到那边松树底下,就投水了。——闹得远近闻名。听说那时候小姐身上带着一面镜子,所以这池塘到现在还叫作镜池。"

"唉,原来已经有人投过水的!"

"真是怪事。"

"这是几代以前的事呢?"

"这是很久以前的事了。后来——这话只能在这里说说,先生。"

"怎么样?"

"志保田家后来代代都出疯子。"

"哦!"

"这完全是阴魂作怪呢。现在的那位小姐,听说近来也有点儿奇怪,

---

〔1〕　虚无僧是日本的一种僧侣,蓄发头戴深笠,身披袈裟,吹尺八箫,云游各地,乞食修行。犯罪的武士为了逃避刑罚,多加入此群。

大家都这么说。"

"哈哈哈哈，不会有这等事吧。"

"不会么？可是那位老太太也有点儿奇怪呀。"

"现在在家么？"

"不，去年故世了。"

"嗯。"我看着烟蒂上喷出来的一缕细烟，不再说话。源兵卫背了柴走路了。

我为了画画来此，然而只管考虑这样的事，听讲这样的话，无论几天也画不成一张的。既然背了画箱出来，今天照理应该打一图稿回去。幸而那边的景色还成个样子，就把它画一下吧。

一丈多高的苍黑的岩石从池塘底里笔直地耸立在浓色的水的弯角上。怪石嶙峋的地方，右边的断崖上丛生着许多山白竹，密密层层地生到水边。上面有一株三抱光景的大松树，缠着许多常春藤的树干横斜地长着，一半以上伸出水面。怀着镜子的女子大约是从这个岩石上跳下水去的吧。

坐在三脚凳上，观看应该收入画面的材料。松树、山白竹、岩石和水。水到哪里为止呢？不易决定。岩石高一丈的话，那么水里的倒影也有一丈。山白竹的影子鲜明地映出在水底，令人看了要惊讶，以为这些植物不只长到水边而竟长到了水里。至于那株松树，上面耸入空中，仰头才可望见，下面的影子也很长。照眼前所能看到的尺寸，到底不容易收入画面。索性不画实物，光是画倒影，倒也很有趣味。画些水，画些水中的倒影，然后给人看，说这是一幅画，看的人会惊讶吧。然而只使人惊讶，到底乏味。必须使他们惊叹：对啊，这确是一幅画——这才有意义。我专心地看着池面，考虑画法。

真奇怪,仅看倒影,总是不能成画。想同实物对照研究一下。我把视线慢慢从水面移向上方。先从一丈高的岩石倒影的顶端,向上看,看到水的境界上,再从这境界上次第看水上的实物。逐一吟味润泽的色调、岩石的皱纹,渐渐向上看去。越看越高,我的眼光达到危岩的顶上的时候,我好像被蛇盯住了的蛤蟆,手里的画突然掉落了。

在映着夕阳的绿叶的背景上,在垂暮的晚春的黛色的岩头的苍茫中,清楚地显出一个女子的面貌来——这就是在花下使我吃惊、在幻影中使我吃惊、穿着长袖衫使我吃惊、在浴室里使我吃惊的那个女子的面貌。

我的视线盯住了这女子的苍白的脸的正中,一动也不动。她也把婀娜的娇躯挺得笔直,一根手指也不动地站在高岩上。这一刹那!

我不知不觉地迅速站起身来。她轻盈地扭转身去。腰带里山茶花一般的鲜红闪现一下,就向岩石那面飞奔而去了。夕阳掠过树梢,把松树的干染上了一层薄薄的红色。山白竹更加青葱了。

我又吃了一惊。

十一

在山村的朦胧的暮色中慢慢地散步。爬上观海寺前的石级的时候得到了"仰数春星一二三"的诗句。我并非有事情想会见和尚,也并不想找和尚闲谈,只是偶然走出旅舍,信步行来,不知不觉地走到了这石级下面。暂时站着摸摸"不许荤酒入山门"的石碑,忽然高兴起来,就爬上石级去。

有一册叫做《德利斯德兰·香提》[1]的书,书中写道:像本书这样符合神意的写法,更没有了。最初的一句是自己作的,以后则完全是感念神明,信笔写出的。自己当然不知道在写些什么。写的人是自己,而写出的是神明的事。因此著者不负责任。我现在的散步也采取这种作风,是无责任的散步。我不依靠神明,就更加无责任。那册书的著者斯登自己卸除责任,把它嫁给在天之神。我没有神可以交卸责任,只得把它委弃在泥沟中。

爬石级的时候倘使感到吃力,就不爬了。将要吃力,立刻回步。爬了一段,站住的时候觉得愉快,就又爬第二段。爬第二段的时候想作诗了。默然地看看自己的影子,看见影子在方形的石级上截成三段,形状很妙,觉得很妙,所以又爬上去。仰望天空,看见几颗小星在朦胧的天空深处不绝地眨眼。觉得诗句成功了,就再爬上去。这样,我终于爬到了顶上。

在石级上想起了一件事:从前我游镰仓,盘旋曲折地爬上那地方的所谓五山,记得圆觉寺的旁院也有这样的石级。我慢慢地爬上石级的时候,看见上面的门里走出一个穿黄色僧衣的光头和尚来。我走上去,和尚走下来。擦肩而过的时候和尚用尖锐的声音问我到哪里去。我回答说来参观一下,同时站住了;和尚马上说:什么也没有啊。就急急忙忙地走下去了。这句话太洒脱了,我觉得被他占了先,站在石级上目送这和尚,但见那个光头摇摇晃晃,终于隐没在杉木中间了。这期间他一次也不回转头来。禅僧的确有趣。这人真直爽,我这么想着,慢慢地走进山

---

〔1〕《德利斯德兰·香提》(*Fristram Shandy*)是英国十八世纪文学家斯登(Laurence Sterne)所著的小说,是一部感伤主义的小说。

门。一看，广大的僧房和大殿，都空空如也，一个人影也没有。这时我感到由衷的欢喜。我想到世间有这样洒脱的人，能用这样洒脱的态度来对待人，觉得很痛快。并不是悟得了禅理的缘故，我连半个禅字都不懂。只是那个光头和尚的态度使我觉得很有意思。

　　世间充满了执拗、狠毒、苟且，加之厚颜无耻的人。并且还有根本不知道为什么到世间来做人的人。而且偏是这种人的脸特别大。他们认为受尘世之风的面积越大，便是名誉越高。五年、十年地侦探人的屁股，计算这人所放的屁——他们以为这就是人生。于是他走到你面前来，自告奋勇地对你说：你放了若干个屁，你放了若干个屁。如果是走到面前来说的，倒也不无可供参考，但是有的在背后说：你放了若干个屁，你放了若干个屁。你嫌他啰唆，他还是要说。你请他免了，他说得更起劲。你对他说我知道了，他还是说你放了若干个屁，你放了若干个屁。他认为这是处世的方针。方针是各人自由决定的。大可以不说放若干个屁而默默地决定方针。废止对人有妨碍的方针，是合乎礼节的。倘说非妨碍别人不能订立方针，那么对方也只能以放屁为自己的方针。如果这样，日本的国运完结了！

　　我不订立什么方针，在这美丽的春夜这样地散步，实际上是高尚的。倘使兴到，就以兴到为方针。倘使兴尽，就以兴尽为方针。倘使得句，就以得句为方针。倘使不得句，就以不得句为方针。然而决不麻烦别人。这是真正的方针。计算屁是人身攻击的方针，放屁是正当防御的方针；这样地爬上观海寺前的石级，是随缘放旷的方针。

　　爬上石级，得到了"仰数春星一二三"的诗句的时候，在夜色朦胧中发光的春海望去好像一条带子。我走进山门，已经无心再把这诗句续成七绝，当即订立了停止吟诗的方针。

通向僧房的一条石板路的右边,是用映山红编成的树篱,树篱那面大约是墓地。左边是大殿。大殿屋顶上的瓦在高处微微发光,望去好像数万个月亮落在数万张瓦上了。不知什么地方有鸽子不绝地叫着。这些鸽子似乎是住在屋梁底下的。我仿佛看见屋檐一带有白色的点子,也许是鸽子粪。

屋檐下有一排奇妙的影子,不像树木,更不像草。凭感觉而言,这是岩佐又兵卫[1]所画的念佛鬼停止了念佛而跳舞的姿态。从大殿的一端到那一端,这些鬼整齐地排成一行而跳舞。影子也从大殿的一端到那一端整齐地排成一行而跳舞。他们大概是被这朦胧之夜所诱惑,丢了钲、撞木和缘簿,相约一齐到这山寺里来跳舞的吧。

走近一看,原来是很大的仙人掌。高七八尺,好像把丝瓜那样青翠的黄瓜压扁,压成饭瓢形状,瓢柄向下,一个一个地向上接起来的样子。这些饭瓢要接上几个方才结束,不得而知。似乎要在今天一夜之内穿破屋檐,一直达到屋顶上的样子。这种饭瓢的生长很唐突,好像一定是生长在别的地方,而突然飞过来粘在这里的。我不能相信这是老饭瓢上生出小饭瓢而小饭瓢在很长的年月中逐渐长大起来的。饭瓢和饭瓢的连续完全是突如其来的。这样滑稽的树恐怕少有的吧,而且还是那么毫不在乎的样子。有一个和尚,有人问他如何是佛,他回答说庭前柏树子[2]。倘使有人向我提出同样的问话,我一定回答他:月下仙人掌。

---

〔1〕　岩佐又兵卫是日本江户时代初期的画家,善风俗画。

〔2〕　万松老人《从容录》第五卷:"僧便问:如何是祖师西来意? 赵州云:庭前柏树子。"

　　我小时候读过晁补之[1]的纪行文,有几句现在还背得出:"时惟九月,天高露清,山空月明。仰视星斗皆光大,历历如在人上。窗间竹数十竿,相摩戛然,声切切不已。竹间梅棕森然,如鬼魅离立笑鬈之状。二三子相顾,魄动不得寐,迟明皆去。"我在口内背诵二遍,不禁笑起来。这仙人掌由于时间和情况的关系,恐怕也会动我的心魄,使我一看到就逃下山去吧。甩手碰碰它的刺看,指头觉得刺痛。

　　走完了石板路,向左转弯,就是僧房。僧房前面有一株很大的木兰花树,树干约有一抱,高出僧房屋顶。仰起头来一看,头上就是树枝,树枝之上还有树枝。重重叠叠的树枝上面有一个月亮。普通的树木,如果树枝繁密了,下面望上去不见天空。有了花更加望不见。木兰则不然,树枝无论怎样繁密,中间还是有明朗的空隙。木兰并不随便长出细枝来扰乱站在树下的人的眼睛。连花也都很明朗。从下面向高处仰望,也清清楚楚地看见一朵一朵的花。这朵花属于哪一簇的,开到什么程度,固然不知道,然而这些都不管,一朵花自成一朵花,一朵花和一朵花之间,可以判然地望见淡蓝色的天空。花的颜色当然不是纯白的。一味的白,过于给人以寒冷之感。单纯的白,尤能夺人眼目。而木兰的颜色并不如此。它故意避免极度的白,而谦逊地甘心于含有暧昧的淡黄。我站在石板路上,仰观这种驯良的花累累散布在室中的光景,一时茫然若失。映入眼中的全是花,一张叶子也没有。偶成俳句:

　　　伫立抬头望,木兰花满天。

_____

　　〔1〕　晁补之,宋朝人,字无咎,工书画文词,官知州,与苏东坡友善,著有《鸡肋集》《晁无咎词》。

这时候那些鸽子正在不知什么地方悠闲地啼叫。

我走进僧房里。僧房的门敞开着。这里似乎是没有盗贼的国土。狗当然不叫。我就在门口说:

"有人么?"

里面肃静无声,没人答应。我又说:

"对不起!"

只听见鸽子的咕咕声。我又大声地喊:

"对不起,有人么——?"

"噢噢噢噢。"很远的地方有人答应。到人家去访问,而听见这样的答应声,是从来没有的。不久听见走廊有脚步声,屏风后面映出纸烛的火光。走出来的是一个小和尚,却是了念。

"老法师在么?"

"在。您有什么贵干?"

"请通报他,我是温泉场的画家。"

"是画家先生么? 那么请上来。"

"可以不预先通报么?"

"可以。"

我脱了木屐走上去。

"您这位画家先生没有礼貌呢。"

"为什么?"

"请您把木屐放整齐。请看这里!"他拿起纸烛来照。黑柱子的中央,离地五尺光景的地方,贴着一张四开的白纸,纸上写着些字。

"认得吧,这里写着:注意脚下。"

"原来如此!"我就把自己的木屐仔细地放整齐了。

老和尚的房间位在走廊转角、大殿的旁边。了念恭恭敬敬地推开格子门，恭恭敬敬地蹲在门槛上，说：

"这个，志保田的画家先生来了。"

他的态度惶恐万状，我觉有些可笑。

"啊，请进来。"

了念退开，我就走进去。房间很小，中央一个地炉，一个水壶正在炉上吱吱地响。老和尚坐在那一边看书。

"啊，请进来。"他摘下眼镜，把书推到一旁。

"了念！了——念！"

"有——。"

"拿坐垫来。"

"来了——"了念远远地来一声悠长的答应。

"来得很好。想必是寂寞吧。"

"月亮太好了，所以漫步到此。"

"月亮真好！"说着，把格子门拉开了。门外除了两块跨步石和一株松树而外，别无他物。庭院的那边就是悬崖，朦胧的春夜的海忽然展开在眼底，立刻觉得胸襟扩大了。渔火处处发出闪光，大概是打算升入遥远的夜空，化作天上的星星吧。

"这风景好极了。老法师，把门关起来岂不可惜！"

"是啊。不过我是每晚看见的。"

"无论看几晚也看不厌，这种风景！若是我，不睡觉也要看呢。"

"哈哈哈哈，您到底是画家，所以和我有点不同。"

"老法帅欣赏美景的时候，就是画家。"

"这话也说得是。达摩像之类的画我也会画。喏，这里挂着一幅，是老师父画的,画得很好呢。"

小小的壁龛里果然挂着一幅达摩像。然而作为一幅画看,颇为乏味,只是没有俗气。努力遮丑的地方一处也没有。这是一幅天真的画。这位先辈大概也是同这画一样不拘形迹的人吧。

"这幅画很天真呢!"

"我们画的画,这样就够了。只要能够表达出气象……"

"比较起工巧而有俗气的画来,好得多了。"

"哈哈哈哈,承蒙称赞了! 请问,近来画家里面也有博士么?"

"没有画家博士。"

"没有? 最近我碰到一个博士。"

"噢。"

"称为博士,大概是了不起的人物吧?"

"唉,是了不起的吧。"

"画家里面也应该有博士。为什么没有呢?"

"这样说来,和尚里面也非有博士不可了。"

"哈哈哈哈,这样的么! ——叫什么名字,我最近碰到的那个人? ——有一张名片不知道放在哪里了……"

"在哪里碰到的? 在东京?"

"不,在这里碰到的。东京我有二十年不去了。听说近来有一种车子叫做电车。我倒想去坐坐呢。"

"无聊的东西! 嘈杂得很。"

"这样的么? 所谓蜀犬吠日,吴牛喘月,像我这样的乡下人,也许反而觉得不便呢。"

"不是不便,是无聊。"

“这样的么?”

水壶嘴里喷出蒸汽来。老和尚从茶柜子里取出茶碗,把茶倒在碗里。

“请喝一碗粗茶。这不是像志保田老太爷家里那样的好茶。”

“很好很好。”

“您这样在各处跑来跑去,都是为了画画么?”

“嗳,只是带着画具跑来跑去,不画也无所谓。”

“啊,那么一半是游玩?”

“对啊。这样说也可以:因为我不喜欢被人家计算放屁。”

他虽然是个禅僧,这句话似乎不懂。

“计算放屁,是什么意思?”

“在东京住长了,就得被人家计算放屁。”

“为什么呢?”

“哈哈哈,不但计算而已,还得把人的屁加以分析,研究肛门是三角形的,还是四方形的。”

“噢,这也是管卫生的么?”

“不是管卫生的,是一种侦探。”

“侦探? 噢,那么是警察了。所谓警察,所谓巡捕,到底有什么用处?难道是非有不可的么?”

“对啊,画家不需要他们。”

“我也不需要。我从来不曾麻烦过警察。”

“对啊。”

“然而不管警察怎样计算放屁,都不要紧,只要自己清正。自己不做坏事,无论有多少警察,对你无可奈何啊!”

"为了放屁而被他们奈何,倒有点儿吃不消。"

"我做小和尚的时候,老师父常常对我说:一个人站在日本桥中央把脏腑拿出来而毫无惭愧——若非如此,不得谓之修行有素。您最好也作这种修行功夫。旅行这种事情不妨停止。"

"如果能做个十足的画家,随时都可以修行。"

"那么就做个十足的画家好了。"

"被人计算放屁,就不成了。"

"哈哈哈哈。我告诉您:那个,您借宿的志保田家的那美姑娘,出嫁之后回娘家来,对什么事都看不上眼,这也不行,那也不行,终于到我这里来学佛法。现在已经学得很好,您看,变成那样明白事理的一个女子了。"

"嗳嗳,我看的确不是一个寻常女子。"

"对啊,她是一个机锋犀利的女子。——到我这里来修行的一个青年和尚泰安,由于这女子的关系,忽然遇到了穷明大事的因缘,现在已经成为一个善知识了。"

松树的影子落在静悄悄的庭中。远处的海在若有若无之间发出幽微的光,好像在响应天空的光,又好像不响应天空的光。渔火明灭。

"请看那株松树的影子。"

"真美丽啊!"

"仅仅美丽么?"

"嗳。"

"不但美丽而已,风吹上去也不要紧。"

我喝干了茶碗里余剩的苦茶,把碗复在托盘上,站起身来。

"我送您出门。了——念,客人要回去了。"

他们送我走出僧房,鸽子咕咕地叫。

"像鸽子这样可爱的东西是没有的了。我拍拍手,它们都会飞过来。您看我叫它们来。"

月色愈加明亮了。森森的木兰把朵朵琼华擎上天空。和尚在更阑人静的春夜中拍手,一声声随风消散,鸽子一只也不飞下来。

"不飞下来么? 应该飞下来的!"

了念看看我的脸,微微一笑。老和尚似乎认为鸽子的眼睛在夜间也看得见,真是无思无虑的人。

我在山门口向这两人告别。回头一看,一个大的圆影和一个小的圆影落在石板路上,一前一后向僧房方面渐渐消失了。

十二

记得王尔德说,基督是最高度地具备艺术家态度的人。基督我不知道。我以为像观海寺的和尚,的确具备这资格。并不是说他富有趣味,也不是说他通晓时势。我是说他挂着几乎不能称为绘画的达摩像,而得意扬扬地称赞它画得很好。他认为画家中有博士。他相信鸽子的眼睛夜里也看得见。尽管如此,还是具备艺术家的资格。他的心地开阔,像无底的袋子一般,一点东西也不停滞。随意所之,任意所作,一点尘埃也不沉淀在腹内。如果他的脑里能够体会一点趣味,他就立刻和它同化。他在行走坐卧之间也作为一个完全的艺术家而存在。像我,在被侦探计算放屁的期间,到底不能成为画家。我能够对着画架、拿着调色板而作画,然而不能成为画家。只有像现在这样来到这不知名的山村,把五尺瘦躯埋在迟迟欲暮的春色中,才能具有真艺术家的态度。一度进入这境界,美的天下就归我所有。即使不染尺素,不涂寸绢,我却是第一流的大画家。虽然在技术上不及米开朗基罗,在工巧上不及拉斐尔,但在艺术家的人格上,能与古今大家并驾齐驱,毫不逊色。我自从到这温泉场以来,一幅画也不曾画过。我这只画箱竟是全无必要地背着的。也许有人嗤笑:这也算得画家么?不管怎样嗤笑,现在的我是真正的画家,是优越的画家。能够达到这境地的人,不一定能作名画,然而能作名画的人,非懂得这境地不可。

吃过早饭,从容地吸着一支"敷岛"的时候,我作以上的感想。太阳已经离开朝霞,高高地上升了。打开格子窗,眺望后面的山,但见苍翠的树木非常澄澈,鲜丽无比。

我一向认为空气、物象、色彩的关系,是宇宙间最有兴味的研究之一。究竟是以色彩为主而表出空气,还是以物象为主而描出空气,还是以空气为主而在其中作出色彩和物象呢?观感略有不同,画的情调亦异。这情调是由于画家自身的嗜好而不同的。这是当然之理,然而时间和场所的限制也是当然之事。英国人所作的山水画中,明朗的画一幅也没有。也许他们是不喜欢明朗的画的。然而即使他们喜欢,在英国的空气中也是毫无办法的。同是英国人,像古达尔[1]之类的画家,色调就完全不同。应该是不同的,因为他虽然是英国人,却从来不曾画过英国风景。他的画题不是他的乡土。他所选择的都是空气比他本国透明得多的埃及、波斯等地的景色。因此最初看到他的画的人,谁都要惊讶。这些画画得非常爽朗,会使人疑心:英国人也会画出这样明朗的色彩么?

个人的嗜好是无可如何的。然而倘使画的意图是描写日本山水,那

---

〔1〕 古达尔(Frederick Goodall)是十九世纪末期英国的画家。

么我们也非把日本固有的空气和色彩描出不可。法国的画无论怎样美妙，我们不能照样取用他们的色彩，而说这是日本的风景。我们还是必须面对自然，暮暮朝朝地研究云容烟态，一旦看出了确当的色彩，立刻背了画架和三脚凳跑去描写。色彩是瞬息万变的，一旦失去机会，就不容易看到同样的色彩。我现在所望见的山头，充满着这一带地方所不易多见的好色彩。既然特地来此，让它消失是可惜的。把它画一下吧。

拉开纸裱门，走到廊上，看见那美姑娘站在对面的楼头，身体靠在格子窗上。她把下巴埋在衣领里，我只看见她的侧面。我正想同她招呼，看见她左手照旧下垂，而右手忽然像风一般活动起米。闪电一般的亮光一来一往地闪现在她的胸前，突然镪的一声，闪光立刻消失了。她的左手里拿着一个九寸五分长的白木刀鞘。她的姿影忽然隐没在格子窗后面了。我走出旅馆的时候似乎觉得早上看了一幕歌舞伎。

走出门，向左转弯，就是连接山路的一个慢坡。到处有莺的啼声。左边低落，是一个平坦的山谷，满种着橘树。右边有两个低低的山冈并列，我想，这上面种的也都是橘树吧。几年之前我曾经一度到此，屈指计算太麻烦，总之是寒天腊月的时节。那时候我最初看到橘子山上满满长着橘子的景色。我对采橘子的人说：请你卖一枝给我。他回答我：要多少都送始你，请拿去啊。说完就在树上唱出音节美妙的小曲。我想：在东京，橘子皮也非到药店里去买不可。晚上常常听见枪声。我问本地人这是什么，他们告诉我这是猎人打鸭的枪声。那时候我连那美姑娘的"那"字也不知道。

教这女子做演员，一定是一个出色的女角。普通的演员在舞台上表演，都是特意做作的。这女子却在家里的经常舞台上演戏，而不自知其为演戏，是自然地、天然地演戏。这样的生活大概可以称为美的生活吧。

托这女子的福,我的绘画修业得益不少。

倘使不把这女子的举动看作演戏,就会感到有些毛骨悚然,一日也不能再留。倘使以事理、人情等日常见解为背景,而从普通小说家那样的观察点研究这女子,就觉得刺激过强,会立刻感到厌恶。在现实世界中,倘使我和这女子之间有一种缠绵的关系,我的苦痛恐怕笔墨难于形容吧。我这一次旅行,目的在于脱离俗情,做一个十足的画家,所以对于映入我眼中的一切物象,非尽行看作画图不可,非尽行当作能乐、戏剧或诗中人物而观察不可。戴了这样的　副眼镜观察这女子,觉得她的举动在我以前所看到的一切女子中最为美妙。只因她自己不知道自己正在表演美妙的技艺,所以比演员的举动更加美妙。

误解了作如是观的我,是不行的。批评我作为社会公民不应当如此,更加不通道理。行善困难,施德费力,守节操不易,为义舍命可惜。下决心去做这等事,在任何人都是苦痛的。为了干冒这种苦痛,其中必须潜蓄着一种可以真战胜这苦痛的愉快之感。所谓画,所谓诗,或者所谓戏剧,都不过是潜在于这悲酸中的快感的别名。懂得了这意趣,我们的举动方才成为壮烈,成为闲雅;我们方才可以战胜一切苦痛,以求满足胸中这一点无上之趣;方才能够把肉体的苦痛置之度外,对物质上的损失不加计较,而驱策勇猛精进之心,甘愿为人道受鼎镬之烹。倘使可以在人情的狭隘的立脚地上为艺术下定义,那么可以这样说:艺术是潜在于我辈有教养的人士胸中的避邪就正、斥妄显真、扶弱抑强的誓愿结晶而成的白虹贯日一般的表现。

有人嘲笑某人的行为有戏剧气味,笑他为了贯彻美的趣味而作不必要的牺牲说是不近人情的。笑他不待美的性格的自然发挥的机会而无理地夸耀自己的趣味观,说是愚笨的。倘是真能了解个中消息的人,他的讥笑固然自有意义。然而不知趣味为何物的庸夫俗子用自己的卑鄙的眼光来贱视别人，却是难于容忍的。从前有一个青年[1]留下一篇《岩头吟》，向五十丈飞瀑纵身直下，自赴急湍。据我看来，这青年是为了美之一字而舍弃了舍不得的生命。死这件事实在壮烈，只是促成死的动机是难解的。然而不能体会死得壮烈的人，怎么能够嗤笑藤村子的行为呢？我有这样的主张：他们不能体会壮烈牺牲的情趣，所以即使面临正当的事情，到底不能壮烈牺牲；在这一点限制上，他们的人格远不及藤村子，所以没有嗤笑的权利。

我是画家。正因为是画家，所以是专重趣味的人，即使堕入人情世界，也比东邻西舍的庸夫俗子为高尚。作为社会之一员，是可站在为人师表的地位上。比较起不知诗、不知画、没有艺术嗜好的人来，善于表现美的举动。在人情世界中，美的举动是正的，是义的，是直的。在行为上表现正、义和直的人，是天下公民的模范。

暂时离开人情界的我，至少在这旅行中没有回到人情界来的必要。否则特地出来旅行，就变成徒然。我必须从人情世界里拨去了累累的砂粒，而仅看沉在底上的美丽的黄金，以度送旅中的光阴。我并不以社会之一员自任。作为一个纯粹的专门画家，连自身也摆脱了缠绵的利害羁绊而逍遥于画布之中，何况山、水及别人？所以虽然对着那美姑娘的行动，也只看她的姿态而已，此外并无所图。

爬上了三町光景的山路，看见对面有一堵白墙。我想：这人家是住在橘子中间的。不久山路分为两条。在白墙旁边向左转弯的时候回头一看，下面有一个穿红裙的姑娘正在走上来。红裙渐次全部出现了，下

---

〔1〕　指日本第一高等学校学生藤村子从日光山的华岩瀑上投身而死。

面是两条茶色的小腿;小腿全部出现了,下面是一双穿草鞋的脚。这双穿草鞋的脚一步一步地走上来。她头上戴着几点山樱的落花,背上负着一片明亮的海。

爬完了上山的路,来到了山顶一块突出的平地上。北面春峰叠翠,大概就是今天早晨从走廊上望见的。南面是阔约半町的一片荒野,荒野尽处突然低落,变成崩崖。崖下就是刚才走过的橘子山。隔着村子眺望那边,映入眼中的是不言可知的青海。

路有好几条,合了又分,分了又合,看不出哪一条是正路。每一条都是路,同时每一条都不是路。草里面暗红色的泥地忽隐忽现,看不出连贯的线索,变化多端,很有趣味。

我在草里各处徘徊,想找一个地方坐坐。早上从走廊望来可以入画的景色,想不到临近一看,已经走样,色彩也渐次变更了。在眺望草原的期间,我的画兴不知不觉地阑珊了。既然不画了,就可不择地点,随便什么地方,只要坐下去,便是我的住处。渗进来的春天的阳光深深地钻入草根里。我一屁股坐下去,似乎觉得压散了眼睛看不见的许多游丝野马。

海在我脚下发光。一纤云影也不遮蔽的春天的太阳,普照水上,好像什么时候暖气会侵入波底的样子。绀青一色平涂的水面上,处处有层层叠叠的白金的细鳞鲜丽地闪动着。春天的太阳照着广大无边的天下,天下泛溢着广大无边的水,水上只有像小指甲一般大小的白帆。而且这白帆完全不动。往昔入贡的高丽船渡海远来的时候,大概是这个样子吧。它的周围茫无边际,只有太阳的世界和太阳照着的海的世界。

我躺下来。帽子脱出前额,滑到了后头上。到处有小株的木瓜高出草面一二尺,欣欣向荣。我的面前正好长着一株。木瓜是很有趣味的花。它的枝条很顽强，不肯弯曲。那么可说是直的了，然而绝不是直的。只是一段直的短枝用某角度接合在另一段直的短枝上，歪歪斜斜地构成全体。枝头上有不知是红或是白的花安闲地开着。柔软的叶也清清楚楚地附着在枝上。品评起来，木瓜可说是花中之愚而悟者。世间有守拙的人。这些人来世一定投胎为木瓜。我也想做木瓜。

我小时候曾经把开花生叶的木瓜采下来，加以整理，制成一个笔架。把两分五厘一枝的水笔捆在这笔架上，供在书桌上，望望花叶中间显出来的白穗，自得其乐。这一天梦寐中也不忘记木瓜笔架。第二天醒来，立刻跑到书桌旁边，看见花已经谢了，叶已经枯了，只有那白穗依旧无恙。那时候我心中不胜惊疑：那样美丽的东西怎么会在一夜之间枯萎呢？现在回想，那时候真是出世间的。

一躺下来就映入我眼中的木瓜，是二十年来的旧知己。注视此花，颇涉遐想，觉得心中快适。诗兴又涌起来了。我躺着考虑。每得一句，就记录在写生册上。不久居然完成了。从头试读一遍：

> 出门多所思，春风吹吾衣。芳草生车辙，废道入霞微。
> 停筇而瞩目，万象带晴晖。听黄鸟宛转，观落英纷霏。
> 行尽平芜远，题诗古寺扉。孤愁高云际，大空断鸿归。
> 寸心何窈窕，缥缈忘是非。三十我欲老，韶光犹依依。
> 逍遥随物化，悠然对芬菲。[1]

哈哈，完成了，完成了。就是这样吧。躺着看木瓜而与世相忘的感

---

〔1〕　这是汉诗，这里照样抄录，并非翻译。

情,颇能表出。虽然没有说出木瓜,虽然没有说出海,只要能够表出感情就好了。我正在高兴地哼着的时候,忽然听见人的咳嗽声:"呃哼!"我吓了一跳。

我翻一个身,向发出声音的方面一看,山头突出的地方,转角上的杂树中间走出一个男子来。

这男子头戴一顶茶色礼帽。帽子的形状已经坍损,倾下的帽缘下面露出一双眼睛。眼睛的神色看不清楚,但是的确在那里一闪一闪地转动。蓝条纹衣服的裾撩起来掖在腰带里,底下是赤脚穿着木屐。这样打扮的人是什么身份,不容易判断。仅从那满脸须髯看来,这正是一个十足的流浪汉。

我以为这男子想走下山路去了,但他走到转角上忽又回头。我以为他要回进原来的树林里去了,却并不然,他又回转身来走原来的路。除了到这草原上来散步的人以外,不应该有这样反来复去地走路的人。然而照他这般模样,难道是散步的人么?并且这附近也不会住着这样的一个男人。他不时站住,侧着头向四周观望。又像是满腹心事的样子,又像是在等候一个人来会面的样子。究竟是什么,不得而知。

我的眼睛竟不能离开这个行步不安的男子了。并不是担心他怎么样,也不是想画他,只是眼睛不能离开他。我的眼睛跟着这男子从右到左,从左到右地转动,这时他忽然站住了。同时另外一个人物出现在我的视界中。

这两人好像是互相认识的样子,双方渐渐走近来。我的视界渐渐缩小,终于局限在草原正中一块狭小的地方。这两个人背着春山,面着春海,相对站着。

其中一个当然就是那个流浪汉。对方是谁呢?对方是一个女子,是那美姑娘。

我一看见那美姑娘,立刻联想起今天早上的短刀。她现在是否怀藏着这把短刀呢?这么一想,非人情的我也打个寒噤。

一男一女相对,暂时用同样的态度站着。身体一动也不动。嘴也许动着,但是话语完全听不出。男的忽然低下了头。女的转向了山的方面。我看不见她的脸。

莺在山中啼,女的似乎在听莺声。过了一会,男的突然把低下的头抬起来,半转身子,但不是寻常的态度。女的翩然地转过身去,仍旧向着海。她的腰带里露出的东西似乎是短刀。男的昂然走开。女的跟着他走了两三步。女的脚穿着草鞋。男的站住了,大概是女的喊他站住的。在两人相向的瞬间,女的把右手伸进腰带里。危险!

然而摸出来的不是那九寸五分的东西,却是一个紫色的小包,似乎是钱袋。她把这小包递给那个男子,雪白的手里垂下一根长长的纽带来,在春风中飘荡。

她向前迈出一只脚,上身略向后倾,伸出着的雪白的腕上显出一块紫色。这姿势非常入画!

离开紫色二三寸的地方,布置着回转身来的男子的身体,这画面安排得很巧妙。所谓不即不离这句话,正可以拿来形容这刹那间的情状。女子的态度是想把面前的人拉过来,男子是被什么东西拉向后面的样子。但在实际上并没有拉,也并没有被拉。两人的关系在紫色钱袋的地方断绝了。

两人的姿势保持这样美妙的调和,同时两人的面貌和衣服又显示极端的对比,因此当作一幅画看,更加富有趣味。

一个是面目黧黑、髭须满腮的矮胖子,一个是眉清目秀,削肩长裾的瓜子脸;一个是蓬头垢面、赤脚木屐的流浪汉,一个是寻常淡妆也婀娜多姿的瘦美人;一个是茶色破帽、蓝柳条布衫扎起衣裾的打扮,一个是发光可鉴、绮罗耀目的娇艳模样。一切都是好画材。

男子伸出手来接过钱袋。拉和被拉巧妙地保持均衡的两人的位置忽然破坏了。女的不再拉,男的也不再被拉。心理状态在绘画构成上有这样显著的影响,我做了画家,直到现在不曾注意到。

两个人向左右分开了。双方已经没有心情上的联系,所以当作画看,已经支离破碎、不成章法了。男子走到杂树林门一度转过头来。女子绝不回顾,向这边姗姗走来,不久走到我的面前。

"先生! 先生!"

她叫了两声。奇怪,不知她什么时候注意到我在这里的。

"什么?"

我从木瓜中间抬起头来。帽子掉落在草地上了。

"您在这种地方做什么?"

"我在这里躺着作诗。"

"说谎! 刚才这个您看见了吧。"

"刚才这个? 刚才那个人么? 我稍微看见些。"

"呵呵呵呵,何必稍微呢,多看看不是很好吗?"

"实在是完全看见了。"

"您瞧。请您到这边来,请您从木瓜里面走出来。"

我唯命是听,从木瓜里面走了出来。

"您在木瓜里面还有事情么?"

"没有事情了,我也想回去了。"

"那么我们一同回去吧。"

“好。”

我又唯命是听，回到木瓜里面去取了帽子，收拾了画箱，和那美姑娘一同回去。

“您画过画了么？”

“终于没有画。”

“您来到这里之后，一幅画也没有画过呢。”

“是的。”

“您是特地为了画画而来的，一点也不画，不成样子呀。”

“哪里！成样子。”

“成样子！为什么呢？”

“当然是成样子的。画画这件事，画也好，不画也好，都是成样子的。”

“这是笑话了，呵呵呵呵，真是自得其乐呀。”

“既然来到这种地方，倘不自得其乐，就没有来的意义了。”

“哪里！无论在什么地方，倘不自得其乐，都没有活的意义了。譬如我，像刚才这种样子被人看见了，一点也不觉得难为情。”

“不觉得也好。”

“是呀。刚才那个男人，您看是什么人？”

“我看来，总不是十分有钱的人。”

“呵呵呵呵，说得真对。您是个出色的相面先生呢！这个人穷了，在日本活不下去了，是来向我要钱的。”

“噢！是从哪里来的呢？”

“从城里来的。”

“原来是从很远的地方来的。那么他要到什么地方去呢？”

"总不过到满洲去。"

"去做什么呢?"

"去做什么? 不知道去拾钞票呢还是去死。"

这时候我抬起眼睛看看她的脸。她口角上的笑容渐渐消失了。不解这是什么意思。

"他是我的丈夫。"

她用迅雷不及掩耳之势突然砍下这一刀来。我受了一下意外的打击。我当然没有准备听这样的话。她自己大概也想不到暴露到这般地步吧。

"怎么,您吃了一惊吧?"她说。

"呃,有点儿吃惊。"

"不是现在的丈夫,是离婚了的丈夫。"

"原来如此,那么……"

"就只是这么一回事。"

"啊。——那边的橘子山上有一所墙壁雪白的房子呢。地点很好。这是谁家?"

"这是我哥哥家。回去便路走进去看看吧。"

"你有事情么?"

"嗳,他们有点事情托我。"

"一同去吧。"

走到山口,不走下村子去,立刻向右转,再爬上一町光景,就看见一扇门。走进门,不向正屋,立刻绕着庭院走去,这女子毫不客气地昂然直入,我也毫不客气地跟着走。向南的庭院里有三四株棕榈树,泥墙下面就是橘树林。

这女子就在廊檐的一端上坐了下来,说:

"请看,景致多好啊!"

"的确不错。"

格子窗里面肃静无声,好像没有人的。这女子并不想打招呼的样子,只是悠然地坐着俯瞰橘树林。我觉得有点奇怪,不知道她到底有什么事情。

两人都不讲话,大家默默地眺望下面的橘树林。近午的太阳的温暖的光线笼罩着整个山头,眼底的橘树的叶子吸饱了暖气,发出闪光。忽然里面堆房那方有一只鸡高声地叫起来,喔喔喔——。

"呀,已经正午了。我把事情忘记了。——久一,久一!"

她探着身子,把格子窗推开。里面是一间十铺席的空房间,春日的壁龛中空挂着双幅的狩野派画图。

"久一!"

堆房那方传来答应的声音。脚步声渐近,停止在纸门旁边了。纸门一拉开,忽然一把白鞘短刀从铺席上滚将过去:

"喏,这是你伯父替你送行的!"

她是什么时候伸手到腰带里去摸出来的,我一点也不知道。短刀在空旷的铺席上翻了两三个筋斗,滚到了久一的脚边。刀鞘似乎太松,刀身脱出一寸光景,发出闪烁的寒光。

十三

他们用船送久一到吉田的火车站去。坐在船里的除了被送的久一以外,有送行的老翁、那美姑娘、那美姑娘的哥哥、照管行李的源兵卫,还有我。我不过是陪伴而已。

教我去陪伴,我就去。不知道什么意义,也就去。在非人情的旅行中,用不到考虑。船底是平的,好像在筏上加了边缘。老翁坐在中央,我和那美姑娘坐在船艄上,久一兄和哥哥坐在船头上。源兵卫伴着行李坐在后面。

"久一,打仗你喜欢不喜欢?"那美姑娘问。

"不看到是不知道的。想来苦的地方也有,但是愉快的地方也有吧。"不知道战争的久一回答。

"无论怎样苦,总是为了国家。"老翁说。

"你得了一把短刀,就想出去看看打仗,是不是?"这女子又发出奇妙的问话。久一略微点点头回答道:

"大概是的吧。"

老翁掀髯而笑。哥哥好像没听见一样。

"像你这样满不在乎的,会打仗么?"这女子毫不在乎地把雪白的脸挨近久一。久一和哥哥相对看了一下。

"那美若是去当兵,一定是很厉害的呢。"这是哥哥对妹妹说的第一句话。从语气上观察,不像普通的笑谈。

"我么。我去当兵么?我若是能当兵,早就去当了,现在早已死了。久一,你也要死才好,生还是不体面的。"

"你不要胡说八道!应该平安无事地凯旋。专门讲死,对国家是没有益处的。我也还想活两三年呢。我们还要见面啊。"

老翁的话语尾拖得很长,声音越来越细,最后变成了泪丝。只因是男人,才没有哭出来,久一一声不响,扭过头去看着河岸。

岸上有一株很大的柳树。树下系着一只小船。一个男子在那里钓鱼,眼睛注视钓丝。我们的船随波逐流,慢慢地从这男子面前经过的时候,他突然抬起头来,和久一打个照面,两人之间完全没有感应。这男子心中所想的只是鱼。久一心中连容纳一条鲫鱼的余地也没有。我们的船静静地在这姜太公面前经过了。

经过日本桥的人,一分钟不知有几百。倘使站在桥边能够——听到盘踞在每个人心中的纠葛,其人一定会目眩头晕,痛感浮生之苦吧。只因相逢都不相识,相别都不相知,所以才有站在日本桥上拿红旗绿旗指挥车辆的志愿者。这个姜太公对于久一的哭丧的脸不要求任何说明,是幸福的。我回头一看,只见他安心地注视着浮标,似乎想一直注视到日俄战争结束的样子。

河面不很阔,河底很浅,河水缓缓地流着。靠在舷上,飘在水上,飘到什么地方呢?非飘到春光去尽,人间混乱、冲突的地方不可。这个眉间显出一点血腥的青年,硬把我们一班人拉去。命运的绳要把这青年拉到遥远、阴暗、凄凉的北国去,所以在某年某月某日的因缘上和这青年联系着的我们,不得不被这青年拉去,一直拉到因缘告终为止。因缘完结的时候,他和我们之间就一刀两断。他一个人不容分说地被送到命运的手中。留在这里的我们也不容分说地必须留在这里,即使哀求苦告要他拉去,也是不行的。

船平稳地行驶,坐着很舒服。左右两岸长着笔头菜。堤上有许多柳树。树的空隙处常常露出小屋的草顶和煤烟熏黑的窗子来,有时跑出雪白的鸭子来。鸭子嘎嘎地叫着,跑到了河里。

柳树和柳树之间明晃晃的大概是白桃花。时时听见喀当喀当的布机声。喀当喀当停下来的时候,女子的唱歌声咿呀咿呀地传到水上来。唱的是什么歌,一点也听不清楚。

"先生,替我画一个像。"那美姑娘向我要求。这时候久一正在和哥哥热心地谈论军队的事,老翁不知什么时候开始打瞌睡了。

"好,我替你画吧。"拿出写生册来,写了一首俳句:

> 春风解罗带,带上铭[1]如何?

递给她看。她笑着说:

"这样的'一笔画'不行。请您画仔细点,把我的神情画出来。"

"我也想这样,可是你现在这样的脸不能入画。"

"您真会推托。那么要怎样才能入画呢?"

"要画,现在也可以画。不过还缺少一种东西。不画出这种东西是可惜的。"

"您说缺少一种东西。我的脸生来是这样的,没有办法。"

"生来这样的脸,也可以有种种样子。"

"自己可以自由装出的么?"

"可以。"

"您看我是女人,所以作弄我。"

"你是女人,所以说这笨话。"

"那么,把您的脸变出种种样子来给我看看。"

"你只要每天像今天一样作种种变化就好了。"

她默默地转过身去。河岸已经变得很低,和水面相差无几了。田里是一望无际的紫云英。点点鲜红的花不知被哪一天的雨所摧残,模模糊

---

〔1〕 日本女子的衣带上有时写一句诗,叫做铭。

糊的一片花海仿佛伸展到云霞之中。举目望见一座峥嵘的山峰耸入半空,山腹里吐出叆叇的春云来。

"您是从这个山的那面来的。"这女子把雪白的手伸出船舷外面,指点那梦一般的春山。

"天狗岩就在那边么?"

"那一堆浓绿的下面,不是有一块紫色么?"

"就是背太阳的地方么?"

"不知道是不是背太阳。是那光秃秃的地方。"

"不是,是凹进的呢。倘是光秃秃的,色彩应该还要带茶色。"

"是的吧。总之,是在里面。"

"这样说来,那羊肠小道还在左面一点。"

"羊肠小道,在那边,还很远呢。是那个山再前面的一个山。"

"原来如此。但是照方向说来,是在那有淡色的云的地方吧。"

"嗳,方向是在那边。"

打瞌睡的老翁的肘从船舷上滑脱了,突然醒来。

"还没有到么?"

他挺起胸脯,把右肘拉向后面,把左臂向前伸直,深深打了一个呵欠,同时作出拉弓的姿势。那美姑娘呵呵呵呵地笑起来:

"老是这么一来……"

"老先生大概是喜欢拉弓的?"我也笑着问。

"年轻的时候可以拉到七分五厘。膀子现在还很稳呢。"他拍拍自己的左肩给我看。船头上正在大谈战争。

船渐渐开进了市街模样的地方。望见一家酒馆,窗上写着"御肴"两个字。又看见古风的绳门帘,和堆置木材的地方。人力车的声音也常常听到了。燕子空中翻飞。鸭子嘎嘎地叫。大家舍舟登陆,走向火车站去。

　　渐渐被拉向现实世界去了。我把有火车的地方称为现实世界。像火车那样足以代表二十世纪的文明的东西,恐怕没有了。把几百个人装在同样的箱子里蓦然地拉走。毫不留情。被装进在箱子里的许多人必须大家用同一速度奔向同一车站,同样地熏沐蒸汽的恩泽。别人都说乘火车,我说是装进火车里。别人都说乘了火车走,我说被火车搬运。像火车那样蔑视个性的东西是没有的。文明用尽种种手段来发展了个性之后,又想用种种方法来摧残这个性。给每个人几尺几寸见方的地面,对他说:你可以在这范围里面自由起卧——这便是现今的文明。同时在这几尺几寸见方的周围立起铁栅来,威吓道:不许越出这铁栅一步。——这便是现今的文明。在几尺几寸见方之内自由行动的人,希望在这铁栅以外也能自由行动,这是自然之势。可怜的文明国民日夜攀住了这铁栅而咆哮着。文明给个人以自由而使他变成力大如虎之后,又把他关进铁槛里,借以维持天下的和平。这和平不是真的和平,是和动物园里的老虎睥睨着看客而转辗地躺着同样的和平。只要把槛上的铁条拔去一根,世界就一塌糊涂。第二次法国革命便是在这时候发生的吧。个人的革命,现在已经日夜地在那里发生了。北欧的伟人易卜生曾经就可能引起这革命的状态给我们提出了种种例证。我每次看到火车猛烈地、玉石不分地把所有的人看作货物一样而一起载走的状态,把关在客车里的个人和毫不注意个人的个性的这铁车比较一下,总是想道:危险!危险!一不小心就危险!现代的文明中,随时随地都有此种危险。不顾一切地横冲直撞的火车,是危险的标本之一。

　　我坐在火车站前茶馆里,眼睛望着艾饼,考虑我的火车论。这不能记录在写生册里面,也没有告诉别人的必要。因此我默默地吃艾饼,喝茶。

对面的折凳上坐着两个人,都穿草鞋。一个人披着红色的毛毯。一个人穿着葱绿色裤子,膝头有一块补丁。他的手按在补丁上。

"还是不好么?"

"不好。"

"像牛一样有两只胃就好了。"

"若是有两只胃,不必说了。一只坏了,把它割去就完事。"

这乡下人大概是患胃病的。他们闻不到满洲战场上的腥风,也看不到现代文明的弊害。革命是怎么样的东西,他们连这两个字都没有听见过。也许连自己的胃袋有一只还是两只也不明白吧。我摸出写生册来,描写了这两个人的姿态。

火车站里铃声当当地响。火车票已经买来了。

"我们去吧。"那美姑娘站起身来。

"去吧。"老翁也站了起来。我们一批人走出剪票处,来到月台上,铃声不断地响着。

听见隆隆的声音,文明的长蛇在白光闪闪的铁路上蜿蜒而来。文明的长蛇从嘴里吐出黑烟。

"我们这就分别了!"老翁说。

"那么祝您健康。"久一低下了头。

"请你去死吧。"那美姑娘又说这句话。

"行李来了么?"哥哥问。

那条蛇在我们面前停下了。蛇肚子旁边的门都开了。有许多人走出来,有许多人走进去。久一走了进去。老翁、哥哥、那美姑娘和我都站在外面。

车轮一动,久一已不是我们这世界里的人了。他到很远很远的世界里去了。在那个世界里,有人在火药气中挣扎,在鲜红的血地上打滚,半空中炮声隆隆。今后将到这样的地方去的久一站在车厢里,默默地向我们看。把我们从山中拉出来的久一和被拉出来的我们之间的因缘,到这里结束,已经在结束了。在车厢的门还没有关闭的期间,在互相看着的期间,在将行的人和留下的人相隔五六尺的期间,因缘即将结束了。

司车员把车门砰砰地关上,渐次走向这里来。每关一扇,行人和送行人的距离就越来越远。忽然久一的车门也关上了。世界已经分为两个。老翁不知不觉走近窗边。青年从窗中探出头来。

在"危险,车子开了!"的叫声中,毫不留恋的铁车辘辘地开动了。一个一个的窗子在我们面前经过。久一的脸渐渐小起来。最后一个三等车厢在我面前通过的时候,窗子里探出另一张脸来。

茶色旧礼帽底下,一个髭须满面的流浪汉的脸依依不舍地探出来。那美姑娘和流浪汉不期地打个照面。铁车辘辘地开驶。流浪汉的脸立刻消失了。那美姑娘茫然地目送着开走的火车。在这茫然之中,以前不曾见过的一种"可怜"的表情奇妙地浮现着。

"这个便是! 这个便是! 有了这个就入画了!"

我拍拍那美姑娘的肩膀低声说。我胸中的画面在这一刹那间成就了。

蒙古短篇小说四种

［蒙古］达姆定苏连 著

丰子恺 译

在荒僻的游牧地上[1]

陀林各尔系好了马,走向自己的小篷帐来。吓狼的稻草人颜色发黑了。刚才下过一阵雨。四周肃静。挂在稻草人上的摇鼓冬时时发出声响。

旧的帐毡的洞里都冒出烟气来。

"蜜达格,你怎么了?"陀林各尔问他的妻子。

"我在我们的主人波洛德的篷帐里忙着工作,来不及在下雨的时候把木柴遮盖好。"

蜜达格怀着孕,但她不得不在波洛德家里料理一切家事。

"茶在家里吃了,晚饭到主人那边去吃吧,我们家里什么都没有了,"蜜达格说。

"波尔呼到哪里去了?"

"大概到达姆金的篷帐里去了。现在只有一个波尔呼,将来我们有了两个孩子,教我怎么办呢?"

"波洛德答允过,第二个孩子归他带去喂养。"

"他们要男孩子。倘使生了一个女孩子呢?那时候怎么办呢?无论生的是男是女,最好留在家里。总养得活的。"

---

〔1〕 根据高尔基的俄译本译出。——编者注

女人的怒骂声打断了蜜达格和陀林各尔的谈话。他们走出来看发生了什么事。在主人的篷帐旁边,站着达姆金的母亲阿里亚老婆婆和波洛德的妻子代瑞德。

主妇在夺取老婆婆的水桶,叫道:

"你到哪里去取的好水?你忘记了我有胃病么?我不能喝盐水。"

老婆婆正在怨求:

"我告诉您:您家的公牛吵架,把我盛着好水的桶打破了。我一点水也没有了。"

波洛德听见了叫声便从篷帐里走出来。老婆婆就把主妇的事向他诉说:

"昨天下雨的时候,我摆出两只锅子来,接了一些淡水,您的太太把水统统都拿了去。这是不是应该的?"

代瑞德夺取了老婆婆的水桶,把水倒在她的头上。

"哪,你的水你拿去吧。"

于是吵起架来。两个女人互相扭住。

波洛德和陀林各尔把代瑞德拉回家去。蜜达格把啼啼哭哭的阿里亚拉到了她自己的篷帐里。爱吵架的代瑞德咆哮了好一会。等她安静了之后,陀林各尔对主人说:必须把篷帐迁移到长着多汁的草的爱伦霍舒地方去。主人同意了。

第二天,这些住民很早就起身。

篷帐上浮着烟气的涡卷。吃过早饭,工人们齐集在主人的帐幕旁边。这里有陀林各尔、木匠唐达尔、达姆金和几个雇工。

开始收拾主人的篷帐中的家用器什。但顽固的代瑞德和糊涂的波洛德只是妨碍工作。代瑞德处处挑剔。肥胖的波洛德喘着气,无意义地奔走,用长袍的边来揩汗。

要装载两个篷帐里的东西,牛不够用。陀林各尔先装载了老年的阿里亚的篷帐,而决定把自己的篷帐留交蜜达格管理,下一天早晨再回来取。但阿里亚不愿意教这怀孕的女人独自留在这里,便声明和她一同留着。

驾着牛的货车的长长的行列,向着东方出发了。

波洛德和木匠唐达尔骑着马,傍着行列向前进,认真地谈论着蒙古对中国的斗争。

唐达尔最近到过乌尔格,听见人说:他们要把中国的总管从蒙古赶出去,又听说:世间不但有中国人,而且还有俄罗斯人。

"倘使他们能帮助我们把我们的敌人打倒,"波洛德说,"这倒是很好。"

"你所要打倒的是哪一种敌人呢,波洛德?"唐达尔问。

"我想,我们的敌人是中国的商人吧,"波洛德说,"然而,我不确实知道。"

两人都吸烟了。

他们谈谈说说,不觉已经走过了一半路程。现在是考虑住宿地点的时候了。波洛德和唐达尔离开了行列,把马放开快步,走向爱伦霍舒方面去。时间久已过午,赶牛的人们催赶着疲劳的牛。

在留剩着的篷帐中,当这时候,蜜达格悲叹着,向阿里亚老婆婆诉说她的丈夫的事,说他对于主人的马群,比对于自己的妻子和孩儿看得更重,阿里亚老婆婆努力安慰她。在这被遗弃的住宿地上,虚空而静寂,听不见往常的马嘶声、羊叫声和公牛母牛的鸣声。连那条狗也因为没有人而不吠叫了,它懒洋洋地躺在篷帐的荫处。只有小波尔呼幸运了。他在住宿地上跑来跑去,找到了几颗着色的骨弹。阿里亚无法拒绝这孩子,只得同他玩骨弹游戏。

两个女人因为没有事情可做,一天到晚喝茶,把积着的牛粪全部放在灶里烧。天色晚了。灶里的火熄灭了。她们都不愿意走出篷帐去取柴火。因为蜜达格行动困难,而阿里亚怕鬼钻进被遗弃的住宿地来找求人所残留下来的食物。两个女人在神像前点起了一盏灯,便躺下来睡觉。阿里亚睡着了,蜜达格张开了眼睛躺着。阵痛频繁起来的时候,她叫醒了老婆婆。着慌的阿里亚就拿一只装牛粪的笼子来放在蜜达格的床边,让产妇可以靠在这上面。她忘记了鬼,跑到自己的篷帐那里去取了干牛粪来,把炉灶生着了火,然后又跑出去取木柴。当她回来的时候,蹲着的蜜达格的衣裾下面已经听得见新生儿的微弱的哭声了。

阿里亚把婴孩放在头生儿子波尔呼所曾经躺过的羊皮包里了,就扶产妇躺在床上,用瘦肉来替她做肉汤。

但在那边的新篷帐里,这时候大家都已熟睡,竟把阿里亚和蜜达格忘记了。只有陀林各尔觉得不安心。

波洛德的大马群中,并没有把一切马都放在一起。有几匹新近买来的马还不许当作种马放进马群里去。因这缘故,陀林各尔带着马群来到爱伦霍舒的时候,比所有的人都迟。

陀林各尔给马饮了水,把它们带到新的牧场上,便急急忙忙地回到蜜达格和阿里亚正在等他的旧住宿地来。陀林各尔骑了马走近家里的时候,"蜜达格"星座已经倾向西北。时候早已过夜半了。

灯火的光闪耀着。陀林各尔的心因了对于留在旧住宿地的妻子的挂念和怜悯而紧缩起来。

半夜里篷帐中点火,分明是发生了什么事情。"孩子波尔呼生病了不成?"但他立刻想起:蜜达格要生孩子了。新生的儿子!陀林各尔不及卸下马鞍,便走进篷帐去。阿里亚老婆婆在灶旁煮茶。盖着毛皮被头的蜜达格两眼紧闭,苍白而疲劳的脸上显出青色的影子。

"什么事?"陀林各尔用断断续续的声音问。

阿里亚抬起眼睛来望着他。她的眼睛疲劳而亲切。新的生物产生的时候在场的女人,往往有这样的眼睛。

"大小平安,大小平安,你瞧——"老婆婆指点蜜达格方面。陀林各尔向睡着的妻子望望。

"你们两个人怎么办得了?"

陀林各尔常常认为女人没有男人的帮助是什么事都不能做的,而婴孩当他不在家的时候突然地生了出来。阿里亚对他的天真的问话笑笑。蜜达格被这轻声的谈话吵醒,张开眼睛来:

"你回来了? 很好!"

但她还没有把话说完,就低声地哭泣起来。

"我们的篷帐里是不是来了一只小小的牝山羊?"陀林各尔问。他急于要知道生的是男还是女。

蜜达格心中一跳,全身感到一阵温暖。

"他这个人聪明而又小心。"她对她的丈夫作这样的感想。现在可以放心告诉他生的是女而不是男了。

"不是,一只小小的牝山羊进了我们篷帐里。"蜜达格回答,狡狯的微笑闪现在疲乏的脸上。

她侧转身子,揭开毛皮被头的一端来,陀林各尔看见了波尔呼曾经躺过的毛皮包。

"女孩子。"蜜达格说明,用疑问的然而又胆怯的眼光看着丈夫。

阿里亚站起身,走到蜜达格的床边。一张小小的脸从毛皮包里露出来。篷帐里只有炉灶的幽暗的光,这小脸儿约略地看得清楚。

"这有什么呢,女孩子也是人呀。在世界上,获得人身的宝贵形象而生出来的东西,是最可贵的了。"陀林各尔想起了小时候在已故的父母亲那里听来的话,郑重地说。

"你觉得自己怎么样,蜜达格? 一切都安适么?"

"很好,很好,你不必担心。阿里亚婆婆,应该请孩子们的爸爸喝茶呢。"陀林各尔打断了妻子的话。

"应该在神像前供茶。"

但阿里亚已经在篷帐的主人的茶杯里倒满了茶。

"早上我们已经在神像前供过茶了,"蜜达格说。

"那么应该点神灯。"陀林各尔从小桌子上取了神灯,俯身到炉灶上去取火。

微弱的光焰照耀在神像的清楚的轮廓上和圣书上了,然后陀林各尔坐下在妻子旁边的地板上,从阿里亚手中接取了最尊敬的一杯浓茶。

但他不愿意一个人喝,他要同大家分享他的欢乐。他喝了几口,便把茶杯递给妻子。蜜达格拿了茶杯,也喝了几口,又把它递给阿里亚。

"倘使没有你,我今天要死了,阿里亚婆婆。"

阿里亚默默地接取了茶杯,用右手的无名指醮些茶,撒向睡着的波尔呼和新生的女孩子方面,表示他们也都是家庭的一员,应该参加共同的家庭庆祝。

"对一切都已表示了这尊敬么?"陀林各尔想,眼睛向篷帐中四处观看。"仿佛万事都已安顿了。但是还有父亲——永远的青天,母亲——藏金的大地呢?"陀林各尔想起了,便拿了从锅子里装满茶的一瓶,又拿了食器,走出篷帐去。他在食器中倒满了茶,把茶泼在地上,又撒向天上。

"母亲——藏金的大地,永远的青天——我的父亲,赐给我们恩惠吧。"

陀林各尔又在食器里倒满了茶,停止了。对谁还没有表示过尊敬呢?

陀林各尔在天空中找到了七天翁(大熊)星座和北极(金钉)星座,也向它们撒了茶。现在只需环绕篷帐走一转,仪式就完成了。陀林各尔向右转,环绕了他的盖着有破洞的旧毛毡的小篷帐而步行。他走到东面时把步子放缓,看见黑暗的天空中有一道带金色的白光,这是晨星"左尔蒙"出现了。陀林各尔心中喜欢,他觉得晨星的出现同他的女儿的诞生有关联。

"朝晨的先驱者,你做我的女儿的星吧。困难的生活在等候这个可怜的放牧者的女儿,你做她的庇护者和保卫者吧!"

陀林各尔撩开毛毡,走进篷帐里去。炉灶里燃着辉煌的火。阿里亚坐在炉灶旁边,她的身旁放着装干乳脂的空碟子。

老婆婆懂得陀林各尔的疑问的眼色,便带着教训的口气说:

"在对天地和星辰表示尊敬的时候,不可以忘记家庭的庇护者的火,所以我拿干乳脂来供献给它。"

干乳在炉灶里烧完了。烧乳脂的愉快的香气充满了篷帐。阿里亚躺在睡着的波尔呼旁边。陀林各尔解下了腰里围绕数转的带子,把它放在头底下当枕头用,脱了鞋子,躺在低低的木床上,盖上了长袍。蜜达格靠在装牛粪的笼子上,半躺半坐着在那里打瞌睡。陀林各尔拍拍妻子的肩膀,说道:

"你没有睡着么,蜜达格?"

蜜达格张开眼睛来,要求他道:

"你睡吧,陀林各尔。我知道我是不可以睡着的,所以我不会睡着。你一会儿就要出门的,休息吧。"

"不,不,我不知怎的睡不着,蜜达格。"

陀林各尔摸摸妻子的头,把脸贴在她的额头上,闻到了他所闻惯的、她的头发的气味。

早上,阿里亚最先起身,立刻走过去看,产妇有没有睡着。蜜达格对老婆婆笑,她就放心,开始准备茶。陀林各尔也起来了。阿里亚递给他一杯红茶和几块干燥的凝乳。

陀林各尔约定傍晚回家来,便把那匹缚住三只脚的马加鞍,飞奔出门去了。

波洛德和代瑞德看到了这个雇工便责备他:

"这一昼夜你到哪里去了?"

陀林各尔说他家里生了一个女孩子,又向主人说:

"波洛德先生,请准许我把马群交给达姆金管三天,我要到旧住宿地方。"

波洛德在陀林各尔出去后把门一关上,立刻对妻子说:

"现在我们将有一个女儿了!"

但代瑞德反对:

"不,我们要一个儿子!"

"怎么儿子?"波洛德不懂她的话。"你听见陀林各尔说的,他家里生的是一个女儿。"

"我不要女儿。倘使只领养一个小孩,这必须是个男孩。女孩子出嫁的,谁来承继我家的烟火呢?你听见说过,我的亲戚家有一个大儿子。我们要了这个男孩子吧。"

"这孩子不知道是哪一个父亲所生的。他长大起来是何等样人,谁知道呢? 现在这父母两人都是正直的人。女孩子或男孩子,还不是一样的么? 重要的是要这孩子长大起来是个好人。"

"怎么叫做好人呢?"代瑞德钉他一句。

"好人,就是不撒谎,不做盗贼。"

"那么我亲戚是盗贼么? 在我的血统里没有一个坏人,在你方面,我可不得知了。"

"去问我们的喇嘛洛达吧。他约定到我们这里来的。他大约知道我们的篷帐已经迁到这里来了。"

在第三天上,不耐烦的代瑞德等不得喇嘛的来到,便吩咐备马,骑了跑到邻近的住宿地去,那里住着占星术家助尔哈伊奇·洛蓬,她要向他请教。

在代瑞德的心目中,除了陀林各尔的女儿之外,还有三个孩子。她知道谁也不会拒绝她的。

住宿地望得见了。几只狗吠叫起来。

走到了离开喇嘛的篷帐不远的地方的一辆载货的马车旁边,代瑞德叫喊:

"请把狗看好!"

一个年青女子听见了她的喊声,便走出来,把狗赶走,向代瑞德道了普通的问候,惊讶地问道:

"代瑞德夫人,您家有什么大事情,不派别人而亲自到这里来? 您真是个好骑手,代瑞德夫人,您一点也没有改变。我们好久不见了。我们在一处游牧,却是难得见面。"

代瑞德跨下马来,吻了青年女子的额,问道:

"谁在篷帐里?我有重要的事情要请教你们的喇嘛。"

青年女子在代瑞德面前打开了门,跟着她走进门。在篷帐中的北角里,一张小桌子的后面,有一个穿喇嘛服装的、剃光头的中年男子坐在两个方形的毛毡垫子上。他面前的小桌子放着一册很厚的西藏书,书上盖着一块绸帕。书的旁边放着两只杯子,一只里盛着奶茶,另一只里盛着水。

洛蓬正在数着念珠作祷告,又在盛水的杯子里吹风,制造"奥尔香"——即圣水。同时他还从茶杯里喝茶,用装在软玉瓶的盖上的小骨瓢掏鼻烟来嗅。

代瑞德默默地坐在垫子边上了。

喇嘛对她看看,但继续诵经。过了些时候,他停止了诵经,他们就互相招呼。

"我有点事情要请教您这位贤明的人。"代瑞德说,看看在座的人,又停止了。喇嘛使个眼色,除了迎接代瑞德的那个青年女子以外,其余的人都出去了。

代瑞德站起身来,把一段做长袍用的贵重的中国绸缎送给喇嘛。

"您知道的,我们是富人,我们有祖遗的财产,但是上帝没有赐给我们孩子。我们老来没有人慰藉,我们死后没有人承继我家的烟火。我心目中有几份人家,可以领养孩子。我们不知道哪一家好。您是贤明的喇嘛,请指教我们,领哪一家的好。"

代瑞德把三个新生的孩子的母亲的名字一个一个地说出来,考虑一下之后,又说出了她的妹妹的八岁的儿子的名字——这就是她不顾丈夫的反对而想领养的那个孩子。

喇嘛探问她所提出的四个孩子的出生年月,得到了答复之后,从黄色的绸帕底下取出一册很厚的占星术的书来,便依代瑞德所说的顺序,开始谈论这些孩子的命运。

第一个是陀林各尔的女儿。

"这女孩是在'蒲尔伐,马达尔伐德'星座之下出生的。书上说:在这星座之下出生的孩子是愚笨的,阴恶的,近于盗贼的。这女孩子一定恶劣,会犯罪,她的寿命短促。"

关于第二个孩子,喇嘛说了些听不懂的话,立刻说到第三个婴孩。

他在书中查看。他的脸上显出狼狈的影迹来,洛蓬闭上了眼睛,默默不语。第三个孩子是他的私生子,但代瑞德不知道这一点。助尔哈伊奇想道:"应该劝她领养我的马克萨尔。那么我可以不必替他和他的母亲操心。他出生时的星座并没有良好的预言,但人生在地上,同很远的星座有什么关系呢?"

于是助尔哈伊奇慢慢地张开眼睛来,仿佛祷告完毕了似的,说道:

"这孩子名叫马克萨尔。他是在木星之下出生的。这孩子的命好得不可限量。长寿,聪明,一生做的都是善事。"

代瑞德喝干了茶,说道:

"我还得同我的丈夫商量一下,但是我想,我们要领养马克萨尔的。洛蓬先生,您在回寺院以前,请到我们的篷帐来玩玩。"

代瑞德起身出去了,那青年女子送她出去,赶走了狗,亲切地帮助贵客上马。

陀林各尔得到了许可,便回到妻子那里。到了第三天终了,须得举行产妇清净的仪式,又替新生的女儿取名字。但是陀林各尔没有钱向远处的寺院去请特殊的喇嘛,他就来到邻近的住宿地,在那里住着他的朋友,一位草原喇嘛。

他所请来的喇嘛,只懂得两种祈祷:一种是发生不幸事件时读的祝福的祈祷,一种是在生活上发生一切事件时读的"宗哈维"颂词。

喇嘛的悦耳的声音和听不懂的西藏话,使得这仪式气象庄严。

阿里亚准备好了一只桶和温暖的盐水,把它放在喇嘛面前了。喇嘛祷告了一会,在水上吹风。然后命令父亲替新生的孩子在盐水里洗浴。

洗好了浴,陀林各尔请喇嘛替女儿取个名字。

"让她名叫采兰吧,"喇嘛说,"将来一定是长寿的。"

喇嘛在一只碟子里放些良好的香,把它点着了,等它发出烟气的时候,他又作祷告,把烟气熏到密达格和婴孩身上,然后拿着碟子,沿着篷帐的壁走一转。

第二天,陀林各尔把他的家族移居到爱伦霍舒。

代瑞德看到蜜达格的时候,做出欢喜的样子,送她一只小羊,又假装可惜的样子而告诉她。她和丈夫不能领养采兰。

"这女孩子住在我家,或者住在你家,还不是一样的么?但求她生活得好。我们和你们,就同一家人一样。我们的家畜就是你们的家畜,你们的孩子就是我们的孩子。"

代瑞德又讲了许多甜言蜜语。这两个穷人便懂得:他们是不能同富裕人家攀亲的。后来他们得知:助尔哈伊奇预言了他们的采兰的命苦和寿短。阿里亚安慰他们:

"你们都知道:被人说不好的人,往往反而是幸福的。这女孩子很可爱,母亲的奶可以把她从疾病和不幸中救出。切莫把她送给人家。"

波洛德和代瑞德领养了马克萨尔作儿子。

助尔哈伊奇·洛蓬出席这承继的仪式。代瑞德请求喇嘛做孩子的庇护者,请他常常到他的帐幕里来玩,又送他一匹小马。

过了若干时。

陀林各尔每天早上集合马群,把主人的几百匹马带到草原的井那里去饮水。

日月积成年,采兰出世以来,不觉已经好几年了。

夏天她看管小牛和小羊。她还得替主人家打扫篷帐,收集炉灶里作燃料用的牛粪。为寒暑不间的劳作所困难的小姑娘常常啼哭,用浅黑色的小手来揩眼泪。

波洛德的养子马克萨尔满足而娇养地长大起来。

波尔呼因波洛德的劝告,被送进寺院里。他当了助尔哈伊奇·洛蓬的学生,在大风雪中回家的路上冻死了。

"多数推戴者"[1]执政第五年来到了。冬初,波洛德须得把羊送到旗公署去当作税金,陀林各尔押送羊群。

旗公署和普通的住宿地不同之处是,各个篷帐都很接近。

陀林各尔走遍主要的篷帐里,先向官员问好,然后向书记们问好,坐在炉灶的左旁了。旗公署的篷帐用四根细柱子撑住。地上铺木板。门的右面挂着三根黑色的皮鞭,是用以惩罚犯罪的人的。柜子上放着一册很大的事务册子。

首席官员拿伊亚问陀林各尔,从哪里来的,有什么事。陀林各尔说:他是奉波洛德之命押送羊群来献给旗公署的官员们的。

拿伊亚从茶壶里倒出一杯茶来,默默地喝茶。

---

〔1〕 "多数推戴者"是波格德·该根1911年登俗界统治者的王位时所受的称号。

陀林各尔心中疑惑。大家一声不响。也许这些羊是不需要的,或者,他有什么失礼的地方。

拿伊亚终于发问了。

"哪一个波洛德?"

陀林各尔听见世间竟有不知道他的主人的人,心中觉得奇怪,他狼狈地回答道:

"这是我们所尊敬的波洛德,我们的主人。"

"在我们旗里有许多个波洛德,我问你,这是哪一个波洛德?"

书记之中有一人出来帮助陀林各尔。

"你说,你是从什么地方来的。"

"从爱伦霍舒来的。"

"正要这么说才对。现在知道这是哪一个波洛德了,这是顾才特的子孙。"

拿伊亚命令陀林各尔把羊群带过来看。陀林各尔连忙遵拿伊亚之命。

拿伊亚看了羊,骂道:

"这是什么羊!皮和骨头。让顾才特的子孙自己吃吧!"

陀林各尔知道拿伊亚是贪贿赂的,便决定利用这一点。他弯下身子,在拿伊亚的耳朵边说道:

"拿伊亚老爷,这些是肥羊。请您收了。我的主人会酬谢您的。"

羊的确是肥的,拿伊亚表示不满意,是要勒索贿赂。

拿伊亚听了陀林各尔的话,也用低声问道:

"波洛德酬谢我什么呢?"

"我带来的十五头羊,您只说是十四头好了。"

拿伊亚摇摇头。

"大家看见是十五头羊。"

陀林各尔懂得了：酬谢拿伊亚必须是秘密的。这里四周都是人。于是陀林各尔说，他即刻就回去一趟，他便向着他的马的方面走去，一路上考虑拿什么东西送拿伊亚。

陀林各尔在路上看到一块不很大的白石头。"能够有这样的一块银子，"陀林各尔想，"万事都成功了。"陀林各尔忽然起了一个念头："应该把这块石头塞给拿伊亚。他每天收许多贿赂，恐怕不会知道这是谁送他的。应该惩罚这个贪婪鬼！"

陀林各尔拾起石头，用纸张把它精密地包好了，跑到拿伊亚那里，请求他再摸一摸羊的背脊看。狡猾的拿伊亚猜到了他的意思，便弯下身子去摸羊，这时候陀林各尔便把石头塞在拿伊亚手里，说道：

"大老爷，这些羊其实是好的。"

拿伊亚的心情立刻改变了，他高声问道：

"从这里到爱伦霍舒远不远？"

拿伊亚听说爱伦霍舒路远，便和气地说道：

"不消把羊赶回去了。"

拿伊亚受了羊，托陀林各尔向可尊敬的波洛德问候，便得意扬扬地缓步走向旗公署的主要篷帐去。他心中估量：刚才收到的这锭银子，不会轻于四"瑯"[1]。

拿伊亚等到篷帐里没有人的时候，打开纸包来。他看见了石头，便愤怒地咒骂。

---

〔1〕　银子一"瑯"等于三十七公分。

陀林各尔回到了住宿地,把他拿甚样的贿赂送给首席官员的事讲给人们听。波洛德、代瑞德和一切在场的人都哈哈大笑,称赞陀林各尔的智巧。只有木匠唐达尔说这行为不好,劝他们送些东西去笼络这官员,以防止他的复仇。波洛德决定去同助尔哈伊奇商量,但洛蓬听到陀林各尔这样巧妙地愚弄官员,觉得很满意,劝波洛德什么东西都不必送。倘使拿伊亚想复仇,助尔哈伊奇可毁灭他的灵魂。

有一次,陀林各尔受到旗公署的命令。他必须到波格陀因—呼雷去服兵役。大家都猜测到:是拿伊亚为了去年的诡计而向陀林各尔复仇。

陀林各尔向主人和主妇告别,请求他们照顾他的妻子和女儿,便乘了驿马出发了。

陀林各尔快马奔驰了五天,但是离波格陀因—呼雷还是很远。他觉得奇怪:他走了这许多路,地面老是无穷尽的。山峰渐渐地高起来。陀林各尔看看它们,似乎觉得这些都是反穿毛皮外套而坐着的巨大的老人。山的北面的斜坡上有个树林,这在陀林各尔看来好像老人的毛皮外套上的黑毛皮。陀林各尔看到比山顶低的浮云,也觉得奇怪。

护送陀林各尔的驿马夫说,波格陀因—呼雷近了。陀林各尔希望早些看到有银色寺院的圣都,这些寺院,照他所想象,是一部分在地上,一部分在天上的。陀林各尔相信在那地方没有穷人和罪人。他又猜想:他一进这首都,他们就会给他穿件丝绸长袍,因为在这都城里,穿了普通长袍走路多半是不可以的。

有一天早上,陀林各尔终于看到了波格陀因—呼雷。在四座青山之间的山谷里弥漫着白雾,通过白雾看得见寺院的金色的屋顶。陀林各尔最喜欢的是密密地覆着树林的那座山,这便是波格陀—乌拉圣山。在波格陀—乌拉的山脚上流着一条宽广而清澄的河。驿马夫的马走向浅濑中，陀林各尔跟着他，疑心而恐怖地也把马驱进河水里。他是蒙古东南部的住民，没有见过大河，看到水害怕，虽然水没有齐到马镫。

高山、白雾、寺院的金色屋顶、河中的清水——这一切把陀林各尔带到了虔敬的心理状态中，使他觉得似乎走进了佛国。他因为感动的原故，对于现实不能好好地认识，他同酒醉一样感到头晕。

但是酒醉立刻过去了。他看到两个盖着破布和薄毡的黑色的篷帐。门开了。走出两个衣衫褴褛的女人和一个赤足的小孩子来。他们便请求布施。陀林各尔从分头袋里摸出他惟一的备用的长袍来，准备送给乞丐，但驿马夫拦阻他。他说：在波格陀因—呼雷有几百个乞丐，倘使·个可尊敬的官员顾念他们而帮助他们，他自己就立刻变成乞丐了。

于是他们走远了。

阿伊马克全权宫城是一所大邸宅，围着高垣，里面有一所中国式的木造房屋、两个篷帐，篷帐的薄毡上有红的带子，还有一个警备的小篷帐。他们两人走进篷帐。篷帐里有三个官员，坐在盖着西藏红绒的沙发上。陀林各尔向官员们行了礼，便从怀中取出旗公署的命令来，呈给其中一个上级官员。这官员看看命令，默默地把它放在桌子上了。

护送陀林各尔的驿马对上级官员说：

"我要回到自己的驿站去。我把这位可尊敬的先生留在这里了。"

上级官员突然向驿马夫叫道：

"这哪里是一位可尊敬的先生？这个不中用的平民死后也不会变成官员的！狗子尊崇狗子为狮子。两个都滚出去！"

狼狈而恐怖的陀林各尔和驿马夫就走出篷帐去。

陀林各尔不知道怎么办好。但驿马夫已经从马身上取下了陀林各尔的行李和马鞍，准备离去了。他知道他带到首都来的不是一个可尊敬的官员,只是一个普通人,便跨上马,跑回去了。

心慌意乱的陀林各尔带着马鞍和行李留在宫城的篷帐旁边,考虑如何办法。篷帐里走出一个官员来,看见了陀林各尔,吩咐他明天到兵营里来听命令。

"我没有地方可以过夜。"陀林各尔向他表明。

"到我们那里去宿夜吧,"官员回答,"但为了宿夜,你应该帮助我做些家务。"

陀林各尔在官员家里住了三天,到了第四天,他和其他几个兵役义务者由一个士兵伴着,出发到离开波格陀因—呼雷半驿的兵营里去。

于是陀林各尔当了蒙古的兵士。他们给他一支没有弹药筒的"贝尔当"式步枪。

十个兵士在一个大篷帐里,和他们同住的还有第十一个——十人长。他们睡觉时并排地挤在一条共通的毡毯上,轮流地办伙食,到市场上去买食粮时,尽量地节省金钱。每一个兵士每月得到衣食费中国银洋九元。

陀林各尔来到的时候,他的一组里的十个兵士已经有三个月没有收到饷银了。发给兵士的饷银被陆军部长扣用了。他替自己造了一间新房子。

兵士们挨饿了,陀林各尔不得不和他那件穿了形似官员的漂亮的茧绸长袍告别,后来又不得不把马鞍卖掉。

兵士之中差不多没有一个是富人出身。他们都像陀林各尔一样,或者是雇工,或者是有纳税义务的人。

兵士们的东西都卖光了,他们之中每天必须有两三个人到市上去赚工钱。

陀林各尔在那里第一次看到俄罗斯人。他们的面颊和嘴巴都看不见,都被黄色的髭须遮盖了。他对俄罗斯人渐渐地稔熟起来,竟能够同他们讲几句话了。

兵士们有时要受军事教练。那时候一清早就吹海螺,叫他们起来,要他们排队开步走,用"贝尔当"式步枪打靶子,跳木马,骑在马上全速力奔驰。

军事服务是没有期限的。人在军中可以一直被用到死。这个念头使得陀林各尔害怕。他想回家去,他常常梦见妻子和女儿。

"多数推戴者"执政第八年的新年近了。大家准备庆祝典礼。

住宿地的人们等候助尔哈伊奇·洛蓬的来到。

寺院里刚刚做完新年的礼拜,洛蓬便来到住宿地了。

助尔哈伊奇把同一个寓言讲了两遍。

"有夫妻两人住在世界上。丈夫是一个猎人,一生中杀了数百条生命。他的妻子非常节约,即使是折断的针或者破烂的长袍,也从来舍不得抛弃。人没有永生的——他们两人当然也死去了。死的统治者埃里格汗称量他们的罪行和善行,发现罪行比地上的一个主要的山苏贝尔还大。埃里格汗命令,立刻把这对夫妻降进十八层地狱的最低一层中。埃里格汗的使者把丈夫和妻子带走,投进所指定的地狱中。但他们两人并不跌入地狱,却悬挂在空中,因为当他们被投下去的时候,天上挂下一根长的红绳子来,妻子跌下去时抓住了这绳子,丈夫便挂在妻子的脚上。埃里格汗的使者再把这丈夫和妻子投进地狱去,但是他们紧紧地握住那根绳子。这绳子割也割不断,因为它是非常坚牢的。他们就把这奇怪情形报告了埃里格汗。他再向命运的镜子里察看了一回,看到这情形:当这女人活在世间的时候,她有一次送了一条红绸给喇嘛。这是她的惟一的善行。现在她死后,当时她所送的红绸变成了绳的形状而从天上挂下来,把她从地狱中救出。当妻子送红绸给喇嘛的时候,她的丈夫并没有反对她。因此这女人的丈夫死后也不入地狱,而抓住了妻子的脚。埃里格汗对这两个人无可如何,只得把他们送回人世间。"

蜜达格再度地听了这故事之后,她猜测洛蓬是想得到最近陀林各尔送来的红绸。但她终于没有把这段绸送给喇嘛,因为她认为对丈夫的记念,比死后免入地狱更为可贵。

开过庆祝会之后,波洛德立刻把他的养子马克萨尔带到拿伊亚那里去学习。

出发之前,唐达尔来到波洛德那里,递给他一束斑斓的纸,托他带交他的一个在旗公署服务的朋友。

波洛德惊讶地问唐达尔:

"我听说:俄罗斯和中国的商人们故意把白纸弄得这样龌龊。你的朋友为什么需要这种旧纸呢?"

"这是我的老朋友,"唐达尔说明,"他要求我把这种斑斓的包装纸送给他。在他看来,这不是普通的斑斓的纸,却全都是教训。"

波洛德到达了旗公署,走进主要的篷帐,在祭坛上点着了神灯,把一件长袍呈送给拿伊亚,请求这官员收留马克萨尔为学生。

拿伊亚从桌子上拿起一册名叫"用金钢石切"的佛教书来,把它放在这大孩子的头上。

行过仪式之后,拿伊亚就考验他的学生。他问马克萨尔字母,他觉得很满意,因为他发现这小孩子不但认识字母,又懂得把字母拼成单语。

有一个人走进篷帐来,拿伊亚问他,"今天的午餐你有什么东西?你今天准备拿什么东西来使我们惊奇? 今天我有远客呢。"那人迂回而狡犹地回答道：

"让我想出些什么来。"

这人名叫达尼格伊，他是木匠唐达尔的朋友。波洛德便把小包交给他。

达尼格伊是个厨子，绰号叫做撒谎者。他收到了包裹，立刻把它打开来，看见了斑斓而破烂的纸很是喜欢。拿伊亚对于达尼格伊收到怎样的包裹一事感到兴味，厨子便向他的主人说明：中国人和俄罗斯人在这种纸上刊印着地上所发生的一切事件。拿伊亚要达尼格伊把刊着的东西读出来。厨子微笑道：

"我只能读标题。时间来不及了。我须得去准备午餐。"

"光是读标题也好。"

厨子便把最初拿到的报纸的标题读出来。

"南满洲里有强盗袭击英国守备队。十三人被杀，二十人受伤。"

厨子略微停顿一下，又继续读下去。

"'洛马托父子'商号出售新种莬草。俄罗斯红军掌握政权，建立了没有沙皇的政府。"

拿伊亚听了报纸记事的标题，如坐针毡，最后听到了关于俄罗斯革命的话，忍不住了：

"滚蛋，你这不中用的撒谎者，去办午餐吧。"

达尼格伊一句话也不说，走出篷帐去了。

拿伊亚不等到门在厨子后面关上，便对在场的人说他：

"他的确是一个撒谎者。说不定报纸上所刊着的完全不是他所读给我们听的。如果听信他的话，那么世界上除了我们之外都是聪明人。但在实际上，明亮而纤细的光线通过我们所住的地方，像通过毡毯上的小洞一样。我们就住在这道光线的光亮中,周围都是黑暗的。光明——是佛教的教义。我早已想赶走这撒谎者达尼格伊,只为了他烧菜烧得很好,所以没有赶走他。波洛德,你的儿子就跟达尼格伊学习吧。他在我们这里不但是一个好厨子,又是一个满洲语教师呢。"

达尼格伊在旗公署的其他官员中,是较为聪明而有学问的人。他曾经在内蒙古住过,学过汉语和满洲语,在那里获得了学位,这使他有了执行官员职务的权利。

仆役的地位委屈了他的自尊心,于是达尼格伊准备开创他自己的旗,到波洛陀因—呼雷去。

达尼格伊读报纸,注意国内的情形。

蒙古的局势不安宁。俄罗斯已经有了苏维埃政府,而西伯利亚内乱沸腾。

日本人怕布尔什维克主义侵入蒙古,便举行全蒙古的宣传,而在一九一九年,中国占领军占领了蒙古的领土。[1]

但在拿伊亚所支配的小小的一隅,一切人都照旧过日子,并不知道世界上所发生的事情。然而也有传闻达到这里,说西欧某地为了要使一切人平等,红军和白军开战。冬天,陀林各尔回来了。他在路上走访旗公署,向官员们报告消息。

他告诉他们:在波格陀因—呼雷地方来了些国民党人。波格陀跪在某中国人的肖像面前。大家因此而愤慨。畜牧者们不再相信官员和王族,他们说官员和王族以数千"琊"银子把蒙古卖给中国了。蒙古兵都解散回家,他——陀林各尔——同他的几个同志一样,不肯留在波格陀

---

〔1〕　指 1919 年徐树铮率兵收复外蒙。——编者注

因—呼雷。

拿伊亚不欢喜这些话。第一,陀林各尔骄傲了,大胆地责骂官员和王族;第二,拿伊亚不能原谅他为波洛德的羊所送的贿赂。

拿伊亚决定再来惩罚陀林各尔,并且找到了适当的口实。旗公署没有接到解散军队的正式指令,因此拿伊亚认为陀林各尔是逃兵,把他关进"黑"篷帐[1]里。

陀林各尔在入狱之前,因了率直之故,对人说起:他因为没有马可以骑着回家,所以骑了别人的马群里的马,于是拿伊亚认为这是盗窃行为。陀林各尔便受审讯和拷问。

审问之后,拿伊亚命令把陀林各尔上了手梏脚镣。"黑"篷帐的差役们同情这个无罪的人,不用铁的而用绳做的镣梏。这晚上发生强烈的大风雪。两个看守人,一个老的和一个年轻的,在"黑"篷帐里监视陀林各尔。

年轻的看守人为了要保住灶里的火,走出篷帐去取牛粪了。陀林各尔不难对付那个老人。他把他从门里推开,便逃出篷帐去了。

陀林各尔跳上马,便投奔西方。他来不及看到他的亲族,又被判定像孤独的丧家之狗一般地漂泊了。

蜜达格已经失去会见丈夫的希望了。她听到传说:陀林各尔死了。

陀林各尔的女儿采兰长成了,变成了一个可爱的少女,热心的工作者。

采兰同马克萨尔一起玩耍。邻人们常常访问波洛德。孩子们把破布缚在马尾巴上,解松了马肚带,于是当客人坐在马鞍上的时候,马被破

---

〔1〕 "黑"篷帐即草原的牢狱篷帐。

布所惊吓,便全速力地奔跑,使得骑手跌下马来。

　　每一个孩子有自己的愿望。马克萨尔希望得到色铅笔,采兰则希望得到花缎的带子来缝在她的帽子上。冬天,队商从本旗出发到海拉尔去,马克萨尔托他们带些色铅笔来。采兰也怯怯地请托他们带小小的一条花缎来。

　　过了一个月,队商从海拉尔回来,带给马克萨尔许多色铅笔。采兰问他们为什么一点东西也没有带给她。他们回答她说,每一种东西都有价值:马克萨尔是富家的儿子,他有钱偿付铅笔,但她用什么来偿付花缎子呢?

　　蒙古发生了革命,组织了人民政府。政府发出命令:所有的人——牧畜平民和贵族,男和女——一律平等,担任领导职务的,必须选择聪明而富有知识的人。拿伊亚和王族马哈苏海决定:他们自己正是最善良、最聪明而富有知识的人,他们不召集旗里的牧畜者,便向首都报告,说选举已经举行过。他们改换了自己的职位的名称,继续支配,仿佛一点都没有改变一样。

　　不久,拿伊亚自己担任了刚才死去的首席官的职务。

　　拿陀姆旧纪念节来到了。王族、首席官员拿伊亚和别的官员,必须参加射箭的竞赛。旗中许多有名的射手都集合在这竞技中:唐达尔、陀诺伊、拿伊亚的小儿子蒲因、波洛德的养子马克萨尔、书记阿尔当和从旗中各住宿地来的别的青年。

　　有一个前来参加竞技的老年的牧畜者,向拿伊亚控告马克萨尔。说马克萨尔在他的马群中提取了一匹最好的竞赛马,没有得到许可,便把它装鞍,骑它来到纪念会,把自己的一匹疲劳而饥饿的马丢在公共系马场里了。老人很伤心,因为他的优秀的竞赛马可以在竞走中获得第一。

马克萨尔把他的节日完全破坏了。为什么不惩办这个狂妄的孩子呢？

拿伊亚把马克萨尔叫来，问他：

"你为什么干这等事？"

"现在是人民的政权了。不久就要不分你的和我的了。"这少年回答。

"但是现在还分你的和我的呢。"拿伊亚狼狈地反驳。

"但是马上就要不分了。您没有读过首都送来的长而白的信么？"

拿伊亚没有读过这封信。他从波格陀因—呼雷收到不少的各种各样的文件，但是懒得读它们。重要的是首席官不好意思承认没有读过信。他不想反抗马克萨尔。据传闻，首都的青年人都很勇敢，甚至凶暴。拿伊亚略略想了一想，对老人说：

"倘使马克萨尔再到你的马群中来把马加鞍，你也到他的马群中去把马加鞍——这便公平了。"

纪念会已经将近告终了。马的竞技和角力演毕了。衣冠楚楚的牧畜者——竞技的参加者——和许多看客开始散去了。在纪念会上只留着射手们和若干好奇者。

射箭的竞技必须延续一星期。在盖着嫩草和花的小丘中间的原野上，建立了几百个靶子。小川的岸上张着许多青色的篷帐，射手们就住在这些篷帐里。本地的牧畜者送牛乳和马乳来给他们喝，等候竞技者成功。原野上不断地有骑马的人和徒步的人群集着。

高明的射手射中了靶子，他的朋友们立刻大声叫喊：

"万岁！"

竞技将近告终，在决定性的瞬间，拿伊亚的部队里一个优良的射手，平民梅兰—梅尔根，不射中自己的靶子，却射中了敌手的靶子。在场的人数认为梅兰是故意不射中的,为了要使胜利归于平民的射手们,而不归于拿伊亚首席官的部队——这部队里除了梅兰一个人是平民以外,其余都是贵族和官员。

拿伊亚大怒。他命令一切射手晚上聚集到他的篷帐里来。他将要在那里当众人面前惩罚梅兰:在他的每一个面颊上打五下。队长们便请求拿伊亚饶恕这犯过失的人,说梅兰不是一个平常的人,上天赋给他优秀的技术。拿伊业咆哮道:

"在人民政权之下我们大家都是平民,谁都不能因了功劳和名望而减罪。谁犯罪,谁应该受惩罚,这是政府向我们要求的。"

晚上,射手们聚集在首席官的篷帐里。拿伊亚从旗公署里叫出他的两个仆人来。他知道射手之中没有人肯打有名的梅兰的。

梅兰—梅尔根被迫跪在首席官面前。旗公署的仆人之中的一人按住了他的肩膀,另一人打他的面颊。这侮辱的行径激怒了全体平民射手。

拿伊亚第二天心绪恶劣。他虽然不是一个坏射手,但四支箭全部射不中靶子。于是他便骂厨子达尼格伊。他骂达尼格伊,为了他在夜间妻子生产后立刻来到这里,而没有行清净仪式,因此拿伊亚的箭射不中靶子。

拿伊亚一边骂,一边回过头去,看见北面上风的方面,有四辆装着牛粪的牛车向着篷帐开过来,牛背上坐着赶牛的女人。这时候拿伊亚愤怒极了。

"谁让她们从上风方面开到这里来?女人们身上飘过不清洁的风来。这妨害了我们的竞技!"

拿伊亚唤他的儿子和另一青年射手阿尔当过来,命令他们把女人们赶走,把车子里的牛粪倒在地上烧毁,让烟气来驱除窜入原野而妨碍竞技的秽气。

过了些时候,首席官走出去看牛粪烧得怎样,他吃了一惊,因为射手们并不烧牛粪,并不赶走女人,却和悦地在那里同她们说话。两个女人坐在草地上,仿佛准备在这里不止坐一小时的样子。

拿伊亚召唤射击队的队长们。老人唐达尔也在其中。拿伊亚对队长们说:

"这是怎么一回事?女人们在上风方面走路。必须惩罚她们。应该把牛杀死,拿来办大宴会。"

唐达尔向女人们所在方面看看,说道:

"这匹白头牛是我的。这些燃料大概是替我运来的吧。"

第二个队长确实地说:

"对,这的确是你的牛,可尊敬的唐达尔。骑在牛上的姑娘好像是陀林各尔的女儿。"

拿伊亚听到了陀林各尔的名字,眉头一皱。他想看看这个没有礼貌的雇工的女儿长得怎么样。他命令去叫女人们过来,为了要警诫她们,下次不准从上风方面走向圣地来。队长中的一人去叫了女人们来。拿伊亚向她们说明:射箭是天上的游艺,必须避去一切罪恶和污秽。女人中的年轻的一人回答说:她懂得这个规矩,但当她们走近这里的时候,从南方吹来的风忽然变了方向。

拿伊亚想道:"早上的确是南风。这样说来,我射箭的时候是逆风,因为不能中的罢?"他和善起来,亲切地问那少女:

"你叫什么名字?"

"采兰。"他听见了这个低声的答语,心中想道:"这莫非是陀林各尔的女儿?"

"你替谁运这些牛粪来?"拿伊亚问。

采兰回答道:

"替可尊敬的唐达尔。可尊敬的乌德波尔要我运些燃料给她的丈夫。我今天早上在草原里收集了牛粪,运到这里来。"

采兰有一双大而乌黑的眼睛。这使得她迥异于其他的女孩。拿伊亚欢喜这女孩子。

女人们走了之后,一个射手走进篷帐来,对拿伊亚说,轮到他射箭了。但拿伊亚这一次运道又不好。四枝箭当中的头两枝从靶子旁边飞了过去。拿伊亚看看他的拿弓左手,看见这手正在发抖。他愤恨地拉开弓弦。因为心情紧张的原故,他的眼睛发晕了。

四周发出笑声。拿伊亚知道他的箭射中了别人的靶子。他声言广场已被不洁净的气息所污损,不肯再射第四枝箭了。

首席官失败的消息立刻广播在全体出席者之间。唐达尔对拿伊亚说:

"昨天你惩罚梅兰一梅尔根,为了他射中了别人的靶子。今天你自己犯了同样的错误。是不是你也应该打巴掌?"

拿伊亚除把自己的罪过卸在不从应该走的方向开牛车来的女人们身上以外,没有别的话可说。他命令儿子采集杜松来,在纪念会广场的上风燃烧。

拿伊亚回转身来,对射手们说:

"你们为什么站在这里? 去采集杜松吧。"

射手陀拿伊讥笑地回答:

"我们另有更紧要的事。必须惩罚犯过失的人,打他几个马掌。"

他们要梅尔根去做这件事,但他拒绝。没有一个人愿意对付这老人。马克萨尔表示他愿意干这件事。他展开手臂,那么用力地打他从前的老师的面颊,以致把他打倒在地。

"够了！够了!"唐达尔叫着,握住了马克萨尔的手。

拿伊亚受了应得的惩罚,大家都满意。拿陀姆纪念会结束了。大家散归家去。

不久,旗里组织了人民革命党和革命青年团的支部。

入党的人不仅是牧畜者,也有官员,拿伊亚即在其中。

约三十人聚集在主要篷帐里,开党支部会议。他们选举了一个官员做会议的主席。主席拿出一张纸来,高声诵读。这是中央送来的文件。中央委员会向党机关提议:要纠正旧政权残留下的不公平。

唐达尔在会议上发言道:

"我认为,我们的官员照旧强迫牧畜者放牧自己的家畜而不付报酬,是不公平的。"

主席回答唐达尔说:

"这是小事情,我们还有其他更重要的事情呢。"

会员都不断地吸烟,篷帐里充满了辛辣的烟气。拿伊亚是不吸烟的。他也提议,要求党员戒除吸烟。

出席者中有几个人支持拿伊亚的提议,另有些人表示反对,便开始争论。审议唐达尔所提出的提案,时间已经不够了。会议告终的时候,唐达尔表示:牧畜者和官员难于获得一致,因此应该使他们分别开会。但主席向唐达尔说明:党章里没有这样的规定。

过了两个月,代表们聚集在主要篷帐里,为了选举新的旗公署。其中有牧畜者、官员、书记,甚至喇嘛。

在旗会议上，拿伊亚作总结报告。他关于成吉思汗及其子孙说了许多话，而关于人民的需要一句话也不说。

从前的厨子达尼格伊听了拿伊亚的报告，便发言。他嘲笑首席官的傲慢而空洞的话，又质问旧旗公署的职员：旗的经费为什么对富人只取二十头羊，而对穷人要取二百头？

牧畜者们支持达尼格伊。他们看见他对拿伊亚和王族不怕当面直说，觉得很满意。

他们说：“没有王族和官员，我们也会统治我们一旗。”

达尼格伊当选了旗公署的主席，木匠唐达尔当选了审查委员会的委员。

代表们终于能从王族和官员的势力下解放，他们同新主席达尼格伊开玩笑，称他为：

“可尊敬的旗主，厨子王族。”

有一次，拿伊亚访问蜜达格的篷帐，从怀中取出一件长袍来，说道：

“我那里有一位打鹿的猎人，你这里有一位缝貂皮的女技师。请你把他们联系吧。”

蜜达格狼狈了，要求他缓些时光。因为这必须同可尊敬的唐达尔商量，并且探询女儿的意见，须知现在的青年人不大听从老人的话，他们自己能独立了。

拿伊亚回答说：唐达尔是他的老朋友，当然支持他的；至于年轻的人呢，应该看重青年男人的性格，但对于青年女子是否给予权利，他不知道了。

蜜达格约他几天之后给回音，好容易摆脱了这个突如其来的媒人。

采兰从母亲那里得知了拿伊亚做媒的事，坚决拒绝嫁给他的儿子。

　　书记拿姆萨朗从首都来,拿伊亚从他那里听到了首都的新闻:有几个蒙古女郎到俄罗斯去学习。她们是由俄罗斯男子伴着同去的。

　　拿伊亚散布谣言,说俄罗斯人带走女郎。

　　他来到蜜达格那里,对她说:

　　"你的女儿很危险。年青的姑娘要被带到俄罗斯去呢。暂时让你家的采兰住在我家里,作为我儿子的妻子。以后再来商定吧。"

　　蜜达格答允了。第二天,拿伊亚不管采兰的反对,把她带到自己家里。

　　在富人的住宿地有许多雇工。他们知道采兰的父母,知道她将被强迫出嫁,他们对于这可怜的少女都感到同情。

　　他们答允帮助她逃走。采兰决定在夜里逃走。这不是容易的事。她睡在主人的篷帐里,拿伊亚的妻子的旁边。天一黑,大家就寝了,采兰屏着呼吸倾听是否大家已经睡着。她几乎不眨眼地从篷帐的出气洞里注视夏夜的黑暗的天空。当她看到大熊星的尾巴的时候,便悄悄地溜出篷帐,长统靴也不穿上。须得赶紧走,因为大熊星在天顶的时候是夜半了。主人家的狗对采兰已经熟悉,当这姑娘走出篷帐的时候,它们只是懒洋洋地张开眼睛,瞌睡朦胧地向她看看。

　　采兰穿上了长统靴,把一条绸带紧紧地系在腰际,小心地跨步,走向羊栏去。在羊栏那里站着一匹装勒的马,马背脊上缚着一只袋,当作鞍子。在羊栏里,那些羊懒洋洋地嚼着反刍,正在休息。从它身上发散出暖气、羊毛气和草原上的草的香气来。采兰想道:"这些羊可以归我所有。我可以做了主妇来支配它们。但是要做这些羊的主妇,必须做那讨嫌的、愚蠢的蒲因的妻子,而且每天早上要送茶给那么虐待我父亲的恶劣的拿伊亚。"

女郎踌躇地走近马去,拍拍它的项颈,那匹马报答她的爱抚,温顺地嗅嗅她的肩膀。采兰解下马缰绳,抓住了马鬃,骑在马背上了。她起初慢慢地跨步,后来开始走快步。她想奔驰,但她怕老鼠洞,马也许会跌跤而把她摔在地上。太阳出来的时候,她已经回到自家的篷帐里了。

"我要去找寻父亲,"她对母亲说,"可尊敬的唐达尔不会拒绝帮助我们的。倘使父亲已经被草原上的狼吞食了,他的骨头我也得找回来。"

蜜达格哭起来。

唐达尔来了。他劝采兰留在家里。

"不要怕,"他说,"我们保护你。"

但采兰坚持自己的意见。于是唐达尔说:

"我们到达尼格伊那里去吧。去同我们的王族厨子商量一下。"

蜜达格赞成唐达尔的话。他们就一同到旗公署去。

主要篷帐的旁边有一个小篷帐,达尼格伊住在这里面。唐达尔和采兰从北面走近去。采兰惊奇地向这老人看,他就对她说明:

"走到高贵的人所住的地方去,不可以穿近路。"

"但达尼格伊是平民呀。"采兰回驳他。

"不,我的孩子,现在他不是平民了。上天的意思要他担任这个高贵的职务,为了平民生活的幸福。"

"女人可以走进旗长的篷帐去么?"采兰恐怖地问。

"可以,可以,"唐达尔回答,"赛尔才老婆婆最近到他那里去过。她到篷帐里去诉说:她的孙子进了一个什么新的学校,谁帮助她牧养家畜?达尼格伊对她说明:所有的小孩子都应该学习。老婆婆听从他的话。"

采兰想道:"原来赛尔才老婆婆的孙子已经去学习了?"她的眼睛发出光辉,忽然又消灭了。"但是我,大概不得学习的。可尊敬的且尔哈伊奇·洛蓬说过，我是不幸时辰出世的。"

她这样想，但没有对唐达尔说什么。

"你大胆地走进去，像走进我的篷帐一样。话由我来讲……"

唐达尔走在前面，采兰怯怯地低着头跟着他走进去。

达尼格伊亲热地迎接客人，指着毡毯说：

"请坐。"

采兰谨慎小心地坐下了。

达尼格伊微笑着问道：

"可尊敬的唐达尔，为什么事情劳驾？旗公署的工作您审查过没有？"

唐达尔把采兰所遭逢的一切事情讲给他听：拿伊亚如何欺骗她，要她嫁他的儿子；她如何决心走出旗去找寻父亲。

"我们是来同您商量的。"唐达尔的话这样结束。

"找寻父亲不容易的，"达尼格伊说，"他出走已经好几年了，一点信息都没有。"

达尼格伊给客人倒茶，沉默了一下。

"采兰，我劝你取另一种办法。秋天到青年学校去学习，到波格陀因一呼雷去。倘使你愿意，我可教导你，替你作准备。"

采兰脸红了，向唐达尔看。老人懂得她的意思。

"她很想学习，尊敬的达尼格伊。"

"我认得蒙古字母。"采兰断然地说。

"会读么？"达尼格伊问她，同时从桌子上拿起一张写着清楚而美观的文字的纸来，递给采兰。

采兰读了几句，差不多没有停滞。

"你在哪里学习而能读得这么好的?"

"字母,我还是同马克萨尔玩耍的时候向他学得的。去年,我们的夏日小屋同可尊敬的农夫土勃兴的篷帐相邻,他教了我读法。"

"去吧,去吧,"唐达尔说,"你不必挂念母亲,你不在,她也会生活下去的。"

"我要去学习,达尼格伊先生,"采兰说。"只是我怎样能到达那地方呢? 路很远,而我只有一匹马。"

"我们用驿马送你去。而且你不需等到秋天。你可在最近和书记土曼同去。我们给你一封致党中央委员会的信,那时拿伊亚就不能欺侮你了。"

采兰不胜欢喜,巴不得立刻就去了。她留住在达尼格伊那里,唐达尔约定过两天回来接她并且护送她,便告辞而去。

采兰不在的期间,蒲因由他的朋友们陪伴着来到住宿地,向蜜达格声言:他是来迎娶他的合法的妻子的。马克萨尔也参加争执。于是开始打架。唐达尔好容易把他们劝开。唐达尔忠告蒲因,劝他忘记了采兰。这姑娘已经在旗公署主席达尼格伊和党支部的保护之下了。

蒲因空手回家去。

第二天唐达尔去把采兰迎接到家里。采兰便准备出发。她缝了几条宽裤、几件衬衫。代瑞德送她一条绸帕子。

离开出发只有两天,忽然采兰失踪了。这事情发生在夜间。家里的人都吃惊。蒲因把她偷了去么? 她溺死在井里了么?

井里找不出采兰,他们便注意到:她的马和她一起失踪了。那时候他们便断定:她不是被偷去的,却是自己走的。唐达尔放心了:

"大概她有恋人。她要在出发之前和他会面一次。"

天亮的时候,采兰突然回来了。谁都没有决心去问她到哪里去和为什么事。

两天过去了。采兰和啼哭的母亲及乡人告别,已经准备上马了。这时候来了土勃兴的兄弟阿尔当。他请托采兰带一件羔子皮大衣到波格陀因—呼雷去给他所认识的一个官员。唐达尔表示不满,因为采兰的路程很长,过多的物件是她的重荷。然而采兰不顾老人的不平,接受了这件毛皮大衣。

阿尔当自愿送他们到旗书记的住宿地。

途中唐达尔和采兰交谈短短的话,但阿尔当不作声。

他们赶赴井边,给马饮水,坐在草上休息。唐达尔坐在一旁。他想:阿尔当便是那天夜里采兰骑了马去会晤的那个青年,他不想妨碍行将久别的青年爱人。但采兰和阿尔当站起身来,坐在老人的近旁了。采兰微笑着说:

"唐达尔先生,您知道我那天晚上骑了马到哪里去?"

唐达尔狡狯地向姑娘和青年看看。

"我知道的,我知道的……"

"不,您不知道的,唐达尔先生。现在我把那天夜里找到的东西给你看。"她从怀中取出用手帕包好的一包东西来,递给唐达尔。老人带着好奇心打开手帕来。手帕里有一块石头和一束黑的头发。

唐达尔疑惑地对采兰看。

"头发是母亲今天给我作纪念的。这块石头呢,是那天夜里你们正在找我的时候我去拾来的。我跑上旗山,就是你们男人上去祈祷而禁止我们女人上去的那个旗山。我很想看看,那里有什么不许女人看的东西。原来那里除了道标以外什么都没有,不过还有一根高的竿子上面的装供物的锅子。我拾取这块石头作为纪念。人们说:'一个人出生的土地是可贵的,出生的土地上的水也是可贵的。'"

"你可以在山麓上拾石头,不必到山顶上去拾的。我们的篷帐,我们的山和草原——不可以忘记它们!"

唐达尔眺望山的淡淡的轮廓,篷帐中发出的烟气,放牧的羊群、马群,缓步跟随着羊群的骑马牧人,或者全速力奔驰而把轮索投到马群中被注目的马的项颈上去的骑马牧人。老人把眼睛注视远方而坐着,他的眼睛是善良而幸福的。

阿尔当低声对采兰说:

"我们到井边去吧。"

采兰对他一看,站起身来。

阿尔当请求采兰说:"请你把对可尊敬的唐达尔所说的话重说一遍。请你把你关于土地和水的话重说一遍。"

采兰重说了一遍,当他们走到井边的时候,阿尔当汲些水,浸湿了自己的绸手帕,把它绞干了,递给采兰。

"不要仅仅让出生地的土跟你在一起,出生的旗的水也要跟你在一起。"他沉默了一会,又说:"毛皮外套你不要送给人。我在波格陀因—呼雷并没有认识的官员。我想出这话来,是因为当老人面前送你赠物觉得不好意思。你是勇敢的,你第一个决心打破古来的禁例上圣山去。你一定是我们这儿开始建设新生活的第一个女人。"

阿尔当说:

"让我把你的马鞍子整理一下。"

唐达尔在马站着的地方打瞌睡。也许这老头子没有打瞌睡,只是装装样子的。他知道这两个青年聚首的时间不长了。

"我们在这里要告别了,"阿尔当低声说,"当我们到了土曼那儿,我们不能单独在一起了。请你吻我。"

采兰信任而温顺地吻了这青年,两人的心都像花一般开放,也不觉得难为情了。

"最近我对达尼格伊说了一句谎话,"采兰说,"他问我谁教我读书的,我说是你的哥哥。我想,倘使我说了你的名字,大家知道我爱你了。"

他们走到唐达尔那里。

"我们已经把马鞍整理好了,唐达尔先生。我们大约可以出发了么?"

他们在正午到达土曼的住宿地。这官员已经准备出发,在那里等候采兰了。土曼的家庭亲切地欢迎他们。篷帐里聚集了许多人,都是特地从附近的住宿地赶来,想看看这个能够挣脱拿伊亚之手的姑娘,看看这个到首都的学校去学习的姑娘。

他们用乳酒和马乳招待唐达尔和采兰。送行的人唱歌,弹马皮胡弓。

午餐并不延续长久,因为急于要上道。

阿尔当送采兰和书记官到驿站,以便带回他们的马。唐达尔留着等候阿尔当,为了要带回采兰的马。

驿站由十个篷帐组成。每一个篷帐旁边站着装好鞍子的马。

驿站长知道采兰到首都去,便告诉她和她的同行者说:现今有许多女人为了国家的事出门旅行,经过驿站。听说在波格陀因—呼雷,女人学习和工作不亚于男子。他不阻留采兰和书记官,给他们好马,他们就驰向下一个驿站去。

过了六天,他们到达了首都。这一天是革命青年纪念日。许多人拿

着红旗在街上游行。采兰在其中一面红旗上看到这样的文句:

"人民的意志是无限的,是可惊的。"

天色晴明,所有的人皆大欢喜。

采兰和书记官留住在一个同乡人家里。

晚上,有一个美貌而衣冠楚楚的中年妇人到主人家来作客。她知道采兰是来学习的,便招待采兰到她家里去作客。同乡人的篷帐里很狭窄。除了土曼和采兰以外,还有几个为革命青年纪念会而来此的客人。

阿丽马——那妇人名叫阿丽马——带采兰到一间大房子里,教她脱去衣服,用热水和肥皂把全身洗一洗。

有许多热水的那间大房子离开阿丽马的篷帐不远。阿丽马对遇见的人都打招呼,对有几个人她只是点点头,对有几个人她说:她同来的姑娘是她的亲戚,从远方草原上来的。听到这话的男人不知为什么都对采兰注视,仿佛他们想买羊或卖马似的。

阿丽马的篷帐里铺着贵重的地毯。在重重叠叠的旅行包和盖着天鹅绒和绸巾的大大小小的箱子上,放着许多镜子、钟表、烟灰盘和瓷器的零星物件。阿丽马是独居的,但她的篷帐里不知为什么有两张床铺,都放着中国式的长枕,铺着鲜明的绸缎毯子。

阿丽马指着其中一张床铺,说道:

"你可睡在这里。"

然后她准备茶。

采兰旅途疲劳,想睡觉了。她继续不断地骑马走了六天路,全身疼痛了。她伸手去拿长衣,晚上可拿它当被盖,但阿丽马教她脱去衣服,摊开一条白布里子的柔软的棉被来。

"你睡吧。"亲切的女主人说。

　　早晨采兰一早醒来。阿丽马还睡着。采兰想起了故乡的住宿地、母亲、善良的唐达尔和可爱的阿尔当。

　　过了不久,女主人也醒了。采兰想出去看看波格陀因—呼雷,但她生怕迷路。阿丽马自愿引导她。她们就出门去。差不多和阿丽马的篷帐相并的地方有一个围墙。阿丽马敲敲边门,她们两人就走进一个院子,院子里有一个很漂亮的大篷帐。篷帐里住着一个中年妇人和两个女儿。

　　她们三人衣服都很华丽。篷帐的壁上挂着几张画着裸体的中国女子的画。

　　阿丽马就同篷帐的女主人和她的女儿谈话。

　　突然走进两个男子来,阿丽马便带着采兰回家。

　　第二天清早,采兰起身,穿了衣服,唤醒女主人来,请求她领导她到土曼所住的篷帐去。阿丽马劝她留住到中午同去看看城市。她教采兰脱去了普通的衣服,穿上她的青色衣服,说姑娘们穿深色衣服更为合适。她们一同出门。走过几条街,阿丽马停留在一家华丽的中国商店门前了。一个中国人招待阿丽马和她的青年同行者到他家作客,又带她们到店铺后面的一间大房子里去。

　　桌子上摆出了酒和馔。采兰从来不曾喝过酒。他们勉强她喝了三杯,她头晕了。

　　在陌生人面前的恐怖心消失了,她就喜欢谈笑。阿丽马对这姑娘表示满意。她就向那个肥胖的中国人称赞她,那中国人便时时用手抚摸她的头发,有时碰碰她的手,有时碰碰她的膝。

　　中午已过去了,但采兰没有知道。因为这房间里的窗子上盖着长的飞檐,看不见太阳。

天气很热,采兰从怀中取出手帕来揩汗。这手帕是阿尔当送给她的。采兰看看手帕,便激烈地站起身来,走出房间去。她想逃避这个甜蜜的阿丽马和这个用奇怪的眼色看她的肥胖的中国人,而回到故乡的草原上去。阿丽马在边门旁追上了她,想劝她回来。但采兰断然地拒绝。在路上,阿丽马起初骂她,但后来仿佛想起了什么,突然称她为女儿。

到土曼那里已经太迟,而且觉得难为情。采兰因为喝酒而患着头痛,于是她回到阿丽马家里。

第二天早晨,土曼派一个女人来把采兰接回他家去。这女人名叫查尔格尔,她和采兰生在同一旗里,认识她的母亲蜜达格。

在路上,查尔格尔忠告她:"你要远避这些富裕的中年美人。阿丽马的篷帐,是为了捕捉像你这样年青而无经验的女郎而设的罗网呢。"

土曼引导采兰到学校里,她通过了入学试验,被录取了。学校旁边许多篷帐,她同另外三个姑娘同住在其中的一个里面。

她的三个女朋友也是从远方的州郡里来的。

时间渐渐地过去。采兰读了许多书。她常常想把她在课业中所学得的一切告诉阿尔当。可是他在远方。

她所学得的知识中,有许多使她吃惊。地球上水比陆地多,这件事使她吃惊。在她的故乡的草原上,从小而浅的井中取水多么困难。

采兰得知不久以前封建财主和中国商人还压迫蒙古人民,但现在全靠人民革命之力,牧畜者从这压迫中解放了。

采兰住在草原上的时候,就听到了列宁的名字。她在学校里看到了他的肖像,知道了他的学校。

有一个纪念日,采兰来到查尔格尔的篷帐里。女主人不在家,篷帐里坐着一个穿人民革命军司令官制服的年长的人。

采兰问他查尔格尔在那里。

"立刻就回来的。"司令回答她。

采兰坐下了。

"你是从哪里来的,姑娘?"

"我是查尔格尔的同乡。现在在青年学校读书。"

这军人得知采兰是最近来到波格陀因—呼雷的,便探问她。他探问她关于拿伊亚,关于波洛德,关于喇嘛洛蓬的情形。最后他问她:

"你是谁的女儿?"

采兰的眼睛沉下了。依照习惯,为了尊敬父母,不许称呼他们的名字。她对军人说:她的父亲是波洛德的雇工,被拉去服兵役,到现在还没有回家。

"你的父亲是否叫陀林各尔?"军人问。

"是的。"采兰低声回答。

"走近我来,采兰,看看我。你不认识么?"

采兰激动地站起身来。她的脑际闪现出"父亲"这个臆测。

查尔格尔走进篷帐来了。

"你已经在这里了,采兰?我跑去找你呢!陀林各尔先生,您已经会见你的女儿,好极了。你认识父亲么,采兰?"

陀林各尔拥抱了女儿,吻她的面颊。

两个幸福的人相对站着,互相注视。

没耳朵[1]

　　那时我还只十三岁，但我已被认为有经验的牧人了。我不断地放牧七百头一群的羊，已有六个月之久。这羊群是我们共同游牧的两个篷帐的产业。

　　老实说，我对于这工作感到厌倦了。每天从日出到日没在草原上跟着羊彷徨，没有人可以交谈一句话。只希望早些回家，到火旁边，吃一顿饱饭，喝一些热茶。

　　我很熟悉自己的羊。我知道哪些羊欢喜捉草原上的蜥蜴，哪些羊惯于走在羊群的前头，哪些羊懒惰而没有生气。人们说，羊是互相亲爱的，我却确信羊与羊之间没有友谊。它们互相抢夺美味的食物，它们之间并没有像马群之间所常有的爱慕。马是聪明的动物。它们对人驯染，它们热烈地互相爱着。它们之间有好朋友，有普通相识者，有仇敌。在羊里面就找不出这样的关系。然而有时也可碰见并不呆笨的羊。我很欢喜一只没有耳朵的两岁的牝羊，这是去年叔叔给我的。我同它很亲切。我呼唤我的没耳朵的时候，无论它在什么地方，它总是答应我，而且常常立刻向我跑过来。母亲早上给我在路上吃的食物，我分给它吃。没耳朵很欢喜吃沙糖。羊和牛不同，欢喜吃甜的东西。我给没耳朵一块糖，它就

---

　　〔1〕　根据罗希杰斯文斯基的俄译本译出。——编者注

一天到晚紧紧地跟着我走。

我们的篷帐移转到新的地方去了。我骑着马,慢慢地赶羊,希望在天夜以前到家。我不能快速地赶羊,因为这是秋天,正是它们吃草的时候。

没耳朵跑到我身边来。我给它一块沙糖。我立刻看到了我们的篷帐。我预料篷帐应该张在什么地方,所以很快就找到了它们。

新地方好得很。这里的草长得茂盛,长而多汁,比老游牧地的草良好得多,虽然稍稍被秋阳晒干了。这草原上多丘陵,每一个丘陵形似一顶多毛的狐皮帽子。离开我们的篷帐两公里的地方,草原告终了,再远去是盐沼的盆地,繁生着一种对家畜有益的、红色和褐色的植物。秋天的草原是金黄色的,盐沼地是深褐色的。这一切都异常美丽。

我把羊赶向篷帐,它们头都不抬起来,只管吃草。我跳下马,把马缚在车子上了,向四周观看。西沉的太阳底下横着一道黑云。"明天天气不好呢。"我想,便走进篷帐去,我还没有喝完最初一杯茶,忽然听见外面大声叫喊:"火起了! 火起了!"我们听得出是牧马人阿尔芬的声音。

父亲、母亲和我从篷帐里跑出来。太阳红而暗,好像一只煤熏的铜盆。黑烟从西方来,风吹着。

阿尔芬惊慌地说:"火烧! 火烧! 我从高丘上望见的。烧到我们这边来了!"

父亲和阿尔芬各人把一块充分浸水的毡毯缚在竹竿上了,拿着它跑向起火的地方去。母亲也立刻把牡牛套在汲水车上,跟着他们前去,使他们可以时时把毡浸湿。她走的时候还向我叫喊,教我当心看羊。我一时不懂得她的意思。为什么要当心看羊呢? 它们都乖乖地在篷帐近旁吃草,还没有危险迫近它们呢。倘使火果真迫近篷帐了,那么我一个人如何处置这一大群羊呢？我站着想，我的父母亲现在怎样了。我知道：倘使风力弱，草不太茂密，那么可以用浸湿的毡来熄火。我曾经碰到过这样的事。

去年春天，我同两个朋友在草原上玩耍。我们堆起柴来生火，周围的草烧着了。火很快地蔓延开去，烧着了去年的枯草。我们费了很大的力，终于用我们的毛皮帽子把火扑灭了。但那时候是没有风的。我们的帽子的确烧破了些，回到家里着实地吃了一顿骂。

但现在情形完全不同：风十分紧，草又茂密而干燥。长时间考虑是不容许了。必须设法处置。我向四周看看。阿尔芬的母亲，一个上了年纪的女人，不放过时间：她已经用铁锹斩除了自家篷帐周围的草，现在正在我们的住处旁边斩草了。我家有一套折叠的栅栏，是关羊用的，但装在车子上，还没有卸下来。我想把这栅栏张起来，把羊赶进栅栏里，把它们关起来，希望火从栅栏旁边通过。羊有栅栏保护，可以不受伤害了。但我无论怎样赶紧，毫无结果，而火很快地迫近来了。我们已经看到火从西方的丘上延烧下来。扑灭它显然是没有成功。在黑的天空的背景上，看见奔驰着的马群。这些马狂乱地奔向东方。这些是谁家的马，我不知道。马的后面有几百只野生的羚羊奔驰着，其中还有几只狼。火的恐怖把一切畜生联合成为狂号的一群，不知方向地乱钻着。我们的羊闻到了烟气，也惊慌起来。我跳上马，把四散的羊赶做密集的一群。

老人们常常谈起草原上火烧的时候如何烧死野兽的话。野兽在恐怖中从火逃开去，但火在后面追蹱它们，迟早把它们追着。因为野兽会疲倦，而火不会疲倦的。老人们说："应该迎着火奔过去，穿过火线并不怎么可怕。在烧过的地方已经没有危险了。"

我决心把羊集做一团，和它们一同冲过火焰去。火形成一堵广大的墙壁,从西向东推进,仿佛整个草原被火盖住了。这光景是可怕的,而我,一个十三岁的孩子,用尽全部力量,总想不逃走而负起自己的责任来。须知整个羊群是托付给我的。我应该准备斗争。我想:"风非常强,火一定跑得快。倘使我能够保住羊群密集一团,我便能救它们了。"

火迫近我们的篷帐了。我向阿乐芬的母亲喊救,但她已经同了她的爱犬爬上一辆铁轮子的车子里去。这就变成要我一人救这些羊和我自己了!不管怎样狼狈,我心中闪起一个念头:"我要找出我的没耳朵来,把它交给老婆婆!"但是已经来不及了。火从斩干净草的地方的旁边掠过,不碰篷帐,也不碰车子,把我与羊群和老婆婆隔开了。篷帐和车子已在火的后面,在黑色的安全地带的后面了。这使我增加勇气,火势如此快速,我和羊群可以不受多大损害而超过火线去。只需把羊集中在一块。但这看来是不可能的。火焰一迫近羊群,羊就拼命逃跑。我的马因了恐怖,完全变成了一匹竞赛马。它平日的迟钝原来全是装假的。现在它替我服务出力。我能暂时使羊不逃跑了。可是大受损失。因为我拦阻羊,而火追及了它们,它们身上的毛同它们脚底下的草一样地烧起来。群羊都在火里面,和火焰一起跑了。我知道:现在无论如何必须拦住羊群不使逃跑,使得火可以超过它们去。我就决心作最后的尝试。我的马狂奔,我大声叫喊,把羊向火的方面赶去。在长时间的努力之后,我果然把近百头羊赶过了火线后面。火越走越快,立刻把我和羊群留在它的后面了。我救出了近百头半焦的羊。但是大部分的羊还在烟气中和火中乱跑。我离开了救出的羊,去追逃跑的羊。其中有许多已经变成了黑块而倒下了。羊脚上的腱首先被烧而收缩,便像软脚的人一样翻倒在地上了。这种翻倒的羊渐渐地多起来。不久,在火通过的路上,处处散布着黑点了。

突然我心中闪出一个念头:"倘使在前面的最力强的羊没有还没有被烧,那么增加它们的速度,把它们赶到盐沼地里去,一定是好的。"这念头是不错的,因为盐沼地里的植物烧得慢,不容易烧着。我还可以救出垂死的羊群。我飞速地跑到了火线上,穿过了它,又来到我的羊群的前面了。我果然从跑在前面的羊群中救出了约一百五十头。我用喊声赶它们快跑。盐沼地已经接近了。但草原在这地方告终,变成峻峭的山谷,山谷里丛生着叫做"契"的一种植物。大家都知道,"契"烧起来是很快的,因此我很担心:我来不及在它们着火之前把羊群赶过它们了。"契"长得很高又很茂盛,羊的毛也许会缠住在它们上面。我想把羊赶过去,赶到盐沼地去,但它们已经停留在那地方不动了。这时候被火焰所包围的其余的羊也赶到了。火就在丛生"契"的地方追及了我们。"契"丛很快地烧着了。我骑着马,还来得及穿过"契"丛,但羊陷入在"契"丛中了。我明明知道:没有一只羊能够逃出火焰。山谷的斜坡像巨大的燎火一般烧起来。我绝望了。羊全都烧死了。我的没耳朵也在其中。我在绝望中哭起来,叫道:"没耳朵! 没耳朵! 到这里来! 你在哪里,没耳朵?"

这时候,从燃烧着的"契"丛中跳出一只小羊来。这正是没耳朵。它听见我的叫声了。我不胜欢喜。我跨下马来,抱住了它。它用他的可爱的头在我手上摩擦,向我要求沙糖,仿佛四周一切都平安似的。它大约以为我叫它,照例是要请它吃糖。这便救了它的性命。跟着没耳朵又跳出十来只羊来。羊本是常常互相追随的。但跟着没耳朵跳出来的只是最接近它的羊。其余的羊都死了。我看见它们在燃烧的茂丛中烧死的情状。我们已经处在没有危险的地方。火烧到盐沼地就熄灭了。

这样,我长期间放牧的羊,差不多全部都死了。

我在回家的路上,看见草原上的干牛粪正在燃烧又冒烟,垂死的羊正在可怕的痉挛。我回到家里,天已经全黑了。父母亲看到我非常高兴,虽然我只带回一只没耳朵和若干只火里逃生的羊。篷帐旁边,烧得半死的羊挤成一团,一动不动地站着,这便是我早先赶出来的。我们的羊群就只剩这一点。

第二天我们才知道:我们任其听天由命的马群,逃到了盐沼地里,因此保全,毫无损失。我们的新邻居塔夫哈伊的财产也没有受害。塔夫哈伊居住在此地比我们早得多,他把他的羊群赶进了预先置备好的小屋里,因此保全了它们。我痛惜不能照他的办法做,尤其痛惜的,我没有立刻把羊赶向盐沼地,却站着踌躇不决地考虑。但千错万错,错在我盲信了游牧者的习惯——在火烧的时候把家畜对着火赶过去。原来也有例外情形的。我的父母亲当然也有不是,他们惊慌了,就把我一个人留在这样严重的危险中。但当时我认为一切都是我自己的失错,因此父母亲不得不长久地安慰我。

第三天我们的篷帐迁移到新地方去。我们从躺在火烧场上的死羊中选了约二十头最肥的带走,其余的我们请邻人们随意来取,务使羊肉不致损失。

我们所经过的地方,数日前到处有繁茂的秋草迎风摇荡,现在全部赤裸裸而发黑了。良好的放牧地变成了一片盖着灰烬的黑的荒野。

许多草原财产在这一天受了火烧的损害。倘使没有那盐沼地,火势竟可蔓延数百乃至数千公里,把所有的草都烧尽,把所有的畜生都烧死。这样的火灾,在草原里是常有的。后来有人告诉我们,这火灾发生在离我们的住宿地不远的盖莱尔的篷帐那里。他的两个儿子牧羊时吸烟。他们没有火柴。他们从篷帐中取出烧着的牛粪来,堆起柴来,使得火不绝地燃烧。风一吹,火就发焰,很快地向四周扩展。两个孩子着了慌,不懂得把火熄灭,便在恐怖中逃走了。火就大闯其祸。它乘着风势越走越远,把草原烧毁。

在新地方,我仍旧牧羊,但所牧的不复是从前的巨大而愉快的羊群,只是它的残存的一部分。烧焦的斑斑驳驳的羊垂头丧气地彷徨在我的周围。使我的心欢喜的,只有一只没耳朵:它同以前一样活泼而皙白。初看时以为羊所受的伤害很小,只是烧掉些毛而已。然而到了冬天,其中有许多羊死亡了,因为它们的蹄已经脱落。到了春天,有许多母羊因为乳头被烧,不能给仔羊哺乳。仔羊几乎全部死亡。羊群更小了。但我的没耳朵产生了并喂长了两只仔羊,同它一样没有耳朵的仔羊。

过了多年,我早已做了城市的住民了,有一次来访问自家的篷帐。我在羊群中看到许多没有耳朵的羊,立刻想起了我的没耳朵和火灾。"在这些羊里面,也许有我的没耳朵的子孙。"我这样想。从这时候起,每一只没有耳朵的羊使我的心感到欢喜。

幸福山的马^[1]

有一次——这是在遥远的儿童时代——我跟父亲、母亲到亲戚家去做客。这亲戚家的篷帐那时候张在乌尔齐特山麓——"乌尔齐特"这个字翻译起来就是"幸福"的意思。夏天的明朗的白昼在草原上静静地消逝。我们坐在篷帐旁边。大人们谈天，孩子们在稍远的地方乖乖地玩耍。草原在白昼的炎热之后休息下来，那么沉静，竟没有人想用响亮的笑声或激烈的话声来打破它的夕暮的安宁。

突然主妇中途停止了谈话，匆忙地走进篷帐去。一会儿她走出来，手里拿着通常敬客用的茶。

大家怀疑地面面相觑。

这时候一匹鬣毛几乎拖着地的高大的栗毛马向着篷帐跑来。它背上并没有乘客。

这匹马很漂亮，力量充足，它的每一个动作证明着它的生活安乐，没有东西妨碍它享乐自由的草原生活。

但它无疑地是有主人的。因为在绑肚带的地方，马毛略有脱落，颜色发白，而鬣毛上有各种颜色的丝带——供奉某神明的记号。

主妇用奇妙的名字"乌尔齐特的海尔"——"幸福的马"——来称呼

---

〔1〕　根据达姆定苏连的俄译文译出。——编者注

它,恭敬地把敬客的茶奉给它。

马小心地呷动嘴唇,微闻声息地吸饮,接受了主妇的招待,便跑开去。主妇从预先拿着的杯子里在它后面浇出几点牛乳来,然后转向幸福山,又反复同样的动作。

我探问:这是什么意思,这是什么马?

于是老婆婆把在幸福山脚下设篷帐的牧畜者所周知的传说讲给我听。

"幸福的马是一匹温良而和爱的马。然而牧畜者中没有一个人想捉住它来加鞍。你知道这是什么缘故?因为它的主人是幸福山灵,虽然没有人见过山灵骑马,然而这匹马属于山灵,是毫无疑议的。已经不止一次使人不得不相信这一点了……"

我们这地方曾经住着一个牧畜者,名叫奥契尔。他的脸是黑色的,人们开玩笑,给他取个绰号叫做"扎刚",意思是"白"。这牧畜者拥有大群的马匹,但他对于这匹马比其他一切马都爱惜。这匹马是特殊的,它的脾气一点也不像其他的马。它不喜欢加入马群,而宁愿全然孤独地在幸福山脚下吃草。当地上开始结薄冰,草原上的草被冰层遮盖了时候,它就回到马群里,和它们一同到更远的牧场去。但这匹栗毛马到了那边,还是一早醒来就跑到看得见幸福山的地方,向山的方面长久地眺望。

幸福山并不很高,但在我们这广大的草原中,远处都望得见这山。

它的主人奥契尔多年在驿站服务,一向住在幸福山旁边。驿站是调换邮马的地方,这种停留站散布在草原中走惯的路上,每隔三十多公里便有一个。奥契尔的住家正好在幸福山的斜坡上。倘过路的"政府人员"没有行李,站上总是把这匹栗毛马供给他。这马不需要护送,无论带它到什么地方,它能独自回到自己的驿站来。

有一次,大风雪把奥契尔的马群赶到了离开向来的牧场很远的地方[1]。吃惊的主人吩咐立刻去找,但找马的人们还没有跨上鞍子,栗毛马就在山的旁边出现。它把自己的一"阿陀"[2]全部带回来了。其余的马过了几天才找到。

奥契尔数年间滞留在同一地方,终于厌倦于执行辛苦的邮运职务了,他就离去了驿站牧场。但是栗毛马不愿意离开这山。它每晚上回到住惯的地方来。主人起初用力把它拉到新住宿地去,但终于放任了它,决心卖去这匹不服从的牡马。

但这不是一件简单的事。新的驿站员不能付相当的价钱给奥契尔;别的牧畜者们呢,知道这马有常常到幸福山脚去吃草的习惯,都不要买它。他们老是看见奥契尔每天早晨到山脚下所有的凹地里来找他的马。

也是奥契尔运道好,从远方来了一位到幸福山附近去参加竞技的力士。奥契尔便把他的栗毛马卖给他。买主不惜金钱,因为他立刻看出卖给他的是一匹良马。关于这马的不可矫正的习惯,他不是本地人,当然一点也不知道。

竞技结束之后,这位力士骑了新买的马回家去。

过了几天。有一次奥契尔早晨醒来,听见他的篷帐旁边有熟悉的马嘶声。奥契尔觉得奇怪,便向草原上望望。站在那里的果然是他的马,就是他以好价钱卖给过路客的那匹乌尔齐特的海尔。它显然是因为不欢喜住在新主人那里,而自己找路回家的。

----

〔1〕 夜间马在草原上吃草,没有牧人,到了早晨,牧人才来带它们到饮水场去。在冬天,强烈的风雪把马群赶到几百公里之外,是常有的事。

〔2〕 "阿陀"就是以一匹牡马为首的一小群马。一"阿陀"普通包含十到十五匹牝马和若干匹去势马。牡马替"阿陀"看守狼,又维持秩序。若干"阿陀"组成一个马群。

奥契尔对于这匹心爱的马的归来,又高兴,又不高兴。他看到自己心爱的马觉得愉快。但倘新主人转来,要求取回他的所有物,怎么办呢?然而那个人并没有来——显然是他已经去得远,不愿意走困难的回头路了。马就留在奥契尔那里。

奥契尔庆喜这不期的幸福。他知道这栗毛马早晚总要回到自己的牧场上来的,就决心把它卖给远方的人。说做就做。奥契尔不争价钱,人们都欢喜买他的马,因为获得这样优良的一匹竞走马,在每一个人都是称心的。但后来每一个人都懊悔买这匹马,因为在草原上,到哪里去找寻逃走的马呢?没有人走这样远的回头路来找寻它的!

在奥契尔所住的地方,有许多关于他的狡猾的故事。据传闻,曾经发生这样的事情:奥契尔把自己的爱马卖给一个远方的队商,过了若干时,马回家了。但这一次它身上带着一个装饰富丽的马鞍。大约是它在什么地方抛弃了它的骑手,不让他捉住,先自逃走了。

奥契尔得到这个马鞍,非常欢喜。他变得愈加贪婪,日日夜夜地考虑奸计。他开始教这匹马,怎样抛弃骑手,怎样弄断冲马索,怎样逃避主人的追踪。

奥契尔的事业逐年顺利起来。曾经有过这样的事:栗毛马从遥远的达里刚格地方回来,不但带着富丽的马鞍,马鞍上又带着一只装得满满的背囊。奇怪的是:竟没有人在路上捉住它而把这贵重的行李取去。

奥契尔的妻子和女儿在最近的节日穿着那么富丽的衣服,这些衣服以前谁也不曾看见她们穿过。由此可知,关于马所带来的装得满满的背囊的话,不是空话。

从这时候起,奥契尔的箱箧里充满了来路不明的财富,他就这样地生活下去。

他的幸福时代能继续多久,却很难说。然而命运决心出来干涉他的不正当行为了。南蒙古发生了动乱。大群盗匪突然地袭击草原,抢走家畜,毁坏和平的游牧地。游牧者在恐怖中四散逃命。在从前那时候,我们一般人还没有现今的"贝尔当"式快枪。

只有奥契尔家里有这样的武器,他用准确的射击来结果了强徒中的一人。他竟能射退了一小群骑手,他幸喜他们的武器不良。

奥契尔逃避强盗。但他明知道他们是会追他的。

他休息了一会,便跨上他的快马乌尔齐特的海尔,奔向遥远的梅南草原。这马救了他的性命。

但在这无水的荒漠中,奥契尔逃不脱早已应得的惩罚。奥契尔以前自己教会的马,抛弃了它的骑手,回到了幸福山前。这回它背上带走的不是别人的马鞍,却是主人的马鞍。主人怎么样,谁也不得知了。

经过了若干年,有一个冬天,天降大雪,人们不得不迁移到以前奥契尔所逃往的那地方去游牧。他们在草原的某一处凹地里——这地方离开他们原来的游牧地那么远,连幸福山也望不见——找到了野兽咬过的骸骨和衣服的碎片。奥契尔所留剩的只是这一点。他的骨头横在一个不深的无水的井边。这口井大约是奥契尔希望找到水而自己掘的。然而他没有找到水便渴死在这草原里了。

暴富的奥契尔的生活就这样结束了。但他的马在幸福山下吃草已有多年。没有人可怜它的主人,因为他没有给人留下好的印象。然而对于这匹马,人们都尊敬,甚至有些恐怖。迷信的人认为它的真正的主人是幸福山的山灵。

至于贪欲的奥契尔,完全是命该如此的。

失去的牡马[1]

　　有一个学生假期中从城里回到草原上的家里来帮助父母办理家务，我把关于这学生的故事讲给你们听吧。他那时二十岁。他的真名字我不说。就让他叫做乌尔泽吧。

　　乌尔泽的父母是富人，他们有华丽的篷帐和许多马。乌尔泽就看马。晚上赶它们到草原上，早晨赶它们到饮水场。但他在城里住了多年，不能认识每一匹马。他只凭牡马的数目而集合他的马群。

　　大家都知道：每一匹牡马带领着由二十至三十四马组成的独立的一小群。乌尔泽对牡马全都认识，于是他就检点：倘使牡马全部在场，便是马群全部到齐了。这样检点马群，当然也可以。乌尔泽觉得很满足，因为他能够帮助父母亲，好好地照管马匹，巧妙地用套索捉住不驯良的马。

　　有一个早晨，太阳还没有出，他照例走向草原，以使集合马群，赶它们到饮水场去。乌尔泽集合了马群，检点牡马。但这是怎么啦？缺少了一匹斑色牡马！乌尔泽心中悲伤，因为他不愿意带领这样残缺的马群。他决心必须找到斑色牡马的一小群。他把集合了的马赶向饮水场方面，自己便骑着马到草原上去，在放牧着的无数马匹中找寻斑色牡马的一小群。

---

　　[1]　根据奥斯特罗夫斯基的俄译文译出。——编者注

他整天在草原上跑。他察看别人的许多马群。在这游牧地上有许多篷帐，每一个主人有许多马匹。马在草原上吃草没有看守人，它们可以随意跑来跑去。乌尔泽看到了一匹斑色马，便跑过去，希望在那里可以找到失去的马群。有时马群中的确有斑色的牡马或别的斑马，有时是白马和黑马并立着，他从远处望过来，以为这便是他所找寻的马了。然而他跑遍各处，找不到斑色的牡马。

傍晚，疲乏的乌尔泽回家。他骑着的马几乎不能跨步了。但乌尔泽损失了马非常悲痛，决心另找一匹元气充足的马，继续去找寻。他抱着这目的走向他的马群去。在那地方这时候聚集着许多人。他的父亲也在那里。

父亲问乌尔泽：

"为什么你到这时候才回来？"

"为什么？您怎么讲这样的话！"乌尔泽愤愤着不平地回答，"整整一小群马不见了。您难道看不出的——斑色牡马的一小群没有了。窃贼偷走了，或者狼吃掉了……我跑遍了草原，都找不到。"

父亲说道：

"我们的马群都齐全，我们检点过了。"

乌尔泽反驳道：

"但斑色牡马总是没有在里面。"

父亲笑道：

"你看过你自己的马么？你骑着的是什么？"

乌尔泽看看自己的马，果然是斑色牡马，它低下头，两脚几乎站不住了。原来乌尔泽是骑了这斑色牡马，而整天地找寻斑色牡马的马群。